L’attendrisseur

DU MÊME AUTEUR

Les Fils de rois, Gallimard, 1959
Le Petit Hussard, Gallimard, 1960
Les Saints Innocents, Gallimard, 1961
Mano l'Archange, Gallimard, 1962
Les Falaises d'or, Gallimard, 1963
Manuel et Gentille, Gallimard, 1967
Les Jours, Flammarion, 1967 (*Mano l'Archange 2*)
La Mort confuse, Gallimard, 1970
Les Abois, Gallimard, 1971
Éloge de la fessée, Gallimard, 1973
Les Russes et les Bretons, Gallimard, 1975
Cruelle Zélande, Jean-Jacques Pauvert, 1978
Je suis de la nation du loup, Balland, 1985
Contradictionnaire, Ramsay, 1988
Je n'ai pas fini de t'aimer aujourd'hui, Belfond, 1989
La Maison de l'Avenida, Belfond, 1992
La Culotte de feuilles, Lattès, 1992
Istanbul Loti, Lattès, 1994
Les Barbares, Méréal, 1998 (Première édition Ramsay, 1982)
Délit du corps, Blanche, 1998
Un stylo à bile, Le Cherche Midi, 2002
La Peau du chagrin, Éditions du Rocher, 2003
De la coupe aux lèvres, Blanche, 2004
L'Été des jeunes filles, Mercure de France, 2005

ISBN : 2-286-02878-8

Jacques Serguine

◆

L'attendrisseur

roman

Collection dirigée par Franck Spengler

LE GRAND LIVRE DU MOIS

Ce texte, en sa possible indignité, est dédié à des gens généreux :

Ma petite sœur Marie-Thérèse G.
Francine Vidal, autre petite
Serge Vauthrin, un ami
Mon Nouni
Gérard Charbit, et un très petit Winky-Tin-ky
devenu une GRANDE Jeanne

Celle, enfin, qui fut l'enfant si douce
Corinne Kevorkian-Bourgeois.
Je l'aimais de tout mon cœur.
Je l'aime encore et toujours.

L'attendrisseur *était d'abord un gros manuscrit en deux parties, chacune pouvant être lue séparément sans inconvénient.*

La première a été publiée en 2005 par les Éditions Mercure de France sous le titre L'Été des jeunes filles.

Elle se terminait par les lignes suivantes :

– Miam ! dis-je.

Le prétendu bébé succomba à un tel fou rire qu'il faillit s'étrangler, et que Danièle, vieille mère inconcevablement nue, se trouva réduite à lui tapoter non le croupion pour une fois, mais le dos. Tout éveillé, je me mis derechef à rêver que l'été commençait.

L'attendrisseur *proprement dit, publié ici, raconte l'histoire de cet été.*

I

Il me faut noter qu'à partir de maintenant, je ne rapporte pas exclusivement ce que j'ai fait ou vu par moi-même. Cependant ce que je n'ai pas vu, ni fait bien sûr, m'a été redit de bonne source, très bonne même. Certaines rencontres, toutes peut-être, engrènent une série d'incidents et d'autres rencontres. Et il arrive que celles-ci et ceux-là, décrivant une sorte de cercle, telle *La Ronde* d'Arthur Schnitzler et Max Ophüls, rattachent leur enchaînement et leur aboutissement, si tant est qu'il y en ait un, à ce qui fut le point de départ, le catalyseur si l'on veut. Le héros omniprésent d'une histoire n'en est, bien souvent, que le véhicule ou le prétexte. Ici, le bébé Stéphanie, ou encore sa maman Danièle. Ou moi. En fait, l'agent réel, agi et acteur, est simplement une fessée. Non, la Fessée plutôt, avec une majuscule ; il va de soi que les derrières sont minuscules.

De l'autre côté de la petite ville de plage, mais en oblique, c'est-à-dire plus loin de la mer, habitaient une Mme Montheil et son propre bébé, Mlle Jennifer. On voit que cela peut ressembler à Danièle et à Stéphanie. Autre rapprochement, Mme Montheil, plus âgée de quelques années que Danièle, était brune comme un fin et fier oiseau noir, et Jennifer sa fille, très blonde, en comparaison Stéphanie eût paru châtaine. Un M. Montheil, à ce que je sus, pouvait être présent les fins de semaine, mais je n'eus jamais l'honneur de le voir.

Mme Montheil, que je connus elle-même assez peu le temps de ces vacances, ressortissait à un type féminin qui m'a toujours séduit. Petite, plutôt menue, mais précise et pure dans toutes ses formes, et douée d'une féminité justement, d'une sorte de pouvoir charnel, sexuel, d'autant plus irrésistible qu'il n'est pas mis en avant, qu'il est latent, et que sa propre détentrice paraît ne pas en avoir conscience. Mme Montheil n'était pas secrète, ne se connaissant rien à cacher. Effacée non plus, tout au contraire son visage fin, étroit, au regard intelligent et chaud, son mince corps brun, forçaient l'attention partout où elle se trouvait ou passait. Elle était, si l'on veut, discrète, assez indifférente par ailleurs, ce qui est aussi mon cas, au jugement sinon à la présence et à l'existence du reste du monde. Elle chérissait avec pudeur dans son comportement, impudiquement dans son cœur, Jennifer son bébé.

Jennifer alors, était à la fois une adolescente et une jeune fille, c'est-à-dire comme j'ai dû l'expliquer déjà, une femme, très claire et très blonde, laiteuse, dont le corps précocement épanoui et un peu lourd, un peu embarrassé, dégageait une impression de paresse et de lenteur. Elle se laissait aimer en toute quiétude par sa mère, son père lorsqu'il se résolvait à délaisser Paris pour la plage, par des amis, par les garçons enfin que sa riche nature prétendument endormie aimantait ainsi que le miel fait les guêpes, les mouches, divers autres insectes et les ours.

Je crois que l'une et l'autre, la brune et alerte maman, qui semblait tellement se suffire à elle-même, et l'indolente Jennifer, mentaient, quoique là encore sans le savoir. Tout au fond du cœur et du corps de Mme Montheil veillait, comme un bouton mal ouvert, une jolie folie. Et Jennifer, c'était tout elle-même qui représentait un gros bouton, future fleur, futur fruit, attendant elle ignorait quoi, effleurement, rencontre, qui la décapsulerait tout d'un coup, et la révélerait à soi en la montrant aux autres. Je pense qu'elle avait seize ou dix-sept ans.

Monique Montheil et son bébé croisaient parfois Danièle et Stéphanie, par les ruelles de sable et la plage, elles se saluaient, se souriaient peut-être. Parfois, auvents, vastes serviettes de bain ou parasols étaient proches. Cependant Jennifer se disait si paresseuse, si lente que la plage ne lui manquait pas. La modeste villa de métal et de verre était entourée d'un jardin, presque un parc, immense en comparaison avec la maison, et Jennifer se sentait bien là, usant du temps ensoleillé de l'été comme d'un mélange d'euphorisant et de somnifère, observant en toute sérénité sa vive et active maman, laquelle taillait, cueillait, ratissait et bouturait, quoi que ça puisse être que bouturer ; Jennifer s'en moquait ! Mme Montheil, abritée sous ses arbres, ses fleurs, ses buissons et autres produits biologiques élevés en plein air, affectionnait un ensemble de laine noire qui avait l'allure d'un costume de cycliste, maillot collant à manches courtes, culotte collante descendant au genou. Le bébé, aussi peu soucieux de son vêtement que du train du monde, était soit en maillot de bain une pièce, à larges rayures matelot, ou à mincees rayures bayadère ; soit en courte jupe plissée et chemisier sans manches, un peu tenue de tennis, blanc cassé ou grèges. Maman et fille économisaient systématiquement les soutiens-gorge, Mme Montheil parce qu'en dépit d'un puritanisme larvé mais non moins systématique, on était en vacances, il faisait très chaud dans le jardin, et ses seins de très jeune femme menue à trente-sept ans, défiaient toute loi de pesanteur. Jennifer, parce qu'étant en effet, elle, une très jeune fille, la seule impulsion de la sève, telle une tonicité, devait en tout état de cause et en toute occurrence, maintenir ses estomacs en place. Puis, ainsi que je l'ai dit, elle s'en foutait. Plus tard, un jour, au besoin, on aviserait.

Mais il n'importe dans l'histoire. Ce qu'il se passa, est qu'une fin d'après-midi, Jennifer, en dérogation à ses chères habitudes, étant allée nager, seule même, tandis que Monique sa maman feuilletait un monstre de livre dans le patio sous couleur de faire la sieste ; Jennifer donc avait accepté, paresseusement bien sûr, une invitation d'amis et d'amies de la plage, pour le dîner, ensuite de quoi peut-être, mais paresseusement quant à Jennifer, on irait astiquer la piste d'une boîte ou d'une autre. Mme Montheil souhaitait convaincre sa fille de s'habiller tant soit peu ; Jennifer répliqua qu'ayant repris une douche, toute sa personne et physique et par conséquent morale se trouvant propre ainsi presque à l'excès, chemisier, jupe de tennis et baskets devraient convenir à tout un chacun, ou tout un chacun irait se faire dorer par un éléphant siffleur ! Mme Montheil, réprimant une traîtresse envie de rire, prétendit insister, ce qu'elle ne savait nullement faire ; Jennifer opposa la plus laiteuse indifférence. Elle serait là avant minuit, Blanche comme Neige, sa vaillante maman ne devait pas l'attendre, mais, à ces heures malgré tout indues, dormir, comme si elle-même eût été l'enfant ; enfant, la vraie s'entend, qui ne manquerait pas dès son retour d'aller jeter un coup d'œil au sommeil de sa mère et d'embrasser celle-ci. Un instant, Mme Montheil songea à se fâcher, habille-toi décemment ou les verges comme Sophie Fichini et au lit sans souper, mais savait bien moins encore le faire.

Jennifer partie pour ses indolents et douteux plaisirs, Monique Montheil s'avisa de partir de son côté, en quête d'orgie : c'est-à-dire les boutiques de la plage demeurées ouvertes, une terrasse de café où elle ne s'assiérait pas, mais où il serait plaisant de rêver de s'asseoir, des visages mal ou très peu connus, aux possesseurs desquels elle ne s'adresserait pas, mais à qui elle pourrait sourire. Et si quoi que ce soit, à travers les étalages, lui plaisait, sans qu'elle en eût le moindre besoin, diable de diable, elle l'achèterait ! Puisque orgie il y a, au diable encore la tirelire de M. Montheil !

Il advint, pour finir, que Monique Montheil n'acheta rien, mais trouva mieux. Ou même pis. Il était six ou sept heures du soir, et elle longeait un jardin peu étendu, broussailleux, bordé d'un mur bas, lui-même doublé à l'intérieur par des buissons très peu hauts. Le jardin, vu de la petite route, entourait une terrasse cimentée, au niveau du sol, qui faisait suite à une véranda couverte et vitrée, comme un spacieux bow-window, sur le flanc de l'habitation.

Étaient là, parmi les chaises longues et autres balancelles de la terrasse, une jeune femme brune, d'une beauté sombre et superbe, que Monique se rappelait avoir aperçue sur la plage et dans divers magasins, et un homme mince aux yeux très bleus, mari peut-être ou compagnon de la jeune femme, quoique plus âgé d'une dizaine d'années. (C'est moi.) Bon. La jeune femme porte une salopette blanc écru sur un tee-shirt noir, lequel au lieu de l'estomper accuse son furieux hâle. Monique Montheil, elle ignore pourquoi, ralentit le pas. Une tension peut-elle être ressentie à distance, tension de colère, de désir, de catastrophe ou autre ? La jeune femme, montrant beaucoup d'animation, harangue son compagnon, qui semble-t-il ne l'écoute guère. Il s'assied sur une longue banquette recouverte d'un tissu d'été, et surmontée d'une manière de baldaquin, attire à soi la jeune femme. Tout cela paraît très tranquille, cependant le cœur de Mme Montheil se met à battre, c'est-à-dire dire qu'elle éprouve qu'il bat. Sur la banquette, et sous la grande banne de toile qui protège la terrasse, l'homme fait retomber de côté et d'autre les bretelles de la salopette, puis baisse celle-ci jusqu'aux reins, la jeune femme, entre les genoux de l'homme, tourne le dos à Monique, qui distingue dans la lourde lumière tramée d'ombre de fin d'après-midi, le liseré très blanc d'une culotte ou d'un slip. Son cœur, sans motif compréhensible, bat plus fort, et elle ne sait non plus quelle menace délicieusement bouleversante exerce une pression sur ses tempes. Monique Montheil n'a jamais été indiscrète ni curieuse, elle mourrait plutôt que d'épier les amours d'autres gens ; les siennes même lui ont inspiré et lui inspirent beaucoup de réserve. Pourtant elle demeure comme paralysée. Il suffirait à l'homme de lever les yeux, à la jeune femme de se retourner, ils la surprendraient qui les regarde. Des passants montant ou descendant la petite rue qui est plutôt une allée, elle ne comporte pas de trottoirs, voient, bien sûr, Mme Montheil, mais ne semblent pas apercevoir la terrasse ou y prêter intérêt. L'homme aux yeux clairs, distant et calme comme la scène elle-même, couche la jeune femme en travers de ses cuisses, baisse encore le vêtement roulé ou tassé, puis baisse culotte ou slip, dévoilant un derrière massif, très beau de proportions et sauvage comme la femme, et administre à cette dernière une considérable fessée. Sans avoir, en dépit de sa faible taille, à se dresser, Monique discerne très bien que la victime, ou supposée telle, après une cambrure brusque, et involontaire sans doute, comme une contraction, se détend et se soumet, acceptant d'être fessée ainsi qu'on admet une conclusion juste ; ainsi qu'on admet, chacun, ses propres habitudes ! Le cœur de Monique s'affole, cogne. Elle avait dû pâlir, maintenant elle devine qu'elle rougit, honteuse parce qu'en un autre lieu de son corps elle s'émeut. Elle reçoit elle-même la fessée, frémit, lutte ou affecte de lutter, accepte, se soumet. L'accident insensé se prononce, elle a conscience de la moiteur au creux de son sexe, au secret de sa propre petite culotte. En même temps, elle s'imagine qu'elle est enragée contre cet homme qui bat une femme. Monique, si menue, se sent par ailleurs très jalouse des cuisses et du derrière ronds et pleins de l'inconnue, de leur matité somptueuse. L'homme se fatigue enfin de la fesser, et le derrière trop beau reste un instant tout offert. L'homme remonte le court sous-vêtement, redresse d'une main glissée entre le bras et l'épaule la jeune femme qui se met debout. Il ne s'avise pas de remonter la salopette. L'inconnue, d'une seule main elle aussi, entreprend de remédier à l'oubli. Elle se tient alors de trois-quarts face à Mme Montheil ou vers elle, toujours sans la remarquer, ni remarquer les passants Peut-être rêve-t-elle, rêve, toute rougissante, Mme Montheil, puis l'homme, tandis que l'empiècement chiffonné et la ceinture de la salopette parviennent à la hauteur du nombril, repose les mains sur les côtés, plus ou moins sur les hanches, et baisse à nouveau le tout. Il rebaisse de même, tout aussi soudain, la culotte. Alors le cœur de Monique est sur le point d'éclater: la vulve de l'inconnue, gonflée, saillante dans sa douceur satinée telle celle d'un merveilleux bébé, est toute nue, ni toison, ni même, Monique en est sûre, le plus furtif soupçon d'un duvet. La fente verticale, jusqu'à sa fuite entre les cuisses d'or mat et sombre, est close telle une bouche mystérieuse, sereine. L'homme, mains attardées sur les hanches de la femme, incline la tête, on dirait une salutation par respect, et appuie ses lèvres, on dirait encore usant de toute sa force, sur le tendre sexe, si audacieux à la fois et si vulnérable. La jeune femme, mais la vraie beauté est tout entière hors d'âge, hors du temps, semblable à une grosse fleur d'or sommée de noir, tremble, et Monique tremble tandis que son cœur précipite ses coups sourds. La femme à son tour penche la tête qui se fait lourde, l'homme lève la sienne, ils s'embrassent parce qu'ils sont amants, lèvres, langues sans doute confondues. Les doigts de la jeune femme s'affairent dans la fièvre à desserrer, arracher la chemise, les vêtements de l'homme. Monique, son ventre à elle battant à l'unisson du cœur, se sauve. Ses jambes tremblent. Le mot jouir est répugnant, peut-être même l'acte, subi bien plutôt qu'accompli, de jouir. Monique Montheil ignore qui, de ces gens ou d'elle-même, a été pris sur le fait.

Mais ce fut bien elle qui rêva beaucoup, ce soir-là. Et elle partageait la fièvre. De moment en moment, son cœur accusait une accélération violente. Elle se sentait toujours en colère. Elle éprouvait toujours de la difficulté à se défendre contre une impression bizarre, très probablement stupide, d'étonnement émerveillé et de grand bonheur. Plus bizarre, c'est-à-dire plus stupide à n'en pas douter, elle eut beaucoup de mal à ne pas céder à la tentation de se caresser, elle-même, toute seule, de préférence en observant, en scrutant sa propre vulve, afin de récupérer ne fût-ce qu'un écho, et fût-il affadi, de la jouissance délirante connue là-bas, ainsi qu'une aventure, devant ce jardin, cette terrasse, cet homme et cette femme, qu'elle n'oublierait jamais plus. Elle rêvait, rougissant par accès, en vérité comme une fièvre, à son bébé laiteux. Jennifer, mon bébé. D'autres soirs, quelques nuits aussi, mais rares, elle l'avait attendue dans l'impatience, la peur, l'angoisse parfois. Tout de suite, les minutes, les heures à la fin, la désespéraient. Elle ne se rasséréna, ignorant bien sûr très peu de son bébé, ou elle le croyait, que lorsque fut passé minuit. Alors, parmi la tiède et légère obscurité, et le grand ciel ajouré d'étoiles, elle s'allongea à demi dans le patio, sur les coussins plats d'un transat. Elle rêvait, s'enfiévrait, jouait sans plaisir à se raisonner, échafaudant des raisons ou des raisonnements si compliqués, si diffus, qu'à la fin ils se révélaient ineptes. Par intervalles, bourdonnaient, ronflaient les moteurs des noctambules ; filles et garçons rieurs, adultes d'âge mûr à la recherche d'une irresponsabilité de vacances, très artificielle et, par là, tantôt amère, tantôt grisante. Un de ces moteurs, il devait être une heure ou deux heures du matin, se tut près d'un mur de la propriété, le plus long. Des portières claquaient, on jacassa, on rit encore en s'interpellant et s'exclamant, le moteur se réveilla, puis s'éloigna. Le gros bébé, peut-être pour la fraîcheur de l'heure, marchait d'un pas plus rapide, eut même l'air d'entourer des bras ses épaules. Le tressaillement fut distinct quand Monique, du patio, héla :

– Jenny !

La meilleure défense, dit-on. Jennifer emprunta aussitôt le ton de l'accusation et du reproche :

– Voyons, tu n'es pas encore couchée ?

– Et toi ? répliqua Mme Montheil, abusant de l'obscurité relative pour bien rougir.

Jennifer, debout tout près de sa maman, se mit à rire :

– La différence est que moi, j'avais la permission de minuit ! Nous étions convenues que tu ne m'attendrais pas, alors j'étais sûre que tu dormais et je ne me suis pas gênée. Tu vas me gronder ?

Mme Montheil se redressa tout en pivotant sur la chaise longue, de façon à poser les pieds sur le sol. Elle bénissait vraiment la nuit, consciente de rougir de plus en plus ; le cœur lui battait, ainsi que le sang à ses tempes et à ses oreilles, comme lorsqu'elle contemplait, avec tant d'avidité, le couple étranger, à l'autre extrémité de la plage.

– Viens sur mes genoux, enjoignit-elle, percevant que sa voix même était altérée.

Jennifer rit encore, sa paresse ou sa lenteur physiques donnaient à croire qu'elle était de caractère boudeur, et dans le fait elle riait, souriait volontiers :

– Que je m'asseye ? Ma petite maman, je vais t'écraser et t'aplatir !

– Non, comme ça, dit Mme Montheil.

Prenant le bras de Jennifer, elle indiqua que celle-ci devait placer un genou sur la chaise longue, se courber, se coucher enfin à plat ventre en travers des cuisses de sa mère. La jeune fille, étonnée, riait :

– Un nouveau jeu ?

– Non, pas du tout. Mais peut-être je ne te gronde pas et ne t'ai jamais grondée assez. Il est bien trop tard maintenant, tu as presque dix-sept ans, alors je vais te donner une fessée.

Jennifer rit de bon cœur, voulut dire que cela lui paraissait très bien, puis rire et envie de parler furent ravalés tout net, parce que la pauvre petite maman remontait sur les reins la jupe de tennis. Un instant Jennifer se tordit, moins pour protester que pour questionner, affronter tant bien que mal cette mère inhabituelle. Mais déjà la déconcertante maman lui descendait sa culotte sous le derrière. Pour une raison que je connais mal, moi qui écris, comme une tentation insidieuse et permanente de régresser vers l'enfance, la femme, la jeune fille la plus enragée et la plus hystérique, la plus vociférante, que l'on dénude ainsi, se calme tout de suite et tout à fait, résignée non sans curiosité à ce qui va venir. Mme Montheil se mit donc à fesser très consciencieusement son indolent bébé. Comme moi encore elle conservait, en dehors de toute religion, un fond puritain : ou elle ne faisait pas une chose, ou elle la faisait bien, s'y efforçait en tout cas. De toute évidence les puritains sont des pervers puisqu'ils outrent les erreurs comme la vérité, le bien et le mal. Mme Montheil ne s'arrêta qu'une fois bien assurée que son bébé de dix-sept ans avait été fessé selon les règles. Tout le temps, son cœur avait vibré tel un lourd tambour. Et maintenant, dans l'opalescence de la nuit d'été, elle distinguait, sous une des fesses de sa Jenny, à l'attache de la cuisse, un gros pli rond, coussiné, absolument comme chez les bébés, alors elle manqua éclater en sanglots. Ma Jennifer, mon bébé de lait, mon amour.

Jennifer elle-même, dans le cours de la scandaleuse opération, s'était bel et bien mise à pleurer, quoique à très petit bruit. Rien, jamais, aussi loin qu'elle pouvait se le rappeler, ne l'avait autant prise de court, ni non plus autant humiliée. Et par sa maman, encore !

C'était cela, la cuisson la plus offensante. Sa maman fine et menue, si digne, si attentive, prudente jusqu'à la modestie, et qui, alors que Jennifer avait dix-sept ans, la déculottait, la fessait comme un vrai enfant. Jennifer n'en osait même plus bouger pour se relever. Elle imaginait son derrière de bébé, non, de jeune fille, d'un rose avivé telle une grosse pivoine. Puis sa culotte de tenniswoman, ses vêtements, son corps même ne devaient pas se trouver d'une netteté admirable, traînés ici et là une soirée entière. Quelle horreur !

Mme Montheil dut la rhabiller, lui prendre cette fois l'épaule, imprimer un mouvement. Jennifer, dans son désarroi, à peine retournée et assise entre les genoux de sa mère, ne sut que l'entourer de ses bras, presser la joue contre sa poitrine. Elle reconnaissait, éprouvait le sein peu volumineux, délicat comme toute sa maman. Pourtant, fourrant là le visage, s'enfonçant elle-même toute dans sa maman, ni le sein ni sa maman n'étaient petits, c'étaient au contraire le champ, la profondeur et la vastitude, tout le refuge sans fond et sans fin de l'amour maternel. Jennifer ne pleurait plus, elle songeait, tentant par moments de réfléchir, quoique le rouge de la honte brûlât encore ses joues, comme la cuisson de la fessée lui chauffait encore le derrière. Elle avait marqué sa stupéfaction et son chagrin à très petit bruit, elle questionna d'une très petite voix :

– Tu me redonneras des fessées ?

Mme Montheil, qui de son côté l'étreignait bien fort, et qui aussi, sans comprendre pourquoi, se sentait plus heureuse, peut-être, qu'elle ne l'avait jamais été, tâchait de se cramponner à son rôle valeureux et, elle l'espérait, vertueux :

– Oui, sûrement. Il faut que tu restes libre, que tu sortes et rentres comme cela te plaît, que tu commettes toutes les sottises qui te font envie, tu sais bien que je t'aime tellement que je ne me défie pas de toi, et que je n'ai jamais su ce que c'est que punir sa fille, punir ses enfants. Mais j'ai décidé que je m'occuperai de toi, maintenant, tout à fait comme si tu étais toujours un bébé. Le mien ! Alors chaque fois que je serai mécontente de toi, ou simplement que j'estimerai que c'est ce qu'il faut faire, que c'est bon pour toi et ton éducation, tu seras couchée sur mes genoux et tu auras une fessée. Il y a quoi que ce soit à objecter ?

Jennifer, indistinctement dans son corps paresseux et laiteux, eut conscience d'un duel entre la rébellion, l'orgueil, et cet antique penchant rassurant à la soumission. Joues enfiévrées, ce qui se communiquait bizarrement et honteusement à des sites dérobés du corps, elle secoua à peine la tête :

– Non, maman.

Elle ressentit le désir brusque, violent, de relever en frottant du nez, du menton, tel un animal si les animaux ont un menton, le léger maillot de Mme Montheil, afin que sa peau de gros bébé, sa chair à elle fussent à même le tendre sein nu, et n'osa pas. Ou ce n'était pas une question d'audace. Plutôt, elle devait en premier lieu rêver, penser à ce rapport tout nouveau, ce lien, entre sa maman et elle. Il va de soi que les mamans sont aussi antiques que les fessées et la soumission. Pourquoi, comme sa mère elle, aimait-elle tant sa maman, et comment l'aimait-elle ? Comment par ailleurs une Jennifer de dix-sept ans, qui possède des amies, certaines plus âgées qu'elle sinon plus intelligentes, que divers garçons d'apparence de temps en temps comestible courtisent et pour ainsi dire assiègent, accepte-t-elle d'être déculottée et fessée, tandis que depuis la plus lointaine enfance on ne l'a même sermonnée ou grondée ? Quand elle parla, sa voix était redevenue à peu près sa voix normale :

– Je suis bien, comme ça, tu sais ?

Les bras minces, receleurs de l'antique force, confirmèrent leur protection :

– Oui.

– Mais quand même, tu dois me dire, m'expliquer. Ça vient d'où ? Comment ? Pourquoi ? Tout d'un coup ta grande et grosse fille n'est plus qu'un bébé, et tu vas la traiter comme un bébé et pas autrement. Bon, enfin bon si on veut, mais il s'est passé quoi et où et comment ? C'est très gênant, tu sais, d'ignorer comment et quoi pense sa propre maman, ce qui la fait décider, agir, réagir ?

Monique Montheil bougea tant soit peu, plia une jambe, la rallongea, elle-même à nouveau gênée :

– Je te raconterai ça un autre jour. Une autre nuit, fille dévergondée ! Il s'agit d'une femme, quelqu'un d'ici je veux dire, en vacances comme nous. Mais tout de suite, il faudrait quand même rentrer et dormir, ma grosse Jenny.

– Je t'ai déjà raconté, moi, que j'adore quand tu m'appelles ta grosse Jenny ? Tu me tiens dans tes bras, tu es minuscule, et moi je suis la grosse Jenny, comme une grasse génisse, tout endormie, toute sale, qui a reçu une fessée et qui t'aime plus que tous les garçons et que toutes ses copines. Tu vas me coucher ?

– Cela te ferait plaisir ?

Cela fit, en tout cas, un plaisir très grand, immense, à elle, Monique, voir son bébé tout nu dans la salle de bains, somnolent et rieur sous la douche. Jennifer se serait bien couchée sale, à supposer qu'elle le fût, mais Mme Montheil se montra inflexible : on se couche propre et les dents brossées ! Pour commencer, Jennifer se détournait, sans doute c'est la fameuse pudeur. Mme Montheil l'admirait du fond de son cœur, la gorge serrée. Le dos de son bébé, développé, tout adulte, et qu'on eût dit doublé intérieurement de muscles paresseux, était exemplaire. Les cuisses rondes, sans être en rien élargies ou déformées, montraient pourtant une telle féminité, que les hanches et elles paraissaient enchâsser les fesses, bien potelées elles-mêmes, au lieu du contraire comme on s'y attend. Jennifer persistant dans sa pudeur vraie ou fausse, affectée par pudeur comme on se sent honteux de ne jamais avoir honte, Mme Montheil se risqua, le bras trempé jusqu'à l'épaule, à la saisir pour que le bébé lui fît face. Jennifer, demeurée sous la douche peut-être en guise de vêtement, rougit et sourit. Les seins ne présentaient pas un dessin remarquable, cependant la petite Mme Montheil supposait qu'aux yeux d'un homme, ils ne manquait ou ne manqueraient pas d'attrait; leur forme de succulente poire, relevée tout juste du bout, se détacherait sans doute plus nettement du torse, quand Jenny aurait commencé en effet à perpétrer des sottises. Mme Montheil, quoiqu'elle refusât de trop y penser, supposait par ailleurs que ce n'était pas encore le cas, un aussi gros et aussi beau bébé doit être intact. Refusant aussi de trop regarder, elle ne laissa pas d'être frappée de ce que l'attendrissante toison blonde, entre les aines de son bébé, apparaissait plus étendue à la fois et plus fournie que celle de son ventre à elle; outre qu'elle-même, Monique Montheil était de carnation, de cheveux, de toison, résolument brune. Comment était-ce possible? Comment un bébé, qu'hier encore sa maman conduit tout pleurant vers sa première école, élabore-t-il ce signe quasi exubérant non seulement de féminité, mais, pour ainsi dire, de sexualité? Et pourquoi enfin elle, Monique Montheil, s'était-elle crue tenue d'attendre dix-sept ans, les années mêmes de ce bébé, le sien, son lait, la chair de son ventre, pour découvrir à quoi le bébé ressemblait; découvrir, en fait, ce qu'il était maintenant? Mme Montheil revit en un éclair la vulve nue, offerte, indiciblement éblouissante et choquante, de la jeune femme étrangère sur la terrasse. Elle comprit que ses joues s'empourpraient. Jenny serait si mignonne, plus attendrissante encore si c'était possible, conservant dans son jaillissement féminin, un ventre, un tendre sexe d'authentique bébé. Sauf, bien sûr, qu'une vieille mère qui se veut ou se voudrait non moins authentique, ne peut aborder des sujets aussi criminels avec le bébé en question!

– Tu penses à quoi? questionna en tout à propos Jenny, qui passait de la douche au tapis de bain.

– Écoute, je ne sais pas, à toi? marmonna Mme Montheil, d'autant plus coupable, selon elle, qu'en ne mentant pas, elle mentait pourtant.

Elle se hâta de draper le bébé d'une ample serviette. Jennifer par bonheur n'insista pas, elle se séchait, gagnait un des lavabos pour se brosser les dents. Sa nudité, plus ou moins comme celle de l'inconnue là-bas, fascinait, consternait et remplissait et submergeait d'un bonheur lui aussi inconnu Monique Montheil. Quand même, un pantalon de pyjama, la plus petite culotte, pensait-elle, mentait-elle. Mais comment prétendre l'enseigner, à une créature épanouie de dix-sept ans, qu'on vient précisément de dévêtir pour la fesser, et au sujet de laquelle on s'autorise des rêveries révoltantes ? Alors ensuite, le gros bébé, la jeune fille fut couché, ayant choisi, pour que sa perversion personnelle répondît à celle de son indigne mère, de porter non le pantalon, mais la veste seule d'un pyjama. Elle sourit avec beaucoup de tendresse, quelque malice aussi semblait-il, à sa maman, sa mère fouettarde en d'autres termes :

– S'il te plaît, parle-moi.

– Mais de quoi, ma Jenny ? Tu ne souhaites pas, j'imagine, que je te raconte une histoire avec des loups et des voleurs, ou avec des extraterrestres ? Parle-moi toi. Tu m'en veux beaucoup de t'avoir fessée ?

Jennifer se redressa pour s'adosser à l'oreiller :

– S'il te plaît, assieds-toi ici, tout près, comme quand j'étais petite. Et si je t'en veux ? Évidemment je t'en veux. Me fesser maintenant, pas avant, et encore me promettre que tu recommenceras. Tu crois que c'est oubliable ? Pour ne rien te cacher, j'ai décidé de ne pas m'endormir tout de suite, jusqu'à ce que j'aie inventé un moyen de bien bouder ou de bien me venger. Les jeunes filles doivent se protéger après tout, leur intégrité, leur honneur. Des fessées à dix-sept ans révolus ou presque !

Elle vit qu'en dépit du ton plaisant, une ombre de chagrin et de doute voilait fugacement le visage maternel, alors elle ne savait quoi frissonna dans son ventre et, vite, elle tendit la main pour caresser la joue chérie, chère, accueil et abri de toute son enfance, de toute sa vie en fait :

– Ma maman bien-aimée, je ne peux plus rire ? C'est moi pourtant, il me semble, qui ai reçu une offense ! Tu préfères que je dise ce que je sens vraiment ? Je sens que je suis terriblement fière d'avoir une maman comme toi, capable de fesser un gros bébé de mon âge, je suis prête à le crier partout et même ailleurs. Quoi encore ? Ça me fait beaucoup rêver d'avoir eu une fessée. À toi, à moi, aux garçons, à mon derrière de bébé, même si tu dois en être toute rouge comme maintenant. Tu as envie que je te dise aussi ? J'étais contente que tu viennes quand je me douchais, que tu regardes, mine de rien bien sûr, ta grosse Jenny. Je ne sais pas pourquoi, mais ça m'apporte une confiance encore plus grosse que moi, que tu m'examines de la tête aux pieds, que tu sois là, que tu m'aimes assez, quand j'ai dix-sept ans justement, pour me baisser ma culotte et me fesser. Et aussi, je ne sais pas non plus pourquoi, je crois que toi comme moi tu as besoin de confiance, que tu n'en as jamais reçu ou éprouvé autant que tu le mérites, alors que tu es ma maman tellement belle, tellement chérie, et que ça t'en apporte de t'occuper de moi, de mesurer la sagesse et la bêtise de ta fille.

– Tu devrais dormir maintenant, quand même, murmura Mme Montheil, trop émue pour arriver à parler.

– Bon, quand j'aurai rêvé un peu, quand même, à toi et à moi. À comment il faut se comporter vis-à-vis d'une mère outrageuse. S'il te plaît, embrasse-moi.

Elle posa une seconde le dos d'une main sur sa bouche :

– Comme ça, ici, comme si tu m'aimais.

– Ah, quel bébé ! murmura encore Mme Montheil, ignorant presque ce qu'elle disait, et croyant être au désespoir.

Plus passionnément qu'elle ne l'eût voulu, elle baisa les douces et pulpeuses lèvres d'enfant, de fausse enfant peut-être. Oui ? Non ? Ah, les enfants sont toujours vrais. Tout de suite, elle se leva, quitta la chambre, ainsi qu'on s'éloigne d'un piège, d'un danger en tout cas.

II

Le plaisant, car les prétendues coïncidences ne sont que des distractions de l'attention, est qu'une autre habituée de la plage avait été spectatrice, non forcément le même jour d'ailleurs, du redoutable châtiment que j'infligeais à Danièle. Plus exactement, semble-t-il, l'opération avait pris fin, et, comme souvent, voire toujours, je me révélais incapable, en dépit de force engagements vis-à-vis de moi-même, de ne pas dès Danièle remise debout ravager des lèvres, de la langue, des dents son ventre arrondi sur les muscles, son nombril, sa prodigieuse vulve à la senteur, à la saveur de forêt au fond de la mer. Mme Montheil, chaste de corps comme de rêve à travers le mariage, et dont sans doute le mari éteignait toute lumière avant de faire l'amour, s'était immobilisée, interdite à la fois et avide, en nous apercevant. Françoise, la jeune fille dont je parle maintenant, et dont aucun tabou n'était jamais parvenu à étouffer ni à entraver l'ardeur et la curiosité vitales, passa au contraire très vite, voyant Danièle, en premier lieu fessée d'importance, puis embrassée, par une manière de Cannibale, au cœur et au creux mêmes de sa vulve proéminente, prodigieusement nue ainsi, d'un or sombre et mat, fendue et comme ouverte, tel un rebondi, juteux et succulent fruit d'été. Françoise donc, la jeune fille, elle avait dix-neuf ans, passa vite, le visage en apparence calme, presque froid. Sous le masque involontaire, pourtant, un coup de foudre infiniment bref ainsi que tous les coups de foudre, mais aux échos infiniment durables, venait de lui signifier, de lui assener deux décisions ; on doit comprendre que la jeune fille n'avait pas à les prendre, elles n'étaient réellement que le double, émergé tout d'un coup, tout d'un coup apparent, de deux désirs, de deux besoins – à supposer qu'il en coexiste, chez chaque être humain, plusieurs. Elle voulait et le plus tôt qu'il serait possible, éprouver par elle-même ce que c'est que recevoir une fessée. Et elle avait l'intention irréversible, dès qu'elle serait à l'abri, en l'occurrence le coin domestique très provisoire des vacances, d'extirper de ventre et bas-ventre, des abords les plus resserrés de son sexe, et au besoin de ceux d'une autre petite ouverture, jusqu'à la trace la plus infime de pilosité, dût-elle à cette fin user du fer, du feu, d'une moissonneuse-lieuse ou d'une drogue à tuer les rats. Depuis les temps les plus reculés, qui remontent ainsi au Premier Jardin, elle attendait cela ; ou l'ayant oublié depuis Ève, car malgré tout on oublie dans les moments de siècles, ou se le rappelant sans être consciente qu'elle le savait déjà. Bien des gens des terres méridionales, pour : "attendre" disent : «espérer".

Françoise était d'une taille légèrement au-dessous de la moyenne. Les yeux bleus, d'un bleu peu soutenu sans être pâle, les cheveux blond plutôt foncé que clair, tombant en souplesse jusqu'aux épaules. De son visage comme de tout le corps, on pouvait dire qu'ils étaient dépourvus du moindre défaut ; cette structure, cette ossature, ces proportions qui paraissent n'avoir en excès ou en manque, ni un millimètre, ni un milligramme. Pour une telle sorte d'achèvement, de fini dans la perfection même, la jeune fille inspirait à ceux qui la voyaient pour la première fois, mais aussi à ceux qui la connaissaient mieux, une sorte semblable de respect. Elle-même n'y reconnaissait que de la fadeur. En guise, croirait-on, de compensation, ses allures sages, économes, couvraient un caractère, un pouvoir de volonté et de décision, entiers et abrupts, aussi absolus en fait, que la régularité de ses traits, sa courtoisie inaltérable, sa trompeuse froideur, une pondération, dans tout l'usage de la vie publique s'entend, qui eût passé pour du flegme bien plutôt que pour de la tempérance ; une veine enfin de passion et de folie, d'autant plus susceptible de se donner carrière que Françoise, aussitôt découverte et identifiée en elle, l'avait acceptée totalement. Je dirais que la jeune fille était, ce qui ne court les rues d'aucun temps, aussi éloignée de l'impudence, qu'elle l'était de l'hypocrisie.

Sa plus proche amie, Véronique, usait l'été en famille sur une plage de Calabre. Françoise, qui en vertu de sa précocité intellectuelle et d'une dispense spéciale, venait de doubler aisément le cap de la deuxième année de Médecine, avait annoncé sans ambages à sa propre famille que, Véronique l'abandonnant, elle prendrait ses vacances seule. Et ici, dans le Midi, sa bonne mine, sa dignité non pas modeste, mais modérée et imperturbable, lui avaient fait dénicher tout de suite, à louer, une vaste et longue pièce, un peu basse, un peu sombre, mais indépendante sinon de la maison, en tout cas de la cellule familiale du propriétaire, et qui à la fois donnait sur un jardin très touffu et fleuri, et se trouvait proche de la mer. Très vite aussi, à fréquenter la petite ville et la plage, elle s'était découvert une nouvelle amie, Sophie. De ces amitiés d'été, plaisantes, faciles, qui auront ou non une suite mais qui, un temps éphémère et lent de vacances, impliquent plus de confiance et plus d'abandon, une plus immédiate parenté ou proximité, que bien des amitiés plus anciennes.

Aussitôt revenue dans ce qui était présentement son chez-elle, Françoise appela son amie d'été ; la famille de celle-ci louait une villa à quelque distance, vers l'endroit où vivaient, de leur côté, Mme Montheil et son bébé blond.

– Sophie ? J'ai besoin de toi sans attendre et même tout de suite. Tu as dîné ?

– Nous allions procéder à la cérémonie. C'est vrai que tu es pressée ? Je peux très bien me défiler et accourir.

– Non, viens quand vous aurez fini. Peut-être même est-ce mieux, j'ai une chose très précise à faire d'abord.

– On peut savoir, un tout petit peu ?

– Non, quand tu seras là.

– Tu m'étonnes, figure-toi, tu as l'air troublée, ta voix est moins sûre. Un amour subit et violent ?

– De moi et pour moi, oui ! Viens vite, dès que tu le pourras sans créer de scandale.

Sophie rit joyeusement. Brune et bouclée comme toutes les Sophie, elle avait en vivacité, mais par ailleurs en précaution beaucoup moins visible, ce qu'avait Françoise en manifeste sang-froid, et en liberté effective, à la fois acquise et réelle.

Combiné reposé, Françoise, méthodique comme au labo, prépara des sandwiches qu'elle consommait au fur et à mesure, tout en se déshabillant, et en disposant sur le lit ciseaux, miroir de fortune, mousse à raser, rasoir destiné en principe aux jambes, aux aines parfois en considération de certains maillots de bain. On ne choisit pas Médecine vainement. Pour l'heure, le ventre, le sexe de Françoise n'étaient qu'un champ opératoire. À l'aide du miroir, et sans laisser de croquer son en-cas, la jeune fille se rasa avec non moins de froideur que de méticulosité et vice versa. Elle s'était enjoint de ne pas penser, ni rêver surtout, à ce qu'elle prétendait demander à Sophie. Donc elle y pensa sans arrêt. Mais ce qui la troubla bel et bien fut de refaire connaissance, par l'intermédiaire du miroir, avec une minuscule incision, une petite ouverture serrée et close, entre ses fesses. Il était surprenant, presque déconcertant de la redécouvrir soudain devant soi, en face de soi, sous ses yeux. Bon, maintenant, assez de bêtises ! La jeune fille prit une douche ; kitchenette et salle d'eau étaient placées à angle droit, par rapport à l'une des extrémités de la grande pièce. Elle décida de remettre la courte jupe bleu clair choisie et portée tout le jour, ne prit donc, dans un des tiroirs de la commode, qu'un tee-shirt, et la première venue de ces culottes très petites qu'elle affectionnait, tee-shirt et culotte blancs dépourvus de toute fioriture. Sur quoi, nouvelle perturbation, nouvelles bêtises. Françoise ne s'était pas même admirée, regardée à peine, une fois rasée et polie jusqu'à la muqueuse. Puis, dans l'instant précis où elle remontait sur le renflement du sexe, vers le nombril, le tout petit slip, peut-être pour la façon indécemment aisée dont la vulve y jouait maintenant, un tel élancement, une telle pulsation lui sillonnèrent vagin et matrice, qu'elle faillit tomber, qu'elle geignit mourant d'une espèce de honte, dut en effet s'appuyer d'une main au mur. Puis à nouveau. Puis à nouveau, quand le ventre tout entier est comme une éponge qu'on presse. Françoise rit d'un rire bas et très chaud, on eût dit embarrassé dans sa gorge. Donc encore, nouvelle douche et nouveau petit slip, le précédent dans le panier à linge sale. Se souvenir de penser à la laverie.

Sophie fut là peu après que Françoise était décidément rhabillée ; la première, en jean classique et tee-shirt frappé d'un dessin absurde, crapaud ou monstre, agrémenté d'un slogan imbécile. Françoise s'assit, jambes de top model repliées sous elle, au bord du lit, affrontant ainsi les larges portes-fenêtres qui communiquaient avec le jardin; Sophie, dans un bon gros fauteuil suggestif du laisser-aller des vacances et tournant, elle, le dos au jardin. Sans même le vouloir, sans refoulement ni dissimulation, Françoise maintenait à l'arrière-plan, pour ainsi dire, ses émotions :

– As-tu soif, il doit y avoir des alcools je ne sais où ?

– Non, je m'en moque. Ce qui me plaît, c'est que tu m'appelles parce que tu as besoin de moi. Dis-moi tout.

– Je ne t'apprendrai pas que je suis folle ?

– Non, pas du tout. Mes parents l'ignorent, ils te citent en exemple, moi je le sais. Vite, dis-moi tout.

– Très bien. Peux-tu te souvenir d'avoir reçu une fessée ?

Sophie rit comme toujours, pencha sa tête preste, une interrogation dans les yeux pétillants :

– Une fessée ? Comment savoir ? Quand j'étais petite peut-être, je ne me rappelle pas, je ne crois pas. Pourquoi ?

– Mais cela te ferait rêver d'en recevoir une ?

Son amie, à nouveau, éclata de rire :

– La réponse est sûrement : Ça dépend de qui !

– Et de la donner ?

Nouveau rire spontané, tout joyeux :

– Même réponse : Ça dépend à qui !

– À moi.

L'allègre Sophie rougit du coup, elle penchait plus la tête, et le ton de sa voix, à la vérité un peu claironnant, baissa :

– Je ne vois pas. Tu voudrais réellement que je te donne une fessée ?

– Voilà.

– Une vraie ?

– Qu'est-ce que c'est qu'une fausse ?

– Ah, écoute, quand on fait semblant, je suppose, les garçons s'amusent à ça de temps en temps. Mais je ne vois pas. Pourquoi, Françoise ? Ça paraît idiot.

Françoise, quoique les propos, en dépit de son air imperturbable, missent son attente et son espoir ou son fantasme aux abois, parla de Danièle, de son compagnon. Elle parla du corps de Danièle et d'un détail en particulier. Elle percevait que Sophie, juste intriguée d'abord, puis scandalisée plus ou moins, ne laissait pas maintenant de s'échauffer :

– C'est une vraie femme pourtant, une dame, même si elle n'est pas vieille. Elle a une grosse fille, non, pas grosse, j'ai l'impression qu'elle tourne à la pétroleuse, et très mignonne, elle rit tout le temps. Je crois que je vois le type aussi. Tu as peut-être raison après tout, il y a quelque chose qui fait rêver dans une fessée.

Elle rit comme avant, avant les semi-confidences et les commentaires, mais les joues bien rouges :

– S'épiler est trop, quelle drôlerie ! Les aines oui, je le fais bien, toi aussi j'imagine, à cause de la plage, mais tout à fait ? Mon dieu quelle horreur. Tu imagines qu'on me voie après la petite opération ? Ce que j'aurais voulu être là quand tu l'as vue, elle, la femme !

Françoise rit du rire de son amie, elle la trouvait innocente et par moments adorable, mais sa propre fièvre la hantait :

– Nous sommes ici.

– Oui ! Tu sais, j'en ai envie maintenant de te fesser ! Que c'est drôle ! Tu es tellement jolie, si parfaite et ainsi de suite, ça doit être excitant comme tout de te voir le derrière nu. Ça m'est même arrivé de vouloir te déshabiller sur la plage. Tout le monde montre ses seins et pas toi. Je trouve déprimant que tu sois si impeccable, comment tu es faite, comment tu t'habilles, juste sortie de la boîte où on range les petites filles sages. Bon, je vois que je t'agace en parlant. Où on se met ? Comment s'y prend-on ?

– Viens à ma place, il me semble que les bras du fauteuil gêneraient. Et il est entendu que moi d'abord, toi après. Viens, maintenant.

Sophie, pétulante et plutôt empourprée, quitta d'un bond le fauteuil, alla se laisser retomber sur le lit, et une seconde fut déconcertée, voyant Françoise debout devant elle, presque entre ses genoux :

– Je te couche sur moi comme ça ?

Françoise, ne répondant pas à la question, dit :

– Une chose. Quand tu as commencé, tu ne t'arrêtes pas pour demander je ne sais quoi. Si tu t'y prends bien ou pas bien, si tu me fais mal ou non. J'ai horreur du garçon qui te dévirginise, et qui s'interrompt à mi-chemin parce qu'il ignore si tu veux qu'il continue ! Tu me fesses et c'est tout. Donne-moi une bonne fessée, autrement ce n'est pas la peine.

Sophie, confusément horrifiée, exaltée aussi, prit d'une main frémissante le poignet de son amie, la guida hors de ses jambes pour la recoucher tout de suite en travers de ses cuisses, et une autre sorte de frémissement mais peut-être c'était le même, zébra une fulgurante seconde son propre ventre, son sexe. La froide aisance selon laquelle Françoise parlait de pucelage l'atterrait. Très vite elle tira la légère jupe droite vers les hanches, baissa la toute petite culotte, faillit comme les garçons exécrables en rester là parce que la vue des fesses nues, blondes et pures, l'interdisait à la fois et la fascinait. Comiques parce qu'elles étaient ou paraissaient si enfantines, bouleversantes parce qu'elles évoquaient, imposaient plutôt, la chaleur d'une femme, la chaleur de la vie et du sexe. Elle se sentait étourdie. C'est donc ainsi une fille, c'est à cela que je ressemble quand je n'ai pas ma culotte ? Elle comprit que si elle ne fuyait pas en avant, il ne lui restait qu'à rhabiller, relever cette autre fille et se sauver en effet. Françoise. Son amie. Elle débuta avec maladresse, s'étant imaginé sans doute, mais elle n'y avait pas vraiment pensé, qu'on distribue claque après claque, une, deux, trois quatre, et la suite. Apparemment il fallait procéder par salves, sans hésiter ni réfléchir surtout. Alors elle fessa l'autre fille, son amie, à peu près de toutes ses forces. Elle y allait de si bon cœur, qu'elle n'avait aucune notion de la chair, des fesses vivantes, en même temps pourtant, si inexprimablement émouvantes. Ce qui l'émouvait, troublait et attendrissait insidieusement son ventre et le creux de son sexe, était une idée, à peine une image : J'ai déculotté Françoise, qui sur la plage est une sorte de modèle, admiré et envié, son derrière est nu et je lui donne une fessée comme on le ferait à une très petite fille. Horreur des horreurs, je crois que ma culotte à moi est mouillée. Sophie s'arrêta avec plus de brusquerie qu'elle avait commencé ; tout d'un coup ce n'était ni amusant ni troublant de taper sur le corps dénudé de son amie, une plaisanterie qui tombe à plat, ou tourne court. Elle se demanda pourquoi le cœur lui battait si fort. Selon le même égarement fugace, elle s'abstint exprès de regarder les gracieuses fesses possiblement enflammées tandis qu'elle remontait la culotte minuscule, rabaissait la jupe. N'aurait-elle pas dû maintenir la culotte sur les cuisses un instant ? La remettre tout de suite, n'était-ce pas rajouter une cuisson, une brûlure ?

Toujours calme, au point que c'en était parfois irritant, Françoise alla vers la porte-fenêtre ouverte sur le jardin. On percevait le parfum des fleurs et la senteur plus âcre de buissons ou d'arbustes à feuilles persistantes, macérés tout le jour dans le soleil. Sophie, à son extrême embarras, croyait percevoir aussi sa propre odeur de fille. Bon sang, quelle fessée ! Elle se décida à rejoindre son amie qui regardait toujours ou ne regardait pas le jardin. Sans mot dire elle lui prit la main, ne parvint à ouvrir la bouche, enfin, que pour questionner sottement :

– Alors ?

Françoise, de quelques centimètres plus petite qu'elle, tourna la tête pour lui sourire :

– Je t'aime bien quand tu dis : Alors ? Tu veux une réponse ? Ta contribution m'a apporté exactement ce que j'attendais, une des très fortes émotions de ma vie. Voilà pourquoi je ne parlais pas. L'émotion en question, ou ce que j'appelle comme ça, s'attarde dans moi, comme si être fessée me touchait, extérieur et intérieur, des seins à peu près jusqu'aux genoux. C'est presque mieux que d'être baisée, même par le bon type au bon moment ; quelque chose de plus total et de plus immédiat.

Sophie aurait voulu que sa voix ne frémît pas, comme frémissaient ses mains tout à l'heure :

– Tu serais prête à recommencer ?

– Si tu veux dire à l'instant, la réponse est non. Pas plus que je n'ai envie refaire l'amour aussi longtemps que le plaisir filtre – pardon si la précision t'importune. Mais si tu veux dire : ensuite alors il n'est même pas question d'être prête, je souhaite, j'entends être fessée, aussi souvent que cela se pourra. Tu vas me demander pourquoi, et je te dirai que je n'en sais rien, ou rien de plus que dit déjà. J'obtiens quelque chose que je n'ai pas autrement et qui, j'ignore aussi pourquoi, me manque, m'a sans doute toujours manqué. J'ai bien dû raconter que si je deviens médecin, ce sera généraliste ou pédiatre, pas du tout psychanalyste. Je me regarde peu l'envers du nombril, et me fatigue rarement de questions à mon sujet.

Pour Sophie la rieuse, c'était beaucoup de nouveau et de violemment nouveau à l'improviste. La crudité de son amie, semblable à celle de son corps, de ses fesses surtout, soudain nus, et, pensait Sophie, si violemment et indécemment charnels, la subjuguait tout en l'angoissant. Elle se dérangea elle-même parce qu'elle priait, sans y avoir réfléchi :

– Cela t'ennuierait que je te déshabille ?

Françoise rit un peu, sans l'ombre de sarcasme, puis sourit encore à son amie :

– Tu veux me voir toute nue ?

– Écoute, c'est-à-dire, enfin, eh bien, oui !

– Mais si tu as une grosse surprise ?

Sophie, incertaine, haussa ou bougea les épaules, ne se rendant pas compte qu'elle serrait plus fort la main de Françoise :

– Oui ?

– Ça ne se dit même pas, que tu as le droit de me déshabiller. Et quel fichu droit d'ailleurs ? Mais avant il faut que tu aies ta fessée toi aussi.

Bon, derechef l'horreur et l'angoisse, quand on croit dominer les situations ! Tout d'un coup c'était elle-même, Sophie, la petite fille dont le monde entier examine tranquillement le derrière, tandis qu'on lui inflige le plus humiliant des châtiments. Elle se rendit très bien compte, cette fois, que les larmes allaient jaillir :

– Écoute, s'il te plaît, non. Tu sais, je crois que moi, je n'en ai pas envie. Ça ne me fait pas rêver, pas du tout. Je crois que je ne peux pas supporter que quelqu'un, toi surtout, me couche, me voie, me fesse. Si tu veux, reste habillée, c'était une idée idiote de toute façon, mais ne me donne pas de fessée. Je n'ai pas le courage, si tu veux.

Françoise à son tour, pressa la main de Sophie, très doucement :

– Tu ne comprends pas. À partir de maintenant, tu es mon petit maître, tu m'habilles ou me déshabilles, tu m'embrasses ou tu me purges, tu me fesses en pleine rue si c'est cela qui te passe par la tête. Tu me prends ou tu me laisses, le jour et la nuit. Mais tout de suite, tu m'as administré une fessée, et moi je t'en administre une, sans quoi il n'y a pas d'échange. Excuse-moi, j'estime que ce n'est pas même un sujet de discussion, tu dois avoir toi aussi ta fessée et c'est tout. Allons, viens, et surtout ne pleure pas. Si tu dois absolument pleurer, attends le moment, la seconde où tu as les fesses nues, ton petit derrière, et où tu ne peux plus douter que tu es un bébé, une très jeune personne de dix-huit ans dont on poursuit ou commence l'éducation. Viens.

N'eût-elle été distraite, ainsi à peu près que toute la race humaine, par l'épouvante ou l'épouvantail plutôt du ridicule, Sophie aurait bel et bien pleuré à chaudes larmes. Comment une plaisanterie, un rapide gag de vacances, débouchaient-ils sur ce mauvais rêve ?

La nuit, par exemple, tandis que l'on dort en toute innocence, on marche dans une rue animée, et soudain on s'aperçoit qu'on a omis de mettre ses principaux vêtements. La jeune fille, tout le sang à la tête, le cœur battant au milieu d'un immense vide, se tint debout devant Françoise. Quelques instants à peine plus tôt, la situation était inversée, eh oui, c'est vrai, il y avait on ne sait quoi d'un peu inquiétant, mais surtout de drôle et d'excitant, à courber Françoise, à la découvrir, à exposer ce qui est et doit être le plus caché, sous peine du plus grand déshonneur ; Françoise toute sage et toute nette dans son étroite jupe claire, laquelle, le diable encore sait pourquoi, semblait toujours repassée de frais.

Françoise de son côté, trouvait amusant, mais émouvant aussi, de déboutonner le jean de Sophie, cette pièce de costume initialement masculine. Elle prit son amie par le coude et la coucha sur ses genoux.

– Le jean si tu veux, mais pas ma culotte, tenta de dire Sophie, tordant le cou pour voir celle qui la tourmentait.

– Silence, maintenant.

Les types ont raison, c'est une très jolie invention que les petites culottes ; la progression d'un coutil plus ou moins rugueux, à la soyeuse douceur de la lingerie, et de celle-ci tout d'un coup à la chaleur, à l'inexprimable satiné et l'inexprimable sauvagerie de la chair. Sophie portait une culotte de très fine laine noire, qui eût dû être très piquante ou très seyante, et en fait ne lui convenait pas parce que sa peau, partout où le soleil ne l'avait pas touchée, était trop pâle. Déculottée prestement, un certain desserrement des muscles, et comme de la texture même du corps, un grain de l'épiderme peu égal répondaient à cette pâleur. Le derrière de son amie, pensa Françoise, n'était pas rieur. Pour cela elle ne laissa pas de la fesser avec sa détermination habituelle. La fessant, elle vérifiait ce dont elle s'était doutée : qu'autant recevoir elle-même une fessée avait été une expérience et une aventure hors pair, un traumatisme comblant si ces mots peuvent être associés ; autant en administrer une lui déplaisait, presque lui était pénible. Fugacement elle se demanda si fesser un garçon, un type de leur âge, l'enthousiasmerait plus ? Est-ce que ça la ferait jouir ? Et lui ? Elle se sentait, dans l'immédiat, on ne peut moins en train pour jouir. Différant d'elle, qui s'était laissé fesser comme elle se serait laissé faire l'amour, disons par un donneur indifférent mais non antipathique, Sophie ne cessait de se contracter, se soumettait seulement quand la force lui manquait, ou que les claques l'emportaient sur sa résistance, se contractait à nouveau. Donc Françoise la fessa jusqu'au moment où la jeune fille, tout à fait vaincue, se trouva réduite à céder, et offrit malgré elle son derrière dénoué telle une corolle. Aussitôt elle voulut se relever et Françoise la maintint :

– Reste un peu comme ça, tu es très bien.

La sueur avait épaissi les boucles noires, et la voix tremblante était celle d'un enfant puni :

– Je dois être affreuse ?

– Ou idiote, dit Françoise.

– Je ne suis pas toute rouge ?

– Tu as vu ça dans les livres, où une fessée ne va pas sans la couleur framboise ou cerise. Ton derrière de bébé est tout juste enluminé, on dirait les joues d'une poupée.

– C'est joli ?

– Non, à faire peur, dit Françoise.

Récupérant assez de ressort et de vitalité, Sophie se mit debout d'un élan, tandis qu'elle remontait d'une main sa culotte et de l'autre, par un côté de la taille, le jean. Ses joues à elles bel et bien empourprées, Françoise se leva à son tour :

– Allez, embrasse-moi vite.

Une brume de larmes voilait encore les yeux sombres et les coins de la bouche tombaient :

– T'embrasser ? Mais écoute, tu m'as fait mal !

Feignant l'agacement qu'elle commençait en effet à éprouver, Françoise, d'un seul mouvement elle aussi, parvint à glisser le bras sous celui de Sophie, redescendit en même temps jean et culotte, et appliqua une vigoureuse tape sur les fesses :

– C'est mieux maintenant ? Dois-tu, peux-tu m'embrasser ! Une pauvre petite fessée te rend amnésique en plus d'idiote ?

– Merci toujours, se plaignit Sophie.

Cependant un souvenir de rire pointait déjà. Il fut clair qu'elle ne se contraignait pas, pour passer les bras autour du cou de Françoise, même si celle-ci, non pas Sophie, chercha la première, des lèvres, les lèvres de son amie. Sophie d'été, Françoise d'automne, pensa-t-elle sans trop de raison, ou songeant, peut-être, à un écart de gravité plutôt que d'âge. Puis, dès que leurs lèvres se furent rencontrées, flamba un violent emportement, sinon une passion ; elles s'embrassaient dans l'enivrement curieux et fou des amants, toutes chaudes, toutes heureuses et grisées, tantôt la langue de Sophie, écrasée et fondante, comme au cœur de la bouche et de la gorge de Françoise ; tantôt celle de Françoise, investigatrice à la fois et livrée, exigeante, enlaçante, émue jusqu'au frémissement, entre le palais et la langue de Sophie. Elles ne se détachèrent, à grand regret, que pour reprendre haleine. Les yeux noirs, durs parfois, de Sophie étaient endiamantés maintenant d'une chatoyante poussière de lune.

– Tu sais, j'ai toujours envie de te voir nue, sans rien du tout. Tu veux bien ?

– Sans rien sera le mot exact, dit Françoise, constatant que son propre rire était troublé. Je t'ai menacée d'une surprise, alors tu prends tes risques. D'autre part, je t'ai expliqué que tu n'as pas à me demander de permission, tu fais ce qui te tente, tu prononces et moi j'obéis.

– Ça monte à la tête, murmura ou bégaya Sophie.

Françoise, à son instigation, leva les bras, et comme Sophie lui tirait son tee-shirt par-dessus la tête, sans parvenir d'ailleurs à la dépeigner, tant les cheveux longs et droits étaient souples, elle perçut la fragrance de lierre des aisselles rasées et en éprouva une commotion, comme s'il se fût agi de l'odeur de l'amour. Les seins, d'une très pure forme ronde, et leur bouton d'un rose à peine cendré, l'attachèrent un instant, mais quoi, c'étaient des seins. Ses mains à elle tremblaient d'une sorte d'appréhension bizarre plutôt que d'impatience tandis qu'elle baissait la fermeture Éclair de la jupe, retrouvait le minuscule slip blanc. Quelques minutes plus tôt, elle avait, tenait sous ses yeux le derrière blond, serré et soyeux, de son amie, elle le fessait. Maintenant elle posa à terre un genou, puis les deux pour achever de dénuder Françoise. On eût dit un coup. On eût dit que la vulve, aussi précise, aussi pulpeuse et tendre que les fesses, les seins, et simultanément une exacerbation de l'odeur, la frappaient, l'aveuglaient. Le sexe d'une fille, nu ainsi, enchâssé et serti dans le ventre et les cuisses, c'est à la fois terrifiant, absurde et merveilleux. Pourquoi merveilleux, on ne sait pas. Une énigme et une promesse, le bord ou l'issue, très faussement close, d'un gouffre dépourvu d'angoisse, au fond duquel attend, réside éternellement, ce qui dans tout le reste du monde et de la vie est caché. Rien, nulle part, jamais, comme si elle-même n'eût pas été une fille, n'avait autant interdit et envoûté Sophie. Elle doutait qu'un garçon et son sexe, à quoi qu'ils ressemblent, pussent, un jour, la déconcerter à ce point. Approchant le visage pour voir, voir encore, pour comprendre, se reculant, mais à peine, de sorte que Françoise ne crût pas que c'était son parfum soudain ensauvagé qu'elle tenait et qui la tenait à distance, elle scruta on eût dit malgré elle la chair d'amande douce et de lisse éponge, les lèvres comme enfantines, et sourdement et agressivement féminines, fermées, à peine elles aussi, sur leur poignant secret, n'osa pas approcher la bouche, ses propres lèvres, quoiqu'une évidence non discutable enseignât, intimât que c'était ce qu'il y avait à faire maintenant, tout de suite. Ainsi qu'on se raccroche et qu'on se rassure, de la paume elle effleura la hanche de son amie, emboîta la chair de champignon d'une petite fesse ronde, toute tiède et ferme, leva les yeux. Françoise, bien sûr, ne se moquait pas, était peut-être déconcertée elle-même et souriait :

– Tu dois choisir seule, cette fois. Faut-il, ne faut-il pas m'embrasser ?

Ce n'était pas, en vérité, un baiser autre, mais le même, seulement plus vertigineux et plus déchirant, parce qu'on touche, fouille des lèvres, de la langue, ce secret même de quelqu'un qui n'est pas vous. Sophie caressa brièvement, timidement des lèvres celles du gentil sexe criminel. Puis les posa. Les ayant posées, elle les appuya. Les ayant appuyées, disjoignant ainsi celles du minuscule piège, telle une porte magique dont ses propres lèvres étaient le sésame, le vertige la prit, l'engloutit comme s'il la noyait, sensations, pensées, sentiments on eût dit aspirés dans et par l'étroite ouverture.

Les cuisses de son amie vibraient à l'intérieur même des muscles, de la chair, et le frémissement émouvait par ondes, par souples et sournoises saccades, son ventre à elle. À un moment elle se rendit compte que la main de Françoise lui pressait la nuque comme pour la plonger tout entière en elle, dans son vagin, et que de son côté, elle avait presque couché la tête sur sa propre épaule pour boire, absorber tout entiers, si c'était possible, vagin et vulve de son amie. Désarçonnée à nouveau, comme lors d'un réveil, elle s'écarta, s'ébroua, avec l'impression d'être perdue.

– On fait quoi ? demanda-t-elle.

– Moi, je me mets sur le lit, si cela ne t'offense pas.

Alors elles furent allongées face à face, Françoise nue, Sophie habillée. Elles se regardaient ainsi que des étrangers qui se plaisent.

– Tu es vierge ? questionna à son tour Françoise.

Sophie se réveillait vraiment, de sorte que ses joues flambèrent :

– Écoute, enfin, qu'est-ce que ça veut dire, ces chiennes de questions !

Françoise lui prit une main, en couvrit sa vulve moite, liquide même aussitôt que l'on frôlait le pli médian, le suivait dans sa fuite insidieuse entre les cuisses pourtant refermées :

– Comme toutes les questions, je suppose. Pour savoir. Si tu n'es pas vierge, je crains moins de te choquer. De te froisser aussi, toi, ton corps, tu vois, en te caressant.

– Eh bien, imagine que je ne le suis pas ! dit Sophie, très rouge. Et on fait quoi dans ce cas ?

– Tu peux dormir ici, ou c'est mieux que tu appelles chez toi d'abord ?

– Non, inutile.

Sophie éclata de rire comme avant la perpétration :

– Puisqu'il s'agit de Françoise, je suis en sûreté. Tu veux vraiment que je passe la nuit ?

– Ce que je voudrais est qu'on fasse l'amour, on n'a pas mal commencé, il me semble. Tu aimes rester sur ta faim ?

– Mais comment ? marmonna Sophie, qui réprimait une vague envie de pleurer. Elle reconnut tout à coup : Oui, je suis vierge. Et toi, tu sais le faire ?

– Avec une fille ? Pas du tout. Apprenons.

Tout en parlant, et d'une seule main, l'autre, coude sur le lit, soutenant la tête aux sages cheveux blond châtain, elle épluchait peu à peu Sophie de ses vêtements. Un soutien-gorge, par tous les diables médicaux et autres, en plein été ! Enfin l'impertinente petite culotte noire, douce comme des fesses, qui livra une fourrure et un sexe un peu brouillons, un peu hagards à l'image de Sophie, et dont la senteur vive et amère évoquaient plus l'été en effet, que les amours, les délices et les orgasmes. Pourquoi est-ce que je pense des sottises juste maintenant ? se demanda Françoise.

– Et maintenant ? questionna, elle-même sottement, la brune Sophie à cet instant.

Françoise au visage plus ou moins impassible, était consciente que la magie perdait de sa force, de son étrange omnipotence, de même que la montée du plaisir, tandis que Sophie l'embrassait et la tétait entre les cuisses, sans raison très claire s'était trouvée cassée et avait reflué.

– Voyons, qui est la plus lourde ? Toi, un peu. Alors tu t'allonges bien à plat, ou non, l'oreiller sous la tête, tu descends plus vers le pied du lit, et tu ouvres comme un petit ange tes cuisses et tes jambes de Sophie.

Je la viole, pensa-t-elle, amusée et embarrassée. Elle pensa aussi, mais vite et avec ennui, au type qui lui avait enseigné l'extravagante et évidente position. Orientant ses propres jambes vers le chevet, elle se coucha d'une torsion des reins sur son amie, rampa en arrière jusqu'à sentir sa fente même sur la bouche de Sophie, ce qui détermina un premier frisson ou frissonnement très interne, étouffé à la fois et comme électrique, pencha le visage, sa bouche à elle, sur la toison, la vulve de l'autre fille. Le temps entier s'immobilisa une seconde telle une éternité. Sophie hésitait sans doute, Françoise elle-même attendait en n'attendant rien puisque tout était là. Le seul sens de l'amour, c'est: Maintenant. Et maintenant, en effet encore, la langue de Sophie, avec une subite résolution comme on se jette à l'eau, plongea dans le vagin de Françoise, laquelle, assez à sa surprise, en fut secouée et commença, sourdement, délicieusement à perdre du sperme, ce qui sembla redoubler l'activité de Sophie. Françoise cependant, tandis qu'elle s'efforçait tant bien que mal, et sans trop savoir pourquoi, de retarder la jouissance, entreprit de lécher l'intérieur des lèvres en désordre, évocatrices d'un fruit fleur, ou d'une fleur fruit mal dépliés. Elle y découvrait, ou imaginait seulement, un goût d'enfance, acide et neuf, de non-intrusion masculine ou féminine, qui décevait et enchantait. Le sperme lui-même, quand Françoise atteignit la fente, l'ouverture véritable des filles et des femmes, recelait et décelait la saveur à peine trouble, comme d'enfantines larmes du sexe, des corps vierges. Plutôt que de fouiller le vagin, des lèvres et de la langue elle gagna l'anus, et l'infime boutonnière tendrement contractée, pulpe et image en même temps, accéléra avec brusquerie, en Françoise, les pulsations annonciatrices de l'orgasme, qui s'approfondissaient et s'élargissaient. La jeune fille, saisie d'un affolement comme d'une folie, s'évertuait à forcer, à trouer de la langue l'adorable anus. N'y parvenant pas, elle râpa, toujours de la langue, selon une frénésie croissante, la minuscule incision. Enfin les cuisses de Sophie, ses aines, son ventre tremblèrent comme se tendaient ceux de Françoise. Et elle, recula la bouche pour avaler tout le sperme de son amie, pressentant bien que celle-ci allait jouir. Comme en vertu du même pressentiment, avec une éblouissante simultanéité elle haleta non à l'intérieur de la poitrine, mais de son propre ventre, déchargea par déferlements, par débordements lents et amples, sa sève à elle, dans la bouche de Sophie. Qui miaulait et qui vagissait? se demanda Françoise, amusée dans le plaisir même. La bouche de Sophie, arrondie, pressante, étreignait tout le vagin de son amie dans une prison de chaleur, d'ivresse charnelle et de liberté.

Françoise, soucieuse à son tour de ne pas incommoder, ou peut-être surprendre désagréablement Sophie par les effluves de ce plaisir qui irait maintenant du brûlant au tiède, du tiède au froid, bougea la première. Elle se laissa glisser sur le flanc, rétablit tout son corps dans le sens habituel d'un lit. La confiance, la reconnaissance, ainsi que l'on reconnaît un bienfait, et par ailleurs un pays connu une autre fois, même si ce n'est qu'en rêve, étaient grandes et très fortes entre les deux jeunes filles alors qu'elles s'enlaçaient, imitant une paresse que pourtant elles éprouvaient, confondant leurs cheveux, leurs visages et par instants, mais sans insistance, leurs lèvres. S'attardait sur celles-ci, le souvenir insensé, éblouissant lui-même, de lèvres plus secrètes ou plutôt plus intimes.

– Eh bien, nous avons appris, déclara Sophie la rieuse.

Françoise la convenable, qui rassurait les parents, apanage sans doute des pervers et des délictueux, bâilla à la manière des chats, quasiment dans l'oreille de son amie.

– Tu es contente ? demanda-t-elle, tout ensommeillée.

– Oui ! Je le suis de toi et je le suis de moi. Je crois que tu n'as pas envie de parler ? ajouta-t-elle très inutilement.

– Non, jamais, marmonna Françoise.

Sophie éclata de rire, baisa avec beaucoup de tendresse les lèvres de l'autre fille :

– Je consens à dormir moi aussi. Écoute, excuse-moi de parler encore un tout petit peu, mais c'était bon, tu sais. Oh, écoute, que dirais-tu si demain, ou plutôt aujourd'hui je suppose, à peine tu as les yeux ouverts, je te redonnais une fessée ?

Françoise bâilla, produisant le même petit bruit de chat. Bâiller la fatiguait, et la fatigue à son tour était délicieuse.

– Qu'ai-je dit quand tu me fessais, tout à l'heure ?

– Rien. Et après tu es allée regarder le jardin par la porte-fenêtre.

– Alors je ne dirai rien, je recevrai ma fessée, et j'irai regarder le jardin. Elle bâilla encore : Par la porte-fenêtre, termina-t-elle.

III

Jennifer, le bébé laiteux, se réveilla agrémentée de l'envie de bouder. Et non que ce fussent les stupides règles, il s'en fallait d'une dizaine de jours. Elle avait envie d'être mécontente et de le montrer, tout à fait comme on a des matins triomphants. Par entraînement d'idées ou d'humeurs, elle jugeait imbécile, aussi, à seize ans et demi, presque dix-sept, d'être pucelle. Pourquoi le suis-je ? À quoi est-ce que cela rime ? Pourquoi les imbéciles garçons ne se ruent-ils pas sur moi comme des lions sur du miel, et ne m'arrachent-ils pas ma culotte pour me fourrer leur machin dans le chose ? Je me demande d'ailleurs bien s'il est vrai que ça fait mal la première fois ? Et quel mal, bon sang ? Pire qu'une fessée appliquée, à seize ans et demi, presque dix-sept, par la main arbitraire d'une génitrice devenue démente ? Mais je suis vraiment de très mauvaise humeur ! Ma petite maman bien-aimée ; elle ne peut en aucun cas être démente puisque je l'aime. Sauf qu'avec tout ça, je me sens toujours extrêmement mécontente !

Dans la salle de bains, le souvenir de la fameuse fessée l'incita, quand elle eut vidé comme un bon bébé son petit tambour, à se poster devant la haute glace fixée au mur, à remonter sa chemise de nuit. Elle considéra sans plaisir sa fourrure drue, sa vulve. Imagina cette dernière toute chauve et rase, toute nue. L'imagination imprimait comme une indistincte secousse interne, mi-douloureuse mi-délicieuse, surtout songeant en même temps à cette femme, Danièle, qui avait pour le moins trente ou trente-cinq ans, et qui vivait ainsi, scalpée comme un croupion de vrai bébé. Jennifer pivota et tordit le cou pour se voir de dos. D'authentiques fesses rondes de bébé, pensa-t-elle, de plus en plus mécontente. Mais cela aidait à prendre une décision. Dans l'immédiat, et contrairement à cette superbe Danièle brune, ce n'est que trop évident que j'ai l'air d'un bébé qui a bu trop de lait. Donc, si je dois m'épiler ou me raser, ce ne sera que quand j'en aurai fini d'être une grosse fille vierge aux grosses fesses. Et maintenant silence sur ce sujet, tout est dit ! Elle aurait quand même bien voulu voir de près, de très près c'est-à-dire, la femme en question. À quoi cela peut-il ressembler un sexe aussi offert, aussi ouvert presque ? Par ailleurs, tout bien pesé elle s'en foutait, certaine que c'était sa maman à elle, non celle de cet autre bébé, Stéphanie, la plus belle. Mais encore, un beau spécimen de garçon bien constitué, par exemple, de quoi est-ce que ça a l'air, tout nu et raclé comme un œuf ou comme deux ? Jennifer, tu abondes en questions idiotes et odieuses, ce matin ! Sauf que c'est la faute de maman. Et sauf que si les plaisirs solitaires n'étaient pas un défaut qui rend sourd et avide, je m'y adonnerais jusqu'à en crever. Ah ! Ah ! Et au demeurant, je n'aime pas mes seins non plus, ils manquent de piment et de piquant. Bref, il leur manque quelque chose. Ou même quelqu'un. Ah ! Ah ! Où est et que fait ma jolie maman, digne et noble, malgré les vilains gestes vis-à-vis de sa fille, comme une toute petite reine ?

Jennifer traîna et paressa, en chemise de nuit, dans la grande cuisine claire, ne laissant pas de dévaster crème, sucre, chocolat, croissants, il va de soi sans oublier le beurre. Par quarts de seconde elle ne savait quoi se creusait, était vide en elle en effet, lui manquait à la faire crier, et ce manque imbécile contrariait son indolence naturelle. Avait-elle bel et bien envie, ou besoin plutôt, d'une autre fessée ? Et à ce propos, pourquoi n'avait-elle pas pris au moins la peine, aujourd'hui justement, d'enfiler une petite culotte ? Et où diable se trouvait et que diable faisait ou méditait maman ? Pourquoi abandonnait-elle son bébé quand il était en peine ? Jennifer avait le soupçon, tout en s'efforçant bien entendu de le repousser, que ce que Mme Montheil avait rencontré de plus sexuellement dérangeant dans toute sa vie, était précisément la fessée administrée avec un si étrange déploiement d'énergie, à son gros bébé ; c'était assuré pour ce dernier, et ce devait l'être pour elle. Mais qu'est-ce à dire ? Une vie de dignité, de mesure, de respect réciproque entre une digne mère et sa peut-être non moins digne fille, et tout d'un coup, en raison d'on ne sait quelle belle dame exhibitionniste, mise à nu d'un derrière gavé de lait et fessée ? Étrange, très étrange, oui !

Du patio, maintenant, elle n'avait aucun mal à voir l'indigne mère dans sa dignité, vêtue d'un maillot noir à manches courtes et d'un fin et collant bermuda noir de cycliste, qui jouait du sécateur, en plein soleil de dix heures du matin. Le célèbre instinct maternel lui fit lever les yeux de ses rosiers si ce n'étaient pas des delphiniums ou des salades et elle sourit à son bébé blond.

– Tu devrais porter un chapeau, cria Jennifer, si haut que des baigneurs matinaux, sur le chemin, tournèrent la tête. Mme Montheil, penchée à nouveau sur ses végétaux, se redressa, une jolie main sur ses jolis reins, sourit encore ; elle aimait regarder ainsi, comme de loin, son gros bébé :

– Pourquoi ?

– Comment, pourquoi ? Pour te garantir des insolations, je suppose. Tu sais, chinois, ou vietnamien, le chapeau je veux dire. Tu ressemblerais à un champignon.

– Ne crie pas comme ça, s'il te plaît. Et je ne veux pas ressembler à un champignon.

– Non ? Bon alors, viens !

– Tu as besoin de moi ?

– Pas du tout, c'est toi qui as besoin de moi.

Une émotion entreprit de serrer la gorge de Jennifer. Accès de folie, si c'est cela la folie. Folie douce, si douce qu'en même temps elle contracte, on dirait, l'intérieur des cuisses, ainsi que pour bâillonner quelque traîtresse impulsion ou pulsation vers les aines et aussi, telle la plus perfide des pointes, à l'endroit juste où l'on s'assied. La peau très mate et hâlée de Mme Montheil luisait un peu, par exception, un vernis léger de sueur, et l'odeur légère de cette sueur était jolie. La même pulsation confuse au lieu de contracter parut gonfler la vulve de Jennifer. La jeune fille aurait bien gémi ou chanté. Elle tâcha de s'installer commodément sur le coussin d'un des sièges du patio, et incapable de parler, ne souhaitant pas en être capable d'ailleurs, attira Mme Montheil jusqu'à la coucher en travers de ses cuisses.

– Mais enfin, pourquoi fais-tu ça ? murmura cette dernière, elle-même si étonnée, si gênée aussi, qu'elle ne s'avisait pas de résister.

Jennifer, en silence, descendit sur les cuisses mille fois plus jolies que les siennes le bermuda ou culotte de fin tricot, découvrant le petit derrière nerveux et tendre, révélé plutôt que caché par un plus petit slip passablement insolent chez une noble mère, et lui-même tout moite dans son éclatante blancheur. Pour Jennifer, le sentiment et si l'on peut dire la sensation de transgression furent si puissants, si âpres, qu'elle faillit en même temps jouir, ce qui eût été une vraie angoisse parce que, ne portant que sa chemise de nuit, peut-être l'infâme chose eût été visible, et se mettre à pleurer. Quant à Monique Montheil, par le bizarre enchantement, le cheminement inconnu et certain, bizarrement rassurant, du retour à l'enfance, mais dans le seul cas sans doute où il est indiqué et imposé par quelqu'un que l'on aime, aussitôt le vêtement baissé, comme supprimé, elle ne bougea plus, fût-ce d'un millimètre, se prêta et demeura, si cela encore peut se dire, fiévreusement et incompréhensiblement passive ; il faut entendre, incompréhensible à soi-même. Alors Jennifer se décida à baisser de même le très petit slip et fessa, oubliant toute vergogne, le derrière menu, comme inscrit dans le hâle. Elle n'y alla pas, bien sûr, de toute sa force de gros bébé, il s'agissait de sa maman. Mais enfin, il fallait que sa maman reçût elle aussi une fessée.

– Vite, que je me lève, balbutia Mme Montheil quand ce fut fini.

– S'il te plaît, reste comme ça un instant.

– Mais, les gens.

Jennifer ne voulait ni à la vérité ne pouvait répondre. Elle contemplait toute coupable, toute grisée de triomphe, les si jolies fesses graciles et ardentes, humiliées et cependant loin au-dessus ou à l'écart de quelque humiliation que ce fût. La jeune fille sentait les larmes perler entre ses paupières, venues du cœur. La violence de l'émotion, comme toujours, avait tué ou tari le trouble dans son propre corps, et pourtant tout en elle, corps et cœur, battait sur un rythme profond et lent de joie, d'étonnement, d'admiration et d'affection sereines. À regret, un chagrin presque, elle remonta la lingerie miniature, l'autre absurde vêtement. Mme Montheil se trouvait si honteuse, entre autres parce qu'une partie ou diverses parties condamnables de sa personne la brûlaient, n'osait même plus se détourner pour gagner la maison. Debout devant Jennifer, leurs regards s'effleurèrent s'esquivèrent, s'attachèrent enfin, empreints l'un et l'autre de désarroi, celui de Monique Montheil de consternation :

– Comment as-tu pu faire ça, affreuse fille ?

Ce que Jennifer eût voulu faire, tout de suite, c'était prendre sa maman dans ses bras d'affreuse grosse fille, pour la cajoler et la consoler. Quel rêve merveilleux, consoler sa maman. Et cela l'eût rassurée elle-même. Mais elle s'en tint à hausser un peu les épaules, percevant alors le poids de ses propres seins, qui glissaient contre l'envers de la chemise de nuit ; les pointes sensibilisées à l'extrême durent se gonfler, puis se rétractèrent en durcissant :

– Oui, c'est vrai, je suis ton affreux bébé, alors tu auras une réponse de bébé : C'est toi qui as commencé ! J'ai dix-sept ans, bien plutôt que seize, et tout d'un coup, alors que tu ne m'as peut-être jamais vue nue depuis l'âge de six mois, je dois être déshabillée et fessée. Ça me méduse tellement que je demande si j'en aurai d'autres, et tu dis très tranquillement que oui, bien sûr, parce qu'il n'y a rien de meilleur pour l'éducation d'un bébé, et que tu le fesseras, par conséquent, aussi souvent que nécessaire. Alors moi, donc !

Le donc fit naître chez Mme Montheil une furieuse tentation de fou rire, qu'elle dissimula de son mieux.

– Donc, poursuivait Jennifer, il m'a bien fallu comprendre, et il était bien temps, que moi aussi je dois penser à toi, m'inquiéter de toi et de ton éducation. Te baisser tes mignonnes petites culottes, exactement comme tu me déshabilles moi, et te donner des fessées, moi aussi, chaque fois par exemple que tu négliges de porter un chapeau quand tu vas au soleil. Ou quand je trouve que tu ne m'aimes pas assez, ou, plus rarement hélas, que tu m'aimes trop ! Ou que je suis jalouse de papa, pourquoi est-ce lui ton mari et pas moi ? Ou, pour finir, sans aucun prétexte, sinon que j'ai envie de revoir ton derrière de brugnon et de te fesser.

Monique Montheil, moins empourprée maintenant, mais toujours très troublée, pencha la tête :

– Jenny, quand même, je suis ta maman.

– C'est bien pour ça ! Tu n'imagines pas que je fesserais la maman de quelqu'un d'autre ?

Le fou rire échappa à l'emprise de Monique Montheil et un instant la secoua toute. Son bébé, ce monstre, était trop drôle. Tant d'impertinente logique ! Et c'était son bébé, le sien, sa grosse fille. Le monstre, par bonheur, étreignit la taille de sa mère, pressa la joue contre sa poitrine, et aussitôt, l'oubli. Oubli de tout, de la honte et de l'embarras, de toutes les bêtises. Mme Montheil entourait des bras la tête de sa Jenny et l'appuyait plus encore contre elle, en elle. Jamais, non, la chair de l'enfant, ne sera entièrement distincte de la chair de celle qui l'a enfanté. Ma Jenny, ma fille, mon bébé.

– Maman, je peux encore dire quelque chose d'affreux ?

– Tu ne cesses pas, je crois.

– Donc, je peux continuer. Maman je crois, moi, que je suis vraiment amoureuse de ton petit derrière, de tes petites fesses. Je voudrais te ressembler, tu es un million de fois plus ravissante et plus excitante que moi. Et aussi, ce que tu ne peux pas du tout savoir, tu es toi-même un bébé quand tes jolies fesses sont nues. Je voudrais les embrasser un million de fois, je voudrais les croquer, je le ferai d'ailleurs. Tu sais, je crois que je te l'ai dit déjà et c'est vrai, je n'arrive pas à comprendre ma chance de t'avoir pour maman ! Écoute, si tu préfères comme ça, je ne te donnerai plus jamais de fessées, parce que je t'aime, et que je te remercie pour tout, et que je ne voudrais pas que tu penses que tu n'es plus une maman respectable et digne et très noble comme une toute petite reine. Je t'aime trop, tu sais. Maman ?

– Oui, quoi encore, gros monstre ?

Selon le même geste éternel, tenant entre les paumes le visage de sa fille, elle abandonna dans les beaux et chers yeux bleus, si confiants, au point que cela déchirait le cœur, son regard, sa propre adoration. Mon bébé. Ma Jenny.

– Maintenant je vais à la plage, voir les autres, mes copines, les types, nager, bronzer si j'y arrive. Je ne rentre pas déjeuner. Mais cette nuit, tu m'invites et tu me gardes avec toi dans ton lit et on parle tout le temps. De moi d'abord, j'ai un million de choses qui me tracassent, précisément parce que je me sens si bien. Et de toi, à condition que tu aimes ta Jenny assez pour lui parler. Tu sais, à des moments comme maintenant on dirait qu'on ne s'est jamais parlé avant, et que maintenant on peut. C'est une merveille, tu sais, de parler à sa vieille mère.

– De parler à sa grosse fille aussi, dit Mme Montheil.

Elle rêvait, sans raison triste à pleurer, comme si une vie entière, et sa propre personne, avaient été perdues ; avec plus de raison sans doute, heureuse à pleurer.

– Tu as de l'argent pour manger ?

– Si je vois que je n'en ai pas assez, je me ferai traiter somptueusement par mes amants, expliqua Jennifer.

Se dégageant soudain des bras de sa mère, elle se releva avec une vive aisance de gros bébé, courut vers l'intérieur de la villa :

– Une douche, un bain, une douche, plusieurs douches, je suis aussi sale et malodorante que je suis grosse et grasse ! J'aime ma maman, j'aime à la folie son petit derrière finement dodu !

– Affreux monstre, répéta, pour elle-même, Mme Montheil, à demi aveuglée par la buée de la magie.

Jennifer avait pris l'habitude des maillots de bain d'une seule pièce. Ils ne lui allaient pas du tout, soulignant la profusion laiteuse, indécise, un peu massive, de son corps adolescent après l'âge ou presque après l'âge, mais convenaient à sa paresse. Le bikini devenu un classique, l'eût obligée à se soucier trop d'elle-même. N'aurais-je pas du ventre ? Ou des bourrelets de bébé entre les fesses et les cuisses ? Et si, pour faire comme tout le monde, je vais le torse nu, tout le monde aussi ne verrait-il pas que j'ai des seins très vilains, de grosses tétines de bébé justement ? Affreux, affreux. Outre, à la différence de cette admirable dame aux fessées, Danièle, que je ne suis ni épilée ni rasée, et que peut-être mon indécente fourrure dépasserait. De plus en plus affreux. Soit dit entre parenthèses, de moi à moi, je donnerais cher pour voir nue, ne serait-ce qu'une fois, la dame en question, son petit chose tout écrêté, ça ne doit pas être triste ! Il faut que je demande à maman de s'épiler comme la dame, elle serait vraiment trop mignonne. Je la supplierai. Enfin, bref, maillot une pièce pour Jennifer.

Elle n'avait pas, à proprement parler, de meilleure amie sur la plage. Toujours la même raison, si tant est que c'en soit une. Avoir, c'est-à-dire choisir une meilleure amie, nécessite un effort. Jennifer s'entendait bien avec une grande Sandrine, rieuse comme Sophie ou presque, libre sans désinvolture, et avec le frère de Sandrine, Loïc. Ce dernier était une plante naturelle de vacances et de plage ; plus grand que sa sœur déjà loin d'être petite pour une fille, large d'épaules, bronzé à poser pour les huiles solaires, un visage simple et ouvert, le corps disposé comme de naissance pour le surf, le crawl, la planche à voile, peut-être l'avalanche à poil et le mah-jong. En vertu d'une autre raison quelconque, il ne troublait pas Jennifer. Deux ou trois jours plus tôt, alors qu'il se séchait vautré à plat sur sa serviette, la jeune fille, pieds nus bien sûr, avait joué un bon moment à lui piétiner le dos, les reins, les fesses et les cuisses en guise de massage. C'était une occupation agréable, mais non troublante.

Il est très curieux de constater que souvent, les images bien à l'abri dans notre tête paraissent évoquer ou susciter chez autrui des images semblables. Jennifer tout juste écroulée, souplement comme les bébés, sur sa propre serviette à côté de Sandrine, une des deux nouvelles filles du groupe, nommée Sophie, ces arrivantes se trouvant être Sophie et Françoise, la première donc questionna :

– Tu es bien Jennifer ? Écoute, on ne se connaît pas vraiment, mais de toute façon ce n'est pas pour critiquer : pourquoi n'as-tu pas un bikini, de façon à enlever le haut ? C'est un préjugé, ou ça contrarie ta famille ?

La fille elle-même, cette Sophie, était torse nu, et il n'y avait pas de quoi chanter *Ramona* en guatémaltèque ; des seins grognons, un peu épais. Comme les miens, pensa Jennifer. L'autre en revanche, Françoise, dont le corps impeccable aurait rendu Jennifer jalouse si la jalousie ne fatiguait pas, n'en montrait pas plus qu'un bébé de dix-sept ans. Elle portait bien un deux-pièces, sauf que le haut, sorte de brassière à bretelles courtes, masquait plus que largement les seins, et que le bas n'était pas du tout un slip, mais une culotte ou un short ajusté qui mordait sur l'attache des cuisses ; le tout, ocre clair gansé de bleu, d'une discrétion absolue, pour peu au moins que Françoise la nymphette ne se fût pas trouvée dedans. Détournant les yeux de celle-ci, qui de son côté la considérait en souriant, toute sage, toute sereine, Jennifer éclata de rire :

– Je ne contrarie pas ma famille, pas toujours s'entend. Mon maillot est comme il est parce que je suis, moi, un gros bébé, à ma honte j'ai un corps de gros bébé. Si je porte des bikinis, j'aurai l'air d'un gros bébé fourré dans un bikini et c'est tout. J'aime mieux le mien, je m'y sens à l'aise et n'y pense plus jusqu'au moment de l'ôter.

Elle remarqua que les grands yeux clairs de la fille, Françoise, s'illuminaient et que Françoise accentuait son sourire, comme si elle jugeait Jennifer sympathique, aimait ce qu'elle avait répondu et avait un peu envie de l'aimer elle.

– Un gros bébé qui éveille un gros appétit, corrigea Loïc avec retard.

Les autres, garçons surtout, approuvèrent. Cependant Jennifer ne se leurrait pas, elle comprenait on ne peut mieux, partageant au fond leur avis, que ce qui fixait leur attention, une attention même très localisée et très particularisée, n'était pas elle, mais cette fille d'une beauté et d'une netteté décourageantes. Et l'espèce d'indifférence de Françoise était bien faite pour irriter plus encore tentations et prurits chez n'importe quel type et à n'importe quel âge. Jennifer, par ailleurs, que sa coutumière indolence rendait plus observatrice, plus intuitive ou réceptive que d'autres, fut sensible à une étrangeté, dans le rapport entre la séduisante figurine nommée Françoise, et l'autre fille, plus banale sinon plus grossière, survenue semblait-il en sa compagnie, l'agitée et pétulante Sophie. Françoise, dans sa vénusté juvénile, évoquait une femme ; sa copine, Sophie, n'était à tout prendre, comme Jennifer elle-même, qu'un grand enfant encore mal dessiné, encore, pour ainsi dire, à concevoir en tant qu'adulte. Or, l'inflexion d'autorité et de domination était, subtilement mais certainement, de Sophie à Françoise et sur Françoise, et non le contraire.

Comme en écho, une fois de plus, aux brèves images à travers l'esprit de Jennifer, Sophie, jusqu'à ce moment couchée à même le sable, appuyée sur un coude, tout d'un coup s'assit, se tourna vers Françoise, elle-même assise sur les talons près d'elle et, sans dire un mot, empoigna le bas de l'espèce de brassière et la lui enleva par-dessus la tête, Françoise levant docilement les bras pour faciliter l'opération. La pureté écrasante des seins ronds, peu volumineux, la précision et la perfection uniques selon lesquelles ils se détachaient du torse, tout en en demeurant solidaires, telle la continuation d'une seule ligne, parut stupéfier aussi bien filles que garçons. Toujours la beauté, pour une incalculable fraction de temps, immobilise l'ensemble du monde. Françoise restait comme elle l'était, assise sur les talons sans avoir l'air, elle, figée ou même immobile, bras détendus, expression de visage accueillante et calme. Alors, vite, des garçons se mirent à parler, puis les filles. On réentendit l'aboiement complexe et assourdi de la plage, les cris et les rires d'enfants, les appels maternels, le froissement souple des vagues basses. À un autre moment, un peu plus tard, Françoise retourna la tête, et aussi la poitrine, les seins, pour regarder Jennifer, et elle ne savait quoi sembla se déchirer dans le ventre ou le sexe de celle-ci. Pourtant ce n'était pas ce qu'on désigne par sexuel. C'était, plutôt, un nouvel enchaînement ou entraînement d'images. Comme si, peut-être, elle Jennifer eût été parmi les mères et qu'un enfant, le sien, réclamât son aide, criât au secours. Déjà, Françoise avait cessé de la regarder.

À un autre moment encore, au milieu de la rumeur et des bavardages, qui cependant s'éclaircissaient ici, s'assoupissaient là parce que le soleil tombait d'aplomb, tandis que des gens se levaient, déambulaient, s'installaient ou s'éloignaient pour le déjeuner, la même Sophie, avec la même brusque soudaineté, la même assurance, et la même omission de toute parole, du plus minime avertissement, fit s'allonger son amie à plat ventre, en lui posant seulement une main sur l'épaule. L'étrange sirène couchée, cette fois Sophie descendit jusque sur les cuisses le mince short dont le tissu imitait la laine. Les fesses blondes, il faudrait dire radieuses, ainsi offertes, aussi rondes et charnelles, dans leur délicate tension, que les seins, les membres, que tout le corps, que le visage et les cheveux, la coupe des yeux et des lèvres, ébranlèrent avec violence le cœur de Jennifer, et sans aucune équivoque son ventre aussi maintenant. Elle aimait mieux ne pas penser à ce qu'il en était pour les garçons, à plus forte raison pour les types d'âges divers qui circulaient de droite et de gauche, pour les autres filles elles-mêmes. Elle crut remarquer une ou deux exclamations, du côté des passants, ou venues de groupes proches du leur, et s'empourpra en lieu et place de Françoise. Celle ci, joue posée sur les bras croisés, derrière nu, eût pu faire la sieste, excepté qu'elle ne songeait pas le moins du monde à fermer les yeux. Sophie, dont la propre tranquillité n'était sans doute qu'une affectation, caressa un bref instant le gracieux derrière livré. Gracieux ou dangereux, ou les deux, pensa Jennifer. Le temps d'un éclair, elle haït Sophie. Tout aussi vite, un éclair de joie et de reconnaissance la traversa parce que Sophie, honteuse ou gênée de son rôle non exempt semblait-il de lâcheté, d'abord rougissait elle-même, puis, courbée, penchée, appuyait un baiser à la naissance du creux velouté entre les fesses de son amie, se décidait enfin à remonter short ou culotte de maillot de bain. Françoise n'avait toujours pas bougé. Alors, comme précédemment, les autres, tout le monde, se remirent à échanger des paroles vraies ou fausses ; on distinguait la précipitation, quelque chose de sournoisement creux dans les plaisanteries, les mots eux-mêmes.

Pour Jennifer, il était temps de quitter ses amis ; aucun d'eux en particulier, mais tous ensemble la fatiguaient, l'ennuyaient soudain. La vérité est qu'en très peu de jours, trop d'émotions avaient troublé et presque interrompu, comme des micro-séismes, le lent cours de sa paresse, c'est-à-dire de sa sécurité. Soudain il lui manquait le tiède abri de la maison, de la chambre, de la salle de bains avec le miroir où l'on examine en se faisant des grimaces son derrière de bébé ; l'abri de sa pudique et ardente maman. Et alors que Jennifer cherchait dans sa tête soi-disant lasse une formule quelconque pour prendre congé, Françoise redressa son corps de liane claire, se remit debout et vint à elle. Peu d'instants plus tôt, elle donnait l'impression d'être soumise tout entière, sans l'ombre d'une réserve, à son amie Sophie, qui parlait, se taisait, agissait à sa place, la dénudait très froidement en public. Puis, tout d'un coup, la jeune fille se révélait ou se montrait aussi indifférente aux sentiments, aux possibles ressentiments de l'amie en question qu'elle l'était, de façon manifeste, à l'attention et au désir latent et crispé des garçons. Elle ne semblait pas plus se soucier de cacher ses seins de vivant soleil. Plus petite que Jennifer, elle leva vers celle-ci un visage dépourvu de mensonge :

– Si ça te plaît, tu me tiens par la main et on va marcher, par là, je ne sais pas où, n'importe ; bavarder si ça te plaît aussi.

Toute préférence, tout choix de vous bien entendu est flatteur. Jennifer rosit d'étonnement et de plaisir, sourit de tout cœur à la jeune fille exemplaire qui lui souriait. Oublieuses, l'une comme l'autre, des commentaires plus ou moins discrets à leur passage, elles vagabondèrent main dans la main parmi les déjeuneurs et les baigneurs. Jennifer, au fond assez peu narcissique, considérait avec une envie nette de tout fiel, de toute amertume, la sage et éclatante incarnation de beauté féminine représentée par cette nouvelle amie ; et elle estimait pourtant que la proximité de Françoise devait accuser, par simple contraste, la gaucherie, peut-être la lourdeur, de sa propre enveloppe de bébé. Françoise joua une seconde à balancer leurs mains unies et Jennifer demanda :

– Tu ne trouves pas que je ressemble à un gros bébé ?

Comment, pensait-elle en même temps, une silhouette, un dessin, une forme aussi définis, suggèrent-ils justement la chaleur de tout ce qu'on dit, de tout ce qu'on lit à propos de plaisir, la fameuse volupté dans les bouquins, son trouble enivrement, sa rage ? Françoise au regard et aux dents limpides, à la chair plus blonde que hâlée, lui sourit, elle aussi, à ce que crut Jennifer, de tout son cœur :

– Bien sûr tu es un gros bébé, grand même, alors on ne peut pas ne pas t'aimer. Tu changeras, tu seras une hospitalière déesse de blé mûr et de lumière sur le sable et sur l'eau. Lequel des gentils crétins a noté que tu es appétissante ? Loïc ? Parole louable dans la bouche d'un moutard. Tu donnes faim. Je suis une fille, de sorte que je ne rêve pas vraiment de consommer une autre fille, mais j'adorerais t'enlever ton maillot et te voir. Tu sais ce que je voudrais ? J'ai vu des photos comme ça d'autrefois, exprès pour les gros bébés de lait et de miel. Tu es toute nue, posée à plat sur un coussin, les bras pliés et le menton sur les paumes, avec un nœud de ruban dans les cheveux et un sourire qui désarme tellement il est idiot !

– Eh bien, merci quand même ! dit Jennifer.

Elle était très vexée, mourait de rire, et s'aperçut que rien ne la troublerait et ne l'exciterait plus délicieusement, que d'être déshabillée et posée nue sur un coussin par Françoise. Sauf le ruban. Tout, mais pas le ruban ! Elle pressa la main de sa nouvelle copine, dont les idées d'ailleurs s'étaient reportées vers quelqu'un d'autre, sinon sur un autre terrain. L'étrangeté du visage et du regard de Françoise, comme de l'inflexion des lèvres, tenait à un mélange de simplicité, de franchises totales, ce qu'on appelle un visage ouvert, et de gravité. Celle-ci, paradoxalement, apparaissait surtout quand la jeune fille souriait.

– Ce n'est pas ta maman ? demanda-t-elle à l'improviste. Une femme brune, menue, si fine et si jolie, ou belle peut-être, qu'on dirait un bijou vivant, toute énergique à la fois et toute chaleureuse ?

Le cœur de Jennifer battit très fort :

– Tu la décris on ne peut mieux. Oui, c'est elle, c'est maman.

Elle avait conscience de rougir et s'en moquait ; tout au contraire elle, elle en était fière pour un peu, il s'agissait de la petite Mme Montheil, si chérie, ce qui, sans y réfléchir, la poussa à dire :

– Il n'y a pas longtemps, avant-hier en fait, elle m'a donné une fessée.

Maintenant c'était la main de Françoise qui pressait celle de Jennifer :

– Ta maman doit être quelqu'un de très intelligent.

– Plus que moi, je crois ! Mais dans l'ensemble je la scandalise, non pas par ma connerie mais par mes péchés, si ce n'est pas une même chose.

– On se venge comme on peut, dit Françoise, et toutes deux éclatèrent de rire. Ta façon de parler et par conséquent de penser montre que tu es toi-même intelligente, en dépit de ce que tu insinues. Tant mieux. Et moi, comme je crois que tu le sais ou que tu t'en doutes, c'est Sophie, la petite bouclée, qui me donne des fessées.

Un instant, Jennifer eut l'impression que son sang charriait des grumeaux au passage du cœur. Elle scruta son amie à la dérobée, craignant d'être trop hardie ou indiscrète :

– Je ne comprends pas vraiment le rapport entre toi et elle. D'abord, excuse-moi, elle n'est pas de ta pointure, et en plus cet échange des rôles, toi l'esclave et elle le seigneur, le maître. Ne me dis rien, tu sais, si ce n'est pas mon affaire.

L'autre fille, sans lui lâcher la main, se mit face à elle, la laissa plonger dans son regard tandis qu'elle-même la regardait, ses yeux bleus et clairs grands ouverts, clignés à peine par le soleil, tout attention et confiance :

– Si j'aime que tu me tiennes la main, si je te parle, c'est sans doute que quelque chose de moi, de ma vie est ton affaire. Cela ne m'ennuie même pas de parler de moi : Par caractère et par choix, je suis indépendante, ce qui serait très bien, sauf que je suis ou peux être à peu près autonome. Je n'ai presque pas besoin des gens, sinon pour les aimer quand je les aime. L'autonomie est anormale, dangereuse si tu préfères. Être fessée, avec ce que cela implique d'humiliation, de viol de l'intégrité fondamentale, compense en partie au moins, la tendance à l'indépendance, à l'autonomie surtout dont je parle; j'essaye qu'elle ne devienne pas une nécessité. Sophie me met le derrière à l'air, me fesse, et je suis forcée de rester parmi les gens, de me rappeler que je suis exactement de leur espèce. Tu vois un sens à ce que je raconte ?

– J'ai une terrible envie de t'embrasser, dit Jennifer, comme si cela répondait à la question.

De nouveau arrêtées, elles se retournèrent l'une vers l'autre, en même temps interloquées, et rassurées l'une par l'autre. Jennifer se pencha un peu, Françoise se dressa de même et leurs bouches se touchèrent. Puis, dès que les jeunes filles se furent écartées, Jennifer revit les seins adorables, candides, vulnérables, et pourtant secrets et obscurs, alors le cœur lui battit avec une force accrue. Elles marchaient, rêvassant, chacune pressentant ou imaginant que leurs rêves se rencontraient, ébauchaient de concert, un chemin unique. Peut-être est-ce facile pour les rêves. Elles parlèrent, quelques moments, de divers projets respectifs, à travers le magma de leur futur et de la société. Médecine pour Françoise; chez le gros bébé Jennifer, une attirance peu prévisible du côté de la philosophie, que cependant elle ne souhaitait pour rien au monde enseigner. Puis, à un autre moment, Françoise dit :

– Tu sais seulement qui a importé ici, en premier, parmi nous qui étions innocentes et sages, cette pratique aberrante de déculotter les bébés comme toi et moi et de les fesser ?

Jennifer derechef éclata de rire :

– Maman me l'a dit. Une vigoureuse femme très brune, pas aussi belle que maman parce que personne n'est aussi belle qu'elle, sauf toi je crois. Danièle, je ne connais que son prénom. Et elle aussi a un gros bébé blond ou châtain, Stéphanie, qui me ressemble un peu, sauf qu'elle est réussie et pas moi. Depuis leur arrivée, trois, quatre semaines au plus, elle a pris une allure de vedette à faire grincer les dents. Quel merveille de bébé ! Dis-moi, puisque tu vas remédier à la souffrance humaine, que pourrais-je faire, moi, pour perdre tout ce lait ?

– De la natation, un peu de régime, beaucoup de fessées, rétorqua Françoise, et Jennifer se rendit compte qu'elle était en train d'aimer très fort cette fille. Elle pressa la paume nette et fraîche dans la lourde lumière tramée d'embruns salés :

– Tu voudrais m'en donner, des fessées je veux dire ?

Elle aimait très fort l'amitié, comme une tendresse, dans le regard de la fille, et celle-ci disait :

– Tu es si sérieuse par moments, ou tout le temps aussi bien, que tu m'obliges à l'être. Non, je ne voudrais pas te fesser, plutôt je détesterais ça. Une fois j'ai fessé la petite bouclée, parce que nous inaugurions l'échange, le procédé aussi d'ailleurs ; maintenant c'est bien. Le vrai choc, pour moi, ce qui risque d'influer sur ma vie, est d'en recevoir, pas d'en donner. Je me commande et me contrôle bien assez, trop même, je ne désire surtout pas contrôler ou commander quiconque. Mais ce qui est vrai, c'est que ça m'enchanterait de te voir nue, sur des coussins ou non. Ton derrière de gros bébé. Je l'imagine avec de gros plis ronds, comme dans les toiles de Boucher le bien nommé au XVIIIe, les merveilleuses fesses, merveilleusement comestibles, qui s'écartent un peu vers le bas, empêchant on dirait les cuisses de se joindre. Sois certaine que si je le vois, ton derrière de bébé, je le mange à moitié. Je l'embrasse, je le mords, je fais bien d'autres choses que je ne dis pas maintenant pour t'épargner la fièvre et le rêve. Tu sais, ou alors tu ne sais pas, je ne me rappelle pas si je l'ai dit, il me semble que je t'aime beaucoup.

– À défaut de fièvre, et encore ! le bébé est très troublé, avoua Jennifer. Embrasse-moi. Elle céda à un bref fou rire. Mais pas comme tu le disais tout de suite, juste comme tout à l'heure.

Plus que jamais insoucieuses des diverses populations qui observaient selon des sentiments eux aussi divers leur amitié et les seins de Françoise, elles s'embrassèrent, ralentissant le pas, repartant au hasard. Il sembla à Jennifer qu'elles ne suscitaient ni railleries ni indignation. Elles étaient amies et très jeunes, elles étaient de légères amantes.

– Allons voir la belle femme brune et l'autre bébé blond, proposa Françoise. Tu n'aimerais pas ça, si on se mettait à parler avec elles et qu'on se plaisait ?

Jennifer se rappelait avoir aperçu Danièle et Stéphanie, à proximité du bouquet de pins qui s'avance telle une minuscule presqu'île, vers l'autre bout de la plage. Baigneurs et autres vacanciers abondaient là, en raison des quelques projections d'ombre.

– Regarde, le bébé, dit soudain Françoise.

Stéphanie, en maillot une-pièce à fines rayures verticales, déambulait, jacassant et égrenant des rires de clochettes, aux côtés d'un petit seigneur de son âge, brun et les cheveux aux épaules comme un Guevara de luxe.

– Oui, c'est elle, on lui parle, quitte à la déranger dans ses amours ? On lui demande où est sa sombre maman ?

Sans barguigner Françoise obliqua pour aborder l'adolescente, qui, prise de court, la toisa avec le défi et le considérable sérieux des bébés avant de décider, non moins vite, qu'on ne sait quoi dans le visage et l'allure de la jeune fille lui inspirait confiance. De sorte que tout en haussant de très jolis sourcils d'un châtain clair et doré, elle lui sourit.

– Excuse-moi, dit Françoise, je pense que tu es le bébé Stéphanie ?

Le bébé pouffa, à peine interrogatif :

– Ouais.

Moi qui écris, je la vois d'ici, bouche mi-entrouverte, et cet air sot et charmant, Comme malgré elle, son regard de bébé fille s'abaissa sur les seins nus de Françoise. Elle les considérait sans gêne, rosissant pourtant un peu, enfin eut un grand sourire, empreint de l'innocente chaleur des enfants :

– Tu es mignonne, prononça-t-elle absurdement. Elle pensa à désigner son petit compagnon : C'est Renaud.

– Bonjour, Renaud.

Il était bien tenté de soumettre lui aussi à l'examen la poitrine de Françoise, mais succombait à la timidité, et par ailleurs faisait son possible pour apparaître viril et désinvolte. Cependant Françoise disait à Stéphanie :

– La plus mignonne de nous deux, ce n'est pas moi. Je te croisais au début des vacances, tu étais une grosse petite fille adorable et c'est tout ; aujourd'hui il me semble que tu vas ravager la plage. Tu nous prendrais pour des scélérates, Jenny et moi, si on t'embrassait ?

Stéphanie, rougissant fort maintenant, et rayonnante, secoua la tête, ses longues et soyeuses boucles voltigèrent et ses immenses yeux bleus se pailletèrent d'étincelles :

– Ben non.

– Renaud ne doit pas regarder, précisa Françoise, et elle rit en même temps que le bébé.

Le garçon, assez furieux et décontenancé, se détourna et Françoise baisa rapidement les lèvres encore enfantines. Stéphanie, elle-même une seconde interloquée, riposta par un baiser très fougueux, au beau milieu de la bouche de Françoise. Jennifer, dépassée comme le garçon, avait l'air de compter les points. La petite dit :

– Je crois que je t'aime bien, et je voudrais bien être jolie comme toi, tu es la fille la plus jolie de la plage. Moi aussi je te vois parfois. Mais écoute, pourquoi êtes-vous venues me parler, elle et toi ? Prise d'un remords qui, sans qu'elle le sût, l'honorait, elle demanda à Jennifer : Ça t'ennuie que je t'embrasse, toi ?

Jennifer, touchée presque à en pleurer, lui posa impulsivement une main sur la joue et à son tour lui baisa les lèvres. Toutes deux plus grandes que Françoise, elles semblaient sœurs, mais le derrière du plus jeune bébé donna l'impression de se trémousser et pas celui de Jennifer. Elle, pour faire bonne mesure, s'avisa de tirer doucement les cheveux d'un noir brillant, longs et tout souples, du Che Guevara en réduction. Importuné dans sa dignité, il sourit avec retard. Jennifer, plutôt amusée, devina que si des inconnues devaient lui tripoter les cheveux, il eût préféré que ce fût l'énigmatique sirène aux seins de lumière. Je choisirais pareil à sa place, pensa-t-elle. La sirène expliquait :

– Rien de plus simple. Écoute avec attention, et ne commence pas à rire ou je te fesse. La maman de Jenny, ce gros bébé qui vient de t'embrasser et qui embrasserait Renaud si elle ne craignait pas que tu la mordes, a vu la tienne. Elle en a parlé à Jenny, Jenny m'en a parlé, et nous avons eu envie de la connaître. Tu suis ? C'est de ta maman que je parle. Et après, en batifolant sur la plage, nous sommes arrivées à croire que tu étais la fille, le bébé de cette dame superbe. Alors nous avons eu envie de te connaître toi. Et alors, maintenant qu'on se connaît toutes comme si on s'était embrassées, tu nous sers de guide, protégée toi-même par Renaud, et tu nous présentes à ta très belle maman. C'est clair ?

– Ben ouais, dit le bébé, enchanté et riant de tout son cœur. Elle était encore là-bas tout de suite, sur notre serviette.

Elle n'y était plus, mais survint dans les quelques minutes, escortée elle-même d'une manière de couple d'apparence quadragénaire et inoffensive. Danièle, en revanche, présentait toujours un air assez dur, voire rébarbatif, au premier abord. Elle ne manqua pas, tandis que Stéphanie bégayait des prénoms, de peser avec sévérité les seins nus de Françoise, elle fronçait de fiers sourcils épais et sombres sur le regard sombre. Puis, regardant le visage de la jeune fille, ne put résister, lui sourit, tout d'un coup selon un élan, une spontanéité qui rappelaient sa fille. Elle regarda aussi Jennifer, le petit Renaud qu'elle devait connaître déjà, au moins de vue, se tourna décidément vers Jennifer :

– Dites-moi, ce n'est pas votre mère, une femme petite et mince, très brune comme moi, mais sage et belle comme une médaille, tout le contraire de ce que je suis ? Elle est vraiment très belle.

– Oui, c'est ma maman, acquiesça Jennifer en qui bouillonnèrent l'amour et l'orgueil. Souvent on me parle d'elle, elle mourrait de honte si elle le savait.

Danièle rit, et Françoise s'ingéra de lui demander :

– Vous-même, vous n'êtes ni belle ni sage, ou très belle mais pas du tout sage ?

– Commençons par détester les enfants insolents, répliqua Danièle, dans un de ses rares accès d'humour, et alors que Stéphanie, rouge jusqu'aux oreilles, étouffait un fou rire entre ses paumes. Le couple qui accompagnait la jeune femme – mais en fait Danièle n'était pas une jeune femme, c'était une impérieuse négresse angevine ou tourangelle – supposant qu'il était de trop, ce qui le rangeait plus ou moins aux côtés du petit Renaud, s'esquiva, couvrant sa fuite d'un murmure mondain.

– Eh bien, que me veulent ces filles ? demanda Danièle, souriant toujours à Françoise et à Jennifer. Il me semble que ce ne sont pas les vieilles mères de famille qu'elles traquent, en général ?

– Comment le savez-vous ? rétorqua aussitôt Françoise, bel et bien en veine d'impudence sinon d'insolence. Écoutez, je veux bien essayer d'expliquer, parce que Jennifer n'y arrivera pas, elle est trop petite. Mais justement il faudrait peut-être commencer par envoyer jouer les vrais enfants. Par exemple, Jennifer donne la main à Stéphanie, Stéphanie si elle daigne, la sienne à M. Renaud et ils vaquent à leurs sottises, tandis que les adultes causent.

Les deux filles s'éloignèrent en riant, main dans la main, suivies plutôt qu'accompagnées par Renaud, qui à ce moment ne restituait pas mal certains airs niais de Stéphanie. Françoise reprit sans attendre :

– Maintenant, si vous voulez, vous m'invitez à partager votre serviette. Et aussi, je crois, toujours si vous le voulez bien, vous me tutoyez, et moi je continue à dire vous, par respect.

Elles s'assirent. Danièle, de même que son bébé, je la vois comme si j'y étais ; fronçant ses admirables sourcils, souriant tout en hésitant :

– Tu sais que tu es une bien étrange jeune fille ? Si posée, si calme, si jolie aussi, et à ce qu'il me semble, plus folle que les autres réunies ! Je ne parviens pas à comprendre ce que toi et ton amie attendez de moi. Pourtant Stéphanie vous a aimées tout de suite, à mes yeux c'est un signe, et j'aime bien ta façon d'être avec elle, d'affecter de la regarder de haut. Mais parle-moi de toi puisque nous, on affecte de se connaître. Comment une fille de ton âge est-elle à ce point féminine, à ce point adulte, toi qui parlais d'adultes ? Comme si tu étais déjà achevée.

Elle sentait qu'elle rougissait et cependant oubliait la pudeur, contemplait sans vergogne les seins de Françoise, alla jusqu'à parcourir du regard, ne dissimulant pas son envie, du désir presque, les membres élancés et purs, le ventre de la jeune fille. Et pour cela les traits réguliers de Françoise s'altérèrent, sa voix en même temps que ses traits :

– Vous vous trompez peut-être. Personnellement, je me trouve fade, alors que vous, n'importe qui à moins d'être imbécile saura que vous êtes terriblement belle. J'ai vu plusieurs fois Mme Montheil, la maman de Jennifer, c'est bien vrai qu'elle est belle et nette comme une petite impératrice, toute réservée et toute vive, mais vous l'aplatissez. S'il vous plaît, je peux vous appeler Danièle ? Danièle, est-ce que vous vous choquez facilement ?

Danièle était très agacée de rougir, elle avait passé l'âge. Elle fronça avec plus de sévérité ses épais sourcils. Comme elle admirait les seins, toute la grâce et la liberté corporelles de Françoise, celle-ci se perdait dans les yeux d'un brun noir opaque, au fond desquels se consumaient sauvagement des feux.

– Ma foi, je n'imagine pas qu'une jeune fille puisse me choquer. La question, bien sûr, est ta maturité ; c'est parce qu'elle m'inquiète, beaucoup pour toi, un peu pour moi, que je dis que tu es folle, en fait je crois que tu es trop intelligente. Moi, au cas où cela ne se verrait pas, je suis une petite-bourgeoise, élevée dans un pensionnat pour gens bien nés, alors c'est sûr qu'un rien me choque. Mais j'ai aussi, pardon pour les confidences, rencontré quelqu'un, peut-être m'as-tu vue avec lui. Et lui, tout de suite il m'a choquée tellement, que je suis en train de perdre la faculté d'être choquée. Pourquoi me demandes-tu tout ça ? C'est drôle pour moi, tu sais, de me rendre compte que nous pourrions être amies. Je n'aime pas beaucoup les femmes, les jeunes filles moins encore. Tu as dix-huit ans, non ?

– Dix-neuf.

Danièle haussa ses fortes et superbes épaules. Tout entière, mais enveloppée d'un secret, plutôt que d'un mystère, qui ne la dévoilait que peu à peu, comme un cliché dans les bains du photographe, elle était puissante et superbe. Elle portait ce jour-là, ainsi que sa fille, un maillot une-pièce, mais noir, griffé d'un bon couturier, et qui l'amincissait, sans être le moins du monde capable d'atténuer cette force pulpeuse, cette lente coulée de la force sous la peau telle une lave. Elle pria Françoise de la tutoyer elle aussi. Françoise faillit avancer la main pour lui caresser les cuisses, les toucher seulement, au dernier moment se retint, ce qui était très peu dans ses habitudes ; elle détestait les abstentions, les sursis, et se détestait elle-même quand elle y cédait. Elle dit alors :

– Tu ne pouvais pas le deviner, mais il se trouve que la petite dame en onyx et en or, la maman de Jennifer, vous a aperçus sans le vouloir, un jour, toi et ton compagnon.

Danièle, ainsi qu'au contraire c'était son habitude, s'empourpra sombrement :

– Nous y voilà.

– Oui ! acquiesça Françoise, et la rougeur de Danièle la fit rire, cette fois, comme rient les filles de dix-neuf ans. Tu ignores même le plus grave. Le plus grave est que moi aussi, ce soir-là ou un autre, je vous ai vus. Et donc tu ignores la grave maladie que vous avez inoculée, toi et ton mari ou ton ami ; ton ami plutôt, il ne fait pas penser à un mari. Alors, ce premier soir ou le lendemain, Jennifer a reçu une fessée. Elle n'est pas une grande personne comme moi, elle n'a que dix-sept ans, mais enfin ? Jamais, dans toute leur vie, sa maman si digne ne s'était aventurée à la mettre sur ses genoux et à la fesser. Je vois que tu rougis de plus en plus, ton front se charge d'orage. Je ne devrais sans doute pas détailler ce que toi et ton dominateur aux yeux d'aigle avez mis en route ?

Danièle, outrée, laissa en effet éclater sa colère :

– Mais la barbe, aussi, à la fin ! Je rougis ! Et c'est quoi, à la fin, la vie privée ? Qu'est-ce que je suis censée faire, dire, quand des morveuses mal mouchées viennent me raconter que Machin et Chose m'ont surprise alors que je me croyais chez moi, m'ont vue dans telle ou telle situation, dans celles comme par hasard où l'on aimerait mieux crever que d'être vue ! Tu ne voudrais pas être dans mon lit aussi, pour admirer la suite ?

Françoise étudia le fort et beau visage que l'indignation assombrissait plus encore que le hâle, pourtant ancré et profond. Elle ne crut pas trop à l'indignation :

– Danièle, Madame, s'il te plaît, ne sois pas fâchée contre moi, ni contre personne. Ce n'est pas exprès que toi et ton ami avez éveillé ou permis un rêve, et ce n'est pas exprès que la maman de Jenny et moi vous avons vus. En dehors d'elle et de moi, qui a entendu parler de vous ? Il s'agit d'une transmission anonyme, la seule réelle en fait. Et toi, quand tu m'imagines dans ton lit, comme pour te surveiller, tu m'insultes. En quoi ai-je mérité que tu m'insultes ? Je n'épie ni ne surveille personne, merci ! Ce qui est très vrai, c'est que si je pouvais te regarder tout mon content quand tu es nue, ou que tu m'invites dans ton lit pour m'embrasser et veiller, toi, sur moi, je pense que j'aurais chaud au cœur. Tu ne comprends pas du tout ? Ou tu t'abrites tout de suite derrière des étiquettes comme les cons : je dois être vicieuse, je dois être homosexuelle ?

– Mais quelle folie, murmura Danièle, plus bouleversée qu'elle l'eût attendu.

– Danièle ?

– Eh bien, petite folle ?

– J'ai une envie horrible de t'appeler grosse Danièle comme je dis que ta fille est un gros bébé. Mais j'ai vraiment envie d'autre chose. Est-ce que cela te plairait de me donner une fessée ?

Le teint de la pauvre Danièle, sous le hâle nègre, tourna à la couleur du vin vieux, les feux sombres brasillaient au loin dans ses yeux. Il lui fallait se rappeler son âge, sa maternité, le travail à mi-temps pour la Mairie de Paris, sa grosseur même puisque grosseur il y avait, pour ne pas se sauver à toutes jambes ou crier au secours. Elle fronça férocement les sourcils, parvint à retrouver en elle une veine d'humour, à moins que ce ne fût de compréhension, et ainsi, de confiance dans ses propres émotions :

– Toutes ces bêtises, au fond, sont la faute de Jacques, pas du tout la mienne. Lui et Stéphanie. À eux deux, on dirait une conspiration pour me rendre ridicule, me faire étouffer de honte. Alors, bien sûr, les morveuses de la plage m'abordent tranquillement, se mêlent de me poser des questions, de m'adresser des demandes plus ridicules encore.

Françoise distinguait bien l'esquive, le repli instinctif devant ce qui trouble, parce que ce qui trouble tout d'abord désorganise, et toute l'assurance qu'on peut avoir n'est jamais qu'une question d'organisation. Mais le faux-fuyant même de Danièle au corps musclé l'enchantait. Elle se mit à rire, oui, par bêtise, par joie, elle qui souriait plus souvent qu'elle ne riait, et Danièle ne résista pas à l'imiter :

– Tu sais que tu es vraiment séduisante ? À propos de mon ami, Jacques. Je joue à dire du mal de lui. En réalité, il a fait pour moi ce que personne n'avait su ou pu faire. Si tu veux, il m'a placée de force devant une glace et m'a obligée à me sentir belle.

Pas comme toi, ou encore la mère de ta copine, vous êtes de petits chefs-d'œuvre ; mais belle en tant que Danièle, en tant que grosse femme brune qui affronte la plénitude de l'âge. Chut ! laisse-moi parler ! Avant, je veux dire avant cette rencontre, je t'aurais bel et bien prise pour une folle, plus volontiers encore pour une dévergondée. C'était ça mon éducation. Et comme maintenant il m'arrive de me regarder avec plaisir, toi aussi je peux te regarder avec plaisir. Et aussi ma propre fille, figure-toi ! Tu vas peut-être rire, et pourtant c'est un peu à cause d'elle que tu me plais et que tu me tentes. Je suis certaine de n'avoir jamais vu une fille aussi belle et séduisante que toi. Stéphanie, tu le sais bien, est mon gros bébé. Et tout d'un coup, ça me paraît merveilleux de pouvoir comparer. Tu viendras chez nous quand tu voudras et aussi souvent que tu voudras. Tu parlais de me voir nue ? Tu me verras si tu veux, je crois que cela me toucherait que tu me regardes, et de mon côté je crois que j'aimerais te déshabiller, te tourner et te retourner comme un miracle de jouet qui en plus dit « Danièle » quand les poupées ne disent que « Maman ». Tu n'auras peut-être pas de fessée, mais je te tiendrai dans mes bras, et moi, une fois dans ma vie au moins, j'aurai aimé beaucoup une fille qui n'est ni la mienne ni moi-même quand il m'arrive de m'aimer comme je te l'ai dit.

Françoise inclina sur le côté sa tête éclatante et sage de petite icône, elle avait envie maintenant de caresser la joue musclée, la pommette et le méplat forts, sombrement mats, de la jeune femme :

– J'ai embrassé Stéphanie tout à l'heure, comme on embrasse quand on aime. Je peux t'embrasser toi ?

Danièle s'empourpra derechef, Françoise se pencha et lui baisa brièvement les lèvres. Puis elle se remit debout, tournée toujours vers Danièle :

– Je suis sûre que tu détestes les surprises. Elle se remit à rire, elle riait beaucoup ce jour-là. Tu as été élevée comme ça. Si tu peux en supporter une quand même, baisse la culotte de mon maillot. Au fait, cela devrait te rappeler quelque chose.

Danièle était écarlate :

– Tu es vraiment folle ou quoi ? Devant tout le monde !

La jeune fille parfaite écarta l'objection de la main :

– La vérité est que je me fous absolument de tout le monde. Je respecte les gens, leur existence, leur vie, et je me fous de leurs opinions, à mon sujet en particulier ! Eh bien, tu n'oses pas ?

Mise au défi, Danièle, après un coup d'œil circulaire, pas mal apeuré cela va de soi, posa les mains sur les côtés du mince short et le baissa, se trouvant ainsi le nez ou presque sur l'adorable vulve nue de la jeune fille. L'impact du sexe et de cette nudité, en laquelle tout d'un coup elle reconnaissait la sienne, la frappa avec violence. Elle voulut remonter en hâte le vêtement et Françoise l'en empêcha :

– Comme tu es égoïste ! Tu ne m'embrasses pas ? Je ne saurais pas me retenir de t'embrasser, moi, si je te voyais comme tu me vois. Je rêve à ton sexe, il doit être brun et barbare comme toi.

– Ah, quelle folie, répéta Danièle.

Mais ce n'est qu'un bébé, une Stéphanie, tentait-elle de penser. Une fille qui parle à une femme de son sexe ! Est-ce que toutes ces petites sottes se sont amusées à se raser pour faire comme moi ? Alors c'est moi la dévergondée ! En même temps, elle posait un très court baiser, pressentit plutôt qu'elle ne perçut la senteur chaude et fauve de la chair nue dans le soleil, recouvrit très vite le tendre sexe et le petit derrière scandaleux, s'abstenant pourtant, cette fois, de s'assurer qu'on ne les observait pas. La chaleur moite de la vulve l'avait fait frémir. Elle avait la gorge contractée et échouait à démêler, à débrouiller ses émotions. Alors elle dit :

– Si Stéphanie n'avait pas eu cette façon de t'aimer tout de suite, comme un lien entre nous, je crois quand même que tu m'aurais effrayée, ou intimidée. Mais n'y vois pas une critique. Je ne crois pas, je suis certaine, que tu es une gentille fille, une fille bien, même si tu es folle.

– Merci, belle reine nègre, dit Françoise.

À contre soleil, le jeu des ombres légères estompait et adoucissait ses traits, ajoutant un peu de mystère à l'évidence de la beauté.

– J'étais sincère, tu sais, reprit Danièle. Viens chez nous quand tu veux, viens vite même. Regarde, je t'embrasse encore, c'est toi qui as raison, par moments au moins : que les gens aillent au diable !

Elle reposa un baiser, à travers le faux lainage du maillot, sur la gracieuse forme oblongue et fuyante du sexe, puis releva un peu plus et tourna de droite et de gauche la tête :

– Les vrais bébés, que sont-ils devenus ?

Françoise, que les baisers de Danièle, mais surtout l'ensemble du rapport tout neuf ébauché entre elles, étaient en train d'émouvoir comme ils émouvaient la jeune femme, à regret chercha elle aussi :

– Là-bas. Le petit seigneur, Renaud, crawle pour éblouir les deux autres, et celles-ci rient, éblouies ou non, comme elles riaient quand ils sont partis et comme elles riront au retour.

Elle rit elle-même :

– Ils sont jeunes.

– Folle Françoise, dit Danièle.

– Belle reine toute sombre, dit Françoise.

– J'étais vraiment sincère, reviens vite.

– Pour que tu prennes ta revanche en me fessant ?

Danièle se troubla, mais très peu, rougit de même, sourit à l'impeccable image :

– Je suis tentée, je l'avoue.

IV

La même Françoise et Jennifer s'étaient reprises par la main quand elles parvinrent aux abords de la propriété où la dernière et sa maman passaient leurs vacances. Les deux copines n'avaient fait qu'un détour par la plage pour saluer la petite bande, reprendre des affaires de bain et autres. Sophie avait caché assez mal une jalousie certaine ; Loïc, le frère de Sandrine, et au demeurant tous les détenteurs de masculinité, une concupiscence non moins certaine, nuancée de nostalgie, voyant s'éloigner les seins de Françoise, le souvenir de son derrière blond un instant révélé, et en plus, il faudrait peut-être dire en moins, la profusion laiteuse du corps de Jenny. Françoise, en toute impavidité, restait demi-nue au long des petites routes et des chemins de sable. Quelques heures plus tôt, Sophie la bouclée lui avait ôté le haut de son maillot, et il semblait que la jeune fille persisterait dans cette absence de tenue aussi longtemps que Sophie ne la rhabillerait pas. Très apparemment, le regard des femmes tout autant que celui des hommes était frappé, puis comme enchaîné au passage de l'infante aux seins nus, à la mince et courte culotte dont l'empiétement même sur les cuisses rendait plus offensants le contour sournoisement renflé de la vulve, le bombement harmonieux des fesses. Hommes comme femmes, cependant, la régularité exemplaire et l'espèce de gravité des traits de Françoise, suffisaient à tenir à distance, on eût pu croire une distance de respect, eux et leurs possibles commentaires. Jennifer elle-même, qui par solidarité n'avait rien remis par-dessus son maillot, ne laissait pas de lorgner de côté, par instants, la quasi-nudité de sa copine.

– Je te fais honte ? demanda Françoise à l'improviste.

Jennifer, qui dans ce moment pensait surtout à sa déconcertante petite génitrice, et en éprouvait on ne sait quels fourmillements par ci par là, mais surtout encore par là, eut tout d'un coup les larmes aux yeux :

– Comment peux-tu me dire ça ! Je découvre une amie, mille fois plus belle que je ne le serai jamais, je suis prête à l'aimer, même à me soumettre à elle si elle veut, et j'ai honte d'elle ? Tu es dégueulasse à la fin !

– Je plaisante très mal de temps en temps, je te demande pardon.

À nouveau en toute insouciance des étrangers, promeneurs et autres passants, elles s'embrassèrent ; l'icône d'or clair et fin, et le grand bébé blond, comme imprégné du lait de l'enfance.

– Entre avec moi, dit Jenny. Ma maman me manque parce que je sais très bien que je suis un bébé, mais elle sera heureuse de te connaître. C'est une maman extrêmement grave, un peu à ta manière, et extrêmement gentille.

– Écoute, une autre fois plutôt. Il me semble qu'il faut que tu l'aies pour toi toute seule en ce moment, et moi, je pense encore à Danièle, pour qui je t'ai abandonnée égoïstement tout à l'heure.

– Vous vous êtes dit des choses importantes ?

– Oui, je crois. Dans mon imagination, cela ressemble un peu à ta maman et à toi ; j'aurais du mal à préciser. J'aime beaucoup la liberté et la forme de bonheur qu'on devine entre elle Danièle, sa Stéphanie, et leur invisible ami. C'est cela que je quête, si je quête quoi que ce soit. Mais oui je le fais, tout le monde désire être heureux.

Jennifer rêva, lumineuse et jolie ; en dépit de sa paresseuse et sotte conviction, elle était très jolie quand elle rêvait et qu'elle souriait :

– Mais où t'en vas-tu alors ? Tu repars toute seule ? Ou tu iras retrouver Sophie ?

Françoise haussa ses élégantes épaules :

– Un de mes très vilains défauts est que je ne vais jamais retrouver personne. Sophie passera ou appellera si ça lui chante. Mais toi, je te prie de ne pas m'oublier. Je t'en prie vraiment.

Elles eurent, à la même seconde, le même geste, la même

impulsion, chacune pour toucher la joue de l'autre. Jennifer avait encore les yeux embués. Elle se secoua :

– S'il te plaît, remets un vêtement, ne traverse pas tout le village comme ça.

– Bon.

On rhabilla donc plus ou moins l'impassible infante, qui aussitôt après tourna les talons et s'éloigna. Peut-être les infantes s'éloignent-elles toujours. Peut-être y a-t-il assez de sens, assez de compensation dans leur intelligence pour que, s'éloignant, elles se rapprochent d'elles-mêmes.

Mme Montheil, comme de juste sans chapeau, et ainsi n'ayant pas l'air d'un champignon, mais plutôt d'un petit cycliste digne et sexy, travaillait, en plein soleil comme de juste, parmi ses fleurs. Elle affecta de n'accourir nullement au-devant de sa fille, de ne l'embrasser que par habitude ; et Jennifer, à travers le léger tee-shirt et son propre maillot, sentait battre le cœur inquiet et fou de maman oiseau. Mon petit faucon, pensa-t-elle. Puis elle dut rire, parce que la première question ne manqua pas d'être :

– As-tu déjeuné ?

– Non, mère d'élite qui sais tout et vois tout. J'ai oublié ou presque, de sorte que j'ai une telle faim que je pourrais te poser sur une biscotte et te manger crue. Mais avant, sauf si ça t'embête trop, donne-moi une fessée.

– Mais pourquoi ? protesta tristement Mme Montheil.

– Parce que c'est au bébé de fournir les raisons, maintenant ?

– Sans doute, oui, quand c'est lui qui décide et qui réclame ! Tu as donc commis tant de sottises ?

– Ma petite maman, je crois qu'il s'agit surtout de celles que je n'ai pas commises, ce sont elles qui me restent sur la conscience ! Aide ton bébé, s'il te plaît. Fesse-le jusqu'à ce qu'il pleure, et ce soir, prends-le avec toi dans ton lit afin qu'il n'ait jamais peur, et qu'il t'aime fort, et qu'il te parle de tout ce qui le préoccupe et que toi aussi tu lui parles ; c'est évident que les vieilles mères ont leurs propres préoccupations et leurs soucis.

Monique Montheil, en vertu d'une évocation très personnelle et très secrète, rougit vivement, tout en toisant son bébé :

– Mais ce maillot ? Il faudrait t'éplucher comme une carotte, voilà bien qui ferait la joie des amateurs.

Le cœur de Jennifer à son tour battait plus vite. Je suis un bébé de dix-sept ans, vierge comme si ça l'amusait, j'ai assez envie et un peu la frousse de ne plus l'être, Françoise a menacé, promis je veux dire, de me traiter pour ce que je suis, un gros bébé aboulique, et ma maman va me fesser. Où en suis-je, à ce propos, avec la honte ? La jeune fille fit asseoir Mme Montheil sur une des banquettes rembourrées du patio et se tint debout devant elle tandis que son cœur précipitait les battements.

– Mets-toi sur mes genoux, au moins. Te déshabiller quand tu es debout, c'est vraiment convier tout le monde au spectacle.

Jennifer s'allongea en travers des cuisses fuselées ; c'est dingue comme son cœur battait ! Mme Montheil, ayant tiré la fermeture Éclair, parvint à dénuder le corps dru et laiteux jusque sous le derrière. Son propre cœur allait un vigoureux train. Cependant, fidèle à sa tactique de sauter à l'eau pour ne pas être mouillée, elle entreprit aussitôt de fesser bébé, et la vérité oblige à dire que le départ pris, elle ne ménageait pas sa peine – celle de Jennifer non plus. Les gros bébés, d'autre part, sont en possession d'un système nerveux comme tout un chacun. Celui de Jennifer avait été sollicité, en dépit de la paresse, par trop d'émotions violentes ce jour-là. Recevant sa fessée, elle éclata en sanglots, incapable de trancher si c'était de soulagement ou d'humiliation. C'étaient les deux. La vaillante maman – et le bébé songeait en toute absence d'ironie à cette vaillance – ne l'en fessa pas une seconde de moins. Bénies soient les âmes puritaines ! Quoi de mieux, en effet, qu'une fessée au soleil ? Il faut que les derrières se brisent ou se bronzent, dit à peu près Chamfort. Mme Montheil, haletante, s'arrêta enfin et considéra, indignée, son ouvrage. Elle faisait pleurer, elle frappait son enfant si fraîche et si saine, sa petite bien-aimée ! Répétant à l'envers, toutes deux, des gestes, des situations qu'elles ignoraient, Monique Montheil se hâta de remonter le maillot de Jenny tandis que celle-ci disait :

– Non, laisse-moi un peu comme ça.

– Je t'ai fait très mal ?

– Bien sûr, mais c'est à ça que servent les fessées. Je veux juste rester un peu comme je suis ; un gros bébé que sa maman vient de corriger, le derrière à l'air, bien coloré et bien cuisant. J'en avais besoin, c'est tout, même si je ne sais pas exactement pourquoi. Comme je voudrais être à ce soir, pour que tu me tiennes dans tes bras !

Monique Montheil rougissait de plus belle, profitant de ce qu'on ne pouvait la voir :

– D'abord, mange. Goûte ou déjeune, peu importe. Des fessées et la diète, ce ne sont plus des vacances, c'est le bagne. Allons, relève-toi et viens.

Jennifer, rajustée à la va-vite, en même temps souriant et ses grands yeux bleus brouillés de larmes, paraissait plus que jamais un bébé adorable. Elle dit :

– Je pense que tu peux m'embrasser maintenant, afin que tu saches que je te pardonne de m'avoir fessée !

Mme Montheil rit avec douleur. Posséder un bébé de dix-sept ans et se soucier de lui est onéreux. À l'ultime seconde, le bébé en question déplaça la tête pour que leurs bouches se rencontrent. Baiser les lèvres de son enfant, leur tendre gonflement, bouleversait la pudique Mme Montheil.

– Allons, viens, à la fin.

– Une rapide douche préalable ?

– Allons, Jenny, ça suffit. Tu vas manger et te taire, après tu feras ce que tu veux.

– Je retiens cette parole, répliqua aussitôt Jennifer. Ce que je veux.

En vérité Mme Montheil eût payé bien cher pour ne pas rougir aussi souvent et autant. Elle se hâta de devancer le monstre, de le précéder dans la spacieuse cuisine. Qu'avait-elle donc fait au ciel ou à l'enfer, pour être ainsi punie dans ses propres œuvres. Un gros monstre. Si gentil, si beau, d'esprit si posé et rapide, à travers la simulation enfantine. Et voilà qu'elle-même, Monique, s'abandonnait à des folies plus choquantes que celles dont elle prétendait guérir le monstre. Pourvu que Jenny n'ait pas l'infernale idée de la fesser elle aussi maintenant. Oui, pourvu !

Le soir vient toujours, désiré ou craint ; celui d'une journée comme celui d'une vie. Elles avaient dîné, tard et sur le pouce, Jennifer ayant déjà englouti un goûter d'ogre. Elles s'étaient embrassées, les choses tues, appréhendées ou rêvées, communiquant à leur baiser une saveur délicieuse d'hypocrisie, retirées enfin très sagement dans leurs quartiers personnels. Jennifer, tout en évitant d'en parler, se réjouissait de ce que son père ne dût venir qu'en fin de semaine; elle avait sa maman pour elle seule. Que concoctait-elle dans sa chambre, cette maman ? Songeait-elle à sa Jenny, comme Jennifer à elle ? Feuilletait-elle un gros livre de dévotion, pour faire équilibre aux grosses sottises de sa grosse fille ? Comment était-elle habillée, ou déshabillée même ? À coup sûr en tout cas elle ne dormait pas. Une maman avisée ne saurait s'endormir avant sa fille, elle reste à l'affût des amants, des fugues, des mariages *en diligence* et des échelles de corde. Serait-ce pour escalader un rez-de-chaussée, quoi de plus alarmant qu'une échelle de corde ?

Dans sa chambre à elle, Jennifer traînait, imaginant des imbécillités et tâchant de s'occuper à des vétilles. Elle souhaitait que sa maman l'oublie, avant de courir, elle Jennifer, se rappeler à sa maman. Le milieu de l'été appesantissait l'air et le vêtement le plus ténu devenait moite sur les pores dilatés. Pourtant, quand Jennifer, qui n'avait concédé à la décence, ou à la respectabilité peut-être, qu'une petite culotte à taille basse, traversa le vestibule pour aller importuner Mme Montheil, les dalles étaient d'un froid apaisant sous les pieds nus, promesse d'une nuit idéalement vivable. Le cœur du bébé trépignait avec allégresse, et Jennifer faillit trépigner au sens propre en entendant la voix:

– Bon, entre, puisque tu es là.

Sa maman aux cheveux fournis et courts, aux chers yeux noirs si chaleureux, qu'un imperceptible enfoncement sous l'arcade rendait nostalgiques, tristes pour un peu quand elle ne souriait pas; sa maman, vêtue avec modestie d'une chemise de nuit à haut décolleté bateau, lisait en effet, adossée aux oreillers et genoux remontés. Quand elle souriait, son regard avait l'éclat pénétrant du feu dans la maison en hiver. Jennifer, pour le plaisir de la contempler, par jeu aussi s'attardait près de la porte.

– Tu acceptes d'inviter ton bébé ?

– Si je disais que je n'accepte pas ?

– Je viendrais quand même, je penserais que tu ne le dis que pour te moquer de moi.

Mme Montheil, résignée, secoua sa fine tête brune, puis considéra sévèrement sa fille :

– Enfin, c'est une tenue, ça ?

– Non, tu as raison, comme toujours.

D'un seul mouvement rapide, elle se courba et ôta sa culotte, puis courut nue jusqu'au lit, où sa maman l'accueillit dans ses bras comme on essuie un ouragan. Les oreillers en furent bousculés et basculés, et maintenant elles étaient à peu près étendues l'une contre l'autre, Jennifer se cramponnant de toutes ses forces.

– Maman, maman.

Monique Montheil, plutôt gênée, en raison du puritanisme qui sommeillait toujours en elle, par ce gros bébé tout nu, cette jeune fille, bref, cette enfant qui était une femme, pressée et comme enfoncée dans elle, essaya de la bercer. En vérité, qui berçait-elle ?

– Dis-moi, tu ne serais pas mieux avec un pyjama, ou une chemise comme la mienne, bien plus courte même si tu préfères ? Tu es mon bébé, c'est entendu, mais les bébés se couvrent comme tout le monde, au moins un peu.

– On les couvre. Qui dit qu'ils aiment ça ?

Mme Montheil, les yeux dans ceux de l'enfant bien-aimée, s'évertuait à s'en tenir aux reproches :

– Ce ne serait pas toi, plutôt que moi, qui aurais toujours raison ?

– Tu t'apprêtes à me gronder ?

Elle ne répondit pas. Elle ne savait quoi d'indistinct frémissait dans sa poitrine et son ventre parce que Jennifer était sa fille ; non sa punition, mais sa récompense sur la terre et aussi bien ailleurs.

– Alors je peux rester ? Tu me gardes toute la nuit et je dors près de toi, contre toi comme maintenant ?

– Embrasse-moi, au lieu de bavarder, demanda Mme Montheil.

À ses yeux, embrasser la première sa propre fille, sur les lèvres surtout, était déjà comme une dérogation aux devoirs maternels élémentaires. La bouche généreuse, si juvénile, pressa aussitôt un énorme baiser et le ventre de Mme Montheil tressaillit cette fois dans sa profondeur même. Jennifer s'ébroua, elle y était encline lorsque la brusquerie des émotions et leur rayonnement sournois contrariaient par trop sa paresse, ou prenaient simplement de vitesse un de ses rêves, la construction fantasmatique d'un désir.

– Il n'est pas du tout question de s'embrasser, décréta-t-elle, dès ses lèvres détachées de celles de sa maman.

Brusque elle-même, et, quoi qu'elle n'en eût pas une nette conscience, se sentant par ailleurs si bien réintégrée dans la cellule unique, inconfondable, formée par sa maman et elle, qu'elle en oubliait sa nudité, elle saisit par l'épaule la petite Mme Montheil et la retourna à plat ventre. Une fois de plus, non sans angoisse, et non sans que cette angoisse par on ne sait quel entraînement la fît frissonner d'une sorte de bonheur, Monique Montheil constata qu'elle était incapable de s'opposer, de résister seulement aux caprices de sa fille. Pourquoi et comment, se demanda-t-elle pour la millième fois, ai-je eu cette idée absurde, pour ne pas dire dangereuse, de traiter une grande fille de dix-sept ans comme un bébé ? Le nez dans les oreillers, les joues déjà brûlantes, elle balbutia :

– Jenny, tu ne vas pas me donner une fessée !

Jennifer, au même moment, remontait jusque sous les aisselles la légère et convenable chemise de nuit. La jeune fille se tançait elle-même ; qu'ai-je, bon sang, à m'attendrir tout le temps, je deviens stupide ou quoi ? Le dos faussement fragile, les reins minces taillés dans une chair précise, le petit derrière d'une densité et d'une rondeur étranges chez une vieille maman, non moins faussement habillé d'une minuscule culotte, les cuisses et les jambes fuselées lui avaient de façon inexplicable embué les yeux. Ce petit derrière plus que tout, parce qu'il est plus que le sexe peut-être, destiné quoi qu'il en soit à être partagé, l'intimité, la propriété personnelle, le secret plus ou moins honteux ; le lieu du corps le plus invisible, puisqu'il l'est à son propre possesseur, et en même temps et par là même, le plus indéfendable. Au sens littéral Jennifer contemplait le corps de sa maman, ses jolies fesses menues, enveloppés d'une buée. Par toute la chambre ne régnait plus la chaleur, celle que marquent les thermomètres, mais un climat, une charge doucement électrique. Alors Jennifer s'ébroua, baissa avec sa même vivacité le chiffon de culotte :

– Non, ma petite maman brune, mon bébé brun, à moi qui suis une grosse fillasse blonde, je ne vais pas te donner de fessée. Maintenant, tout de suite, il me semble même que je ne t'en donnerai plus jamais. J'aimerais bien pourtant, et j'espère que papa le fait ou le fera à ma place, mais moi je t'aime trop, tu es trop jolie et trop sage, et quand on aime quelqu'un, je suppose, on le respecte. Mais j'en ai un vrai regret, c'était adorable quand je t'ai prise sur mes genoux et que je te fessais ; tu étais comme jamais mon bébé alors, j'avais l'impression de te protéger, de t'apprendre plein de choses pour ton bien comme à un bébé, en te donnant ta fessée. Pourtant je crois que je ne le ferai plus. J'ai vieilli, si ça se trouve ! Je veux juste t'admirer, te regarder, mais comme personne, à ce que je m'imagine, ne t'a encore regardée ni ne te regardera. Te caresser, t'embrasser. Te regarder surtout. Je ne mentais pas quand je te l'ai dit, je l'ai sûrement dit, je suis amoureuse de toi. Rougis bien : de ton petit derrière en particulier, les plus mignonnes, les plus provocantes petites fesses que qui que ce soit ait pu inventer. Où as-tu déniché, toi-même, un petit postérieur aussi gracieux ? Ce n'est pas d'être nu, ou embrassé ou fessé, c'est de le posséder subrepticement qui est indécent ! Tu as beaucoup de chance, je trouve. Et moi j'en ai aussi parce que tu es mon merveilleux bébé brun, ma maman à moi et à personne d'autre !

Elle passa la paume, à plusieurs reprises, de haut en bas sur l'épiderme tiède et soyeux. Elle aurait pu faire cela des heures. Couchée à côté de Mme Montheil, elle tordit le buste et se pencha pour embrasser la naissance des fesses, l'esquisse de la fente entre elles et, cent fois, leur ferme et tendre convexité. La lingerie pourtant infime tassée sur le haut des cuisses la gênait et elle la fit glisser jusqu'aux talons pour l'enlever. Il y avait un chaud losange d'ombre au carrefour des fesses et des cuisses. Là étaient la clé et la formule qui dénouaient ou refermaient tout à fait le corps de cette femme menue et si belle, précieuse tel un bijou d'or brun, qui était sa maman.

– S'il te plaît, écarte tes cuisses de petite reine, je voudrais t'embrasser.

Mme Montheil, comme il se doit, resserra aussitôt fesses et cuisses, ce qui imprimait à son petit derrière une expression chagrine et drôlette. Jennifer y appliqua un soupçon de tape et Mme Montheil, ne sachant que trop que protestations et explications la conduiraient à la fin à plus de honte que l'obéissance, ouvrit, aussi peu que possible, ses fines cuisses au dessin charmant.

Elle voulut malgré tout se plaindre ; il est insensé et inadmissible qu'une fille voie, béant pour ainsi dire, le sexe de sa mère. Mais déjà Jennifer, le cœur et son propre sexe comme froissés par les pulsations, baisait à y graver ses lèvres la petite incision détendue et moite, tiède comme le cœur d'une fleur, se risquait, le cœur cognant maintenant à sa poitrine, à effleurer toujours des lèvres, parce qu'elle n'osait pas la lécher tout d'un coup ainsi qu'en même temps elle en rêvait, la plus longue et profonde coupure, prudemment et comme ardemment close, du vagin. Mme Montheil se plaignit cette fois, en dépit de la tentation presque involontaire, glissante comme le bord d'un gouffre, pensait-elle, de céder, d'obéir à sa fille. Elle fit effort pour se redresser, se placer au moins sur le flanc. Comme sa fille, elle respirait avec peine, le souffle si exalté qu'il paraissait se tarir :

– Jenny, je t'en prie.

– Mais maman, gémit de son côté Jennifer.

– Jenny, ma grosse fille que j'aime, tu refuses de comprendre. Écoute, si j'étais acculée à choisir, parmi ces folies, je préférerais encore que tu me redonnes une fessée. Tu n'arrives pas à comprendre. Je ne peux absolument pas te laisser me regarder, m'embrasser, tu sais bien, là, comme tu faisais tout de suite. C'est laid, ce n'est pas bien, et tu me désespères. On devrait me tuer pour t'avoir permis de, enfin de commencer, de me voir nue. C'est déplorable.

– Mais maman, pria encore Jennifer, sa voix hésitant entre l'enfant et la femme. Bon, attends. Tu souffres en silence pendant que je t'embrasse une seule fois comme j'en ai envie. Après tu me grondes, tu me prives de dessert, tu me déshérites même, et je ne t'embrasse plus jamais que comme une petite fille sage.

– Jenny, écoute.

Jennifer n'écouta rien du tout, remit en un tour de main sa mère à plat ventre et appuya au creux du vagin tout ému, semblable à une combe de roses foulée par le gibier, un authentique baiser d'ogre. Mme Montheil, immobile, bondit de nouveau à l'intérieur d'elle-même, ainsi que sursautait le cœur de sa fille, puis refit le pénible effort de se tourner sur le côté tandis que Jennifer, de nouveau aussi, remontait dans le lit pour que leurs visages se trouvent à la même hauteur. Afin de cacher, sans savoir à qui ni pourquoi, qu'elle avait le cœur battant elle choisit, comme sa mère un instant plus tôt, la voie des reproches :

– Pourquoi est-ce toujours à moi d'expliquer ? Ah, bien sûr, parce que tu es mon bébé ! Tu répètes que je ne comprends pas, et moi je soutiens que c'est toi. Écoute ta Jenny: Tout le temps, tu es ma maman ; tu me dis mouche-toi, assieds-toi, mange, dors, tais-toi, je mange, je dors, je me tais, je me mouche, tu es ma maman et je suis une très bonne fille. Mais quand tu es nue, même si pour toi c'est un crime d'être nue, nous sommes égales, pareilles, des bébés, des femmes, des filles, comme tu veux. Ça me paraîtrait aussi idiot d'être gênée pour te regarder, ou t'embrasser ou n'importe quoi, que de l'être parce que je me regarde, parce que je m'admire si ça m'arrivait, ou parce que toi tu m'admires ou tu m'embrasses.

Elle baisa les lèvres de Mme Montheil, son nez, ses paupières, derechef ses lèvres. Oui, des bébés, de fragiles et mystérieuses amantes. Jennifer dit tout à coup :

– Pourquoi ai-je l'impression que c'est toi qui ne m'écoutes pas ?

Intuitivement elle s'écarta de sa maman toujours couchée sur le côté, dans une attitude bizarre, contractée, vit tout de suite la main refermée comme un écran et une protection sur le ventre. Mme Montheil était rouge à en faire briller la peau. Jennifer aussitôt allongea le bras, sa propre main.

– Non ! souffla, avec une extrême intensité, Mme Montheil.

Jennifer la reprit doucement par l'épaule, la faisant maintenant rouler sur le dos, déplaça tout aussi doucement la main protectrice, et ses joues, ses oreilles à elle flambèrent. Elle rit, en même temps la gorge oppressée. Le ventre, la vulve de sa maman, délicats et nets comme tout son corps, étaient nus, comme sont nus, réellement, un bouton de rose, un bijou petit à la fois et massif.

– Mais tu voudrais m'empêcher de t'embrasser ! dit Jennifer, la gorge toujours serrée.

– Par moments je suis aussi folle que toi, balbutiait Mme Montheil. J'en ai honte. Des idées ridicules.

– Des idées ridicules, répéta, sans raison d'ailleurs, Jennifer.

Courbée sur sa maman, aux hanches de laquelle elle se cramponnait de toutes ses forces, comme pour ne pas tomber, elle lui écrasa de baisers la vulve, ouvrant peu à peu celle-ci, tâchant de descendre avec ses lèvres, de s'enfoncer, de rejoindre la fente vaginale. Mme Montheil, cependant, de toutes ses forces aussi s'évertuait à lui maintenir et à lui repousser la tête. Alors Jennifer, l'haleine presque perdue, de son propre gré se souleva, accoudée près d'une des hanches, bras tendu et main posée à plat près de l'autre :

– Puisque tu t'obstines à me désespérer, en disant que c'est le contraire et que c'est moi, écoute. Je suis un bébé plus gros et plus lourd que toi ; je jure que si tu essaies encore de m'embêter, j'embrasse ton petit ventre jusqu'à ce que tu jouisses. Je connais très bien le mot, tu vois, et je ne suis pas sûre que toi tu le connaisses. Ou le vrai sens. Alors maintenant, tu restes toute tranquille et tu ne dis plus rien.

– Jenny ! voulut protester, très bas sans doute, à ne pas être perçue, Mme Montheil.

En signe de découragement, ou peut-être d'oubli on ne peut plus volontaire cette fois, elle croisa les bras sur ses yeux. Jennifer en profita, rampant par-dessus la mince jambe à l'exquis profil, pour ouvrir les cuisses elles aussi exquises, s'installer sur le ventre entre elles et, à son tour oublieuse de tout, baiser, mordiller, puis carrément lécher, sucer, manger le sexe offert. Comme à peu près n'importe quelle jeune fille, même si la seule possibilité d'en parler lui était en horreur, elle connaissait la masturbation. Alors elle percevait, vivait avec sa maman, ainsi qu'en un corps unique, les vagues qui croissent insensiblement en volume, se chevauchent avec une enivrante souplesse l'une l'autre, l'une après l'autre, se répercutent, s'amassent, enfin déferlent, selon la souplesse du rêve et du sommeil éclatent tandis qu'un bébé, ma maman, une femme d'aujourd'hui et de toujours geint d'une façon enivrante dans la nuit ; refluent et s'étalent en une ample traîne, la queue d'un paon, tissue d'yeux sans visage comme une moire chatoyante. Cependant, il n'y avait pas là de plaisir proprement charnel, sexuel moins encore pour Jennifer. Lorsqu'elle rêvait, en compagnie de Françoise par exemple, au corps menu et si joli, au ventre, au petit derrière de Mme Montheil, cette femme jeune et très digne qui était sa maman, son propre ventre s'émouvait, comme troublé d'impatience et de fièvre. Et maintenant, ici, alors que se plaignait tout bas, dans l'épanouissement de l'orgasme, l'adorable petite reine brune qui était cette même maman, à peine Jennifer avait-elle conscience de sa propre féminité, de son propre corps. Elle ne ressentait que l'émerveillement, au fond une reconnaissance éperdue ; j'ai donné du plaisir à qui m'est le plus proche au monde ; une tendresse, un amour qui envahissaient et submergeaient tout. La jeune fille se hâta de revenir au côté de sa maman, de la prendre dans ses bras. Pour elle, le gros bébé blond, c'était facile, roulant doucement et lentement sur la hanche, de la bercer.

– Comment peux-tu ? essayait de dire, dans un souffle, et en toute inutilité apparaissait-il, Mme Montheil.

– Regarde-moi, regarde ta vilaine Jenny qui t'aime, répondit Jennifer.

Combien de fois déjà, avaient-elles échangé ces mots, alors qu'ils sont justement inutiles ? Ainsi est le dialogue de la mère à l'enfant, de l'enfant à la mère, un éternel superflu. Comment peux-tu ? Et toi, comment oses-tu questionner, user de mots vains, quand la rêverie du plaisir s'attarde encore telle une brume pailletée ? N'est-ce pas assez que tu m'aimes et que je t'aime ? D'où sont partis les mots et où vont-ils, que sont-ils ?

– Tout ce que tu dis tous ces temps est bête, déclara tranquillement Jennifer, qui libéra une main pour emboîter tranquillement au creux de sa paume vulve et vagin détrempés par la jouissance. Tant de regrets et de remords, parce que ton bébé, ta propre fille, voit ton sexe et l'embrasse. Ma chère vieille mère, explique-moi, comment suis-je venue au monde à ton avis, et par où suis-je passée ? Devons-nous croire au rôle des cigognes et des choux ? J'imaginerais, en ce qui me touche, que s'il est quelqu'un qui connaisse ton ventre, et ta si gentille petite vulve, et plus de l'intérieur que quiconque, c'est bien moi, tu ne crois pas ? Alors, à quoi riment les bêtises, ne me caresse pas, ne me regarde pas, embrasse-moi où tu veux si tu tiens à me désoler, mais en tous les cas pas là, pas ça ! Plutôt la mort que la souillure ! Cela a vraiment un sens pour toi ? Bon, explique-le-moi, puisque tu n'écoutes rien de mes explications, après m'avoir lâchement contrainte, par tes divers deuils, à les fournir.

Monique Montheil, ayant bien soupiré en effet, entoura de ses bras le cou du gros bébé et accepta, pour ces minutes hors du temps, faufilées entre remords et regrets, de jouer elle-même le rôle de l'enfant. Elle nicha son visage contre le cou de Jennifer.

– Bien sûr, pourquoi parler ? Tu as inventé le moyen, quand nous parlons, d'avoir à chaque fois raison, de sorte qu'il est forcé que j'aie toujours tort. Et de sorte qu'il n'existe rien de plus normal pour une fille, que de déshabiller sa mère, de l'examiner à la loupe dessus et dessous, de, enfin, le reste. Rien de plus logique puisque, en effet, c'est avec mon ventre que je t'ai formée, et c'est de lui que tu es sortie, que je t'ai rejetée dans le monde !

– Est-ce que tu comprends, ou est-ce que tu sens que je vais me mettre à pleurer ? demanda Jennifer.

Monique Montheil tressaillit, affolée soudain, resserra l'étreinte de ses bras comme sous une secousse galvanique. Tout aussi brusquement elle la desserra, se recula pour voir en face son bébé, son amour :

– Mais c'est vrai ! Écoute, qui déraisonne à la fin, toi ou moi ? Mais qu'est-ce que tu as ? Tu veux me rendre folle ? Elle pleure ! Ma Jenny, ma petite fille chérie, je t'ai causé de la peine ? Je te demande pardon. Tu me dis parfois de ne pas te gronder. Ne me gronde pas toi, ne pleure pas, tu me déchires le cœur quand tu as du chagrin. Et c'est ma faute ! Je t'en supplie, je plaisantais, j'essayais de me rendre compte comment tu penses, comment ça marche les idées et les rêves, dans ta tête de petite fille. Ma Jenny, n'aie pas de chagrin, je t'aime trop, tu sais.

– C'est fini, dit Jennifer. Garde-moi seulement avec toi, contre toi comme on est maintenant.

Mme Montheil l'enveloppa étroitement de ses bras, pressa la tête si chère contre sa poitrine. Et Jennifer, dans les petits et tendres seins de sa maman, était comme au cœur même du bonheur toujours rêvé et du rassurement. Elle-même entourait de ses bras la taille mince, toute tiède et souple, nerveuse en secret, telle une liane.

– Deux belles folles, murmura-t-elle.

– Oui, ma Jenny, mon bébé.

– Fais-moi téter.

Les bras maternels se crispèrent un fugitif instant :
– Bon. Oui.
Elle pivota juste assez pour que la pointe d'un de ses seins, tendres comme elle, attendrissants comme elle, fût entre les lèvres de la fausse et pourtant réelle enfant, qui la prit avec l'espèce de brutalité avide de tous les enfants. Selon chaque pression, chaque aspiration, les ondes d'un indicible bonheur ne se chevauchaient pas insidieusement, mollement ainsi que dans le plaisir, elles cognaient, trébuchaient l'une dans l'autre, ébranlant comme en sourdine tout le corps, comme si Jennifer tétait tout le corps. Beaucoup trop tôt hélas, celle-ci s'interrompit :
– Tète, toi, maintenant.
– Ma Jenny.
– Non, tète. S'il te plaît. Je n'ai pas des seins merveilleux comme les tiens, mais je suis un très gros bébé, ils doivent être pleins de lait. Tète, ma maman.
Monique Montheil aurait bien voulu formuler une nouvelle protestation, de nouveaux arguments, lesquels, bien sûr, étaient les mêmes. Jennifer lui posa une main sur la joue, et guida la petite tête brune vers sa propre poitrine, vers le bouton un peu gauche d'un de ses seins, épousant maintenant de la paume la nuque étroite et l'attirant pour que le bouton soudain tout gonflé et sensible entrât dans sa bouche :
– Tète, tête vite, tu es mon bébé, je t'en prie, tète vraiment.
Alors, comme toujours désormais, semblait-il, Mme Montheil obéit, effrayée, passionnée. Et Jennifer, dès la plus timide pression, la plus timide succion ressentit, cette fois, comme une aiguille de plaisir qui se faufilait roidement entre ses cuisses, perçait sa matrice, ses entrailles, sillonnait d'un coup tout l'intérieur de sa colonne vertébrale. Elle en bégaya et ses reins se creusèrent :
– Maman, ma maman. Tète. Excuse-moi, toi. Je crois, je ne peux pas m'en empêcher, je crois que je vais jouir. Je ne le voulais pas, pas maintenant, tu es mon bébé. Tète, ne t'arrête pas. Ah, écoute, excuse-moi, Je voudrais bien me retenir, mais je n'y arrive pas, je vais jouir.
La crémeuse et indolente Jennifer jouissait comme elle vivait, lentement en apparence et totalement, et ce ne fut que parce que

leurs corps étaient si proches, confondus ainsi que dans l'amour, que Monique Montheil sut que son gros bébé, sa merveille avait affronté la convulsion de l'orgasme, s'était vidé de son plaisir, le subissant et l'accomplissant. Oui, Monique Montheil était effrayée. Le plaisir d'un enfant, son propre enfant. Et, comme Jennifer elle-même quelques instants plus tôt, elle se trouvait comblée, parce qu'elle était la dispensatrice. Elle n'avait plus du tout envie de jouer à téter Jennifer, elle souhaitait organiser, assurer protection et silence autour de son bébé heureux. La honte, s'il devait en échoir, serait pour elle seule, Monique Montheil, mais à un autre moment ; n'importe lequel, mais plus tard. Présentement, être nue pour tenir son bébé nu entre ses bras, était à la fois comme un surcroît de pouvoir – je rends mon bébé heureux – et comme un surcroît de déférence vis-à-vis du plaisir de l'autre.

– C'est ta faute, dit alors Jennifer, tout bas, dans le cou de Mme Montheil, et mourant de rire tandis qu'elle parlait.

À sa surprise, Mme Montheil rit elle aussi, et les gentils seins se permirent presque de cabrioler :

– Affreux monstre ! Mais attends, tu as bien dit, tout à l'heure, que tu n'oserais jamais plus me donner de fessées. Cela signifie-t-il que moi non plus, je n'aurai plus le droit de te fesser quand tu le mérites ?

Jennifer accentua son étreinte autour du cou de Mme Montheil. Elle ne riait plus, et se serra plus fort encore contre elle :

– Tout le contraire. Ça signifie que ce que je voudrais, c'est que tu aies tous les droits sur moi. Plus qu'avant. C'est exactement comme de dire que je veux que tu m'aimes toujours. Même si j'étais mariée ou que j'aie un copain ou n'importe quoi, je voudrais que tu continues à me fesser chaque fois que tu penses que j'en ai besoin.

À plusieurs reprises, tout en parlant, elle pressait ses grosses lèvres tendres sur celles de sa mère, et celle-ci croyait défaillir de tendresse en effet.

– Quand tu me fesses, je suis sûre que je suis vraiment ton bébé, que je peux l'être toujours. Et ça m'étourdit de joie aussi, que tu sois le mien, comme quand je t'embrassais, comme maintenant quand tu es nue comme moi, tes petits seins, ton sexe et ton petit derrière tout nus. Je reconnais que c'est étrange de tomber amoureuse du petit derrière de sa maman, mais je n'y peux rien, il m'éblouit et il me fait fondre. Tu rougis encore, je le sais sans me tromper parce que ta joue s'échauffe. Tant pis, ce n'est que trop vrai que les mamans doivent souffrir en silence et se sacrifier pour leurs bébés. Maman ?

– Oui, ma Jenny.

– Tu es fatiguée, à cause de ton grand âge je veux dire ? Tu veux que nous dormions ?

– Et toi ?

Jennifer se reprit à rire tout bas ; on pose tant de questions qui en réalité sont des réponses !

– Maman ?

– Oui, ma Jenny.

– Dis-moi sans mentir. Dans ta vie, as-tu été aussi heureuse que maintenant, que cette nuit ?

La joue de Mme Montheil restait toute chaude, une chaleur pénétrante, délicieuse :

– Aussi heureuse ? Peut-être, je ne sais pas. Quand j'ai rencontré un homme que tu connais parce qu'il est ton papa. Puis tout le temps que nous t'avons, eh bien, fabriquée. Puis quand tu es née – tu étais encore assez sage dans ce temps-là. Plus heureuse, non. Sauf que jusqu'ici, je n'avais pas à me sentir si affreusement gênée d'être heureuse.

Jennifer la repoussa, la fit basculer et se plaça de biais sur elle, ainsi l'amant sur l'amante. Coudes écartés, elle tenait sa mère par ses toutes petites oreilles, doucement ciselées comme tout son corps. Cependant leurs regards plongeaient l'un dans l'autre, Monique Montheil se perdait au fond des yeux de son bébé, comme jadis, toute jeune fille elle-même, au fond de ceux d'un homme, d'un amour qu'elle imaginait. Jennifer la baisa rapidement sur les lèvres, puis glissa sur le côté, songeant que son poids l'étouffait. Ensuite elle parla de Françoise, de la femme brune que Mme Montheil avait vu nue, Danièle, et de son propre bébé blond adolescent, qui ressemblait un peu, pas trop parce que ce dernier bébé devenait une nymphette élancée et très jolie, à Jennifer. Mme Montheil, muette, inondée de fierté en raison de la confiance que lui témoignait sa Jenny, découvrait la jalousie. Elle y avait été peu sujette dans le lien avec son mari, le père de Jenny. Elle ne l'aimait pas, peut-être, de cette façon-là, ou encore cela dépendait de sa réserve à elle. Puis, aujourd'hui, elle était absolument prête à détester la jeune Françoise, sa luminosité sereine et cette fatigante perfection d'image. Danièle, cette noire bonne femme, parce que, même sans le vouloir ni le savoir, elle était responsable de la première fessée administrée à Jenny, donc de tant d'autres sottises qui n'avaient pas manqué de suivre ! L'autre bébé enfin, Stéphanie apparaissait-il, parce qu'il était ou avait été un gros bébé blond et, fût-ce encore sans le vouloir ni le savoir, eût pu être considéré comme rivalisant en charme, en séduction, en n'importe quelle qualité possible avec son bébé à elle, son chef-d'œuvre, sa Jennifer, son amour. Alors le chef-d'œuvre, qui avait pris dans sa paume une des fesses menues, rondes et denses pourtant, de sa maman, et ne pouvait résister au plaisir, furtif, très aigu, de caresser le fragile anus du tranchant de la main, et par instants, plus furtivement, du bout d'un doigt, si réceptif et si perméable au contact, dit soudain :

– Maman ? Maman, tu sais, je commence à en avoir par-dessus la tête d'être vierge !

Pourquoi tout ce qu'une fille dit à sa mère, la dérange-t-elle autant, comme si cela l'importunait, alors que réellement cela la comble d'orgueil ? Monique Montheil ne rougit pas, ou en tout cas elle n'en avait pas conscience. Moins fatiguée elle eût rougi, bien plutôt, du contact d'une main de bébé entre ses fesses, allant sans se lasser de l'anus au vagin, de celui-ci à l'anus, et à chaque effleurement c'était à crier, de honteuse angoisse et de honteuse attente. Pourtant elle se contorsionna, pour autant qu'on le puisse en demeurant digne :

– Ma Jenny, je veux bien parler, de tout même, j'ai toujours envie de parler avec toi, à plus forte raison quand tu me parles de ce qui t'importe. Mais ne pourrions-nous pas, moi au moins, nous couvrir un peu ? Cette vieille maman, ainsi que tu l'as dit, toute nue pour écouter sa fille !

– Non, répliqua Jennifer avec la même tranquillité. Elle caressa, frictionna plus énergiquement le séduisant petit derrière. Comment sais-tu, d'ailleurs, que je te parlerais de moi, des hésitations très secrètes de ma vie de bébé, si nous n'étions pas comme nous sommes maintenant toutes les deux ? Tu ne sens pas, tu ne vois pas à quel point j'ai l'impression d'être libre, protégée par ta confiance et ta tendresse, justement parce que nous n'avons plus de vêtements pour nous cacher, toutes les deux des bébés, toutes les deux des femmes ? Tu veux que j'avoue ? Ma maman bien-aimée m'a farci les oreilles de ses scrupules parce que je lui ôtais sa petite culotte – à ce propos, je voudrais bien que tu achètes toujours les mêmes, elles te vont bien. Parce que je l'embrassais, parce que je l'avais vue jouir. Eh bien moi, tout le temps, et assez souvent avant déjà, j'ai été très vexée, presque pour la raison inverse ; parce que tu n'étais pas suffisamment curieuse de ton bébé pour, ne fût-ce qu'une fois, le mettre tout nu afin de le voir tel qu'il est et qu'il change de temps en temps, examiner son gros corps pataud, sa poitrine qui prend une forme mais lentement et mal, cette absurde fourrure qui lui encombre le ventre, son derrière à capitons, ses jambes de sportive paresseuse. Oui, madame, très vexée. C'est une des explications pourquoi, tout en étant humiliée et choquée, je me suis trouvée folle de joie, non, pas de joie, de satisfaction je crois, quand tout d'un coup tu t'es décidée à me déshabiller et à me fesser. Enfin tu me voyais. Une vraie fille, un vrai bébé, le tien en plus ! Avec un corps, pas seulement des biberons ou des tartines et un sourire crétin comme dit Françoise. Au beau milieu du patio et en plein jour, comme si tu disais au monde entier, toi : Eh bien oui, je lui donne une fessée parce qu'elle est mon bébé, et ce qui prouve bien qu'elle est mon bébé, c'est que je ne balance pas à la fesser à votre nez et à votre barbe quand j'estime qu'elle le mérite !

Monique Montheil, maudissant ses propres écarts de sensibilité, se rendit compte que de sottes larmes perlaient lourdement entre ses paupières ; elles troublaient sa vue et son esprit, on eût dit qu'elles venaient de toute sa poitrine, parce qu'elles venaient de tout son amour :

– Ma Jenny, mon enfant chérie, je n'osais pas, murmura-t-elle. Tu penses vraiment qu'une maman ne désire pas regarder jour par jour, heure par heure son bébé changer, devenir autre ? Mais comment t'expliquer ? Il est dit dans le savoir des mamans de tous les temps, celui que nous n'apprenons pas et qui pour cela à tout instant plane sur nous, qu'elles ne doivent pas être indiscrètes, inquisitrices, vis-à-vis de leur propre enfant. Pour vivre, il est arraché de leur ventre Puis le mouvement de la vie, sa vie avant tout ! l'arrache du sein. Alors la mère referme son ventre, son sexe s'il faut le dire, recache son sein aux yeux du bébé, et elle-même n'ose plus regarder le bébé qu'à demi, parce que c'est lui désormais, aussitôt détaché du sein, ce n'est plus la mère, le propriétaire réel, unique, de son corps de bébé, ensuite de petite fille, ensuite plus grande, puis adolescente qui, un jour encore, brutalise tout à trac la pauvre maman en assenant : Imagine, vieille mère, que ça m(ennuie maintenant d'être vierge ! La maman, déjà on ne peut plus à l'aise parce qu'elle est nue devant sa fille, le ventre exhibé parce qu'elle a cédé à une fantaisie stupide, est supposée répondre quoi alors ? J'aurais pu, j'aurais dû peut-être, te mettre toi-même nue plus tôt, te connaître mieux ? Oui ! Tu te figures que je n'en ai jamais eu envie ? Je n'osais pas. Il est dit, par le même savoir anonyme et catégorique, qu'une partie de la charge des mamans consiste non pas à connaître, mais à ne pas connaître une partie de la vie de leur propre enfant. Je trouve cela gai ? Je trouve cela à percer le cœur, simplement il en est ainsi.

– Plus à partir d'aujourd'hui, dit tout bas Jennifer.

– Ma Jenny, mon cruel et dékicieux gros bébé. Non, plus jamais. Tu avais raison tout à l'heure, je suis heureuse à en mourir de honte. Et il me semble que ton père et moi, même lorsque nous étions jeunes nous ne parlions pas comme nous le faisons toutes les deux. Quelle bavarde je suis tout d'un coup ! Mais n'importe, je réglerai mes comptes avec moi ensuite. Pour l'instant, voilà ce qui est très important, montre-moi ton ventre !

Oublieuse à son tour de sa nudité, parce qu'elle était redevenue la dame sans âge et presque sans sexe, la maman éternelle qui se soucie de son bébé, à son tour elle s'écarta de Jennifer pour la coucher sur le dos. L'étrange et l'amusant furent que cette même Jennifer, qui dépouillait si prestement, si allègrement sa mère, dissertait si allègrement de tout ce qui touche le corps des bébés qui sont des femmes, Jennifer se trouva soudain décontenancée comme jamais auparavant, le jour y compris où elle avait reçu une fessée, quand cette maman précisément pencha la tête sur elle qui était toute nue, lui ouvrit les cuisses, considéra selon l'attention et la gravité intenses des mamans son ventre, ses aines, son sexe. Monique Montheil de son côté, voyait sa fille à la fois comme un vrai bébé – que pouvait-elle découvrir en Jennifer, constituée pièce par pièce et émise tout entière à partir de sa propre chair ? – et comme une femme tout à fait inconnue, une femme quoi. Depuis quand une soi-disant mère qui elle-même est une femme, en dévêt-elle une autre, lui inspecte-t-elle le nombril, la toison, ce sexe qui émeut et qui déconcerte, bouche encore close, tacite, sur son long avenir ? Luttant contre une émotion mal définie, envahissante, submergeante aussi, elle affectait un ton de voix très calme :

– Eh bien, qu'y a-t-il avec cette petite fourrure, en quoi te déplaît-elle ? Elle est naturelle comme tout de toi. Tu es une fille, à ce que je sais, donc tu es faite comme les filles. Quel reproche ton corps mérite-t-il ?

Elle lissait avec une infinie tendresse, de haut en bas, puis à rebrousse-poil, le tout petit buisson blond. À part soi, en vérité, elle restait un peu interdite devant sa vivacité et sa luxuriance ; cet empiècement quasi exubérant, richement fourni, en même temps brillant et soyeux, greffé sur le ventre gonflé de lait d'un bébé. Oui, certes, le bébé était plus qu'un enfant maintenant, plus qu'un simple bébé fille ; déjà hélas, mais aussi pour la plus grande joie et le plus grand orgueil de sa mère et du monde entier, le bébé était une femme. Une de plus. Une comme jamais il n'en avait existé depuis la nuit des temps.

Jennifer ne répondit pas tout de suite et Mme Montheil reprit :

– En fait, tu es jalouse de moi et c'est tout. Parce que je me suis permis d'imiter cette femme superbe, la maman de la petite Stéphanie. De sorte que pour quelque chose au moins, je peux être ton bébé, puisque je le parais plus que toi. Quelle horreur ! Tu sais que si ton père me voyait maintenant, il serait capable de me faire enfermer ?

Jennifer éclata de rire, ce qui soulagea le poids de l'enchantement, et le climat de perversité, de transgression magiques tendu au-dessus du lit, de la chambre, de la maison elle-même comme tout le ciel de l'été, orageux et clair. Jennifer, copiant à son tour et très inconsciemment sa mère, voulut profiter de l'allégement pour se remettre sur le flanc, et Mme Montheil, qui sans plus le savoir copiait Jennifer, la retint :

– Pas tout de suite. Pour une fois que tu es réellement ma petite, mon enfant comme autrefois, je veux encore te regarder. Ce n'est que trop vrai que je n'ai jamais osé le faire, et aujourd'hui je pense que j'avais tort. Je veux t'embrasser aussi, comme toi tu m'embrasses, acheva-t-elle en rougissant.

– Un rapide détour par la salle de bains siérait peut-être à mon état, observa Jennifer.

– Merci de me rappeler le mien, répliqua Mme Montheil, riant au rire de son bébé.

Elle s'inclina pour lui baiser, de tout son cœur, le ventre, le sexe, émerveillée de sa senteur de femme. Où étaient non les neiges, mais le talc, le Mycosil, les savonnettes Cadum d'antan ? En même temps elle s'apercevait, qu'alors même qu'elle regardait, étudiait sa petite avec toute l'attention, toute la passion qui étaient dans son cœur pour elle, elle échouait à la voir tout à fait. Elle voyait une Jenny impossible à détailler, et impossible à fixer en une image unique maintenant et ici, cette image fût-elle provisoire. Comme si elle ne voyait, en vérité, qu'un sentiment : son amour, lui-même irréductible à tout morcellement, pour Jennifer. Alors il était très drôle et très charmant, très charmeur, d'embrasser cette petite fourrure douce, discrètement magnétisée, ces lèvres que même étant soi-même femme, on croit secrètes, leur chaude et poignante intimité Et alors encore, la mère et la jeune fille, l'enfant, se reprirent dans les bras l'une de l'autre :

– Ma Jenny, tu me complimentes beaucoup, depuis quelque temps, sur certains endroits et même envers de ma personne, peu convenables à nommer chez une vieille dame, tandis que tu ne cesses de te critiquer toi. Je voudrais que tu saches une chose, et si tu l'oublies cela te vaudra bien des fessées. Ton ventre est très joli, tout ton ventre, tu me comprends ? Je n'aime pas trop ce mot vulve que tu emploies, c'est de la gynécologie ! Tu critiques tes seins ; tu as des seins d'adolescente, juste la forme et la taille qu'il faut. Je sais que je vais rougir, mais si moi, cela me troublait beaucoup de, disons les embrasser, imagine pour un garçon. Ou plutôt non, n'imagine pas ou c'est tout de suite que tu as une fessée ! Pareil pour ton derrière de bébé. Tu prétends qu'il est gros, il n'est pas gros du tout, il est plein et rond, justement ce qu'on attend d'un derrière de fille, à ce que je sais. Pareil pour tes cuisses, tes jambes. Elles sont pataudes ! Elles sont terriblement féminines, voilà ce que tu devrais en penser et en dire. Quant à cette petite fourrure, tout d'un coup prise en grippe, tu vois bien que même moi, la vieille maman, j'ai du plaisir à la garder au chaud dans ma main. Et si en fin de compte elle te déplaît, qui t'interdit de la supprimer, comme je t'en ai donné le funeste exemple ? Rase-la, et si cela te déplaît à nouveau, elle repoussera, non ? Évite seulement les entretiens trop confiants pendant l'interrègne.

L'humour maternel, d'une imprévisible scélératesse, avait toujours enchanté Jennifer. Mourant de rire, elle se blottit plus étroitement contre Mme Montheil :

– Comme tu t'occupes bien de moi, ma maman ! Je pense souvent que tu me donnes tout, et qu'en plus tu me donnes la confiance. En moi, en les gens, en tout. Mais mon ventre. Oui, j'ai eu l'idée de me raser, et finalement, je ne veux pas essayer aussi longtemps que je suis vierge. Quel est le rapport, la raison, je n'en sais rien. Comme ça. Comme si de toute façon cela n'allait pas et ne devait pas aller à un bébé jeune fille. Je ne sais pas. Comme ça.

Elle baisa brièvement les lèvres de sa mère :

– Je te choque, quand je parle d'une manière trop précise ?

– Tu tiens à ce que je réponde ? Oui, bien sûr, tu me choques, c'est ma nature ou mon passé. Mais j'ai dû le dire aussi, rien ne me rend plus heureuse, plus orgueilleuse à ton sujet et même au mien, que quand tu me parles. Il est correct, en fait, que les bébés choquent leur maman, elle est là pour ça. Dis-moi ce que tu étais sur le point de dire.

À nouveau, faisant trembler le cœur de Mme Montheil, les lèvres un peu épaisses, bouleversantes comme la tendresse elle-même, se pressèrent contre les siennes :

– Encore l'idiote virginité. Je ne sais même pas quoi m'agace là-dedans. Peut-être seulement mon âge, j'ai dix-sept ans ou presque. Toi, mon avisée maman, tu juges ça une chose importante ? Je veux dire, tu serais troublée ou choquée, si quelque charmant chacal ravissait mon innocence ?

Monique Montheil berçait lentement son bébé, par instants tâchait de l'éloigner plus ou moins d'elle :

– Écoute, je dois d'abord réfléchir, plutôt que répondre des bêtises. Laisse-moi voir. D'abord, que je sois choquée ou non n'est pa la question. La question, la question ? Eh bien, ce qui importe, il me semble, n'est pas non plus d'être ou de ne pas être vierge. J'ai quand même assez vieilli et assez appris, pour penser comme toi que c'est un détail idiot. L'important, je crois, est de ne pas finir d'être vierge, pour des raisons encore plus idiotes que la virginité elle-même. Tu comprends ? Par curiosité désœuvrée, parce que ma copine l'a fait avant moi, parce qu'un garçon à la cervelle d'éponge ne cesse de me mettre en boîte. Il me semble, ma Jenny, qu'il y a tout le long de la vie des espèces d'étapes, des examens si tu veux. Ils comptent beaucoup moins par eux-mêmes, que parce qu'ils engagent ce qui vient après eux. Je parle trop ou je parle mal ? Je t'ennuie ?

Jennifer lui baisa les lèvres plus intensément :

– Tu t'occupes de ton bébé comme une merveilleuse maman. La plus délirante, elle et son petit derrière tout ferme, sa petite vulve à croquer et ses petits seins aussi jeunes que les miens !

– Jenny, écoute, assez avec ça. Sans plaisanter, je te donne une fessée à te faire pleurer trois jours durant ! Raconte-moi plutôt, tu t'es déjà adjugé ou choisi un, eh bien, un ravisseur, pour parler comme les sots bébés ? Ou tu en as imaginé un, à partir de garçons que tu connais ?

Jennifer, tout heureuse, se blottit avec la même fougue possessive et le même abandon, qu'elle embrassait :

– Et imagine que ce soit toi qui arrives à me faire rougir ? Déconfiture totale du bébé ! Et un de plus, bébé je veux dire, traumatisé et choqué par sa mère, l'inceste quoi ! Maman, non, ne me fesse pas ! Je te demande pardon et je promets d'être sage !

– N'aurais-je pas entendu parler d'une certaine Sandrine, et peut-être d'un certain sien frère, dont le nom m'échappe ?

– Loïc ? Ton service de renseignement fonctionne au mieux. Loïc a une paire d'épaules, des comment ça s'appelle ? des pectoraux, et même révérence parler des cuisses, au-dessus de tout soupçon, de tout éloge je veux dire. Sauf que voilà, pour tout dire, il ne m'excite pas ! Tu comprends ? Le bébé reste tout fermé et tout net dans sa petite culotte. Maman, je t'en supplie, ne me donne pas de fessée ! Ou pas maintenant au moins ! Tu vois bien que j'essaie de raconter tout. Je jure sur la tête de ma mère que je ne dirai plus jamais de choses infâmes. Ah, ma maman, tu peux savoir à quel point j'aime ça quand tu as le fou rire ? Tu es si mignonne et si jeune, si jolie.

– Moi, je t'aime tellement, que je t'aime même quand tu me désoles.

Elles se dévisageaient, regards l'un dans l'autre, emplies d'une sorte d'adoration en effet. La nuit s'écoulait, mais sans poids maintenant, feutrée, brève, telle la course faussement errante d'une chauve-souris.

– Maman, cache-toi dans mon cou, ferme les yeux, ne laisse qu'une toute petite oreille attentive à ton bébé. Ce n'est pas si facile pour lui, tu sais, raconter ses phantasmes, puisque parfois, il hésite à se les raconter à lui. Est-ce que tu as vu, là-bas dans leur maison ou ailleurs, l'ami de cette femme brune, Danièle, qui fournit de si mauvais et de si bons exemples ?

– Aperçu, dit Mme Montheil.

– Eh bien je veux ou lui, parce qu'il a l'air violent, très vieux et gentil. Ou alors un garçon au contraire tout jeune, plus jeune que moi, entre autres pour qu'il n'ait pas, bouche complètement tes oreilles maintenant, enfin pour qu'il ne soit pas, tu comprends bien, qu'il ne soit pas trop grand, quoi ! Mais tu ris ? Écoute, tu n'as pas honte ? Te moquer de ton bébé, ta propre fille, au moment où on te dit tout ? C'est quoi, quand même, qui te fait rire ? Dis-moi tout de suite pourquoi tu ris tellement !

Monique Montheil, paumes sur les joues de la jeune fille, couvrit de baisers le visage chéri :

– Pourquoi je ris. Par fierté encore je suppose. Par orgueil, parce que c'est moi qui t'ai faite, bien plus que ton père à mon avis. Pour ta petite sagesse, aussi, tes choix. Mon bébé si réfléchi, si prudent presque, quand j'ose croire qu'il est tout fou. Cela sert bien, les études de philosophie ! Ou un monsieur qui ressemble à un ours modéré et qui a l'âge de ton père. Ou alors un très petit bonhomme, il se faufilera si suavement qu'on le remarque à peine, et crac ! comme c'était simple, je ne suis plus vierge ! Oh, Jenny, ma Jenny, mon amour adoré.

– Mais, maman, tu te moques bel et bien de moi, observa Jennifer, pour une fois profondément consternée.

– Non, pas du tout.

Monique Montheil lutta un moment contre un épouvantable regain de fou rire, elle n'avait pas ri ainsi depuis des siècles :

– Pourquoi me forcer à répéter ? Je ris parce que tu es le bébé, la fille, les plus enorgueillisants qu'une maman puisse rêver. Tu es drôle comme tout, aussi. On se moque de sa fille, parce qu'on la trouve adorablement drôle ? C'est juste le contraire, mon amour. Bon, alors, j'ai fini de rire. Écoute, tu devrais le deviner, il est très déchirant aussi, pour moi, d'imaginer dans ma tête, dans mon cœur si tu veux, un homme proche à ce point de mon bébé, tu sais bien, ouvrant son ventre. Et en même temps c'est ta vie, comme j'ai eu et j'ai la mienne, il n'y a rien là qui doive choquer ou soit laid, je sais même que ça risque d'être très beau. Tout ce que je souhaite, et de tout mon amour pour toi, c'est que tu ne commences pas quoi que ce soit au hasard. Que tu ne te trompes pas. Tu regrettes, tu as peur, tu souffres et moi j'en mourrais. Comprends-tu, ma Jenny ? Mais écoute, non, oublie ça, mes propres craintes, elles me regardent après tout et pas toi. Explique-moi encore plutôt, sois sûre que je ne vais pas rire : penses-tu déclarer tes intentions, et comment ?

Mme Montheil ne riant plus, Jennifer se mit à rire elle-même, émerveillée, comme cela lui arrivait souvent depuis quelque temps, de l'amour, et aussi de la subtile intelligence, de sa maman :

– Tu dis que tes craintes te regardent. Un fantasme c'est pareil, on ne consulte pas les autres acteurs. Quand j'en serai là, je verrai bien. Le petit amant dont tu as décrit si gracieusement l'agilité, je dois le piéger et l'attraper toute seule, ou alors personne. L'autre, l'homme mûr, l'ours, je vais t'avouer, puisque je dis tout, que j'ai pensé à sa fille adoptive, la petite Stéphanie. Elle me fait l'effet d'être un bébé bien plus gentil et bien plus adorable que moi. Peut-être pourrais-je m'adresser à elle, lui demander de me prêter un tout petit peu son vieil ami ? Je ne sais pas, je rêve, sans plus.

– Ma Jenny, dit Mme Montheil, tu ne crois pas, dans l'immédiat, qu'hier est fini, et qu'on est déjà aujourd'hui ?

Jennifer bâilla avec volupté, miaulant tout bas :

– Si, sûrement. Mais ne va pas te cacher dans le sommeil parce que tu penses du mal de moi !

– Du mal de toi ? répéta Mme Montheil.

Pourquoi les bébés, du milieu de leur confiance même, sont-ils si susceptibles de vous faire de la peine, si aptes à vous en causer ? Du mal de sa fille bien-aimée ! De moi plutôt, et non sans cause, songeait Monique Montheil. Jennifer, à demi endormie, murmurait :

– Je ne veux pas me laver, je ne veux pas aller faire pipi, je ne veux pas me brosser les dents. Je veux dormir dans les bras de ma maman tout de suite, tout de suite, tout de suite.

– Mais j'ai le droit, pendant que tu dors, de te toiletter un peu avec un gant, comme lorsque tu étais petite ?

– Je suis toujours petite, murmura Jennifer.

Et, abruptement, elle devint plus pesante au creux du coude de Monique Montheil ; elle dormait.

V

J'étais reparti pour Paris quelques jours. À ,nouveau, de Paris jusqu'à la plage, la course m'assomma. Le moteur manquait de puissance, les limitations de vitesse me rendaient dingo, de sorte que dérogeant à de vieilles coutumes, vers le milieu du parcours je fis halte dans une ville ou une bourgade de restaurants. Je ne parvins pas à la villa de Danièle et de Stéphanie avant la tombée du soir. J'abandonnai le véhicule, à mes yeux ce n'était pas tout à fait une voiture, sur le bord du chemin sableux, m'étirai, grognai, jurai sans cependant cracher. La jeune femme et l'enfant m'avaient beaucoup manqué. Je remontai l'allée entre les ramures d'ombre. Le perron bas était éclairé, de même semblait-il que toutes les fenêtres, les baies, tout le vitrage. Parut à ce moment hors de la maison, une Cendrillon la nuit du bal, flanquée un peu en retrait d'un petit seigneur. Cendrillon, Stéphanie je veux dire, avait bien seize ans cette nuit-là, non pas douze ou treize. Coiffure féerique, serrée à toucher l'occiput et retombant en longues boucles sur la nuque et les épaules, bord des paupières souligné juste pour que le regard étincelle, chemisier blanc sans manches à jabot, courte jupe droite de velours noir. Danièle m'avait prévenu que les bébés en arrivent un jour ou l'autre aux soutiens-gorge et moi j'oublie tout, sacré nom de dieu ! La princesse se mit à courir, empoussiérant sans doute ses beaux escarpins de dame :

– Jacques !

Le cœur du bébé battait ainsi que chez les poètes un vol d'oiseaux ivres.

– Je vais t'abîmer toute.

– Jacques ! Jacques !

L'autre bébé, le garçon, quatorze ou quinze ans, demeurait en arrière agacé ou jaloux. Un petit prince plutôt charmant pour Cendrillon ; chemise blanche impeccable dont un seul bouton ouvert, jean de couturier, mocassins vernis noirs. Stéphanie se haussait, tâchant de toucher mes lèvres des siennes :

– Je te plais ?

– Je débarque, je n'ai pas le temps de voir si tu me plais. Mais je casse la figure de celui ou de ceux qui disent que tu n'es pas la fille la plus sexy de la plage.

Le sourire ébloui, éblouissant des bébés, et ces dents limpides.

– Ouais ?

Je n'osais guère l'embrasser, tandis que l'on vieillit on désapprend à embrasser les princesses :

– Et c'est vrai que tu portes des soutiens-gorge ?

Elle éclata de rire, folle de joie, folle de la jeunesse qui triomphe :

– Oh, écoute, bien sûr ! Qui te l'a dit ?

– Ta maman, tes fiancés, la rumeur publique. Comment savoir ?

– Jacques ! Jacques ! On t'attendait tellement. Je suis si contente que tu sois là.

Je désignai prudemment le petit seigneur aux longs cheveux de fille :

– Lui aussi ?

Nouvel éclat de rire :

– C'est Renaud.

– Bonjour, Renaud, Vous êtes de sortie tous les deux ?

– Justement, répliqua Stéphanie, montrant une fierté comique. Nous sommes invités à une soirée !

– Eh bien !

Du coin de l'œil j'apercevais Danièle. Dans l'embrasure de la porte elle patientait et jugeait. Vêtue d'une salopette claire, mains sur les hanches, elle eût pu paraître plus grognon et bourrue qu'à l'accoutumée, mais la joie et la fierté du bébé se reflétaient sur son visage, illuminaient son noir regard. Pressant une seconde la joue de Stéphanie contre ma poitrine, par-dessus la cascade de boucles je souris à sa mère et l'aimai comme jamais peut-être, elle Danièle, parce qu'elle posa un doigt sur ses lèvres : Chut ! Ma petite fille se rend au bal, et en plus elle te retrouve, toi qu'elle chérit. Alors, chut !

– Jacques ! Jacques ! Tu vas rester avec nous maintenant ?

– Le plus longtemps possible. Mais je ne vous quitte pas quand je m'en vais, tu sais. Vous êtes mon amour, Danièle et toi.

– C'est vrai ?

Je mourais d'envie de baiser ses dents claires, m'abstins pour la présence de l'enfançon, dis à la place :

– Mademoiselle et monsieur, puisque vous êtes priés, on doit vous attendre. Il ne conviendrait nullement que je vous misse en retard.

Stéphanie, toujours charmée, rit :

– Ils viennent à notre rencontre, alors on s'en fout.

Le garçon, bien plus pressé de distancer moi et mes imparfaits du subjonctif, ébauchait un mouvement vers le portail, tête tournée pour inciter sa cavalière à le suivre. Celle-ci se dressa derechef et m'appliqua un énorme baiser sur la joue. J'allai moi-même vers Danièle, ne pouvant me tenir d'épier les bébés par-dessus l'épaule. Stéphanie, de son côté, tordait son cou de petit faon pour me sourire, agitait une main. Danièle, devant moi, levait les siennes au ciel afin d'indiquer que toute patience connaît des bornes. Sur quoi le petit faon, à peine le portail franchi, se détacha brusquement de son compagnon et revint vers moi au galop, les yeux chargés d'escarboucles. Je craignis fort qu'elle ne voulût que m'embrasser :

– Eh bien, jeune fille ?

– Jacques ! Tu sais quel jour on est ?

– Pas du tout, pourquoi ? Vendredi ou samedi j'imagine, puisqu'il y a grand bal ?

– Mercredi !

– Superbe, déjà mercredi. Et quoi ensuite ?

– Oh, écoute, tu le fais exprès. Mercredi, c'est le jour où tu me donnes une fessée !

Je me secouai tel un ours sous les abeilles ; j'étais certain d'avoir vécu la même scène lors de ma première survenue à la villa. Tout en me secouant, je dirigeais sur le côté des regards significatifs, pour rappeler la proximité de Renaud :

– Je l'ai dit tout de suite et je le pense, tu es très élégante et très jolie, ton ami aussi, vous sortez et on vous attend, alors moi je m'amuserais à risquer de te froisser toute, de t'abîmer ? Tu rêves ou quoi ?

Les coins de la large bouche si généreuse, si séduisante chez un bébé s'abaissèrent, le panache d'un châtain doré vola :

– Je m'en fous ! Non, pardon, je ne veux pas dire ça et je le dis tout le temps. Mais ça m'est égal les vêtements Et aussi que Renaud nous entende. Je ne lui en ai pas parlé, mais à une bonne copine ici, oui, et sûrement elle le lui a dit. Je m'en fiche. Tu m'as toujours donné une fessée aujourd'hui, alors il n'y a pas de raison, tu dois faire comme d'habitude.

– Mon bébé, dis-je, tout empêtré. Parce qu'on l'a fait on doit le faire ! Je ne t'ai pas demandé, un jour, si alors ça ne devient pas de l'esclavage ? Pour ce soir, l'important est d'aller danser, plaire aux garçons, désespérer les filles, boire comme des puits, fumer comme des malades, partouzer comme des bœufs, Et moi je débarque, l'autre fois c'était pareil. À demain les affaires internes.

– Non, tout de suite.

– Enfin, mon bébé. Et si je refuse ?

– Alors je ne suis plus ton bébé et maman non plus, tu nous a oubliées, tu ne nous aimes plus.

– Ah ! Ah ! fis-je.

Je m'adressai au petit homme, qui examinait selon un intérêt extrême le bout de ses chaussures :

– Tu es au courant.

– Ouais ! marmonna-t-il sans me regarder.

– Cela t'ennuierait de nous excuser auprès de vos amis, le temps que je m'explique avec cette jeune fille ?

Stéphanie, une main sur mon bras pour me convaincre, pencha la tête, ses yeux pleins de feu allant du petit à moi, de moi au petit. Je voyais qu'elle rougissait beaucoup, puis de nouveau elle agita ses boucles :

– Non, reste, Renaud. Puisqu'il sait très bien de quoi on parle, j'aime autant qu'il soit là. Comme ça il saura encore mieux comment tu es avec moi, et moi avec toi aussi. Et il saura encore mieux s'il veut toujours être mon ami ou s'il ne veut plus. Je m'en fiche. Enfin je veux dire, ça m'est égal.

– Tu ne comprends pas, dis-je moi-même. Renaud, ton ami, n'est pas un voyeur, je suppose ? Si je te fesse sous ses yeux, alors je le fesse lui ensuite, question d'égalité et de justice.

– Bon ! acquiesça Stéphanie.

Malgré que j'en eusse, le fou rire me prit :

– Bon pour toi, peut-être. Mais Renaud ?

La vérité, est que Stéphanie et moi formions un vieux couple. Le rouge aux joues, elle me regarda en silence, puis tous deux ensemble nous toisâmes l'infortuné, lequel montrait un redoublement d'intérêt pour ses mocassins. Stéphanie haussa les épaules : à lui de voir !

– D'accord, viens, dis-je à la petite.

Sur le perron je pus affecter de découvrir Danièle :

– Excuse-moi, les affaires. Pas même le temps de te saluer et de t'embrasser. Au demeurant, notre héritière parle assez haut pour que tu saches tout. Que penses-tu de tout ça ?

– Oh, moi, je pense à moi, rétorqua Danièle.

Je lorgnai le plus lubriquement possible, sans me forcer en fait, le derrière bombé sous le vêtement de toile, de sorte qu'à son tour la jeune femme s'empourpra. Dans la grande pièce, je pris place sur le premier siège. À l'opposé encore de mes habitudes, j'hésitais. Je levai le visage vers Stéphanie, étonné de ce bébé qui n'en était pas un le moins du monde, que je connaissais très bien et que j 'ignorais tout à fait. Qui es-tu, jeune fille, et qu'entend-on, à la fin, par ces deux mots ? Je pense que j'aime tous les bébés, je les trouve tous beaux. Celui-là, Stéphanie, tout d'un coup se révélait trop joli et trop gracieux, séduisant même, incarnation à peine enfantine de la jeune fille, de la femme, qu'elle était en train de devenir. Elle, cependant, insoucieuse de mes hésitations, vint se coucher sur mes genoux, alors je négligeai moi aussi de me préoccuper de son camarade. Je remontai sur les hanches l'étroit et souple fourreau de velours, et, derechef et plus fort, le surgissement de la féminité me frappa à la manière d'un coup. Stéphanie s'était comme alffinée et dessinée en même temps. Je revis les innocentes et bêtes culottes de pensionnaire quand, à Paris, je débutais dans mon rôle de bourreau. Maintenant la lingerie couvrait une surface moitié moindre, et cette réduction même accusait la convexité du petit derrière, aussi bien que le velouté et la moiteur pressentie du pli, du creux médian. Pour la première fois, il me semble, depuis que Danièle, Stéphanie et moi nous étions rencontrés, me vinrent une curiosité et un désir assez pressants de mettre nu en entier l'ancien bébé, l'adolescente révélée soudain, pour soudain aussi la voir, c'est-à-dire la regarder, apprendre ce que jusqu'alors j'avais surtout voulu omettre, ne voir ni ne savoir d'elle, les détails plus ou moins fonctionnels d'un corps de grand bébé; je ne suis ni médecin ni nourrice. Je me hâtai, comme pour la jupe, de dénuder le derrière charmant. Comme d'autres fois, et cela bien sûr je me le rappelais, Stéphanie éclata en sanglots à l'instant même que je lui baissais sa culotte; le très vilain instant de l'ouverture à l'humiliation. Je la fessai très vite et, pour être exact, en m'abstenant de toute tendresse, et elle pleura tout le temps à chaudes larmes. Puis, cela non plus je ne l'avais pas oublié, petit derrière à peine recouvert, restant sur mes genoux elle s'assit, m'entoura le cou de ses bras, m'étreignit pleurant encore un peu, de toute sa propre force de bébé. Les grosses larmes comme redevenues enfantines inondaient ma chemise.

– Crois-tu que je puisse m'excuser ? demandai-je tout bas.

– Tu es bête.

La vigueur des si jeunes bras, arrondis pourtant, déjà, par la féminité m'émerveillait. Hélas, les bébés nous aiment. Mais encore, hélas n'a pas de sens ici. On admet, au point de la vie où j'en suis, qu'il n'est jamais aimé, par personne, en vain; ce sont les cœurs secs et que l'on aime qu'il faut plaindre.

– L'autre bébé maintenant, le petit seigneur ? dis-je.

– Oui.

Elle veilla, ce qui me contracta la gorge, à bien descendre l'étroite jupe sur ses cuisses avant de se relever. Qu'un garçon me voie recevoir une fessée ne lui fournit nul droit de regarder ma culotte ! Du bord inférieur des paumes elle s'essuyait les yeux, avec une candeur qui achevait de me bouleverser.

– Eh bien, à toi, viens, dis-je, tourné vers le garçon.

J'imagine qu'à sa place, j'aurais craché sur le vieux sadique ou pris la fuite ou les deux. À ma propre place, je lui en voulais, étais plutôt furieux contre lui, précisément parce qu'il avait vu mon bébé humilié et le derrière nu. Incertain, mais résigné parce qu'il était pris de court, il vint se placer devant moi, et en vertu de mon adresse notoire, je me débattis avec le premier bouton de métal.

– Allons, aide-moi, dis-je, impitoyable.

Il me prêta son aide, de sorte que je commençai à avoir surtout envie de rire et de l'embrasser. J'ignore pourquoi, ses longs cheveux d'Indien et de fille accentuaient la résignation. En fait, il avait l'air d'un cocker vexé, était presque aussi charmant que Stéphanie. J'eus la crainte, j'ignore de même pourquoi, qu'il portât un de ces sous-vêtements à braguette indiquée et soulignée. Il n'en était rien, son slip était bref, uni et viril. Comme avec Stéphanie, pour épargner de l'angoisse à lui et à moi, je le pris vite par la main, le courbai en travers de mes genoux, le déculottai vite et le fessai à tout-va. Je fesse assez peu de bébés du sexe mâle ! La sensation, le contact étaient différents. La présence des muscles, immédiate, constamment perceptible, suggère une élasticité et une résistance plus grandes. Et la connotation fantasmatique et érotique, par ailleurs, n'existant plus, j'eus la surprise de trouver plutôt plus facile, plus agréable même, de fesser un garçon qu'une fille. Les sobres fesses adolescentes me parurent bien élevées et plaisantes, je les aurais caressées ou embrassées sans dégoût. Mais cela n'entrait pas dans mon rôle ; je m'en tins à observer le même rythme, la même durée qu'avec Stéphanie, sans mentionner la même cruauté. Quand le petit eut été bien fessé, et je notai seulement alors le regard fasciné et rêveur de sa camarade, debout, lèvres entrouvertes, à deux pas de nous, je le rhabillai et le redressai d'un seul mouvement en le prenant par l'épaule. Il baissait tant la tête que ses longs et beaux cheveux noirs assourdissaient le feu de son visage. Non sans cruauté encore, j'affectai de l'aider à remettre en place son slip sur le devant et me sentis inexplicablement heureux en constatant que le petit homme bandait de tout son cœur. Il tournait le dos à Stéphanie, tandis que je le rajustais, et je penchai moi-même le torse pour mieux le dissimuler. L'ultime boutonnière refermée, je croisai les yeux très noirs, et intelligents me sembla-t-il :

– Tu sais, toi aussi tu peux m'embrasser si tu veux, dis-je.

Il ne m'embrassa pas du tout. Il y eut une seconde d'attente assez pénible, et enfin une ombre de sourire parcourut le visage un peu long, les lèvres sévères d'adolescent. Mon propos, je l'ai dit, n'est pas ici de parler de moi. Il me semble pourtant intéressant de reconnaître que je fus vraiment tenté, à ce moment, de redéshabiller ce petit Renaud, afin de le voir lui aussi de près, de le voir tout entier, d'embrasser peut-être, moi, son sexe, ses fesses de garçon. Comme il se doit, ou ne se doit pas d'ailleurs, je n'en fis rien.

– Filez maintenant, disparaissez, me contentai-je de dire.

Stéphanie eut son rire éclatant et perlé, à peine teinté de trouble.

– Et tenez-vous par la main, si cela ne vous ennuie pas, ajoutai-je. Pour que chacun assure la protection de l'autre.

Ils se prirent par la main, ce qui pour les mêmes raisons mal définissables perçait le cœur. À une ou deux reprises, Stéphanie me sourit encore par-dessus l'épaule, puis le petit lui-même. Cela aussi, apprenti vieillard que j'étais, dépourvu moins d'âge que d'expérience, serrait la gorge et perçait le cœur. Il y a une grâce et une gentillesse réservées aux enfants et elles sont parfois intolérables.

Jennifer le disait très bien à sa maman, on se sauve comme on peut, au besoin dans le sommeil ; on se réfugie. Mes arrivées, mes retours à la villa étaient toujours tempétueux, bagage délaissé au fond d'un coffre et estomac à peu près vide. Je me précipitai vers la chambre de Danièle, dont la porte s'ouvrit avant même que je l'eusse atteinte. La jeune femme, peut-être parce que les temps étaient venus, selon elle, d'accepter une rivalité avec sa fille, achevait de changer de vêtements. Le mal gagne, le bien aussi, mais moins vite ! Je m'aperçus par la suite, que la tenue, le style de Danièle, évoquaient ceux de Mme Montheil. Ou le contraire. Maillot de lainage noir à manches courtes, épousant la lourdeur succulente des seins, boxer-short assorti, qui s'arrête à mi-cuisses et présente avec une agressivité offensante les autres rondeurs. Danièle et moi nous accrochâmes l'un à l'autre, reconstituant aussitôt la non-temporelle unité du désir, indistinct ici de la confiance. À mon tour je bandais comme un ours, et le dense corps de Danièle imposait le sentiment qu'il était en train de fondre :

– Je me demandais si tu te souvenais de moi, parmi ta petite classe.

Je mordillai une oreille de bonne facture, aux ourlets et circonvolutions étonnamment précis et précieux chez une grosse Barbare, sur quoi Danièle, bas et avec une extrême intensité, dit :

– Baise-moi, s'il te plaît. Vite. Je ne veux pas attendre. Vite, vite.

– Quand même, ta fessée d'abord, répliquai-je, contenant mes halètements.

Il paraît que les femmes sont énigmatiques. Je n'en crois pas un mot en général. Pourtant je ne sus pas pourquoi Danièle, au lieu de protester, acquiesça, convaincue et décidée :

– Oui !

Je me rappelle aujourd'hui, par bêtise sans doute, la phrase de Tchekhov : « Il n'avait pas poussé un cri, que l'ours était assis sur lui ! » Je tombai sur le lit, Danièle fut à plat en travers de mes genoux, merveilleusement pesante, en trois secondes je lui mis le derrière nu et la fessai, je crois, comme jamais auparavant. Elle en pleura, faillit en crier de douleur et de rage. Alors je m'arrêtai, et elle cria plus haut et plus fort :

– Non, ne t'arrête pas, fesse-moi, vite, fesse-moi encore !

Misère. Mon jean m'incarcérait, j'étouffais, je voyais dans ma tête, moi-même avec douleur et rage, la tiède vulve proéminente de Danièle. Je fessai donc un instant de plus ma sauvagesse, parvins enfin, jurant entre les dents, à arracher ses vêtements et les miens. Si la jeune femme n'avait pas le feu au derrière, c'est qu'il n'y a jamais eu de fumée quelque part ! J'oublie comment elle ne fut plus sur mes genoux, mais en travers du lit, couchée à plat ventre, cuisses ouvertes. J'oublie comment je plongeai, moi-même pesamment, sur elle. Et par quel choix involontaire et dément, au dernier milliardième de la dernière seconde je nous enfilai, moi et ma trique épouvantable, dans son anus et son rectum. Misère encore, en voilà un cadeau de bienvenue ! Danièle ne criait plus, elle eut une aspiration brève et violente et ensuite se tut. Je la ramonai sans pudeur ni scrupule, alors même que le bien connu murmure de la conscience me disait que je sodomisais la jeune femme à sec, au grand risque de lui retourner les muqueuses à l'envers. J'oublie et j'ignore beaucoup de choses après tout ; j'ignore pourquoi Danièle jouit très vite, criant derechef alors, un cri exalté et gai, ce qui rompit pour moi aussi l'ultime digue, et avec la même gaieté d'enfer, la même sensation et le même sentiment immédiat du merveilleux, ou de l'émerveillement si l'on préfère, je lui comblai le ventre de sperme.

Dans mon souvenir, nous dormîmes quelques instants. Et après, Danièle la merveille, ma reine brune, si souvent accusée par moi d'être grognon, dit, d'une voix basse et rieuse :

– Tu leur en veux vraiment à mes grosses fesses, à mon gros derrière !

– Non, bafouillai-je.

– Si. Et tu sais très bien qu'en revanche, c'est un tout petit trou.

– Ah ! Ah ! fis-je, attestant que je retrouvais non seulement mes esprits, mais beaucoup d'esprit. Puis la plaisanterie, ou le ton de plaisanterie m'étouffa, alors je dis :

– Je vais me répéter : Il m'arrive assez souvent de croire que je ne mérite ni toi ni Stéphanie.

– Sale con ! dit Danièle.

– Grosse reine ! rétorquai-je.

Pour autant encore que je m'en souvienne, je m'étais assez peu dégouverné, à Paris, durant cette absence. Alors je refis l'amour à Danièle, d'une manière considérée comme plus convenable. Lent, sans aller jusqu'au poussif! Plus jeune, je me remettais aisément à bander sans être sorti du creux d'une petite compagne, il suffisait qu'elle bougeât un peu les hanches. Et ainsi nous fûmes couchés, tout détendus, face à face. C'étaient la sécurité, la paix. Chacun, à travers l'absurde étendue, l'absurde vacuité du monde, avait retrouvé l'autre. Que cherche-t-on jamais dans toute la vie si ce n'est cela : l'autre ?

– Comme d'habitude tu n'as rien mangé, observa Danièle, la bonne ménagère.

– Sans doute j'avais plus faim de toi que d'un dîner, dis-je.

– Et si je te servais au lit ?

– Tu ne m'as pas suffisamment servi au lit ? demandai-je.

Elle paraissait peut-être moins belle, parce que sa vraie beauté était sombre, mais plus jeune, quand elle riait. La chambre fleurait plutôt le fauve que la fauvette. Nous batifolâmes dans la salle de bains. Je mourais d'envie de dormir.

– Reste avec moi cette nuit, dit Danièle. De toute façon nous ne scandaliserons pas Stéphanie, elle sait que nous sommes amants.

– Est-ce la question ? Ce que je crois plutôt, est qu'elle médite de me rendre visite cette nuit justement. Cela a dû la troubler d'être fessée devant son petit copain, et de le voir fessé ensuite. Je ne veux pas qu'elle soit seule si elle a besoin de moi.

– Une visite dans ta chambre, dans ton lit aussi bien ? Tu n'as pas honte ?

– Je le devrais ? demandai-je.

Nous-mêmes nous retrouvions dans la chambre de Danièle, où je me rhabillais plus ou moins. La grosse reine cannibale se jeta à mon cou, écran charnel, défense affective, contre toutes les adversités.

– Non, tu ne le dois pas. C'est seulement que j'ai peur, de temps en temps, que tu l'aimes plus que tu ne m'aimes moi, qu'elle te manque et pas moi. Je suis sordide, au fond. Mais un jour, à Paris, tu disais qu'ici, en vacances quoi, on se marierait tous les trois. Voilà une idée bien idiote et bien tentante, M. Ours environné de son petit harem. Tu le sais bien toi aussi, elle et moi t'aimons, et ce que je crois moi, c'est qu'à elle et à moi tu nous es utile. Nous sommes bien en ta compagnie. Ça suffit, viens manger maintenant, je suis meilleure cuisinière que tu l'as toujours craint.

– Stéphanie a la permission de minuit ? questionnai-je

– La permission d'être fessée jusqu'au sang si elle rentre tard, répliqua Danièle.

La voir elle, cuisinant habillée de peau de balle, je veux dire de sa seule peau à elle, était une joie. Je répète, puisque je répète beaucoup, sauf bien sûr pour faire l'amour, qu'elle avait la poitrine, les cuisses, les fesses les plus puissantes et les plus belles qui puissent être. Son sexe, par le placement haut et le bombement, était surtout insolent. J'ignore, aujourd'hui, pourquoi je ne m'occupais pas plus de le mâcher comme une boule de gomme, parfumée au lapin dans son gîte, au genièvre et au citron, sans préjudice d'un soupçon de poivre. Cela valait bien un dîner, pourtant.

Assis, seul enfin, sur mon lit personnel, je m'efforçais à la fois de lire et de ne pas dormir ; deux tâches, quand une me suffit souvent. Vers minuit ou une heure, je reconnus les pas de Stéphanie, perçus la voix, feutrée par respect pour moi, de sa maman. Aucun bruit de fessée. Peut-être toujours par respect de mes prérogatives en l'occurrence. Des portes qui s'ouvrent ou se ferment, des chuchotements ridicules comme des apartés au théâtre. J'approchais de mon côté, du moment où ne dormant pas l'on n'a plus sommeil. J'allai donc fumer, accoudé à une petite rambarde de la fenêtre qui donne sur le jardin, revins m'adosser au chevet du lit, plus que jamais entêté à comprendre ce que je lisais. Quand j'y arrivai tant bien que mal, il va de soi qu'on frappa, deux ou trois heurts très timides. Je bondis tel un ours mou, en dépit de beaucoup d'os, du lit dans mon jean, avant de me rasseoir.

– Oui, entre, vociférai-je.

Je n'avais pas menti, quand j'assurais à Stéphanie qu'elle était le plus joli bébé de la plage. Voire du monde entier. Les longues boucles, attachées sur le haut du crâne et cascadant sur la nuque et les épaules évoquaient, j'ai dû le dire, les Merveilleuses du Directoire. Les grands yeux dépourvus maintenant de tout maquillage brillaient moins qu'ils n'étaient éblouis, ainsi que devant l'arbre de Noël, et les fins sourcils d'un blond châtain, au sûr tracé, imprimaient à la physionomie cet air grave que peuvent avoir les bébés. La tenue de nuit comportait une brassière sans manches, le diable sait le nom exact, lâche partout ailleurs que sur les seins, et arrêtée bien au-dessus du nombril; celui-ci, plus féminin alors que le ventre lui-même, me troubla dangereusement. Et une sorte de culotte plutôt lâche, bouffante, arrêtée de son côté aux genoux. Trop occupé à inventorier le bébé, à l'admirer en fait, je me rendis compte avec retard que les coins de sa bouche frémissaient, étaient sur le point de s'abaisser:

– Tu ne m'invites pas ?

Je tendis un bras, essayant en même temps de me redresser pour me lever et elle accourut, elle était contre moi, sur moi et m'enlaçait avec folie, le cœur plus déchaîné que lorsque je sortais de la voiture, quelques heures plus tôt.

– J'avais peur que tu me grondes, que tu dises que les bébés doivent dormir.

– Les bébés doivent dormir, dis-je.

Elle éclata de rire, soupira, cramponnée à mon cou. Le corps adolescent donnait l'impression d'être tout frais à la surface, et chaud ou chaleureux immédiatement sous la peau. La merveille d'enfant dit juste alors:

– Je me suis lavée, tu sais.

Fou ou non moi-même, les yeux m'en piquèrent. Dans un monde à peu près pourri, les bébés irréfragablement demeurent ce qui est intact et propre, et le mien ici, ma Stéphanie, se sentait tenu de m'informer qu'il avait usé de la savonnette ou du savon.

– Jacques, j'espérais que tu serais tout nu. J'adore te toucher, tu as une bonne odeur et ta peau est toute lisse. Tu mets un jean pour lire quand il fait chaud comme ça ?

– Je mets un jean quand je reçois des jeunes filles, dis-je.

Elle glissa de côté sur le lit, ce qui pour diverses raisons, une en tout cas, valait bien mieux, et m'examina, conservant la même gravité. Elle posa une main sur ma poitrine, j'avais encore des pectoraux solides en ce temps-là, et la caressa sans gêne, très absorbée, on eût dit très méditative. La contemplant moi aussi, je remarquai mieux qu'auparavant deux formes, deux aspects de son corps. La largeur des épaules, heureuse parce qu'elle place hauts et bien écartés les seins, et la rare longueur des cuisses. Celles de Danièle, par exemple, n'étaient nullement courtes, mais leur rondeur et leur force dissimulaient la taille réelle. Je me rappelai, de manière inopportune, que le détail à mes yeux le plus éprouvant chez la jeune femme, je dirais le plus beau si le sexuel ne se situait pas au-delà du beau et du laid, était l'extrême brièveté, comme aussi l'extrême étroitesse apparente, de l'incision vaginale. Penser seulement à cette ouverture sournoise, tendait mon sexe à le rompre. Stéphanie reprit à ce moment :

– Jacques ? Pourquoi ne veux-tu pas être nu ? Parce que tu crois que je suis un vrai bébé ?

Il me parut évident que je devais me montrer aussi sérieux qu'elle :

– Je ne crois pas, je sais bel et bien, que tu es un bébé. Et je ne crois pas non plus, je sais bel et bien, que tu es une jeune fille. Donc il n'y a pas une seule raison, mais deux. D'autre part, il se trouve qu'un bébé, une jeune fille, à mon avis est ce qu'il y a de plus gracieux au monde ; un vieil ours, pas du tout.

Sa main caressait avec une tranquille insistance maintenant les barrettes arrondies des muscles abdominaux, où pointait l'amorce de la toison pubienne :

– Oh, écoute, je t'ai déjà vu, quand même, tu te rappelles bien, le jour où on prenait une douche avec maman. Je m'en fiche que tu ne sois pas gracieux, qu'est-ce que ça veut dire gracieux ? Ce qui m'intéresse, c'est te voir. Tu ne comprends pas que quand on est une fille, on n'a jamais le droit de regarder un garçon ? Mais pourquoi ? Ils se gênent, eux, pour parler de nous ? Oh, Jacques ! Tu te souviens de maman cette fois-là ? Elle aussi, j'adore ça quand elle est nue !

– Parce qu'elle est belle, dis-je.

La petite détacha le regard de mon ventre, me dévisagea, bouche entrouverte et comme elle en avait le secret, à la fois les sourcils froncés et des yeux immenses :

– Ouais ? Elle corrigea ou ajouta tout de suite : C'est sûr qu'elle est belle. C'est maman. Mais ce que je veux dire, c'est que quand elle est nue comme ça, comme ce jour-là, je pense qu'elle m'aime moi aussi, qu'elle m'aime vraiment, que je suis sa vraie fille. Que même si elle m'engueule, elle ne me détestera jamais, quoi.

Je frappai le petit derrière dodu, élégamment oblong plutôt que rond cependant :

– Ne nous engageons pas sur le sentier des bêtises ! Tu es le bébé, l'enfant, la fille de Danièle, elle mourrait avant de t'abandonner ou de te négliger, ou ne serait-ce que de te laisser avoir mal. Elle m'a bien demandé, par exemple, de te fesser à sa place ; ce que tu ignores, ce sont toutes les comédies qu'elle a faites dès que j'ai dit oui. Fesser sa Stéphanie chérie, et un méchant ours encore !

– Ouais.

Elle rêva un instant, les bébés peuvent être plus énigmatiques que les femmes, puis se reprit à m'escalader. Misère. Le poids de son ventre toujours énigmatiquement puéril sur le mien, une inflexion qui busquait les reins sous le pyjama, dénonçant leur carnation claire à travers le mince tissu, me firent bander plus que jamais. Qu'est-ce que ça veut dire gracieux ! Le bébé, sans du tout baisser la voix, demanda entre mon cou et mon oreille :

– C'est à cause de ça que tu refuses que je te voie ?

– À cause de quoi ?

Plus bébé, plus fille que jamais, elle répliqua de manière très directe en répondant à côté :

– Deux fois, ce soir, il m'a embrassée, et je ne le lui ai pas défendu, je n'ai rien dit, quoi. Je crois que j'étais plutôt fière qu'il m'embrasse. Tu sais, je crois que ça m'excitait que tu me donnes une fessée devant lui, c'était horrible, mais ça m'excitait un peu. Et aussi quand c'est lui qui en a eu une. Tu penses bien qu'on n'en a pas parlé ! Mais moi, j'étais excitée, Et quand il m'embrasse, je sais parfaitement ce que, enfin tu sais bien, ce qu'il fait, je sais très bien qu'il est un garçon, je ne suis pas idiote.

Je lui retapai sur les fesses, elle en déduisit qu'il fallait me visser un énorme baiser sous la mâchoire, près de l'oreille. Je songeai que ma barbe devait repousser dru, après une longue course en voiture et diverses émotions :

– Renaud est un garçon de ton âge, moi d'un autre âge mais aussi un garçon. Où est le mystère ? C'est très sûr que lui et moi avons les mêmes réactions. Jamais, pas un instant, d'autre part, je crois ne t'avoir considérée ni traitée comme une idiote. Je l'ai fait ?

À nouveau, comme à neuf, elle m'étreignit :

– Non, jamais. Jacques tu sais, je t'aime, toi, plus que n'importe qui au monde. Tu peux me taper sur le derrière parce que je dis ça. Je pense que je t'aime plus que maman et plus que mon père. Pour ce qu'on disait, justement. J'ai toujours été ton bébé, et jamais tu ne t'es moqué de moi. Alors c'est pour ça aussi que, sauf maintenant, où je suis dans ta chambre comme une jeune fille, je préfère que tu continues à me donner des fessées pour que je sois sage.

– Ouais, dis-je.

Elle était toujours ravie quand je l'imitais et éclata de rire. Mais en vérité l'heure n'était pas à la plaisanterie :

– Jacques ? Et moi, tu n'as pas envie de me voir nue ?

– J'ai tout le temps envie que toutes les filles soient nues, dis-je.

Mais plus que les autres, je l'avoue, une certaine Stéphanie aux grands yeux et aux longs cheveux bouclés. Rayonnante, semblait-il, non seulement par le regard, mais par tout le corps, elle se renversa sur le dos, empoigna le liseré de la brassière ou quel que soit le nom. J'ignore pourquoi ce geste m'a toujours surpris chez une femme. À mes yeux, un homme ôte ainsi son pull, son tee-shirt ; une femme dégrafe on ne sait quoi encore vers l'épaule, le vêtement choit souplement et, tel le pistil de la corolle, elle émerge.

– Agenouille-toi sur les talons pour enlever ce machin, dis-je.

Elle ne se contentait plus de rayonner, elle irradiait son bonheur de bébé :

– Pourquoi ? Explique-moi pourquoi ?

– Pour voir la vraie forme de tes seins. Si tu es couchée, plus ou moins tu les effaces, d'accord ?

Elle fit voler le petit chiffon par-dessus ses boucles, pencha non sans chagrin la tête pour se regarder :

– Jacques, c'est idiot, ils sont tout petits.

– Ils sont tout petits, répétai-je en fureur. Et tu voudrais quoi, mille sabords de Capitaine Haddock ! Des pamplemousses ? Tes seins sont comme toi, adolescents, très féminins, très gentils et, je crois, absolument adorables. Donc maintenant plus un mot, ou je t'accable le derrière de mille millions de fessées ! Rallonge-toi, je veux regarder ton ventre, ton nombril et ton sexe de bébé. Non attends, d'abord je veux embrasser tes seins, le gauche en premier, parce qu'il est du côté du cœur, tu permets ?

Elle rit, sans répondre et aussitôt redevint très grave, inclina le sein vers ma bouche. J'y posai un baiser. Elle était grave parce qu'un homme l'embrassait, effleurait la pointe minuscule de son sein, démontrant ainsi qu'elle était une femme.

– L'autre maintenant.

Il y avait réellement une grâce, un bonheur du corps indicibles dans la lente et souple rotation du torse ; et l'éternité féminine quand, tandis que je l'embrassais à nouveau, elle posa elle-même une main sur ma nuque, et que ses doigts se crispaient doucement comme se tendait le bouton de son sein sein. L'enfant et moi, nous nous sourîmes. Les joues toutes roses, elle penchait la tête sur le côté et ses grands yeux chatoyaient.

– J'ai le droit de me coucher pour enlever ma culotte de pyjama ?

– De te coucher oui, d'enlever la culotte pas du tout, c'est moi. Le diable me patafiolera avant qu'une fille se déculotte toute seule quand je suis là.

Elle se recoucha sur le dos et j'achevai de la déshabiller, ce qui m'infligea une autre commotion. Je pensais qu'elle aurait le sexe, la vulve de Danièle, peut-être plus saillants, plus joufflus comme chez les bébés, et par là même moins criminels. Il apparaissait que le bébé Stéphanie détenait cette conformation ou cette configuration du ventre et du sexe qui m'a toujours fait rêver, et qui m'arrache à mes gonds, par nature au demeurant peu fiables. On manque rarement d'évoquer le triangle, un dessin, une forme triangulaires, à propos du bas-ventre et spécifiquement de la vulve féminins. Je me demande si le symbole ne désigne pas surtout l'implantation pubienne, implantation comme de juste qui n'existait ou n'était pas encore manifeste chez Stéphanie. Mais chez elle et chez certaines femmes, dessin et forme triangulaires n'en existant pas moins, purement nu, purement charnel dans le cas du bébé. Sa base alors s'étend d'une hanche à l'autre, l'angle inférieur aboutissant entre les cuisses. Ce qui indique et constitue la vulve elle-même n'est qu'un épaississement, une surélévation ou un gonflement imperceptibles du ventre. Un fondeur de génie a coulé la chair, depuis le nombril et les hanches, jusqu'à la saignée des cuisses, et là où la coulée s'épaissit, où le gonflement se prononce, une fente très courte, médiane, verticale, avalée aussitôt entre les adducteurs, révèle qu'il s'agit du sexe. J'ai beaucoup couru le monde, les gens, les choses. Rien à mes yeux, n'est plus foudroyant et plus vertigineux, il suffirait sans doute de dire plus beau, que, chez une femme, non pas chez toutes, et ainsi chez Stéphanie, déjà adolescente mais encore enfant, ce lieu du corps. Elle la petite, percevant bien que je restais interdit, demanda, elle-même non sans appréhension et timidité :

– Tu trouves cela joli ?

Que répondre et comment ? Malgré tout c'était un bébé. Je haussai donc les épaules, quoique je juge indigne, en général, de laisser une question, posée de bonne foi, sans réponse, la question d'un bébé surtout.

– Plutôt que de parler, ouvre tes cuisses, dis-je.

Stéphanie, en fille obéissante, saisit l'occasion d'effectuer un grand écart et je ris malgré moi. Cuisses tout écartées, même galbées et superbement longues, déjà adultes, magie et folie s'évanouissaient, ou étaient reportées dans un avenir. Quels que soient mes enthousiasmes, je ne puis être perturbé, attiré moins encore, par le vagin d'un bébé.

– Referme-les maintenant, sans contracter les muscles, qu'elles soient juste côte à côte.

Cuisses et jambes rapprochées, folie et magie reprenaient leur empire ; ce ventre plat, cependant tendre et moite comme l'intérieur de l'amour, et sa discrète efflorescence, sa petite fente terminale, apte, on le sait ou on l'apprend vite, à aspirer un autre sexe, et avec lui le sperme et l'âme.

– Si c'est joli ? Je ne trouve pas facile de répondre, dis-je alors. Et il me semble avoir eu les mêmes propos, donc la même difficulté avec ta maman. À la vérité un sexe n'est pas joli, il est intense, sans doute ce qu'il y a de plus intense partout et toujours. Tu comprends ? Danièle ta maman, par exemple, a pour moi un corps et un sexe merveilleux. Nous sommes amants comme tu le sais. Mais si on parle de la beauté d'un sexe en tant que tel, comme on parlerait de la poitrine ou des mains ou des chevilles de quelqu'un, alors ton sexe à toi, toujours à mes yeux, est plus beau, parce qu'il est plus proche de ce que je rêve, c'est-à-dire de ce que je désire quand je pense aux filles, aux femmes en général, et que je me dis : C'est quand même ce qu'il y a de plus important et de plus fascinant au monde, un petit ventre féminin. J'ajoute que si tu répètes ne serait-ce qu'un mot de ce discours, non seulement tu auras des quantités de fessées, mais en plus, je te gronderai. Qu'est-ce qui te fait tant rire, sot bébé ?

Je dus m'allonger moi-même pour la prendre dans mes bras, elle succombait à un tel fou rire qu'elle se repliait, se recroquevillait en position fœtale. Tout essoufflée, elle voulut bégayer je ne sais quoi dans mon oreille et on frappa. Danièle, qui se décida à entrer parce que nous ne répondions pas assez vite. Cela me toucha, que sa tenue de nuit – de nuit solitaire s'entend ! – fût la même que celle de Stéphanie, sauf que la brassière couvrait le nombril. Elle fronça le sourcil, plutôt étonnée que réprobatrice, devant la nudité de Stéphanie, puis fut gagnée par son rire, tandis qu'elle s'asseyait de biais sur le lit :

– Vous ne vous gênez vraiment pas. Vous savez l'heure ? Je vous entends de ma chambre !

– Maman ! haletait Stéphanie. Il dit qu'il me donnera des quantités de fessées, et qu'en plus, il me grondera !

Je l'aplatis sur le ventre et lui claquai l'arrière-train :

– Je ne l'avais pas prévu ? Tu commences déjà à tout répéter !

– Oh, écoute, je répète juste ce que tu veux me faire.

Et elle riait, riait. Danièle l'imitait malgré peut-être qu'elle en eût. Il faudrait être inhumain pour résister à la joie d'un bébé.

– On peut me mettre au courant ?

– Mais tu y est, dis-je. Je les ai fessés tous les deux quand j'arrivais, elle et Renaud. Tu étais bien là. Maintenant que nous sommes seuls, cela a amené plein de questions, à propos des garçons, à propos des filles, et moi j'essaie de répondre. À l'instant où tu as frappé, si tu veux savoir, je parlais de toi.

Danièle me sourit lentement, sourit au corps libre et nu de son bébé :

– Je crois que j'aime autant ne pas savoir. Mais tu es rusé, ça je le sais, tu avais deviné qu'elle viendrait te voir.

– Si je ne devinais pas ceux que j'aime, je ne les aimerais guère, dis-je.

Stéphanie avait cessé de rire. Joue couchée sur une paume, elle montrait des yeux immenses, pupilles dilatées comme toujours quand la lumière est adoucie, à la fois très clairs, et chauds des foyers intérieurs.

– Mais quand même, elle ne devrait pas dormir ?

– Ah, et toi ? dis-je encore. Et moi ? C'est les vacances. Aujourd'hui on dort tard, demain on se lève à midi. Moi l'ours, présentement je vote contre le dodo, et pour que tu sois à l'instant aussi nue que l'autre bébé. Lui et moi avons décidé, figure-toi, que le plus splendide ventre disponible dans la région, ce n'est même pas le mien, qui est pourtant croquignolet, c'est le tien !

Stéphanie, pouffant de l'adjectif à mon sujet, se redressa comme un ressort et se jeta au cou de Danièle, laquelle pour soutenir cette fougue dut changer de position et se retrouva adossée à côté de moi :

– S'il te plaît, maman, fais-le, enlève ça. Je ne te vois presque jamais et pourtant j'adore quand tu es nue. C'est vrai, tu sais, que tous les deux on a dit que tu es belle. Moi, je te regarde, je regarde tu sais bien, ta poitrine, ton ventre, je me demande si je te ressemble. J'adore ça. S'il te plaît, fais-le. Tu veux que je te déshabille ?

Un peu embarrassée, émue aussi sans doute, Danièle la gardait dans ses bras. Je pris une de ses mains et la posai sur le derrière de la petite qui, un genou à demi plié, s'exhibait en toute complaisance et en toute innocence. Danièle rit, fessa le bébé, tint un instant au creux de la paume une des petites fesses fraîches, lui redonna une fessée, serra enfin contre elle tout le corps si confiant, au bout du compte si enfantin.

– Embrasse ta maman, dis-je au bébé. Baise ses lèvres autant de fois que tu le pourras avant qu'elle entre en fureur.

Les boucles de blé blond et mûr se froissèrent, les joues à peine adolescentes étaient toutes colorées et dans les yeux clairs s'appesantissait une chaude poussière d'étoiles. La petite pressa sur la bouche de sa maman, dont le trouble était visible, une série de baisers à rendre jalouse la terre entière. Puis elle cessa net, inclina le visage jusqu'à ce qu'il fût contre un sein de Danièle, lui entoura, sans force maintenant, le torse, la taille, et parut s'endormir. Danièle considérait, selon la même stupéfaction incrédule, mitigée d'émerveillement, le corps tout nu de cette créature étrange : son bébé, sa fille. Et la même nostalgie rieuse, heureuse je crois, qu'au moment où elle nous rejoignait dans la chambre, traversa les yeux sombres :

– Ma petite fille, pas cette nuit. Mais si c'est vrai que ça te fait plaisir de me voir, une vieille et grosse maman, alors une autre fois, demain. Demain ? je ne sais même plus quel jour on est. Tu seras invitée dans ma chambre et lui aussi. Tu te rappelles ? Il avait dit qu'on devrait se marier tous les trois. Alors, c'est exactement ce qu'on va faire. On brûlera tous les pyjamas, les jeans aussi, tu exécuteras des danses orientales, tu auras une fessée à cause de ça, et après on dormira, sans se quitter, ensemble, en se tenant très fort et en s'embrassant. Tu es contente ?

La petite l'étreignit, mais avec paresse, déjà endormie :

– Toi aussi je t'aime, dit-elle tout bas.

Danièle, par-dessus la tête blonde, me regarda, sourcils haussés. Qu'entendait donc notre bébé ? Qu'elle aimait sa mère, comme celle-ci l'aimait, ou qu'elle l'aimait autant, presque autant, qu'elle aimait déjà quelqu'un d'autre ? Je pensais bien connaître la réponse, mais ne dis rien. Pourquoi rajouter de la nostalgie, un souffle, une ombre, un rien, à ce qui en est déjà ? La nostalgie, comme la nuit, comme l'amour et comme la mer, se suffit à elle-même.

VI

Jennifer, mieux partagée peut-être, avait bel et bien dormi dans le lit de sa maman cette nuit-là. Non pourtant, sans avoir d'abord reçu une fessée, de l'espèce dite soignée, même. Mme Montheil, semble-t-il, ne comprenait toujours pas très bien le fonctionnement des bébés, de celui-là en tout cas, le sien. Elle persistait à croire que Jennifer, convenablement fessée, demeurerait au moins quelque temps obéissante et sage. Quant à Jennifer, elle avait observé la plus grande sagesse, comme de juste, couchée à plat sur les genoux de sa maman, aussi longtemps que le derrière lui avait cuit, après quoi elle s'était relevée en proie à tous ses démons. De la façon la plus impudente, elle avait déshabillé à son tour Mme Montheil, l'avait mise au lit, en vérité comme si celle-ci eût été l'enfant, et des heures durant ou presque s'était ingéniée à la martyriser. Je te tourne et te retourne, je t'examine au centimètre près, je te sonde comme le gynécologue n'oserait pas le faire, je te suce les seins et te contrains à sucer les miens, je t'ouvre les cuisses, les referme mon aberrante curiosité satisfaite, je fourre ma langue pas tout à fait de vipère malgré tout, là où le gynécologue, etc, j'abonde en remarques non moins aberrantes touchant le corps maternel, y incluant les plis et replis peut-être plus féminins que maternels, je remets cent fois la conversation qui n'est à y bien regarder qu'un monologue sur les grosses toisons ventrales et les gros postérieurs enfantins. Bref, un jour à la fin, plutôt qu'une nuit, on dormit, et quand Jennifer rouvrit les yeux il était dix ou onze heures, Mme Montheil avait regagné le jardin, son refuge, et elle Jennifer se découvrait simultanément très lasse, un peu déçue, ce qui est toujours exécrable, et agitée comme une mouche, voire comme un prépuce de puce. Lui fallait-il une autre fessée ? Non, non, surtout pas ! Celle de la veille ou du jour même, avant le dodo et ses préliminaires, paraissait avoir imprimé juste à l'endroit de sa conscience, à l'envers aussi bien, un souvenir digne du micro-ondes. Ce dont Jennifer avait besoin maintenant, tout de suite, c'était de son amie Françoise, la rigueur de Françoise et sa perverse sagacité d'image. Ou, très éventuellement, une belle pine de beau garçon, pour voir un peu mieux à quoi ça ressemble. Ou beaucoup mieux. Bref, bref. Jennifer se leva, dévora, se lava, déployant une activité et une promptitude qui démentaient la fatigue. Et maintenant, comment s'habiller ? Pourquoi ma maman n'est-elle pas là pour réfléchir, décider à ma place ? Quelle petite culotte porte-t-on en vue des plus grandes aventures ? Précisément la plus petite, sans doute. Sauf, minuscule, qu'elle souligne d'autant la détestable richesse susmentionnée d'une fourrure et d'un croupion ? Donc, taille moyenne, invitante sans forfanterie, toute unie, très blanche, collante malgré tout et un short qui au contraire donne du jeu. Ou s'y prête. Bref. Ensuite on embrasse maman parce qu'on l'aime et on file. N'oublie pas de déjeuner. Je n'oublierai pas de déjeuner. Bref.

Jennifer connaissait à peu près le chemin, la bourgade de plage n'était pas si considérable. Parvenue aux abords de la villa qu'elle se rappelait, Françoise et Sophie la lui ayant désignée plus d'une fois, elle tomba sur le grand Loïc, beau c'est encore autre chose. Le frère de Sandrine, Loïc le surfeur. Il eut bien l'air de rougir, l'air même de se dandiner, trahit sottement son plus récent crime en demandant, avec un naturel on ne peut plus artificiel :

– Tu vas chez Françoise ?

Jennifer la philosophe, satisfaite d'acculer un aussi fier athlète, sauta sur l'occasion de répliquer :

– Et toi, tu en viens ?

Le dandinant athlète secoua ses larges épaules, reconnut enfin :

– Écoute, eh bien, oui.

Il détala, marmonnant on ne sait quoi à propos de la plage plus tard. Toutes ces sottises n'apaisaient guère la fourmillante nervosité du bébé Jennifer. Comment et pourquoi, échouait-elle à imaginer un appétissant morceau de viande comme Loïc, posé sur son ventre à elle ? Je crois qu'il me manque quelque chose, pensa-t-elle. Souhaitons que ce ne soit pas l'essentiel ! Dans le jardin maintenant, elle contourna l'angle de la villa, atteignit l'espace dégagé, au milieu de buissons et des petits arbres, sur lequel donnent les portes-fenêtres. Par bonne éducation – toutes ces fessées ! – et par jeu, elle heurta au premier carreau. Françoise, en courte robe blanc écru, semblait sortir d'un paquet-cadeau. Quoi de plus horripilant ? Et aussi, il n'existe rien au monde de plus hospitalier, comme de plus réconfortant que son sourire quand, tout de suite, elle vint à Jennifer, lui passa un bras autour du cou, appuya les lèvres sur les siennes. Ainsi qu'à d'autres rencontres, d'autres moments avec Françoise, les yeux de Jennifer la picotèrent. L'amitié, telle une étrange tendresse.

– J'ai croisé Loïc il y a deux minutes.

– Il était ici. Le sport doit rendre matinal. Toujours et toujours des vitamines.

– Il t'a baisée ?

– Il m'a baisée, admit Françoise.

Bras nu sur les épaules de Jennifer, elle inclina sa blonde et sage tête d'image pour voir ses yeux :

– Jenny, je ne suis pas sûre que certains mots aillent dans ta bouche, qu'ils te conviennent.

Je vais vraiment pleurer. Il est bizarre, il est même affligeant que je devienne de plus en plus conne, pensa Jennifer. Elle entoura la taille de son amie, plus petite qu'elle d'un bon travers de main, cacha un instant le visage dans son cou :

– Ils ne me conviennent pas du tout. Je te demande pardon. Un vrai bébé, tu sais, grossier pour paraître adulte.

– Ah, paraître, dit l'horripilante Françoise.

Sur quoi Jennifer, comme malgré elle, revint au premier propos :

– Il t'a fait jouir ? questionna-t-elle.

– Désirerais-tu un récit détaillé ? rétorqua Françoise.

– Mais non, écoute, pas du tout. Enfin, si ! Je t'en prie, ne sois pas fâchée. Je ne vais pas répéter ce que je suis, à dix-sept ans. Je ne m'en sens pas déjà si fière. Mais, comment te dire, tout m'intéresse. Je me retiens, en fait, ou je t'assommerais de questions. Ce n'est pas par curiosité, pour fouiner dans ta vie, c'est parce que je ne sais rien ou presque, tu comprends ?

– Tu n'en as pas assez d'être debout ? dit Françoise. On s'assied, ou alors on se met sur le lit et tu restes dans mes bras comme maintenant.

Françoise, bien entendu, ignorait qu'elle reprenait une parole, un scrupule si l'on veut de la petite Stéphanie quand, mue par son humour froid et séditieux, elle ajouta :

– Le lit est refait et je me suis accordé une seconde douche.

Elle appliqua un nouveau baiser sur la bouche large et un peu gonflée, adorablement généreuse, de son amie :

– Écoute et instruis-toi. N'importe quel garçon ou à peu près est à même de me faire jouir, ainsi que disent les bébés, pourvu seulement qu'il me laisse lui indiquer ce que je veux et ne veux pas. Lui indiquer mine de rien, bien sûr. Les détails maintenant. Mon ventre de fille vibre, je ne trouve pas d'autre mot, quand le monsieur me pénètre, cette sensation de forcement et d'enfilage. Mais après, il ne faut pas qu'il se prenne tout de suite pour un yo-yo, moins encore pour un marteau-piqueur, c'est ennuyeux et inutile. Le mieux, pour moi en tout cas, est qu'il reste bien solide au poste, en gesticulant aussi peu que possible. Et comme ça, ce qui vibre dans mon ventre va vers lui, vers son sexe si tu veux, s'accroissant en moi en même temps, comme des vibrations, oui, comme des vagues. Elles s'affaiblissent ou s'éloignent, je tapote les reins du monsieur, et, s'il n'est pas un crétin, il bouge alors. Toujours dans la mesure du possible, plusieurs fois comme ça. Et alors, tu sais bien. Ou tu imagines. Les vagues, les fameuses vibrations se fondent, se confondent et moi je fonds. Je crois que voilà, ma Jennifer, ce qu'il y a à dire sur la vie intérieure intense de ta copine Françoise.

Jennifer l'embrassa. À nouveau elle était sur le point de pleurer. Mais pourquoi ? Quelle bêtise à la fin, d'être si bête ! Elle contemplait avec envie, une envie dépourvue de fiel aussi bien que d'amertume, son amie, cette fille à peine plus âgée qu'elle, de taille plus petite et qui, comparée à elle, était une jeune femme, une femme tout court. Ce visage régulier, aux traits purs et simples, exempt lui-même, on le savait quand on voyait et à plus forte raison quand on connaissait Françoise, de toute méchanceté. La position sur le lit remontait encore la petite robe de lin ou de toile, mettant en évidence les cuisses, les hanches impeccables. On ne pouvait pas ne pas imaginer, en dessous, une culotte minuscule, et sous la culotte, les fesses non moins exactes et pures, limpides pour ainsi dire, et la vulve nue, évidente à la fois et secrète.

– Si tu n'en as pas assez, permets-moi de te déshabiller, demanda Jennifer.

La soumission de Françoise, qui avait enragé Jennifer quand elle paraissait déférer à une exigence de Sophie, l'échauffait très fort maintenant. Son amie, sans même répondre, s'était levée. Jennifer atteignait facilement ses épaules en restant elle-même assise. Elle la dévêtit, et une buée dont elle ignorait si elle était réelle, chaleur, fragrance, ou n'émanait que comme le rayonnement d'une forme rare, quasi unique de beauté, enveloppa la fille qui était regardée, et celle qui la regardait, à la manière d'un encens très subtil et ténu, très grisant. J'aurai vu, pensa Jennifer, toujours sans jalousie – on ne jalouse pas ce qui est beau, on le respecte – deux corps selon moi parfaits. Ma petite maman, et cette fille. Le sexe ciselé comme celui de Mme Montheil, en même temps plus estompé, ou mieux fondu dans l'ensemble du ventre, des aines et des cuisses, attirait les lèvres de Jennifer avec la force douce et irrésistible d'un aimant. Alors elle les appuya, elle-même aussi fort qu'elle le put, sur ces autres lèvres, si pulpeusement tendres, si tendrement brûlantes, puis entre elles. L'odeur de la chair nue et crue, et l'odeur plus sauvage et plus trouble du sexe, du vagin troublé en échange, noyèrent son baiser, telles les vagues dont parlait Françoise, confondirent les autres sensations, comme si elles noyaient son esprit.

– Françoise ? J'abuserais si je te recouchais et que je te suçais, même si tu ne jouis pas avec moi, ou pas vite ?

La souple image se pencha pour baiser à son tour la bouche de Jennifer et Françoise disait : Ma Jenny, presque comme Mme Montheil :

– Ma Jenny, pourquoi devrais-je jouir vite, le souhaiter c'est-à-dire ? Et les abus et les permissions ! Ici, tu es chez toi, tu fais ce que tu veux parce que je suis ton amie. Je suis ta Françoise maintenant. Mais dis-moi, nous n'avions pas un autre projet, un autre engagement. Dans mon idée tu venais ici, tu étais le bébé, et moi je m'occupais de toi, pas du tout le contraire ?

Jennifer rougit malgré elle, ce qui doit toujours être le cas d'ailleurs :

– Tu le sais très bien que je suis un bébé, je ne m'en cache pas vraiment.

L'autre fille se mit à rire, pressa un instant tout le visage de Jennifer contre son ventre et son sexe, se soulevant même sur les talons et disjoignant les cuisses pour que la bouche du prétendu bébé pût toucher son vagin. Puis elle la repoussa jusqu'à ce que Jenny fût couchée à plat dos et s'allongea sur le flanc à côté d'elle :

– Par : ne pas cacher, veux-tu dire que tu le clames à tous les échos et que c'est en train de devenir l'affaire du siècle ? Jennifer est vierge, Jennifer songe à ne plus l'être, Jennifer se demande pourquoi et comment, et s'il vous plaît, mes amies, ça fait très mal la première fois, ou est-ce seulement que les types sont douillets ? Tu sais ce que je voudrais ? Avoir, pour une fois, ce qu'ont les garçons et pas nous. Je te réglerais ta petite affaire, vite dépucelée, vite oublieuse, et ensuite on pourrait parler d'amour.

Jennifer se questionna sérieusement : devait-elle se mettre dans une grande colère et prendre la porte ? Aucun être humain, jamais, nulle part, depuis la naissance du monde, n'avait pu se montrer aussi horripilant que Françoise ! Sauf qu'il y avait la nudité de Françoise, insupportable elle-même, dure à supporter comme l'est la réalisation de ce que l'on rêve d'être. Jennifer béait devant le corps et les membres, le ventre, la petite ouverture si étroite qui, cependant, donne accès tout de suite à l'intérieur du corps. En vérité, l'orfèvre avait taillé avec un chaud et tendre amour, allié à une stricte rigueur, la matière humaine. Alors qu'est-ce, en regard, l'extrême colère d'un bébé ? Jennifer, de son propre mouvement, se retourna sur le ventre :

– S'il te plaît, déshabille-moi, toi, maintenant. Dis-moi si je ne ressemble pas à un gros bébé, le derrière surtout.

Elle rougit un peu plus quand, en dernier, sans doute pour faire durer le plaisir du supplice, la croupe en question fut nue. Françoise ne riait plus, elle se taisait ; c'était pis, semblait-il. Jennifer comprit qu'elle s'installait en travers de ses cuisses, accoudée du côté du mur, pour mieux la regarder. Un supplice authentique.

– Tu as eu une fessée récemment ? demanda-t-elle enfin.

– Eh bien, cette nuit, dit Jennifer.

Elle aurait volontiers questionné la question, mais supposait que Françoise n'eût pas répondu ; Françoise avait des silences inquiétants et parfois délicieux.

– Écarte tes cuisses de bébé, pour gonfler ces jolis plis.

Jennifer obéit, consciente de ce qu'elle révélait, ses petites ouvertures confidentielles, surtout les fameux capitons arrondis, entre fesse et cuisse, capables de rendre honteux un bébé véritable. Sur quoi, silence et silence. Puis, à la fin encore, un baiser bref et vif juste au milieu des fesses, autrement dit en plein sur l'anus, un autre plus insistant, au milieu de la fente vaginale, accompagné d'un coup de langue si charitable que toute une toison devait en être hérissée.

– Rapproche-les cette fois, dit Françoise, à son tour me plagiant sans le savoir.

Les hérissements et autres frissons de Jennifer tournaient à l'anxiété. De part et d'autre, silencieux silence. Puis verdict :

– Bien sûr, tu ressembles à un gros bébé, puisque tu en es un ! Je te trouve, moi une fille, attrayante partout, mais ton dos et tes fesses me réjouissent le cœur. Tu es si bien remplie de lait de bébé, qu'à plat et cuisses jointes comme maintenant, ton derrière s'ouvre un peu dans le bas, creusant l'ombre vers tes petits mystères innocents. Ne marmonne pas, je peux te dire que c'est terriblement attractif en fait, et je redis que les garçons ont bien de la chance par-ci par-là ! Mais le plus fascinant, pour moi, reste la manière dont tes belles fesses pleines s'écartent dans le bas. Pas du tout comme quand une femme prend du poids et perd ses formes du même coup, ton derrière est compact, éclatant comme il doit l'être, je pense que j'ai l'air d'un chat écorché à côté. Simplement il est tellement plein qu'il tend à s'ouvrir de lui-même, et le cœur galope parce qu'on est toujours sur le point de voir ce que les fesses sont réellement censées cacher. Tu veux savoir ? C'est un derrière très enviable. Ta chance à toi est d'être à la fois un bébé, ce qu'une vieille fille comme moi n'est en rien, et une promesse de femme déjà tangible, déjà comblante parce qu'elle est comblée. Quand j'aurai déniché un joli amant pour toi, bien doué et agile, même s'il se montre un peu sot par ailleurs, je te disposerai de façon que l'exécrable violeur découvre ton petit anus en te violant. Il aura l'impression de te sodomiser sur sa lancée et je suis certaine que ça le rendra fou, ça me rend presque folle moi rien qu'à l'imaginer. Je me rends compte que je vais aimer beaucoup mon rôle d'entremetteuse, une vocation que j'ignorais. Et toi, puisque tu voulais savoir, eh bien voilà exactement le genre de bébé que tu es.

Jennifer, on le pense bien, enfouissait confusion et ravissement dans le couvre-lit. Son amie lui caressait le derrière, du même geste hélas, ou tant pis, ou tant mieux, dont on peut flatter un cheval. Le cheval possède-t-il un gros derrière de bébé, ou les bébés un gros derrière de cheval ?

– Tout à l'heure, reprit Françoise, ta curiosité ne m'a pas échappé, quand je questionnais sur ta dernière fessée. Tu l'as peut-être deviné entre-temps, c'est à peu près comme te faire l'amour, j'adorerais ça et ne le peux pas. L'amour oui, deux filles le peuvent, un autre amour, qui en définitive est le même. Mais je ne sais pas donner une fessée, même pour jouer. Une fois seulement j'ai fessé Sophie, parce qu'il lui manque le sentiment de la justice. Ce qui est très vrai, c'est que si je le pouvais et que tu sois à moi, tu aurais une fessée, toi, tous les jours, tous les soirs avant de te coucher, je crois même le matin en plus quand tu te réveilles, avec ton air rose et blond et paresseux. Tu dois être fessée tout le temps, ton corps est comme ça, et il me semble que comme ça, tu serais un bébé très heureux, peut-être même, va savoir, une jeune fille et une femme épanouies.

Dès alors Jennifer se sentait passablement épanouie ; elle nageait enfin, non plus seulement dans sa laiteuse indolence, mais dans le lait plus enivrant du bonheur.

– J'ai le droit de me retourner maintenant ? demanda-t-elle.

– Non, tu es très bien comme ça et moi aussi. Depuis ce matin, je ne sais quoi me grignote et me ronge. Je me suis calmée un moment avec Loïc, passons encore les détails, et ça persiste en sourdine. Je n'ai aucune envie qu'on me baise, habillée ou nue je n'ai pas le feu dans ma culotte, je ne sais pas ce que je veux pour une fois. Je n'ai eu un peu de paix que parce que tu es là, parce que je te regarde, quand tu me fais face les yeux tout tendres, tout gentils et bouleversants, quand tu es comme maintenant, ton dos, ton derrière, tes cuisses de bébé et de grosse fleur.

Le contentement bougeait tout à fait comme une fleur au cœur du corps de Jennifer :

– J'aime que tu dises ça, expliqua-t-elle à Françoise. Parce que je me suis réveillée, levée, exactement dans ton humeur. Et ce que j'aime encore plus, c'est ta façon de me parler et d'être mon amie, de me regarder aussi. Tu sais, j'espère que nous continuerons à être amies, à nous aimer quoi, tout le temps, quoi qu'il arrive.

– Espèce de gros bébé. Tu es ma Jennifer maintenant, alors il n'arrivera rien, rien de mal s'entend. Écoute, dis-moi quelque chose. Ta petite maman est-elle aussi sage, aussi souveraine qu'elle le paraît, ou est-ce une tenue physique et une tenue de l'esprit à peu près involontaires comme chez moi ? Accepterait-elle de me donner une fessée ? Non, écoute, ne réponds pas ! Je m'aperçois que tout d'un coup je ne pense qu'à moi, c'est charmant ! Dis-moi ? Veux-tu par exemple que je prenne ta température, cela convient pour les bébés, c'est très intime, et je crois qu'en général, ça les trouble et ils en rêvent, dans le plus grand mystère évidemment, presque autant que d'être fessés ?

Jennifer, sans souffler mot, se rendit compte que d'elle-même elle rouvrait les cuisses, s'abandonnait. Elle devait être d'autant plus rouge, pensa-t-elle, qu'elle bouillait. Très vite, dans sa tête, elle avait vu Françoise, couchée nue sur les genoux de Mme Montheil, et recevant une fessée. Peut-on prêter sa maman ? Et une maman vous trahit-elle si elle veut bien être prêtée ? Puis ce thermomètre. Nul besoin d'avoir épuisé Freud et les psychanalystes, pour deviner la correspondance entre le petit instrument, et toute la fantasmatique de la pénétration, du viol comme disait Françoise, entre les cuisses ou entre les fesses, de la masturbation simplement, image et substitut elle-même d'un acte, ou d'actes, plus décisifs. Jennifer, qui se sentait brûler et trembler doucement à l'intérieur, songea que ce qui l'émouvait le plus, mettait son corps et son imaginaire en rumeur, était moins, en fait, ces images et leurs associations que de découvrir, ainsi qu'elle l'avait pressenti la première fois que Mme Montheil l'avait déculottée et fessée, la satisfaction, on dit plutôt aujourd'hui la gratification, de se soumettre, de se placer en toute liberté, ou si l'on veut en conservant l'illusion de cette liberté, sous la férule, la volonté, le choix et la mise en acte de quelqu'un d'autre. À y songer seulement, à se rendre compte, la sève des bouleversements merveilleux sourdait, pulsait dans le vagin de Jennifer. Dépêche-toi, criait-elle en silence à son amie, et tout aussi muettement, elle riait plus ou moins, se moquait d'elle-même, qui rêvait d'un stupide thermomètre médical comme d'un petit amant. Couchée sur la brûlure de sa joue, de tout son corps en fait, elle entrevoyait Françoise debout maintenant, les cheveux, le dos, les fesses, les cuisses rigoureux et souples ; perçut le cliquetis d'objets de métal et de verre, armoire à pharmacie et le reste. À un moment Françoise jura, et Jennifer étouffa plus que jamais sa discrète envie de rire parce qu'il est étrange qu'une infante jure. Françoise revenait, et le frémissement tout interne s'accentua.

– À plat ventre, ce n'est pas le mieux, tu devrais être pliée ou courbée. Mais dans un derrière de bébé, le thermomètre, pour ne parler que de lui, doit entrer comme dans du beurre. Le simplet avait bien raison, sur la plage, on ne peut pas te regarder, toute nue surtout, sans avoir faim, sans saliver parce qu'on voudrait te manger comme une grosse tartine.

Jennifer ne désirait pas parler, dans l'instant c'était difficile, pourtant elle ne désirait pas se taire, parler avec Françoise était précieux, faisait partie du trouble ou en dépendait :

– Un des chocs de ma vie, à propos de plage et de ce jour-là si je ne me trompe pas, c'est quand Sophie a baissé ton maillot de bain. J'ai cru que j'en crèverais. Des fesses comme les tiennes, nues tout d'un coup en pleine plage, avec le simplet comme tu dis et les autres les yeux exorbités.

– Bah ! Je n'étais pas si indifférente, figure-toi. Pour tout avouer, j'ai été tellement près de jouir, pendant une seconde, que j'ai eu peur que cela se voie. Mais quoi, c'était le jeu entre Sophie et moi et ça le reste, aussi longtemps que je ne change pas d'avis. Gros bébé, écarte un peu plus les cuisses, et détends le plus possible tes sphincters de bébé.

Des sphincters, maintenant. Comme c'est beau la volupté et la poésie. Elle allait rire ou sourire pour elle seule, et un moite élancement jaillit de son ventre à son sexe parce que juste à ce moment

Françoise lui ouvrait l'anus entre deux doigts, y insérait le thermomètre et l'enfilait, semblait-il, jusqu'au fond du rectum. Comme dans du beurre, se rappela Jennifer, brûlante de plaisir et de honte, à en croire que c'était la honte qui était le plaisir. Elle détesta sa propre minuscule voix :

– Françoise, excuse-moi, je vais, tu sais bien.

Tape sur le gros derrière laiteux, qui déclencha, selon son inexorable douceur, comme une tendresse, la cataracte. Le voilà, sans doute, le lait des bébés.

– Ah, excuse-moi.

Nouvelle tape, plus forte. Un redoublement de sottes excuses justifie un renforcement de punition. Jennifer imagina qu'elle sommeillait dans son lait et son plaisir. Les molles ondes s'attardaient en s'assoupissant, elle ne savait plus vraiment où, vers le rectum et l'anus, comme devenus tout spongieux et sensibles ; mais non, plutôt vers la matrice, l'utérus, la trompeuse boutonnière vaginale, épanouie scandaleusement telle une fleur mouillée.

– Françoise, tu peux le retirer maintenant.

– Non, pas du tout, il est très bien où il est et moi aussi je fonds quand tu es comme ça, tellement gros bébé, tellement esclave, tellement femme. Alors garde-le et tais-toi.

– Mais écoute, je dois avoir l'air stupide.

Claque unique, assez cinglante cette fois pour mériter le nom de fessée. On doit s'y habituer à la fin. Oui, on s'y habitue, et d'autant plus et mieux que cela suscite ou ressuscite un souvenir de pulsation !

– L'insupportable, c'est un bébé si beau, très touchant avec son petit thermomètre dans le tutu, et se répandant en paroles elles tout à fait stupides. Alors que si je te laisse comme ça, c'est d'abord parce que j'adore te regarder, et aussi parce qu'un bébé normal reste tout silencieux et tout sage, tout le temps qu'il a le thermomètre entre les fesses. Peut-être es-tu un bébé anormal ?

Jennifer, plus paresseuse que jamais, à défaut d'être normale, ou même sage, riait, brûlait à feu doux, rougissait. En vérité il est humiliant et délicieux de rougir, presque comme avoir une fessée. Parce qu'elle rêvait elle demanda :

– Tu l'aimes, lui ?

– Lui ? Le thermomètre ? Ah, Loïc. Je n'ai pas déjà répondu, vingt fois même ? Je suis incapable d'aimer Loïc parce qu'il manque d'ombres, un bébé à l'anus charmant comprend ça ou non ? Loïc, en même temps, et puisqu'il faut parler de lui, est nettement plus intelligent qu'on le croit d'abord. On veut toujours croire que les types musclés soient des crétins. Il n'en est pas un, il doit être un ami chaud et loyal, et ce qu'il a de mieux encore selon moi, est que comme amant il ne se montre ni égoïste ni buté. Il est sain et brave, et trop jeune pour moi, c'est tout.

– Mais il est plus vieux que toi et moi, s'étonna Jennifer.

– Oui, et moi plus rassise que lui ou plus pervertie si tu préfères. Peut-être, parce que j'ai commencé plus tôt. Trop tôt. Au demeurant il est clair que tu ne comprends pas parce que tu es un bébé, alors, comme je le disais, tais-toi.

– Bon.

Françoise cependant, lui extirpait d'une main sûre et preste le thermomètre du derrière, et dans les quelques secondes où l'anus est ressenti comme très dénudé, très vulnérable, baisa celui-ci, puis le lécha pour l'attiédir et le consoler. Jennifer bascula sur le flanc, attira son amie :

– D'abord, ne me bats pas. Et c'est vrai que je suis parfois niaise, même si les tests affirment que je suis très intelligente. Je voudrais te donner, te faire un plaisir, et je ne sais même pas quoi. Seras-tu fâchée si je prends tout ton sexe dans ma bouche, si je le suce ? J'en ai une très grande envie, il est si net, si tendre aussi, on dirait de l'or qui va fondre. Son odeur en même temps me dérange la tête, depuis que nous sommes excitées toutes les deux. Moque-toi du bébé, je crois que c'est la première fois que pour moi, le mot : sexuel, a vraiment un sens.

Françoise lui souriait, elle paraissait maintenant aussi indolente que Jennifer, paupières et regard un peu lourds :

– Tu sais très bien que tu n'es fessée et grondée que pour le salut de ta petite âme, alors tu vas demander des permissions ? Je me soumets à Sophie, une simple copine de vacances, et toi que je suis en train d'aimer, tu ne comprends pas encore que tu fais ce que tu veux, disposes de moi comme tu veux ? Sauf, avec ta propre permission, que si tu m'embrasses maintenant, ne prolonge pas, suce-moi très fort ; on dirait qu'un garçon ne vaut rien pour ça. Mais après je me mets à courir, tout d'un coup j'ai plein d'idées. À ton sujet, pour te couvrir de confusion, et au mien, pour en finir avec ce qui me ronge. Nous nous rendrons chez les mères, je t'expliquerai tout à l'heure. Dans l'immédiat, tu me, non, attends !

Elle épousa de la paume le ventre de Jennifer, bombé gentiment par la position à demi repliée :

– Ta maman te fesse et non sans cause. T'a-t-elle déjà administré des lavements ?

Les coins de la bouche de Jenny s'abaissèrent :

– Tu exagères, quand même. C'est dégoûtant. Bien sûr que non elle ne l'a pas fait, ni personne. Beurk ! Écoute, ma Françoise, tu ne vas pas inventer de me donner des lavements. C'est dégueulasse, rien que ce mot-là sent l'eau tiède !

Le rire imprévisible de Françoise la replia presque autant que Jennifer :

– Ah, comme tu es mignonne, et comme j'ai l'impression de partager des choses avec ta maman, ta petite impératrice brune ! Bien sûr, de l'eau tiède, espèce de bébé ! Quoi de meilleur, pour un ventre de bébé plus ou moins coincé ? Cela ne t'arrive jamais, toujours mine de rien naturellement, d'avoir tes boyaux virginaux coincés ? Cela m'arrive bien à moi, et j'apprécierais le donneur, si je le trouvais sur le moment, qui m'enfilerait un seau d'eau tiède au même endroit que le thermomètre ou tout autre objet contondant. Tu adoreras ça !

– Je n'adorerai pas ça du tout, protesta Jennifer, riant malgré elle, et prête cependant à pleurnicher.

– Trop tard ! Il fallait me prendre dans ta bouche comme tu le disais, ce qui m'aurait fait taire, ou me fesser, ce qui m'aurait fait taire aussi. Maintenant tu es redevenue un bébé, et l'opinion des bébés ne compte pas. Tu auras ton lavement parce que je le veux, juste le temps d'acheter le matos. Je suis sûre que le pharmacien en rougira plus que moi. Ce soir. Ou non, demain. Enfin, juste avant que tu reçoives ton premier petit amant, afin que tu sois toute propre.

– Françoise, se plaignit Jennifer. Ce n'est pas propre, c'est dégueu.

– Je plaisantais. Un bébé aussi beau que toi est toujours propre. En fait, c'est pour t'habituer aux intrusions, comme prendre ta température. Un monsieur, sache-le bien, peut être un hôte estimable, mais demeure toujours un intrus. Tu n'y as jamais songé, quand tu passes ou enlèves ton petit étui-fraîcheur ?

Jennifer en voulait mortellement à Françoise d'être si comique, quand elle Jennifer ne voulait rien moins que rire.

– Écoute, commença-t-elle.

– Non, pas du tout. Car maintenant, par la même baguette magique, tu redeviens une jeune fille, la Jenny la plus aimable que je connaisse, n'en parlons plus.

Elle prit tendrement son amie par la nuque et guida ses lèvres jusqu'à d'autres lèvres plus intimes, plus closes semblait-il, mais, semblait-il bien encore, ce n'était qu'une illusion. Les jeunes filles ne parlaient plus en effet ni, pour l'instant, ne riaient. Il y a une gravité plutôt intense dans les jeux de l'amour, ils sont les seuls jeux vraiment humains, le seul enjeu. Connaître la joie ou non. Être, ou ne pas être, voilà la réponse ! Toute la respiration de Jenny à ce moment, tout le souffle de son existence, c'était d'arracher, d'absorber le sang du sang de Françoise, ce qu'on appelle la jouissance ou le plaisir, son sperme. La respiration de Françoise, de résister sans du tout le vouloir, d'attendre, puis de frémir, de sentir s'accumuler la tremblante charge, de céder enfin, d'être engloutie en tumulte, depuis la moelle des os jusqu'à la tuante et vivante blessure, dans et par la chaude bouche de Jennifer. Merci, merci de tout cœur, gros bébé, fille comme moi, ma Jenny, mon gentil amour.

Alors, main dans la main, comme s'il en eût été ainsi depuis toujours, elles suivaient les petites rues sableuses. Malgré le soleil de rôtissoire, les gens prenaient le temps de leur sourire quand elles les croisaient ou les dépassaient. Françoise avait douché et vigoureusement récuré Jennifer, quelle que fût la propreté native des bébés, exigé ensuite d'être frottée et douchée par elle. Elles avaient fait honneur, Jenny surtout, aux provisions et à la cuisine pourtant sommaire de Françoise. Jenny riait beaucoup alors parce que son amie exigeait, d'autre part, que bien douchées, bien sèches, elles remissent slip ou petite culotte, les étuis-fraîcheur en question, afin de déjeuner comme des dames ! Jennifer se rappelait. C'était tout à l'heure.

– Je suis vraiment folle de ton odeur quand tu as chaud, rêva-t-elle.

– Sous les bras ? demanda exprès Françoise, fronçant le nez.

– Je ne pensais pas à tes bras.

Dévergondée comme elle l'était maintenant, elle pouvait encore rougir ! Elle pressa le pas et effectua un brusque demi-tour pour se retrouver face à Françoise, collée à Françoise. Vivement elles s'étreignirent, pressèrent leurs bouches l'une contre l'autre, à la manière des amants.

– Moi aussi je suis en train de t'aimer, je crois même qu'il y a longtemps, dit Jenny.

– Tu es mon amie et tu m'es très chère, dit Françoise.

– Bon, mais alors explique-moi, demanda Jennifer quand elles se furent remises à marcher. Pourquoi la tournée des mamans ? Qu'en as-tu à faire, de nos honorables mères ? Tu rêves toujours que la mienne te fesse ?

– Elle entre autres, ou elle surtout. J'aime que tu sois là, tu le sais maintenant si tu en avais douté, mais ma petite fièvre personnelle me poursuit. Françoise le modèle de sagesse se sent enragée depuis son réveil, alors elle a imaginé de faire appel aux mères. Donc on va chercher Sophie, ou Sandrine mieux encore, la maman de Sophie me paraît être de la même famille morale ou moralisante que la mienne, et munies de ce renfort je me risque à présenter ma requête tandis que tu me tiens la main pour m'encourager. Plus tard, tu auras peut-être l'impression que je t'abandonne ou te néglige, alors je veille à te donner ton lavement et à te fournir un gentil petit trousseur.

Jennifer secoua la main de son amie :

– Mais, écoute, je ne veux pas !

– Ma Jenny, tu es un bébé, énorme même, donc tu te tais, tu écoutes et profites et c'est tout. Les oreilles de la plage sont lasses d'entendre parler de ta virginité. Donc, comme je le disais, on s'occupe de te trouver la plus jolie petite pine de la plage en question, son possesseur, contrôlé et même au besoin guidé par moi, en fait usage avec une souple délicatesse, et enfin tu découvres, non sans admiration on l'espère, ce que c'est, pour un bébé, d'accueillir dans son petit ventre un corps étranger, un corps et un étranger dirais-je, qui libèrent à tout jamais le bébé en se libérant. Voilà. Et maintenant que nous sommes d'accord, suffit ! Non, autre chose. Même si nous trouvons tout de suite, cette nuit en tout cas tu ne dors pas avec ton amant, tu dors avec moi. Si je n'ai pas pu avant, tu auras ton lavement à ce moment-là, puis je te couche, je te prends dans mes bras et en dormant tu dis à plusieurs reprises : Merci, oh ! merci, ma Françoise bien-aimée, d'avoir fait de moi une honnête fille !

Jennifer riait tant qu'elle dût lâcher la main de son amie. Bien sûr, il y avait quelque nervosité dans son rire. Pourquoi dérange-t-on toujours, agite-t-on les bébés paresseux ?

– Je t'en veux beaucoup, tu sais, parvint-elle à dire à Françoise. Cette façon de parler et de penser horrible. Tu n'as donc aucune pitié pour les vierges ?

– Je me dévoue pour elles, il me semble, répliqua Françoise impassible.

Quelle impassibilité ? Elles s'enlaçaient et s'embrassaient, radieuses et rieuses, l'été fou dans leur cœur et tout autour d'elles, ainsi qu'un halo.

Elles retrouvèrent vite Sandrine, l'excès de soleil clairsemait les baigneurs. Deux serviettes de plage immenses, rapprochées pour n'en former qu'une. La maman de Sandrine et celle-ci, l'une plutôt assise, l'autre couchée sur le côté, appuyée sur un coude, étaient avant tout une image d'équilibre, de santé, et du corps et de l'esprit comme dans un axiome. Toutes deux les cheveux d'un riche brun et coupés courts, les yeux saphir foncé, le regard, surtout chez l'aînée, plus réflexif que celui de Loïc, fils et frère. Mêmes épaules larges que Loïc, et les seins, plutôt petits qu'importants, placés plutôt haut, les cuisses et les jambes longues, assez galbées pour envelopper avec bonheur les muscles. L'aînée, paradoxalement, en bikini à carreaux minuscules bleus, blancs et violets ; Sandrine, le une-pièce classique, très blanc, qui accentuait son type de nageuse californienne. Elle se leva d'un bond tandis que sa mère s'asseyait dos plus droit et remontait les genoux.

– Comme c'est bien d'avoir pensé à moi, à nous ! Je peux t'embrasser ? demanda-t-elle à Jennifer.

Elles s'embrassèrent sur la joue, mais se tenant aux épaules comme si elles s'étreignaient. Sandrine était tout juste plus grande que Jennifer, mais plus élancée, ce qui rapetissait cette dernière.

Sandrine, le saphir des yeux chatoyant, en dépit du soleil qui lui plissait les paupières, embrassa tout aussi impulsivement Françoise :

– On ne se connaît pas ou presque, mais je suis si contente ! Loïc m'a dit qu'il t'avait vue. Il n'a rien dit de plus, par chance ! Et moi j'avais envie de te dire que j'étais bien troublée, l'autre jour, quand cette chienne de Sophie t'a à peu près déshabillée. Tous ces chiens de mecs, qui louchaient comme des débiles ! Tu es tellement belle. Tu nous fais de la peine, tu sais, à nous les filles. Maman, ce sont mes copines. Jennifer, Jenny, et catastrophe ! je te demande pardon, aime-moi quand même, je ne sais pas ou j'ai oublié ton prénom ?

– Françoise.

– Alors que je te parle comme si on s'aimait depuis toujours. Je te demande pardon.

– Ne dis pas de bêtises, dit Françoise.

Elle et Jenny saluèrent Mme la Mère qui, sans doute parce que c'était un beau jour, ébaucha un geste d'accueil vers Jennifer, alors celle-ci, peu désinvolte pourtant, se pencha aussitôt pour l'embrasser comme elle avait embrassée Sandrine, et Françoise à son tour posa un baiser sur la joue ferme et douce, qui fleurait le sel, le soleil et la bonne humeur, À peine redressée, elle se tourna vers Sandrine :

– Tu t'excuses, et moi je suis mal élevée, j'ai déjà une demande à formuler. Je voudrais parler à ta maman, seule plutôt, bien sûr si elle me le permet, et toi aussi !

Sandrine la dévisageait, comme plongée dans le ravissement :

– Tu es drôle, tu sais ? Tellement belle, et si différente de moi, de tout le monde je trouve. Merci, toutes les deux, d'être venues nous voir, maman me supporte très bien, mais je l'ennuie un peu parce que je la gêne pour draguer. Et elle me gêne moi parce que je la crains comme concurrente. Tu veux lui parler ? Je te donne ma permission, sans hésiter, encore ! Et ma maman, jamais, à ma connaissance, n'a pu se montrer méchante ni même dure avec personne. Jamais.

L'éclatante jeune fille se retourna elle-même vers Jenny :

– On les laisse ? Tu sais, tu donnais la main à Françoise en arrivant, ça t'ennuie qu'on fasse pareil ?

Elles partirent en riant, en faisant les folles au bénéfice d'admirateurs éventuels. Françoise se fit préciser qu'elle était réellement invitée sur la grande serviette de bain. Rassurée, elle s'agenouilla, s'assit sur les talons. La maman de Sandrine considérait avec amitié et gaieté le torse d'or léger, peu caché par un débardeur blanc et uni, porté sur les seins nus, et les cuisses fines, mises en valeur par le bref flottant de boxeur. Insensiblement, parce que Françoise la regardait elle-même en face, ses traits parfaits empreints d'une sorte de gravité tendre, très jeune et en même temps délibérée, adulte, elle rougit, une délicate nuance de rougeur, mêlée intimement à la peau, et plus anglaise que californienne.

– Eh bien, petite fille, qu'attends-tu de moi ? questionna-t-elle enfin.

– S'il vous plaît, d'abord que vous continuiez à me tutoyer, et que moi je dise vous, par respect.

– Par respect ? Et tu seras satisfaite ?

Comment un visage, un regard, peuvent-ils être à la fois si jeunes et si réfléchis, à la fois impassibles et tendres ? L'étrange amie de Sandrine était ainsi. Françoise bougea à peine les épaules :

– Je vous ai aperçue quelquefois, avant même de connaître Sandrine, et bien sûr de savoir que vous étiez sa maman. J'avais envie, je me le rappelle, d'être près de vous, de vous regarder comme maintenant. Aussi, et c'est maintenant que je vais commencer à passer pour une fille bizarre, de vous demander ce que je ne pouvais demander à personne, qui est important pour moi, même si vous devez me juger mal. Et aussi, je trouve que vous êtes très jolie et très belle, la vraie maman de Sandrine, toute en soleil.

La douce teinte rose se prononça :

– Ma Sandrine a raison, tu es une drôle de petite fille. Mais tu lui as défendu, tout à l'heure, de dire des bêtises et tu en dis toi. Il me semble que jamais je ne te jugerai mal, ne penserai de mal de toi. Et quand je dis drôle, tu devrais deviner que ce n'est pas une critique. Simplement me trouver jolie, me trouver belle ! Petite Françoise, une fille de ton âge, à une femme du mien !

Françoise la regardait toujours, sans répondre. Toujours si calme, et cette tendresse implicite, comme diffuse, cette admiration et ce parti-pris de confiance évidemment sincères. La jeune fille dit à la fin :

– Vous croyez que je peux demander ce dont j'ai envie ?

– Ah, voyons, dit la femme, riant malgré son embarras.

– Je voudrais beaucoup que vous enleviez le haut de votre maillot. Au moins le haut.

Le rouge jaillit :

– Mais enfin, petite fille !

– Je vous en prie, dit Françoise.

Surtout ce regard franc, ouvert, dépourvu de toute malice et de toute impertinence, et si direct pourtant, interdisait et troublait la jeune femme. Incapable d'imaginer une protection, la plus banale échappatoire, elle se résolut à replier les bras derrière le dos, à détacher, puis à ôter la petite pièce de vêtement incriminée. Les seins en forme de poire un peu longue, très clairs sans être pâles, fléchis un peu aussi par le voyage de la trentaine vers la quarantaine, gardaient une vivacité et un satiné, soulignés par le retroussement des gentilles pointes brunes. Tandis que la jeune femme, qui était par ailleurs la maman de Sandrine, rougissait de plus belle, l'attention de Françoise, cette gravité immobile et tendre, étaient tournées tout entières vers la poitrine dévoilée. Au bout encore d'un moment infini, elle tendit lentement la main, prit un des seins dans sa paume, oiseau fragile et lourd, dont le cœur secret, épris de magie et de fièvre, battait vite, fort, fort, fort. Alors le monde encore une fois aussi devint immobile, puis fut aboli. Est-il certain, à vrai dire, qu'il existe, en dehors de nos émotions ? Alors Françoise retira sa main, et au même instant ou presque la maman de Sandrine, qui n'osait pas redresser le torse ni les épaules en raison de sa nudité, lui posa sa propre main sur la joue, et la jeune fille tourna juste assez la tête pour lui baiser le poignet.

– Petite fille, je ne sais pas comment me comporter avec toi, parce que rien, dans ma vie, ne m'est arrivé de semblable ou ne m'y a préparée. Sûrement tu comprends, tu le vois. Mon mari, moi, nous sommes des gens ordinaires. Nous vivons bien, nous essayons en tout cas, mais sans originalité, nous avons des métiers ordinaires. Toi, Sandrine ne s'y est pas trompée une seconde, tu es autre, différente. Je suis à peu près sûre que tu es intelligente, au-dessus de la moyenne, tu as ce corps charmant. Que peut pour toi la femme, normale comme on dit, que je suis ?

– Ne m'en veuillez pas si je parle de moi, dit Françoise. Tous les gens un peu sensés hésitent, s'arrêtent à mi-chemin de ce qui les émeut, de ce qu'ils désirent ou qu'ils rêvent. Moi, non, c'est donc que je suis quand même bizarre. Madame ?

– Brigitte, un prénom ordinaire, dit la jeune femme en riant.

– S'il l'avait jamais été pour moi, il ne le serait plus. Brigitte, c'était bien quand je tenais votre sein tout de suite. Je ne peux pas expliquer. Quelque chose de complet et d'heureux, comme si enfin tout était beau. Comme si le bonheur, dont on nous fatigue les oreilles, était quelque chose qu'on peut toucher, tenir, était simple.

– Bon, petite fille, je ne mentirai pas, moi aussi j'ai été terriblement troublée, et heureuse sans doute, quand tu m'as prise dans le creux de ta main. Pourquoi, je l'ignore ; je te l'ai dit, je n'ai aucune expérience. Raconte-moi une chose, petite fille, ta mère ne t'a pas aimée, ou t'aime mal ?

Françoise hocha à peine la tête, elle semblait indifférente :

– Si vous êtes ordinaire, normale, mes parents le sont encore plus. À mon avis ce sont de bons parents. J'avoue que je n'y attache pas beaucoup d'importance. Elle, ma mère, n'est pas le moins du monde étrange, c'est moi.

La jeune femme la regardait maintenant au fond des yeux, l'étudiait, selon l'attention plus que la curiosité, une affection qui naît, qui s'élance on dirait tel un réflexe :

– Non, tu ne l'es pas. Juste une petite fille qui me déconcerte, parce que je m'attache à elle tout de suite.

– Et vous savez ce qui me rend très heureuse, moi ? C'est quand vous dites : Petite fille. Brigitte ? Si j'allais chez vous un jour, pensez-vous que vous pourriez me donner une fessée ?

Le jeune visage de femme s'embrasa, et le droit regard bleu fonça :

– Voyons ? Peut-être je ne te comprends pas. Tu voulais quand tu es venue et tu veux cela de moi, avoir une fessée, une vraie, comme les enfants, quoique pas la mienne en tout cas ?

La tête blonde s'inclina, puis à nouveau l'autre regard, le regard autre qui est celui même des sentiments naissant entre deux êtres, affronta la curiosité un peu inquiète de la jeune femme :

– Aussi vraie que vous le pourrez. Ce jour-là vous m'appelez petite fille ou petite Françoise, vous êtes habillée comme une élégante maman et une femme plus jeune que mûre, je ne vois pas vos seins élégants et touchants, vous me couchez sur vos genoux, me baissez ma culotte et me fessez. Après, vous me gardez quelques instants près de vous, contre vous ce serait merveilleux, pour me consoler. Vous dites : va maintenant, petite fille. Si tu dois être folle, ce en quoi je ne vois nul mal, fais en sorte au moins de ne pas te blesser aux vilenies de la vie.

La paume ferme, si nette et si tendre, aux longs doigts bien formés qu'avait aussi Sandrine, revint envelopper la joue de la jeune fille :

– Je ne sais pas quoi de toi me bouleverse. Comme si j'avais peur, une très grande peur, que tu ne sois pas heureuse, pourtant l'intuition me dit que tu l'es. Je n'ai, je crois, connu personne d'aussi attachant. Si je n'avais pas d'enfant, tu serais la mienne, tout de suite et toujours. Et d'ailleurs, pourquoi ne le serais-tu pas ? Viens aussitôt que tu en auras envie, je chasserai Loïc et même ta copine Sandrine pour t'aimer. Tu veux que j'avoue comme toi ? Aujourd'hui est une des belles histoires de ma vie. Je ne pourrai pas t'oublier.

L'émotion, l'impression d'avoir pris elle ne savait quel risque insensé, oppressait Françoise elle-même, alors elle se mit à rire :

– Dès maintenant je commence à ne pas vous oublier.

– Petite fille, dit la femme. Si étrange et si claire, comme les enfants.

– Mère de famille, si généreuse, si jeune, elle et ses émouvants seins nus. Brigitte, votre mari est là ? Je vais vous tutoyer un instant. S'il te plaît, laisse ta main contre ma joue, alors tu éloignes toute vilenie et tout mal. Cela me fait chaud comme quand moi je tenais ton gentil sein dans ma main.

La femme, à nouveau rougissante, considéra avec une sorte d'étonnement, lui-même émouvant, sa propre poitrine, tandis que sa paume pressait la joue de Françoise :

– Je ne me vois pas, bien sûr. Mais sois contente, maintenant je les trouve gentils. Quelle folie ! Et toi, une copine de ma fille, même pas une vieille copine, je me rends compte que je t'aime, comme si c'était de moi, depuis très longtemps, que tu étais l'amie.

– Et moi je t'aime, aujourd'hui, toujours j'espère, comme si tu étais mon amour. Brigitte, madame, je regrette qu'il n'y ait pas de mots pour dire merci. Je vous dis merci, je pense que vous êtes très adorable et très belle et vous rendez les vacances très belles pour moi. Mais je crois qu'il est temps que je m'en aille, vous avez droit quand même à un peu de paix.

La jeune femme lui sourit :

– Reviens, au moins. Et mon mari ? Ainsi que pas mal d'autres ici, j'imagine, il arrive en fin de semaine, repart le dimanche dans la soirée. En outre, mais ne le répète à personne, il n'a jamais voulu apprendre à nager. Mon fils en meurt de honte, il aimerait encore mieux que son papa soit ivrogne ou drogué ! Mais il restera avec nous, en principe, les dix derniers jours du mois. Où vas-tu toi, tout de suite ? Retrouver les deux autres gamines ?

– Elles sont grandes, elles. Puisque vous allez peut-être me donner une fessée, c'est moi la vraie petite. Votre petite fille.

– Oui !

Rigoureuse et souple, Françoise se mit debout, partit, revint et se pencha pour baiser les lèvres de la jeune femme. À la surprise peut-être de toutes deux, la maman de Sandrine, comme Françoise se redressait, la retint par une épaule, tendit le cou, le visage, baisa elle-même la bouche presque sévère, mystérieusement séductrice, de sa très jeune amie.

Les deux autres folles, dont une vierge et sage sans en être plus fière pour ça, daignaient échanger des propos avec un sauteur de plage d'apparence plutôt quelconque. Celui-ci et divers autres minets étaient assis ou vautrés à même le sable, tandis que les jeunes filles, on ne sait pourquoi, peut-être arrêtées au passage, demeuraient debout, une main chacune sur la hanche opposée de l'autre, et chacune aussi, penchée par le même hanchement justement, très féminin et gracieux. Comme il se doit, les garçons détenaient ou montraient la plus bruyante assurance, étaient en fait considérablement gênés. C'est beaucoup, deux filles à la fois, jolies surtout. Françoise, surgissement là blond châtain et doré, en débardeur et abrégé de flottant, suscita quelques coups de sifflet et autres exclamations supplémentaires. Jennifer et Sandrine n'en abandonnèrent pas moins leurs conquêtes, ou est-ce leurs victimes, aussitôt Françoise aperçue. Bronzeurs, promeneurs, baigneurs repeuplaient la plage, l'eau plus rarement, devoir du déjeuner accompli. Les trois amies suivaient parmi eux d'éphémères chemins de sable en se tenant par la main.

– Bon, et maintenant ? questionna Sandrine.

– Maintenant, dit Françoise, on est en quête d'un adorable bébé bouclé et blond du nom de Stéphanie, et de sa maman Danièle.

– Une vigoureuse femme très brune, l'air méchant ?

Françoise devança d'un pas sa voisine et se tourna pour parler, de l'autre côté de celle-ci, à Jennifer :

– Jenny, tu aimerais donner une fessée à Sandrine ?

– Tu m'étonnes ! J'adorerais ça !

– Elle dit que Danièle est grosse et méchante. Danièle, j'espère que tu vas la voir, est un animal merveilleusement beau, très féroce, et d'une générosité, d'une gentillesse, quand elle veut et qu'elle peut, à éblouir le cœur. Comme la maman de Sandrine, sauf qu'elle, n'est pas féroce, n'est pas animale, et peut toujours même sans le vouloir. Donc Sandrine a une fessée dès qu'on est chez nous, chez l'une ou l'autre d'entre nous c'est-à-dire.

– Féroce ou non, elle t'a séduite, commenta Sandrine.

– Danièle ? Si j'étais un homme, j'aurais envie de lui faire l'amour aussi souvent au moins que j'ai envie de le faire à Jenny.

– Oh, écoute, dit Jennifer.

– On veut toujours que j'écoute, et on ne me dit jamais que des conneries, répliqua l'exemplaire Françoise.

Sandrine balançait les mains de ses amies en chantonnant avec une petite allégresse : Je vais avoir une fessée, je vais avoir une fessée, ma copine Jennifer va me donner une fessée ! À son tour elle pivota vers Françoise :

– Ce serait très indiscret, si je demande ce que vous vous êtes dit, ma maman et toi ?

– Évidemment c'est indiscret, alors je dois répondre. Et toi, je pense que de toute façon tu devrais être jalouse. Quand elle me parle, ta maman dit toujours : Petite fille. Cela aussi me fait fondre le cœur. Que nous sommes-nous dit ? Je voulais lui faire une déclaration, lui expliquer qu'à mes yeux elle est pleine de lumière, la santé de tout chez quelqu'un, comme chez toi, et comme chez notre bébé Jenny. Et je voulais lui demander si elle voudrait bien, elle, s'occuper un peu de moi. Tu es jalouse ?

Sandrine, balançant toujours les mains, réfléchissait, rêvait :

– Je ne sais pas. Peut-être. Non, pas du tout. Parce que maintenant je t'aime, et elle, c'est une très bonne maman, je sais très bien qu'elle ne m'aimera jamais moins, alors je peux te la prêter un peu. En fait, je suis contente que tu viennes à la villa. Tu échanges tes secrets avec maman, et après tu viens me voir, ou Loïc et moi, et tu m'aimes moi toute seule.

Elle balaya la plage du regard, comme on parcourt la mer :

– Mais tout de suite ce que tu veux, c'est cet autre bébé encore, Stéphanie, et son monstre de mère. Je suis d'accord avec toi en tout cas, la petite est trop chou, on la croquerait, et sa noire maman est bien belle.

– J'ai toujours quelque chose à demander en ce moment, excusez-moi toutes les deux, dit Françoise. Vous connaissez peut-être ces moments inquiets ? Parmi mes fiévreuses demandes, je voudrais que Jenny elle aussi me présente à sa maman, je le lui ai dit. Qu'elle aussi me la prête un peu, à croire que je suis insatiable, ou me prête à elle, comme un jouet. Danièle, je lui ai déjà parlé. Avec de la chance, elle m'attend, elle attend que je revienne la voir. Et Stéphanie, avant tout je l'embrasserai je ne sais combien de fois, je serais dingue qu'elle soit mon vrai bébé. Par ailleurs encore, j'ignore si tu es au courant, je dois me soucier de ce bébé ici, notre Jenny, de sa virginité, elle en a assez, et moi j'en ai plus qu'assez qu'elle en ait assez. Ce qui me rappelle que si elle a pour tâche de te fesser, moi je me suis engagée à lui donner un lavement. Nous n'allons pas chômer, semble-t-il.

Jennifer, écarlate, en lâcha la main de son amie :

– Écoute, tu exagères à la fin ! Tu es débile ou quoi ? Qu'est-ce que ça signifie, cette façon de raconter ma vie, ma prétendue vie, à tout le monde !

Françoise, aussitôt, abandonna elle-même la main de Sandrine, se hâta d'aller entourer de ses bras le cou de leur commun bébé :

– Ma Jenny, mon amour, mon bébé de lait clair. Je te le

demande de tout mon cœur, n'aie pas de chagrin, et ne sois pas fâchée contre moi. Sûrement tu sais et tu sens que je t'aime. Et Sandrine n'est pas tout le monde, elle est ton amie comme elle est la mienne. Il me semble que si tu connaissais sa maman, tu aimerais Sandrine encore plus. Alors, c'est vrai, je ne me gêne pas. Je parle de toi devant Sandrine, parce que c'est Sandrine, comme je trouverais très bon que tu lui dises n'importe quoi à mon sujet. Qu'est-ce que c'est l'amitié, autrement ?

Les lèvres si joliment gonflées, boudeuses à cet instant, frémirent une seconde encore, puis les coins se retroussèrent :

– Je te déteste quand même, tu sais. Et je ne veux pas de lavement, quelle angoisse dégueu ! Embrasse-moi.

– Clair bébé.

Elles s'embrassèrent selon cette tendresse vagabonde qui recèle un parfum de vacances et d'été. L'errance se poursuivait à travers les gens écrasés sous le soleil et les enfants qui couraient. Sandrine chantonnait toujours et rêvait, sensible à l'excitation diffuse, mais constante, que lui apportait la présence de ses nouvelles amies.

– Pourquoi des lavements ? s'étonna-t-elle soudain.

Françoise se mit à rire :

– Une raison officielle, médicale même. Le ventre de notre Jenny, comme sa maîtresse, et comme celui de bien des filles, à certains moments surtout, est enclin à la paresse. Jenny, ne proteste pas, je te prie ! La vraie raison, connue de toute la plage, est que Jenny est un gros bébé. Pour la rendre adulte, elle a besoin de quantités de fessées. Il est possible que sa mère s'y emploie ; moi, j'en suis incapable. Pour compenser, et si sa maman justement ne m'en empêche pas, je veux m'occuper d'elle le plus possible, comme on le fait d'un bébé très chéri. Je lui parlerai gentiment, je la mettrai sur son petit pot, je la toiletterai, lui prendrai sa température et, bien sûr, lui donnerai des lavements, son petit ventre bombé par le lait est trop joli, ses fesses à capitons aussi.

– Je te jure que tu exagères ! protesta drôlement Jennifer, très rouge, tandis que Sandrine s'exclamait :

– Elle en a de la chance !

Jennifer, parmi ses ronchonnements, ne laissa pas de s'enquérir, avec un subit intérêt :

– Parce que ça te plairait à toi, qu'on te voie, qu'on te traite comme un gros bébé ?

– Ah, que tu es bête, tout le monde ! Sauf peut-être les femmes fatales. À huit ans, maman me mettait un suppositoire, j'étais vexée comme un dindon. Aujourd'hui, Françoise ou toi me fourrez un thermomètre, en me parlant gentiment surtout, j'en mouillerais ma culotte si on ne venait pas de me l'ôter ! Les femmes fatales me font suer. Je suis une fille, j'aime les jeux de fille, à savoir mes copines et les beaux garçons, et j'envie les bébés parce qu'on s'occupe toujours de leur derrière ; le mien, c'est je ne sais quoi d'inutile et d'un peu honteux que je ne vois jamais, et que je traîne au bas du dos pour faire se retourner les connards !

De faufile en anguille elles entreprirent, tout en déambulant, de juger et de noter, étalonner serait sans doute le terme exact, le personnel masculin de la plage. Il y en avait pour tous les goûts, le mauvais inclus. Sandrine, alors même qu'elle marchait entre ses copines, gardait une fougue, un bondissement. Elle dit tout à coup à Françoise :

– Mon sentiment est que tu t'es dissipée d'une manière très active avec mon petit frère, ce fort et bel athlète, et qu'à côté de ça, tu n'es pas du tout amoureuse de lui ?

La fine tête blonde et châtaine s'inclina :

– C'est vrai.

– Pourquoi, ma Françoise ?

– Pourquoi j'ai couché avec lui, ou pourquoi je n'en suis pas amoureuse ?

– Les deux.

Jennifer, dissimulée derrière sa notoire indolence, admirait le regard de Françoise, gravité, attention aiguë, et cette discrète tendresse :

– Dès le début ton frère a montré que je l'inspirais, il n'y avait pas de mystère. D'autre part il a été de ceux – mais c'est moi que l'anecdote commence à faire suer ! – que Sophie a mis en révolution parce qu'elle me déshabille en pleine plage aux heures d'affluence. Un soir, Loïc m'a raccompagnée, sans aller au-delà. Ce matin, il a débarqué. Je ne vais pas te décrire ton petit frère. Il est beau et solide, il est courtois, il a un humour et une assurance empêtrés plutôt séduisants. Alors il a insisté un tout petit peu et voilà. Et je ne suis pas amoureuse parce que je ne désire pas l'être. Je crois que je ne sais rien être à moitié. Si j'aime un type, pendant une éternité je vais ne me soucier de rien d'autre. Il se trouve que cela ne me convient pas ou pas maintenant. Donc je choisis d'être baisée agréablement, de donner si je peux du plaisir quand j'en prends, et pour le reste, eh bien, comme toi. De jouer, d'aimer mes copines, de fantasmer de temps en temps, soit en lorgnant les épaules ou tout autre détail d'un monsieur, soit en imaginant les façons de tourmenter un bébé.

Jennifer dut imaginer de son côté, elle se reprit à rougir, dit pourtant :

– J'aime quand on te demande n'importe quoi et que tu réponds.

– Moi, je suis un peu amoureuse de lui, déclara Sandrine.

Françoise se remit elle-même à rire, vraiment elle riait beaucoup cet été-là, ces vacances :

– Les psychiatres ou peut-être les sociologues appellent ça la proximité. Quel avantage, un petit frère athlétique et plaisant constamment sous la main !

– Tu es une horreur, rétorqua Sandrine, près de rougir comme Jenny. L'embêtant, c'est que moi aussi. Nouvelle anecdote – je parie bien qu'il ne te l'a pas racontée celle-là ! Hier soir, cette nuit quoi, je suis allée le voir dans sa chambre. Un peu ce que tu disais ; j'avais envie d'un garçon, mais pas d'un vrai. J'ai eu deux ou trois histoires, non, quatre, et j'ignore pourquoi, toujours bâclées, toujours idiotes. Alors je lui ai demandé, à Loïc bien sûr, s'il me trouvait jolie, j'avais juste mon tee-shirt et un slip. Lui, il était déjà couché, je pense qu'il dessinait sur son genou le derrière de Françoise avec une aiguille à tatouage.

– J'aimerais ne pas être mêlée malgré moi à tes débordements, interrompit Françoise, et les folles amies rirent tant qu'elles provoquaient la jalousie des familles et autres couples tout autour. Jenny cependant, n'y tenant plus, questionnait :

– Il a dit quoi ?

– Je l'embarrassais, j'ai cru qu'il allait appeler maman ! Et je suppose que quand j'ai frappé, il s'est dépêché de jeter un drap ou de le remonter. Toujours Françoise, quoi qu'elle dise. Alors je lui ai demandé si ça l'amuserait de me voir nue. Je mourais d'envie qu'il me trouve jolie à ce moment-là. Donc j'ai balancé slip et tee-shirt. Je ris maintenant, en fait j'étais horriblement troublée moi aussi. Alors, après, j'ai dit que moi, depuis longtemps je voulais le voir tout nu au moins une fois, comme quand nous étions petits. J'ai arraché le drap.

L'expression, tout à coup, d'un enfant perdu, elle regarda Françoise :

– Tu crois que ce n'est pas bien de raconter ça ?

– Autre bébé, dit Françoise, retenant un haussement d'épaules. Ce n'est pas bien si, au fond de toi, tu ne désires pas en parler. Si c'est le contraire, alors tout est bien. Vous trouverez que je me répète, mais à quoi serviraient les amis autrement ?

– Oui, nous sommes amies. Ça, c'est bien ! Et lui, Loïc, il était dans l'état que je me garderai de vous dire ! Et fortissimo encore ! Bon sang, comme j'aimerais ne pas rire ! Mais justement, il a essayé de s'excuser, marmonné je ne sais quoi, de sorte qu'on a ri tous les deux, et ensuite c'était plus facile. Il me semblait très beau, mon petit frère. Très impressionnant. Cela me touchait. Je l'ai pris dans ma main. Pour la première fois je pouvais regarder un garçon de tout près, aussi longtemps que j'en avais envie, voir comment c'est vraiment, comment les types réagissent. Les autres fois, j'étais toujours pressée, embêtée, dérangée parce que je savais que le type attendait qu'on baise. Et lui, Loïc, aussi il me regardait avec de grands yeux, je suis sa sœur quoi, il ne me connaît pas. Mes seins qu'il a vus cent fois sur la plage, mon ventre bien sûr, vous savez bien. Il s'est démanché le cou pour voir mes petites fesses, pourtant cent fois moins jolies que celles de Françoise. Alors, eh bien alors j'en avais plus qu'assez, je l'ai pris dans ma bouche, excuse-moi Jenny. Tout de suite, presque tout de suite il a giclé, vraiment excuse-moi. Ça m'a brûlée, non, ça ne m'a pas brûlée, plutôt comme une crampe, vous savez bien où !

– Et après ? redemanda Jennifer, elle-même fort brûlée.

Sandrine la saisit par les oreilles et l'embrassa furieusement, réveillant alentour divers murmures, perceptibles au milieu du murmure géant de la plage :

– Je t'aime à en mourir quand tu dis : Et après ? Tu es le plus mignon gros bébé qui ait jamais existé ! Je crois que ça tombera on ne peut mieux que tu me fesses. Après ? Pour tout avouer, je l'ai un peu forcé, je voulais qu'il m'imite, quoi. Et je savais bien qu'il le voulait lui aussi, même sans le vouloir. C'était épouvantable évidemment, j'ai peur d'avoir gémi ou crié. C'était fabuleux. J'aurais bien voulu dormir avec lui, mouillée et chaude comme je l'étais, j'avais envie de le caresser, pour un garçon il a un derrière très beau, très agaçant Mais en même temps, il me semblait que je restais trop, que c'était, vous savez, injuste, je n'arrive pas à dire, égoïste si on veut, puisque c'est mon frère, alors je suis repartie.

Sans y prêter attention, elles s'étaient arrêtées, agenouillées, assises, partageant des songeries dont chacune cependant est à jamais particulière, murmure infiniment intense qui se fond dans le grand murmure du monde et du temps entiers. À quoi rêvent les garçons ? Elles se trouvaient épuisées, autant de ce qu'elles avaient fait, que de ce qu'elles n'avaient pas fait encore, qu'elles souhaitaient, de façon plus ou moins confuse, faire. N'est-ce pas la vie même, jeunes filles ? Françoise dit :

– La cloche pique cinq heures, l'enfant Stéphanie gîte à quelques brasses de là où nous sommes, par est-quart-sud-est. Regardez-moi cette merveille.

Stéphanie, bébé en effet éblouissant, boucles de miel doré sur les épaules de miel clair, en très petit deux-pièces d'un bleu aigu qui brillait et chatoyait, évoquant moins ses propres yeux que ceux de Sandrine et de Martine sa maman, tenait la main de son copain Renaud. Eux et d'autres enfançons soutenaient en déambulant une discussion animée, plutôt bruyante. La jeunesse fait du bruit, c'est inadmissible. Françoise se leva :

– Stéphanie !

La petite, emprisonnée dans son jeu comme on l'est tous à travers le temps et le monde, sursauta, tourna la tête avec une vivacité féline, et le projecteur de la joie éblouit à son tour son jeune visage. Incontinent elle lâcha la main du garçon et se mit à courir, ainsi que déjà, ainsi que toujours, sauta au cou de celle qui l'appelait, qui l'aimait donc :

– Françoise ! Françoise !

Le long corps souple vibrait, pantelait et Françoise sentit l'émotion étreindre sa propre gorge. Au cou de Jenny maintenant :

– Toi aussi tu m'aimes bien, tu es Jennifer.

– Oui, mon bébé chéri.

– Je suis contente d'être ton bébé, Jacques dit ça aussi, exactement comme toi. Et toi ? demanda-t-elle à Sandrine. Je peux t'embrasser ?

Sandrine, bouleversée malgré elle, la serra dans ses bras, lui baisa la paupière, la tempe, l'oreille :

– Petite Stéphanie.

– Je ne comprends pas, dit Françoise. Tu n'es vraiment rien d'autre qu'un bébé, je l'ai vu tout de suite, n'importe qui peut le voir tout de suite, et de semaine en semaine tu as un peu plus l'air d'un piège à garçons. Que se passe-t-il ? Comment te débrouilles-tu ?

Le bébé, enivré, tourna sur lui-même, plagiant les mannequins ; ses yeux et eût-on dit ses boucles étincelaient :

– Écoute, je ne sais pas. Je nage, j'ai Renaud, j'ai plein de copains et de copines, j'ai maman et je trouve qu'elle m'aime très bien, maintenant, quand on est à la maison. Et Jacques continue à me donner des fessées.

Elle se précipita pour revenir enlacer Françoise, mais plutôt alors comme on se blottit, infante perdue elle-même, territoire assez peu connu entre le cœur et le corps :

– Françoise ! Tu es là juste pour me parler ? Pas seulement pour maman ?

Françoise l'impassible, comme Jenny était l'indolente, et Sandrine était Sandrine, si adorable quand elle parlait de caresser son frère, d'être caressée par lui, Françoise avait à nouveau la gorge obstruée. Bien sûr ce n'est pas ce qui est jeune qui est éternel, c'est ce qui est beau :

– Ma Stéphanie, j'irai voir ta maman après, si tu le permets, je n'ai pas à cacher qu'elle me manque. Mais c'est à toi que je voulais parler. Je ne t'avais pas vue depuis bien trop longtemps, et d'autre part, il y a une chose qui m'importe et qu'il faut que je demande à toi et à personne d'autre d'abord.

Ainsi que déjà, ainsi que toujours, parce qu'elle était avant tout une enfant, Stéphanie, rougissante, la dévisageait avec adoration :

– À moi ? C'est vrai ? Je trouve ça drôle, tu sais, que tu aies une chose à me demander.

– Mon gros bébé, mon bébé chéri, j'espère ne pas te choquer. On ne pourrait pas aller s'asseoir un peu loin, un peu à l'écart ?

La petite, perdue et retrouvée dans son enchantement, regarda tout autour, s'interrompit pour sourire à Jenny et à Sandrine :

– Mais elles me connaissent maintenant, elles m'ont embrassée !

– Mon gros bébé, moi aussi elles me connaissent, alors elles nous excuseront. J'ai peur d'être gênée, parce qu'il s'agit en partie de ta maman, et peur de te gêner toi, parce que pour autre chose il s'agit de Renaud.

Les gracieux sourcils, qu'en dépit de la blondeur elle tenait de Danièle, se haussèrent :

– De Renaud ? Alors, bon, pourquoi on ne s'assoit pas là, ou ici, près de la tente orange ?

Tout abandonnée, elle prit la main de Françoise, et au bout de quelques pas elles s'assirent sur le sable, jambes pliées de côté, torse déplacé vers la hanche. Elles s'admiraient. Françoise dit, montrant le haut du bikini :

– Pourquoi n'enlèves-tu pas ça ?

Le bébé, en vérité comme une femme, s'examina aussitôt, sourcils maintenant froncés. Elle rougissait de plus belle et rayonnait, d'espoir, d'attente :

– Mais écoute, ils sont tout petits.

– Et toi, qu'est-ce que tu es ? Un gros bébé tout petit à mon avis, donc je pense que ta poitrine est comme il faut. On voit sa forme d'ailleurs, sous le tissu, tes petits seins doivent être très jolis, comme tout de toi. Je t'avoue que je sèche d'envie de les voir.

Stéphanie, bouche entrouverte, buvait ses paroles ; l'attente, l'espoir, qui font mourir et vivre. Elle détacha le minuscule chiffon, le laissa tomber, puis, très discrètement, le tira sur le sable et le cacha derrière elle comme un objet honteux. Elle releva les yeux vers Françoise, des yeux immenses.

– S'il n'y avait pas tout ce peuple, je les embrasserais je ne sais combien de fois, dit Françoise. Ils sont trop gentils, et toi tu es le plus gentil bébé dont on puisse rêver. Je t'aime très fort, et si tu veux bien de moi, je t'aimerai tout le temps.

– C'est vrai ? Moi aussi je t'aime ! Dis, Françoise, s'il n'y avait pas les gens, est-ce que tu voudrais que j'enlève la culotte aussi ?

La nouvelle amie lui caressa la joue :

– Ce n'est pas une question. Bien sûr je préférerais que tu sois toute nue. La vraie Stéphanie, c'est ce que tu es en dehors des vêtements, même un bikini bien choisi comme le tien. Je voulais beaucoup voir ta poitrine, j'ai tout autant envie de voir ton petit derrière et ton sexe de bébé ; ce qu'on cache aux autres, et justement pas à ceux qu'on aime. Je suis certaine que tout ton corps est gentil comme tes seins.

Le bébé fit pivoter des épaules précocement élégantes, larges, quoique sans excès, en comparaison des hanches :

– Je ne sais pas. Je sais que Jacques le trouve bien, surtout depuis qu'on est ici, mais il ne veut pas en parler trop, mon petit derrière comme tu dis, mon sexe, parce que je suis encore un bébé. Enfin, c'est lui qui le dit pour rire. D'autres fois, il dit que je suis une jeune fille et il m'aime comme ça. Françoise ? C'est quoi, ce que tu me demanderais quand on serait toutes seules ?

– Me préviendras-tu, si je te choque ou te fais de la peine ?

– Oh, écoute.

– Bon. Mais alors ne rougis pas trop. Je vais essayer d'expliquer. Tu m'as dit toi-même que tu recevais des fessées. Ne rougis pas ou je te fesse ! Et ne ris pas non plus ! Puis j'ai su, j'ai vu en fait, que cela arrivait à ta maman aussi bien. Alors, ça m'a fait rêver pour moi. Pourquoi ? Françoise est grande, elle a dix-neuf ans et a l'air très sage, pourquoi aurait-elle besoin d'être fessée ? Mais ta maman est plus grande que moi et bien plus sérieuse, et alors ? Je suis trop sage, si tu veux, et c'est comme d'être trop folle, ça m'éloigne des gens au lieu de me rapprocher. Mais j'aime les gens, et en plus je veux les soigner parce que je veux être médecin. Ma Stéphanie, je crois que je n'arrive pas à expliquer. D'abord, il me fallait ta permission. Et si tu me l'accordes, à ta maman ensuite je demanderai si je peux venir la voir de temps en temps, et qu'elle me fesse. Mes copines, un ami quand j'en ai un, en général ils sont de mon âge, tu comprends ? Tu juges bon que ton Jacques te donne des fessées, je suppose que tu ne l'accepterais pas de Renaud. Pour moi pareil. Ta maman est une femme, elle sait par expérience de quoi il s'agit, avec elle ce ne sera pas une plaisanterie ni un petit jeu amoureux. Je serai plus vexée que je ne peux le dire – déculottée et fessée par cette belle dame ! Et parce que cela me vexera, ça me rendra peut-être un peu plus normale. Comprends-tu quelque chose dans ce fouillis, mon bébé que j'aime ?

Stéphanie, malgré la recommandation, rougissait beaucoup, déplaçait les épaules, le torse, ses seins menus suivant exactement le mouvement, tel un pur renflement de la chair :

– Ouais. L'innocent visage s'assombrit : Je ne veux pas être là quand elle te donnera des fessées !

– Mon bébé que j'aime. Je détesterais être là, moi, quand tu es avec ton ami, ton Jacques. Même si c'est toi qui l'as décidé, j'aurais envie de le battre. On touche à mon bébé !

Aussi soudain qu'elle s'était assombrie, la petite rit :

– Moi je ne suis pas choquée, maman va l'être ! Elle va rougir ! Pour elle, je sais que tu es plus jolie et plus sage que n'importe qui, alors t'imaginer sur ses genoux, le derrière nu, ça va être l'angoisse ! Ça, je voudrais quand même le voir. Son air, quand tu vas lui demander !

– Qui a été fessée la première, elle ou toi ?

– Écoute, moi. Mais Jacques avait dit que si je devais l'être, elle devait l'être aussi, voilà comment ça s'est passé.

– Ta maman a accepté, non ? Alors c'est une maman correcte.

– Oui.

– Mon espoir, puisqu'elle a accepté pour elle, est qu'elle voudra bien me dire oui à moi.

– Ouais. Je crois qu'elle dira oui. Non, je ne sais pas.

Toujours abrupte, grave, concentrée et très féminine aussi tout d'un coup, elle posa la main sur l'épaule de Françoise :

– S'il te plaît, embrasse-moi encore.

Leurs lèvres se touchèrent, s'attardèrent, frémissantes à la fois et tranquilles, comme rassurées. La petite dit :

– Je ne peux pas imaginer que tu aies une fessée. Ça me fait plus drôle même que pour maman. Et la première fois, pourtant, j'étais bien contente, et elle était trop mignonne, surtout quand Jacques lui a baissé sa culotte, mais en même temps, je crois que j'avais un peu mal au cœur. Alors toi, je ne veux pas te voir !

– Ai-je pensé à te dire aujourd'hui, moi, que tu es mon bébé chéri, pour aujourd'hui et pour toujours ?

Les lèvres enfantines, à la fois désarmées et comme impérieuses, si tendres, revinrent chercher les siennes :

– Ça m'est égal, que tu l'aies déjà dit, tu peux le répéter tout le temps. Quand tu dis ça, je crois que je t'aime presque plus que n'importe qui, même Jacques.

– Et Renaud ?

À ce seul instant, la petite parut choquée :

– Pourquoi ? Renaud est un copain, c'est tout.

– Gros bébé, excuse-moi. Je me disais que peut-être lui aussi, t'avait vue recevoir une fessée.

– Bien sûr. Et moi je l'ai vu lui. Et ça m'a excitée si tu veux savoir, enfin un peu. Il était drôle. Un jour, Jacques nous a fessés tous les deux, comme avec maman. Mais maintenant on n'en parle jamais quand on est ensemble, Renaud je veux dire. C'est un copain, c'est tout.

Les idées ou les images changèrent, dans l'adorable tête :

– Quand tu viendras, vraiment je ne veux pas te voir. Tu sais, toi et maman. Mais ce que je voudrais, après, c'est que tu viennes me voir moi, toutes seules comme maintenant, dans ma chambre. Tu me déshabilleras, tu me regarderas puisque tu me trouves jolie, tu m'embrasseras, peut-être tu me diras comment on fait l'amour. Jacques me l'a dit un peu, mais il pense que je suis petite. Tu aimerais ça, parler de n'importe quoi, me regarder, être avec moi dans mon lit ?

– J'ai déjà répondu, non ? J'en ai autant envie que toi, il faudra seulement, pour ça aussi, que je demande la permission à Danièle. Gros bébé, cela t'ennuie, à propos, que j'appelle ta maman Danièle ?

Les somptueuses boucles volèrent, accrochant des paillettes de soleil, moins étincelantes que celles des grands yeux noisette :

– Puisque je t'appelle Françoise. J'adore dire ton prénom, tu veux bien être mon amie, et moi je suis ton bébé. Françoise, tu voulais me parler de quoi, pour Renaud ? Ça avait l'air très important et très secret.

– Ce n'est pas vraiment secret, ça m'importe parce qu'il s'agit aussi de Jennifer, qui dans un sens est un gros bébé comme toi, et surtout c'est malaisé à dire. Que sais-tu, par exemple, à propos des filles, et des garçons d'ailleurs, qui n'ont pas encore eu un vrai ami, un vraie amie ?

Les grands yeux étaient fixés intensément sur les siens :

– Vierges, c'est ça ?

– Oui, mon bébé chéri.

– Je ne sais pas pourquoi je rougis quand on en parle, c'est idiot parce que je sais très bien ce que c'est. Jacques se moque de moi, même, quand il commence à parler de mes fiancés et de mes amants. Pourquoi pensais-tu à ça ?

– Mon bébé, c'est une confidence, inutile de dire que les confidences ne se répètent pas. Tu connais un peu Jenny, Jennifer, et je crois que tu l'aimes bien. Tout le monde l'aime, comme on t'aime toi, parce que vous êtes des bébés en lait, en or et en miel. Eh bien Jenny a dix-sept ans, je crois, et elle n'a jamais eu, tu comprends, un vrai ami. Mais cela lui manque, figure-toi, à cette petite ! Je te choque ?

– Oh, écoute, ne dis pas toujours ça. Je suis contente, moi, quand tu me parles ! Tu sais pourquoi j'aime Jacques comme toi, au fond ? J'ai un peu peur de lui parce qu'il me gronde, parfois, et c'est lui aussi qui me donne des fessées. Mais jamais il ne s'est moqué de moi, il me parle de tout, comme toi, il me défend toujours contre n'importe qui, et il aime me regarder, comme toi, on dirait qu'il parle de mes petits seins idiots, par exemple, exactement comme toi. Je l'adore, au fond, tu sais ?

– Alors je l'aimerai, puisque vous vous aimez. Et je vais te dire un autre secret: Je suis terriblement fière de toi, que tu m'aies acceptée tout de suite, que tu sois mon amie et mon bébé.

Stéphanie lui toucha à nouveau la joue, la scrutant avec amour, en même temps avec la déconcertante sagacité des bébés :

– Je parie que je devine ce que tu veux. Tu veux que je te prête Renaud, enfin pas pour toi, pour Jenny ; c'est joli comme nom Jenny.

– En aurais-tu de la peine ? Sentirais-tu qu'on te vole, qu'on te prend quelque chose ?

La femme enfermée dans l'enfant, tel un bouton de fleur, réfléchissait. Stéphanie réfléchissait toujours très bien :

– Écoute, je ne sais pas. Je crois que je préférerais le prêter à toi. Pourtant j'aime bien Jenny aussi. J'aime son nom, et ses grosses cuisses. Jenny. Et Renaud n'est pas à moi, d'ailleurs, c'est un copain. Moi, j'ai douze ans, alors bien sûr on ne fait pas l'amour, je n'en ai même pas envie. Avec personne. Sauf Jacques, si j'étais plus grande. Parfois j'y pense sans le faire exprès. Est-ce que je suis jalouse ? Je ne sais pas. Je ne le serais pas parce que Renaud fait l'amour avec Jennifer, au contraire, je trouve ça drôle, je crois que j'aime bien les imaginer. Je suis jalouse parce que moi je ne peux pas le faire, et je serais furieuse, ça c'est sûr, si à cause de ça cet idiot de Renaud n'était plus mon copain, ou qu'il se mette à vouloir me regarder de haut ! Tu comprends ? Oh, mais le plus drôle, c'est quand tu vas lui en parler ! Il a quinze ans, mais c'est un garçon, tu comprends ? Tu crois toujours me choquer ; je peux te dire qu'il y a quelqu'un qui va l'être, plus que maman, même ! Je voudrais me trouver là ! Écoute, tu veux que je lui en parle, à Renaud ?

Françoise réfléchit elle-même, presque embarrassée par la netteté du bébé :

– Il vaut mieux que ce soit moi, je crois.

– Ou Jenny, suggéra le bébé en toute logique.

Françoise se mit à rire :

– Elle a trop la frousse ! Ce n'est pas si facile qu'on le pense, devenir grand. Voici ce qu'on va faire. On rejoint Jenny et Sandrine ; elles doivent bien se demander ce qu'on raconte, depuis le temps ! Tu donnes la main à l'autre bébé blond, moi à Sandrine, et d'un air naturel on se débrouille pour isoler Renaud. L'air naturel est très important quand il s'agit de sauter ou de se faire sauter. Ne ris pas ou je jure que je te fesse ! Bon, c'est dit ? À moi après, de me débrouiller pour m'entretenir d'un air naturel avec Renaud. Tu n'as pas fini de rire !

La petite jaillit telle une flèche, caracola dans la direction des filles, exécuta un fulgurant demi-tour, visage écarlate :

– J'oubliais ça.

Elle cueillit promptement parmi le sable le haut de bikini, promptement le rajusta. Françoise riait à s'en tenir les côtes.

– Ah, tu te moques de moi.

– Tout le temps.

– Je le sais très bien.

Radieuse cependant, ses jeunes seins ayant regagné leur chaste abri, elle pencha la tête de côté pour baiser les lèvres de Françoise, courut vers les deux autres filles. La fusion, ensuite, entre toutes ces arrivantes et la bande des loupiots, certains et certaines au demeurant, de l'âge à peu près de Jennifer, sinon de Sandrine, parut avoir lieu sans douleur. Peut-être le petit Renaud, pressentant l'obscure menace, pâlit-il légèrement sous son hâle latin, quand il fut évident que Françoise en voulait à lui. Pourquoi lui et non un autre devait-il, au cœur de la paix rieuse des vacances, être assailli de fous et de folles ? On l'avait fessé ! Alors quoi d'autre, maintenant ? Pourtant il ne rechigna pas trop, quand Françoise manœuvra pour le tirer à l'écart, s'assit sur les talons, une posture qu'elle adoptait volontiers, et qui l'incita à s'asseoir lui-même au hasard d'un coin de serviette.

– M. Renaud, dit Françoise. Je me doute bien que je t'embête. Nous nous connaissons seulement de vue, en revanche Stéphanie nous connaît tous les deux. Alors voilà, j'ai besoin de quelqu'un, il s'agit d'une chose difficile à expliquer et à demander, et il m'a semblé que toi, je pouvais au moins te parler. Si je t'ennuie trop, tu le dis. Écoute, une question peut-être bizarre, trouves-tu Jennifer, ma copine là-bas, excitante, la trouves-tu jolie ?

M. Renaud ne pâlit plus, rougit à peine, braqua un regard à peine furtif vers le bébé blond désigné par Françoise, et dont les avantages supposés paresseux comblaient agréablement le maillot de bain. Au grand soulagement de la jeune fille, Renaud, après une brève hésitation, sourit, levant en même temps une épaule :

– Ah, bien sûr.

Il rit franchement, comme un sympathique petit :

– C'est vrai que c'est drôle que tu me dises ça, non ?

– Non, pas tellement, en fait. Je te le dis parce que je crois que les filles te trouvent toi-même excitant, et que je trouve, moi, qu'en plus tu as l'air gentil. Bon, Jennifer est mon amie, elle est de ces filles qui te jugent attirant, et aussi elle a plutôt peur et elle est timide. Elle n'a encore jamais eu, tu sais bien, un ami très proche. Tu comprends de quoi je parle ?

La rougeur revint, comme chez une fille. En vérité le petit Renaud détenait beaucoup de charme. Stéphanie, qui lorgnait de loin, riant malgré elle, l'échange de propos, savait choisir !

– Écoute, bien sûr.

– Imagine qu'on soit, n'importe, chez elle, chez moi, tu t'occuperais de Jenny, je veux dire, tu en aurais envie ?

On parle de la pudeur, ou de l'embarras, des adolescents. Ce que craint plus que tout un adolescent, c'est la raillerie. Évocatrice de hauteur et de mépris, elle dénie non seulement un attrait possible, un sexe, une intelligence, mais l'existence même. Renaud détournait les yeux, affrontait derechef Françoise, lèvres étroitement closes. Il regarda très vite du côté de sa petite bande, donc de Stéphanie et surtout, sans doute, de Jennifer, leva cette fois les deux épaules, mains abandonnées sur les genoux, puis d'une de celles-ci creusa un instant le sable, puis l'égalisa, questionna enfin, avec une gêne ou une confusion visible :

– Tu seras là ?

– Si toi ou elle avez besoin de moi, oui.

Il voulut sourire, tout en contractant les maxillaires :

– Je ne connais pas si bien que ça les filles, tu sais.

– Bah, qui les connaît ? rétorqua Françoise, qui n'en pensait pas un mot. Et elles, tu crois qu'elles connaissent les garçons ? Voilà, précisément, le problème de Jennifer, Mais les vacances servent à ça, non, à faire connaissance ?

Il se remit debout non sans brusquerie, expédia ce faisant du sable au visage de Françoise, s'en excusa courtoisement :

– Si c'était ce soir, disons, il faut que moi j'explique, chez moi, que je vais rejoindre les autres, expliquer que je ne rentre pas trop tard. Où elle est, toi, ta maison ?

Françoise situa la villa et sa chambre. Le petit, à nouveau un peu rouge, redemanda soudain :

– Tu seras bien là ?

– Mon beau, je te l'ai dit.

– Mais tout de suite, tu ne vas pas en parler devant les autres ?

– Renaud, mon tout beau, tu me prends vraiment pour une conne ou quoi ? J'irais brailler sur les toits la vie privée de Jenny et la tienne ! Quand Jenny et moi serons seules, alors je lui parlerai, point à la ligne. Sois sûr qu'elle va rougir et être effrayée bien autrement que toi. Un joli petit amant, tout viril et tout propre, rien que pour elle ; tu imagines les sentiments de cette jeune personne ?

L'amant en puissance sourit, secoua la tête, à sa manière personnelle il était bel et bien adorable :

– Je n'imagine pas !

VII

Il est très bien, il est même peut-être vertueux pour ce qu'on en sait, de jouer les entremetteuses. Sauf qu'ensuite, comme toujours dans la vie, il y a la vie de chacun qui l'attend à la porte. Penser seulement à Danièle, vigoureuse Barbare et maman de Stéphanie, réveillait en Françoise une faim, un espoir; la petite fièvre lancinante qui, depuis le matin, à la fois la poussait en avant, vers tout, vers les autres, et la fatiguait, au point que la jeune fille devait soutenir une sorte de lutte pour ne pas céder à la dépression, à un découragement stupide. Pour ajouter à cette faiblesse, elle se sentait sale, physiquement s'entend, sauf encore, qu'elle n'était jamais bien parvenue à distinguer entre son corps et ce qu'on entend par esprit ou par âme. Dit autrement, le célèbre siège des sentiments, ne serait-il que le siège tout court ? Bref, elle n'eut de peine à quitter ni Renaud, ni Stéphanie, ni les deux autres folles, sachant qu'elle les revoyait très vite. Elle rêvait de tirer quelques centaines de brasses dans l'eau bleue, pour se laver bien plus que pour se détendre. Sauf, et la suite. Pas de maillot de bain !

Danièle trônait sous un vaste parasol, assise en toute simplicité sur une serviette non moins vaste, et adossée à un petit oreiller de bois repliable. Ainsi que toujours elle considérait le monde en général, et tout arrivant en particulier, avec une réprobation amère, hargneuse pour un peu. De sorte que, tout aussi incompréhensibles, la joie, une chaude générosité illuminèrent son visage sombre et son noir regard :

– Tu ne m'oubliais pas ? Je t'ai vue parler avec Stéphanie. Elle a de la chance, cette monstresse, tout le monde paraît l'aimer. Tu sais, vous étiez mignonnes toutes les deux. Comme deux amies. Je voyais que tu la passais en revue, à son âge ça doit lui faire tellement plaisir ! Elle doit beaucoup t'aimer, de son côté, pour accepter de te montrer ses seins. La poitrine, c'est la grande honte, je crois qu'elle permettrait plutôt qu'on regarde son derrière. Et toi, petite blonde, tu es toujours aussi parfaitement belle. Ta tenue te va, le short léger et le débardeur tout uni, on entrevoit tes seins à toi qui sont très beaux, presque des seins de jeune femme, je trouve.

– Vous non plus, vous ne m'avez pas oubliée ? demanda inutilement Françoise.

– Tu préfères me dire vous ?

– Oui.

– Tu intimides toujours un peu la bourgeoise que je suis. Raconte-moi, tu penses encore à ce que tu voulais l'autre jour ?

– Ce que je veux, je cesse rarement de le vouloir, peut-être est-ce ma tare, dit Françoise.

– Mais quand même, pas aujourd'hui, pas maintenant ?

Françoise se contenta de hocher la tête et Danièle, renonçant à discuter, se leva. Dans son trouble elle abandonnait sous le parasol livre en train, vêtements et autres éventuels ouvrages de dame.

– Je peux vous tenir la main ? demanda Françoise.

– Ah, misère.

La reine nègre et peut-être cannibale, on était tenté de le souhaiter en tout cas, remorquant sa blonde captive, elles gagnèrent le haut de la plage, puis un des petits chemins de sable. Danièle, le visage encore assombri, fulminait en marchant :

– Ce n'est pas merveilleux, que ce soit moi qui aie honte ? Je t'aime bien, comme Stéphanie on ne peut pas s'empêcher de t'aimer, mais je ne comprends pas. Dans mon souvenir, rien ne peut être plus éloigné, plus distinct, qu'une fille de ton âge et une grosse bonne femme. En plus, tu es jolie à rêver, à faire envie. Si tu cherchais des sensations, les hommes prendraient la file. Mais pas du tout, il faut que ce soit la bonne femme qui te déshabille, qui te donne des fessées comme à un bébé. Tu demandes ça bien tranquillement, bien sagement. Et pour Stéphanie tu es un modèle. Ma chérie, car tu es ma chérie malgré tout maintenant, comment es-tu si tranquille ?

– Je le suis ? dit Françoise avec, ce qui était exceptionnel chez elle, une trace de reproche et d'amertume.

Sans lâcher la main de Danièle, elle lui prit son autre main et la glissa sous son propre débardeur jusqu'à toucher ses seins nus :

– Vous m'engueulez. Vous ne sentez pas quand quelqu'un que vous aimez, vous le dites au moins, tremble à l'intérieur ?

Les lèvres pleines, dont Stéphanie et sa grande bouche avaient hérité, frémirent elles-mêmes :

– Ah, misère, petite Françoise. Bien sûr je t'aime. Mais si tu as peur, si ça te commotionne tant, pourquoi le faire ? Tu crois que ça me réjouit, de fesser une jeune fille comme toi ?

Françoise avait du mal à cacher sa fatigue :

– J'en ai assez de m'expliquer, avoua-t-elle. On ne vous fesse pas, vous ? Et vous vous soumettriez si vous pensiez que ça ne sert à rien ? Pardon d'y faire allusion, il s'est trouvé qu'un soir je vous ai vue.

– La plage entière m'a vue ! commenta sombrement Danièle, Elle pressa un instant le tendre sein rond dans sa paume, retira la main, cachant elle qu'elle était émue : la différence entre toi et moi, c'est ton intelligence. Très souvent tu as raison, je crois, et sans doute c'est pour ça que les fessées te sont utiles.

– Et vous, Danièle, c'est pourquoi ?

La reine barbare, dont le visage avait aussi la sérénité des vrais Barbares, et de certaines figurations du Bouddha, se mit à rire :

– Parce que j'ai souvent tort ! Et que mes passions se manifestent tout de suite, contrairement à toi. Chez moi elles se lisent, chez toi elles se déchiffrent avec du retard. C'est moi qui te demande pardon, si je réfléchissais un peu je ne poserais pas de questions stupides. Viens, dépêchons-nous maintenant. J'ai beau râler, je pense que ça me ravira de te voir les fesses nues, comme une toute petite fille. Les grosses dames brunes, on sait déjà ce que c'est, ajouta-t-elle en sourdine.

Parvenues à la villa elle dit encore :

– Tu n'ignores pas non plus, avec toute la plage, que la terrasse est l'endroit où je suis moi-même fessée à en pleurer. Cela te convient ?

– Je m'en fous, dit crûment François.

Elle dédia un coup d'œil sans indulgence à sa personne :

– Vous savez, je ne dois pas être très propre.

– Et moi donc ! Qui dit des bêtises maintenant ?

Elle se laissa tomber plutôt lourdement sur une des banquettes, plia Françoise en travers de ses cuisses, lui dénuda aussitôt le derrière, et après trois secondes peut-être d'hésitation, la fessa de toute sa vigueur nègre. L'espèce de tremblement interne, chez Françoise, redoubla à l'instant où Danièle baissait le flottant et le slip, persista en dépit de la brûlante correction, presque jusqu'à la fin. À la fin cependant, la jeune fille ne put douter qu'arrivait, puis qu'était arrivé cet autre instant, pour lequel en vérité elle s'adressait, comme on appelle au secours, à Sophie, on eût dit qu'il y avait si longtemps ; à la maman de Sandrine ; aujourd'hui à Danièle. L'instant affreusement honteux, et affreusement à moins que ce ne soit merveilleusement satisfaisant, où tous les conflits en elle, les interrogations, les luttes plus ou moins ineptes où l'on est le lutteur et l'arbitre, soudain étaient résolus. L'instant de la soumission, incluant tout ce qu'il peut y avoir d'abject dans le mot, dans l'idée, et selon une union très étroite, indissoluble peut-être, celui d'une libération. Elle ne jouit pas au sens littéral et quasi médical du terme, mais, tout d'un coup, il n'existait plus en elle l'ombre d'une résistance, esprit et corps semblaient se dissoudre lucidement, c'est-à-dire, lumineusement.

Elle ne voulut pas que Danièle la rhabille. Demi-nue, consciente de fleurer avec abus les émonctoires surchauffés, elle se releva très vite, se plaça debout, toute frémissante, entre les genoux de la jeune femme, pressa le bas de son torse et son ventre contre le sombre visage. N'y tenant plus, elle lui entoura le cou de toute sa force, blottit désespérément le visage entre le cou et l'épaule de Danièle, elle faisait effort pour ne pas éclater en sanglots.

– Ma chérie, balbutia Danièle, elle-même tremblante.

– S'il vous plaît, ne me parlez pas, pas tout de suite, je me mettrais à pleurer.

– Mais enfin, petite Françoise, mon enfant chéri.

La jeune femme, hors d'elle, entoura à son tour la taille mince et souple, le mince et rond derrière nu, étreignit l'autre jeune femme. Celle-ci, un peu gênée, amusée aussi, perçut le recul instinctif, quand son sexe enfiévré se trouva à même la face de

Danièle, sa bouche, ses narines. Puis Danièle l'étreignit plus fermement encore. Avec la même force, pourrait-on dire, elles eurent de l'amour l'une pour l'autre à ce moment-là. Et ainsi Françoise se trouva apaisée. Très consciente maintenant du visage de Danièle contre sa vulve, elle posa un baiser presque de respect sur les épais cheveux noirs :

– Vous savez que vous faites beaucoup pour moi ? Je comprends que ça semble idiot, mais c'était ça que je voulais de vous, que j'attendais. Que vous me donniez une fessée, tout à fait, vous l'avez dit vous-même, comme à une petite fille, et que vous m'aimiez.

Elles s'écartèrent l'une de l'autre pour se regarder ; cette impression de se regarder en plein cœur comme on se regarde en plein visage.

– Bien sûr je t'aime, voyons, qui ne t'aimerait pas ? Si belle, si sage, et peut-être si seule au monde.

Reculant encore la tête, elle fronça comiquement les sourcils en observant l'étroite vulve, plus nue que la nudité elle-même :

– J'en aurai donné, à ce que je vois, des mauvais exemples ! Mais écoute. Si tu me juges lourde, maladroite, très empesée parfois, c'est que rien dans ma vie jusqu'à ma dernière rencontre, ne m'avait, comment dire, préparée si tu veux. Jamais je n'ai fessé Stéphanie, par exemple, même s'il m'est arrivé d'être assez ignoble pour la gifler ; je ne tenais même pas trop à la voir nue. Moins encore, comme tu peux le croire, j'aurais imaginé de dévêtir une jeune fille, une femme, d'être émue par elle, de la trouver si attrayante et si jolie. Je vais encore être affreuse, mais dans un moment comme maintenant tu me touches plus que ma propre fille ! Alors dis-moi, espèce de folle, que puis-je d'autre pour toi ? Dis-le moi parce que j'aime t'aimer, je veux que tu ne sois plus jamais embarrassée avec moi.

– C'est vrai ?

Le très beau visage, qui eût été brutal chez un homme, affecta la teinte d'un vin sombre.

– Vraiment vrai ? insista Françoise, riant en même temps.

Claque rapide et légère sur le derrière soyeux.

– Bon, voici ce dont j'ai envie. Vous me rhabillez, justement la jeune fille sage en débardeur et short, et moi ensuite je vous mets toute nue. S'il vous plaît, ne grimacez pas, vous venez de vous engager ! Au moins une fois, il faut que je vous voie comme vous êtes. Vos seins et leur plénitude, votre sexe, je ne distinguais rien l'autre soir, vos fesses. Désolée de vous chagriner, mais aucun maillot de bain ne saurait dérober ni atténuer cette luxuriance. Quand je pense à vous, vous êtes ma reine cannibale, une féminité écrasante et superbe. Ce n'est pas fini les grimaces ! Regardez vous-même votre accablante vulve, le maillot tâche de l'aplatir, et on reconnaît ses petites joues.

– Mais quelle horreur, balbutia encore Danièle.

Françoise faillit se remettre à rire. Elle savait par ailleurs, que s'il y a une hésitation, il faut surtout se garder d'argumenter, de se perdre dans les paroles. Danièle aussitôt debout, et si mal contenue par le sévère maillot noir, elle la fit pivoter, baissa la fermeture Éclair, puis le vêtement lui-même sur le dos, les reins, les fesses, les cuisses charnellement sculpturaux. La jeune femme, dont c'était le tour d'avoir peur, murmurait de plus belle :

– Tu parlais d'être sale ! Tu imagines, après tout un après-midi au court-bouillon. Une véritable horreur !

Le moment de la vengeance était venu. Danièle penchée levait un pied après l'autre tandis que Françoise les dégageait du maillot, et celle-ci fut bien tentée de lui rendre sa fessée, au moins en partie et symboliquement. Mais c'étaient des fesses trop belles, écrasantes en vérité dans leur ferme et opulente rondeur, et elle s'en tint à les embrasser. Cependant elle jalousait, quand en général elle ne jalousait personne, l'ami de la jeune femme, qui avait à la fois le loisir et la résolution de fesser d'importance cette merveille sauvage. Elle refit pivoter Danièle et, quoi qu'elle eût su ou deviné, demeura interdite, comme interloquée devant la vulve en saillie, ferme elle-même, toute gonflée, la fente serrée et profonde et sa fuite magique entre les cuisses, suggestion irrésistible d'une aspiration, d'un engloutissement au plus creux du vagin et de l'anus. L'ami de Danièle, Jacques, la sodomisait-il, et sinon, pourquoi ? Comment y résistait-il ? Françoise, un peu oppressée, rit pourtant doucement à part elle, se rappelant le lavement promis à Jenny.

– Cela te va bien, de parler de ma grande beauté, remarqua ou reprocha-t-elle.

Elle appliqua ses lèvres juste au milieu de la fente tendrement ourlée et les pressa de toute son ardeur, se retenant avec peine de dévorer la Cannibale. Danièle geignit en sourdine. Il était impossible de savoir si sa main, sur les cheveux de Françoise, voulait la repousser ou la décider. Comme la jeune fille allait la mordre une bonne fois, il y eut quelque part dans la villa des bruits indistincts, et Danièle, qui haletait presque, chuchota avec fébrilité :

– Stéphanie, son petit camarade aussi, vite, je dois m'habiller.

Françoise dédia un dernier regard nostalgique au large ventre et au sexe bombés, prit le temps de garder une seconde dans sa paume une fesse bien dense, bien pesante, dont le volume émerveillait par son exactitude :

– Je suis quand même invitée à me doucher ?

– Ah, quelle folle. Vite, filons. Viens, petite folle.

Elles galopèrent de concert, la Barbare toute nue, la jeune fille habillée et désordonnée, l'une vers sa chambre, l'autre jusqu'à une salle d'eau désignée de plus en plus fébrilement par Danièle. Le besoin de rire obsédait Françoise. Deux coupables ! pensait-elle. Oui, certes, parmi un monde tout triste de sa propre cupidité et de sa propre lâcheté, il faut être bien coupable, pour être fou et pour être heureux.

La culpabilité se fit mieux sentir quand la jeune fille, douchée et savonnée, récurée même, se trouva acculée à remettre, sur un corps et on l'espère une âme, propres, des vêtements, une petite culotte qui ne l'étaient plus. Françoise haïssait une telle obligation, une telle situation contraignante, plus que l'inceste, le meurtre et la mauvaise poésie. Cependant le grand air digne de Danièle, en jupe de lin plutôt courte et tee-shirt, dans la salle commune, réveilla son absurde envie de rire. Pourquoi, enfin, riait-elle tant, ces vacances, cet été-là ? Errait immobile au milieu de la salle, d'autre part, un haut homme mince, musclé, maigre, dont on voyait surtout les yeux clairs et un sourire assez imparable en dépit des dents mal rangées. On comprendra, entre parenthèses bien sûr, que c'est de moi, celui qui écrit, que je parle. J'étais sensible à la puissance magnétique de l'émotion, tendue comme un arc entre Danièle et l'icône blonde.

– Jacques, marmonna la jeune femme, tournée vers Françoise. Puis regardant son ami : Françoise.

L'homme présenta verticalement une paume, sur le mode amérindien, sourit des yeux comme des lèvres et disparut, du côté sans doute de sa propre chambre d'invité. Sur quoi Danièle saisit entre ses mains à elle les joues de Françoise, lui posa sur les lèvres un baiser tout franc, tout chargé d'affection chaleureuse :

– Mon autre fille t'attend avec son petit cœur qui bat, il paraît que vous avez rendez-vous.

Elle rit, et son visage aux traits un peu accentués et lourds luit d'une lumière intérieure :

– Elle a dit qu'elle se laverait, mais reprendrait ensuite le même bikini, parce que c'est comme ça que tu l'as aimée sur la plage.

– Un miracle de bébé, dit ou répéta Françoise.

Elle le pensait. Souvent, quand elle songeait à Stéphanie, elle songeait qu'elle-même n'avait peut-être jamais été un bébé, n'avait jamais été si jeune. Aussi la gratitude lui comblait-elle le cœur, face à la gentillesse de Danièle, ou encore de la mère de Sandrine, lorsqu'elles l'appelaient petite fille, petite folle, ma chérie.

– Allez, va, reprit Danièle. La chambre d'enfants, c'est cette porte. Je n'ai rien à faire avec vous.

Françoise heurta, sourit comme lui parvenait le désormais bien connu :

– Ouais ?

L'enfant, le bébé Stéphanie, vêtu en effet, si c'est l'être, du même minuscule deux-pièces au bleu soutenu et vif, se tenait debout et tout sage au milieu de la chambre, repos et sagesse évoquant cependant des bonds et des gambades. Les grands yeux brun clair projetaient du soleil :

– J'avais tellement peur que tu oublies.

– Et c'est tellement mal, d'oser penser ça de moi.

– Ouais !

Comme sur la plage, la petite bondit, en effet encore, pour lui enlacer le cou, se presser contre elle, et comme sur la plage, Françoise eut le sentiment que leurs poitrines, leurs cœurs, aux passés si disparates, battaient à l'unisson.

– Mais c'est bien vrai, que tu veux, tu sais, me déshabiller et me regarder ?

– Te déshabiller ? dit Françoise, lorgnant les trois timbres-poste supposés être un bikini, ce qui secoua de rire le bébé.

Françoise savait qu'elle manipulait un objet infiniment précieux parce qu'il était humain et vivant. Elle fit tourner la petite, dégrafa l'infime soutien-gorge, baissa et ôta le non moins infime slip. La tenant par la hanche, elle l'appuya pour ainsi dire à la lumière chaude qui jaillissait d'une fenêtre. Restée derrière Stéphanie, un imperceptible duvet blond et doré, à la naissance de la colonne vertébrale, et juste entre les attaches des fesses, était si enfantin et si féminin à la fois, si subtilement sexuel, que son cœur s'alourdit, se mut un instant dans le vide. Elle commença à parler, parce qu'elle savait aussi que l'enfant guettait, espérait ses paroles, le verdict, tendue dans une sorte d'angoisse :

– Bien, bien. Tes épaules, ton dos, ton derrière de bébé sont extrêmement jolis. Tes cuisses et tes jambes, tout à fait au-dessus de tout éloge ; au cas où tu ne comprendrais pas, je veux dire qu'elles sont parfaites. Les critiques maintenant, si tu ne les supportes pas tu auras une fessée, plusieurs même. Tes mains et tes pieds sont un peu grands, tes bras un peu longs. Il s'agit d'autant moins de défauts que tu n'as pas encore ta vraie taille, ni ta vraie silhouette, ni ton poids ; quand tu y arriveras, je crois que c'est bientôt, tout sera en équilibre. Et aussi, ton petit derrière n'est pas entièrement dessiné, il va être plus busqué et plus plein, sur les côtés plus sobre, et la fente entre les fesses plus profonde, avec plus d'ombre. Tel qu'il est, surtout quand je me rappelle comment je t'ai vue les premiers jours, c'est le corps de bébé, et le derrière en particulier, les plus nets, les plus charmeurs et les plus scélérats que je sois capable d'imaginer.

Le bébé en question voulut se retourner afin de boire à la source les mots de Françoise. Appréhendant cependant, pas trop mais un peu, d'exposer par là son ventre, Stéphanie se réduisit à un demi-torticolis. Les joues toutes roses, elle irradiait :

– Oh, Françoise, c'est vrai ?

Les enfants, les bébés, ne disent jamais rien d'autre. Et les adultes ? Est-elle donc si navrante, toute l'expérience de tous les temps, que les êtres humains croient toujours plus aisément à la laideur, qu'à ce qui est beau, moins aisément à la vérité qu'au mensonge ? Françoise baisa la fossette veloutée sous le coccyx, la fraîcheur de pivoine des fesses :

– Connais-tu le mot fantasme, une image, une histoire qu'on invente pour se faire plaisir ? Je vais te raconter mon fantasme à ton sujet. D'abord, je demande à un pâtissier de fabriquer un cornet comme pour les glaces, mais presque aussi haut que moi. Ensuite, je te mets toute nue, comme maintenant, je te fourre dans le cornet, je t'emporte au soleil, sur la plage, et dès que tu commences un peu à fondre, je te croque et je te lèche jusqu'à ce que tu aies complètement fondu !

Stéphanie en rit de bonheur :

– Ouais ? Ce que j'aimerais ça ! Je dois me retourner maintenant ?

– À ton avis ? Françoise appliqua une tape sur les fesses de petit faon nu : Comment verrais-je ton ventre, sinon ? Je suis venue beaucoup pour le voir, figure-toi ; tes gentils seins, je les connais déjà.

La petite, rosissante et charmée, effectua un demi-tour. Françoise éprouva le même étonnement que j'avais éprouvé, moi qui écris ici, la première fois que je vis nue Stéphanie. Ce bébé tout blond et tout rose, à la bouche si niaisement et si adorablement entrouverte, était doté du plus pur sexe de femme qui puisse exister. Indicible coulée du ventre, du bas-ventre, indiciblement encaissée entre les aines, et terminée sans fin, voudrait-on dire, par le tendre bourgeon de la vulve, fendu en son milieu, tout à l'extrémité où tout commence. En vérité, sur cette forme parfaite, la plus vaporeuse toison serait un crime. Françoise s'agenouilla pour l'admirer.

– Tu aimes ça ? demanda le bébé, un peu hésitant.

– Ne dis pas : ça. Tu ne montres pas ta poitrine ou tes jambes en demandant si on aime ça. C'est ton sexe, ou alors, la partie la plus apparente, ta vulve. Si je l'aime ? Tu n'es pas idiote, tu dois bien voir comment je te regarde. En fait, j'aime assez ma propre vulve, par exemple, je la trouve plutôt bien modelée. La tienne est dix fois plus belle, parce qu'elle est mieux intégrée à l'ensemble du corps. Je crois qu'une fois de plus j'explique mal. Ton corps entier a un sexe, celui-ci, le tien, qui ouvre tout le bassin et tout le torse par cette toute petite fente, comme le creux entre les fesses ouvre le dos et permet le jaillissement des jambes. Moi, par exemple, j'ai toujours l'impression que d'un côté il y a le corps, et d'autre part la vulve, ajoutée et collée dessus. Mais écoute, viens, mets-toi sur le lit. Debout, même agenouillée, moi, je ne suis pas à l'aise pour t'embrasser.

Stéphanie bondit, faisant virevolter son panache doré, atterrit à plat dos sur le lit, cuisses presque jointes :

– Tu vas m'embrasser, tu sais, là ?

– Tu es peut-être un bébé idiot, après tout, répliqua Françoise. Je n'ai même pas eu de goûter, je viens ici pour te voir nue, très spécialement ton petit derrière et ton ventre, surtout là où il est fendu parce que c'est trop mignon, et tu me demandes si je vais t'embrasser ?

– Lui, il l'a fait, une fois, révéla le bébé.

– Tu m'étonnes, dit Françoise.

Le bébé devint tout rouge :

– Tu ne crois pas que je parle de Renaud, non ?

– Je ne crois pas que tu parles de Renaud, non, dit Françoise.

Mourant de rire, de sorte que la petite éclata elle aussi, elle bondit à son tour sur le lit, et elles s'étreignirent vraiment comme des folles, riant à en pleurer. Tout aussi vite, Stéphanie se dégagea et s'assit, plia les genoux, écartant les cuisses le plus qu'elle le pouvait pour examiner son sexe :

– Je ne comprends pas pourquoi tu le trouves joli ?

– Parce que c'est toi. Il faut le regard de quelqu'un d'autre, sinon, c'est juste ton corps, et tu y es trop habituée pour qu'il te plaise ou te déplaise, sauf par moments. Pour reparler de moi, personnellement je me trouve fade. Un type, une autre fille assureront que je suis très bien. Me crois-tu capable de mentir ? Je te dis, moi, à toi, que ton sexe de bébé est adorable. Je vais te choquer ? Il donne une terrible envie, même à moi qui suis justement une fille, de le toucher, de l'embrasser, de lui faire l'amour, quoi. Je te choque ?

La petite coucha enfin les genoux sur le côté, en profita pour voler un baiser aux lèvres faussement sévères de son aînée qui, merveille des merveilles, était aussi son amie :

– L'autre jour, je suis sûre que je t'ai dit pourquoi je t'aime. Ou à Jacques, je vous aime tous les deux. Parce que je peux demander n'importe quoi, tout ce qui m'intéresse, et vous le dites ou vous le montrez, vous ne dites pas n'importe quoi sous prétexte que je suis petite. Ça me rend furieuse. Françoise ?

– Oui, mon bébé rose ?

– Mon bébé rose ! Tu es drôle, tu sais. Françoise, est-ce que lui, mon sexe, sera toujours joli, est-ce que tu l'aimeras toujours quand je serai, moi, ah, tu sais bien, toutes ces histoires de règles et ainsi de suite ? Je crois que je trouve ça dégueu !

– Tu as déjà vu Danièle nue ? questionna Françoise.

– Bien sûr, dit aussitôt le bébé, non sans fierté.

– Où est la question alors ? Ta maman n'est pas belle parce qu'elle est une femme ? Il me semble, à moi, qu'elle est terriblement belle. Les règles, elle a dû te le dire, durent peu de temps et se cachent très bien, je n'imagine pas pourquoi elles déshonoreraient ton petit trognon. Quant à la fourrure, et j'emploie un grand mot, qui ou quoi t'empêchera de faire comme Danièle ? Elle te convient, tu la gardes, elle te déplaît, tu l'enlèves. Ce n'est pas si cher, un rasoir ou une séance à l'institut de beauté. Madame, s'il vous plaît, je voudrais rester un bébé rose ; bien dégagé derrière les oreilles !

La petite rit tellement qu'elle faillit s'étrangler :

– Et le tien ? questionna-t-elle avec curiosité. Il est comme maman ?

– Oui.

– Je peux le voir ?

– À ton avis ?

Stéphanie se reprit à rire :

– Tu parles comme lui, tu sais ! Jacques. Quand mes questions sont idiotes. À ton avis ? J'adore ça !

Mi-rieuse, mi-confuse, elle commença à déculotter Françoise. Celle-ci, couchée sur le flanc, souleva une hanche pour lui faciliter la tâche. Flottant et petit slip baissés, Stéphanie, silencieuse maintenant, les joues bien rouges et bien chaudes, considéra un long moment la vulve nettement saillante, nettement quoique délicatement dessinée.

– Oui, c'est joli, dit-elle enfin, avec un perceptible manque de conviction. Celui de maman, tu sais, est bien plus gros. Je ne devrais peut-être pas raconter ça. Je n'arrive pas à te dire. Il me fait un peu peur, et aussi j'ai envie de l'embrasser, et je crois que ça me gêne un peu de le voir parce que c'est maman. Je ne sais pas. Toi, tu m'aimes, alors ça me fait plaisir de te regarder, mais quand même je n'ose pas trop. Tu sais, je crois que c'est parce que tu es une fille. Ça ne te fâche pas que je dise ça ? Je ne peux pas expliquer, mais je crois que ça me gênerait moins de regarder un garçon.

– La surprise est meilleure ? suggéra Françoise.

– Ouais !

Tout en éclatant de rire et en bavardant, ce qui estompait une confusion croissante, Stéphanie s'affairait à rhabiller Françoise. Elle passa des instants laborieux, très appliqués, pour rentrer le débardeur sous le short, effacer ensuite le moindre pli.

– Maman t'a donné une fessée, tout à l'heure ? Ne me gronde pas, je n'arrête pas de demander des choses.

– Ah, gronder ma Stéphanie. Quant à avoir eu une fessée, sache que d'y penser seulement, le derrière recommence à me cuire !

– Mais tu étais contente ?

– Ma Stéphanie, tu sais ce qui m'ennuie un peu dans les questions ? C'est quand on les pose alors qu'on connaît la réponse. Des fessées, tu en reçois bien, non ? Et tu as expliqué très clairement que si tu en reçois, c'est que tu le veux. Alors quoi ? Une jeune femme que je n'ai vue qu'une ou deux fois, me déshabille et me fesse. C'est bien ? Non, c'est le comble de l'humiliation. Et en plus, ça me brûle ! Sauf, mon bébé, que c'était justement ce que j'étais venue chercher. Ça et voir ma Stéphanie. Alors je suis contente ? Oui, très, et plus calme et plus rassurée et plus heureuse que je ne l'étais avant. D'accord ?

La petite scrutait toujours intensément son visage :

– Tu es presque en train de me gronder, tu sais. Mais c'est que moi, je trouve normal d'avoir des fessées, alors j'ai dit oui tout de suite, mais pas toi. Tu es une grande personne, quoi, tout le monde dit que tu es sage et intelligente, et tu es plus belle que n'importe qui. Et tellement gentille aussi. Cette année, je ne sais pas pourquoi, les gens sont tous gentils avec moi. Toi d'abord, Jacques, maman, même tes copines, quand tu me laisses avec elles sur la plage. Mais

– Ma question, connais-tu le mot jouir ?

Stéphanie rougit et les immenses yeux scintillèrent :

– Ah, écoute, bien sûr. J'ai douze ans, je suis peut-être idiote, je ne suis pas une débile. Évidemment je sais ce que c'est !

– Tu l'as vécu, si ça peut se dire comme ça ?

La rougeur s'accrut, le chaud scintillement aussi :

– Ah, écoute, tu sais bien, quoi. Quand je suis toute seule, quoi. La première fois, ce n'était même pas exprès. Tu vas encore rire, je jouais avec un ruban ! Ne me fais pas parler de ça. Ce sont des copines qui m'ont dit après.

– Bon. Et que ce soit avec un ruban ou une plume de cygne, ou que je t'embrasse, ou ton Renaud, ou que Jacques te donne une fessée, est-ce que c'est laid pour toi, est-ce que ce n'est pas bien ?

L'instinct, dit-on. Oui. Enfin, oui, sans doute. Moi, qui écris ici, je reste incertain. Je tends à croire, parfois, dussè-je m'en excuser, que ce qui persiste de meilleur chez les êtres humains, est ce qu'il y persiste d'animal. L'animalité ignore la méchanceté. Et toute ma vie j'ai vu les êtres dits humains, autour de moi, partout et toujours, fabriquer comme à plaisir de la cruauté justement, de la laideur, de la haine et de l'infamie. Le bébé, on ne peut plus confus, – mais la confusion elle-même, sans doute encore, n'est qu'une enveloppe, un masque presque, autour du bonheur animal, lequel à son tour, pour moi, n'est jamais très distinct, ni très distinguable, de la tendresse et de l'émotion, à peu près tout ce que l'on entend par amour semble-t-il – le bébé, au lieu à nouveau de répondre, baissa ses paupières d'enfant mêlé de femme, et en même temps rouvrit les jambes. Françoise l'admira un instant, oppressée eût-on dit, partagée entre son propre passé, et l'avenir, présent ici et déjà, de l'adorable bébé blond. Elle s'appuya du coude, dans l'ouverture des cuisses candidement écartées, se pencha, et posa un baiser sur le moite petit chapeau de champignon, amusée et troublée d'en reconnaître la minuscule fente sous ses lèvres. Dès ce premier baiser, elle perçut la frêle tension interne, telle une musique muette et sourde, non nommée et inconfondable, un émoi frémissant – où est-ce ? dans le ventre, le vagin, les aines, l'arrondi plutôt suggéré que marqué des adducteurs ? Et Françoise le percevait-elle, ou l'éprouvait-elle elle-même, ou encore, en même temps ? Alors elle baisa avec plus d'insistance le petit capuchon charnel, à la fois résistant comme est toujours la chair, spongieux et chaud, et, grisée en retour par le contact, par la fragrance équivoquement printanière, terre et herbe, non pas les fleurs, d'enfant-femme, entreprit de le caresser de la langue, de disjoindre les juvéniles autres lèvres. Le bébé soupirait, respirait peu à peu plus vite, plus durement tandis que tremblaient les longues cuisses juvéniles, dont la matité dorée se moirait de sueur, Percevant maintenant ce rythme très interne, comme enfoui, Françoise prit toute la vulve dans sa bouche, la téta ainsi qu'elle eût tété un garçon, et de la pointe de la langue dénicha, délogea la perle menue du vivant coquillage. Une femme, pensa Françoise, n'eût peut-être pas osé adopter la posture qu'affecta le corps de l'enfant : jambes toujours posées sur le lit, Stéphanie les plia et les remonta de chaque côté, restituant le dessin d'une grenouille de mythe ou de fable. Françoise, qui un instant avait relevé la tête, et abandonné son enivrant travail de sape, afin que la petite pût bouger, se placer ou se déplacer à l'aise, céda au même émerveillement oppressant, ou submergeant plutôt, devant l'intimité du jeune corps révélée par l'écartèlement : roseur comme agressive entre les lèvres de la vulve et du vagin, rose plus foncé, moins violent à la fois et moins délicat, du petit anus. Elle reprit la vulve en entier dans sa bouche, et à peine eut-elle effleuré, sans appuyer alors, l'embryon de clitoris, l'adorable grenouille parut onduler à l'intérieur, puis se cabra, geignit à voix très haute, subit enfin, immergée dans la sérénité féminine, les lents flux successifs de l'orgasme. Sachant bien que le clitoris, et la fente elle-même, se trouvaient dans l'immédiat hyper-sensibles, hyper-sensibilisés, Françoise renonça à les froisser de la langue ou des lèvres, baissa seulement un peu plus la tête pour lécher le vagin tout attendri et mouillé, l'anus desserré tel un bouton de rose ou d'œillet prêt à s'ouvrir. Ensuite elle remonta le long du corps du bébé et le prit dans ses bras. Stéphanie, pour ces instants suspendus au-dessus et en dehors du temps, avait cessé de caracoler et de bondir. Un bébé qui jouait à être languissant, qui enfonçait le visage dans l'aisselle de Françoise, tâchait de le glisser sous le coton uni et un peu lâche du débardeur, paraissait chercher un sein, ce qui achevait de bouleverser la jeune fille ; puis disait, paresseuse et rieuse :

– C'est bien mieux que toute seule !

Un accès de fou rire, en écho, délivra Françoise et la petite dit :

– Je le savais, tu te moques encore de moi.

– Voilà, tu as tout compris.

– Tu crois que je devrais retourner me laver ?

– Je ne t'ai pas assez toilettée moi-même ? rétorqua Françoise.

Stéphanie rit avec elle :

– Ça ne te dégoûte pas ?

– Je me force, dit Françoise.

Et comme la petite, riant de plus belle, se pressait et s'efforçait de se cacher contre elle, elle affecta de claquer le derrière élégamment rebondi :

– Tu n'as que cela à dire ? Je te fais l'amour, ton sexe, ton goût, ton odeur de bébé sont encore dans ma bouche, me comblent aussi le cœur si tu veux savoir, et tu viens parler de dégoût ? Tu es quoi, à la fin et décidément, une crétine ?

– On a fait l'amour, répétait Stéphanie, partageant, comme avec retard, l'émerveillement de Françoise.

Elle étreignit son amie de toutes ses forces. Elle cherchait réellement le sein de Françoise, de façon consciente ou non, ne le trouvait ou ne l'atteignait pas assez vite à son gré, et ne s'avisait pas de baisser une des courtes bretelles. Elle couvrit de baisers au hasard le mince maillot, enfin demeura toute calme, toute sage, rêva peut-être à son propre petit ventre, à son propre grand plaisir. À un autre moment, sans préavis, elle se mit à dire :

– Alors tu as parlé à Renaud ? Qu'est-ce qu'il a répondu ?

– Demande-le lui toi-même, rétorqua Françoise.

– Bon. Je veux dire que non, je ne le ferai sûrement pas. Tu es fâchée ? Mais c'est drôle, tu comprends, imaginer Jennifer toute nue, et Renaud aussi. Moi je trouve que c'est elle, Jenny, qui a l'air d'un gros bébé. Tu es fâchée ? redemanda-t-elle.

Françoise en eut presque les larmes aux yeux :

– Ma Stéphanie, sache-le une fois pour toutes, je ne peux pas être fâchée contre toi. Tu es mon amour, on n'a pas de différends avec son amour ou alors on aime mal. Je pensais juste, tout à l'heure, que ça ne sert peut-être pas à grand-chose, d'imaginer la vie d'autrui ?

Elle fit effort pour se secouer, penser elle-même à ses autres amies, au petit Renaud, en contradiction, au moins apparente, avec ce qu'elle-même venait de dire. On croirait que les infinis jours de la jeunesse et de l'été sont trop rapides, trop éphémères pour aimer assez.

– Il faudrait que je te quitte, mon gentil amour.

– Ouais. Françoise ? Tu voudrais dormir avec moi, une fois, toute la nuit je veux dire ?

– Je pense que ça me rendrait folle de joie, dit Françoise.

– On ferait l'amour ?

– Comme des chiennes ! dit Françoise. Et après, je protégerai mon bébé, tout le temps qu'il dort.

– Jacques et maman m'ont promis qu'une autre fois, on dormirait tous les trois ensemble.

– Invite-moi, quand il y en a pour trois, il y en a pour quatre, dit encore Françoise.

La petite rit de bon cœur, son cœur libre, innocent et passionné de bébé :

– J'adorerais ça !

Elle s'attrista un peu, voyant son amie se lever :

– Je t'aurai quand, maintenant ?

– Tout le temps, mon amour. Dès demain sur la plage, et ensuite tout le temps, aussi longtemps qu'il y aura du temps !

– Dis, si tu étais mariée, par exemple, tu voudrais quand même avoir des fessées ?

– Encore des questions, encore des explications, et toujours les mêmes, par hasard ! affecta de protester Françoise. J'ai découvert, justement ici, pendant ces vacances, qu'il était très bien pour moi de recevoir des fessées, et même le plus souvent possible, parce que je vis seule à l'écart de ma famille et sans ami attitré. Cela me rend trop indépendante, et beaucoup trop encline à me suffire à moi-même. À la longue, je ne considérerais plus les gens que comme des distractions passagères, des jouets, un spectacle. Si je suis mariée, c'est que j'aime très fort un homme, et qu'il m'aime. Alors il suffit à me maintenir parmi la tribu humaine, donc je n'ai plus besoin de sauvegarde. Ou bien il décide que j'en ai besoin plus que jamais, ne serait-ce que par rapport à lui et à nous deux, et il me fesse autant qu'à son avis il le faut. Question suivante.

L'enfant nue, ressuscitée sans doute puisqu'elle questionnait, bondit à bas du lit, d'un nouveau bond fut au cou de son amie :

– Françoise !

– Oui, mon amour.

– J'ai toujours peur que tu sois fâchée, parce que je pose plein de questions. Mais tu as dit que je le pouvais, et je t'aime pour ça. Tu comprends, Jacques n'est pas toujours là, et maman, eh bien, je trouve que c'est plus dur, ou je n'ose pas, cela me gêne. Je ne veux pas t'embêter.

– Allons, bébé, je plaisantais, je te l'ai dit, non ? Jusqu'à ma mort, puisque je suis la plus vieille, tu auras toujours le droit de me demander n'importe quoi, n'importe où, n'importe quand. Tu ne m'embêtes pas, tu me fais honneur. Assez là-dessus. Je suis en train de m'apercevoir, ma Stéphanie jolie, que je suis incapable de t'aimer comme je viens de t'aimer, et aussitôt ensuite m'occuper de la vie privée de Jennifer. Je l'aime beaucoup elle aussi pourtant, elle a la même gentillesse rapide et la même clarté que toi. Et j'adore son corps, son derrière de bébé laiteux ; comparée à elle, c'est toi qui as un corps de vraie jeune fille. Si je savais donner des fessées, elle en aurait dix fois plus que toi, voilà ce qu'il lui faut. Mais bref. As-tu un moyen quelconque de joindre Renaud ?

– Renaud ? Oh ouais, bien sûr. Je l'appelle, ses parents me connaissent, ou même je vais le voir. Si je veux, Jacques m'accompagnera. Mais Renaud se méfie de lui, je pense qu'il a très peur depuis que Jacques l'a fessé ! Tu voudrais que je dise quoi ?

– Eh bien, vois toi-même. Qu'ayant passé un temps infini à grignoter ta truffe rose de bébé, il ne m'en reste pas assez ce soir, d'énergie non plus. Jenny, lui et moi, ne serait-ce pas mieux que nous nous retrouvions demain seulement. Tu sauras dire ça ?

Le prétendu bébé avait rougi à la mention de certain détail de sa petite personne, contracté instinctivement les cuisses. Elle finit par rire, puis sourit, un de ces sourires où le passé resté présent télescope l'avenir :

– Bien sûr, je le lui dirai. Et Jenny, qu'est-ce qu'elle va faire ?

– Elle se tordra les bras de frustration et de désespoir, j'espère, dit Françoise.

– J'espère aussi, dit la petite, à nouveau étranglée de rire.

Elles s'embrassèrent fougueusement. Françoise demanda si Stéphanie la dénoncerait, au cas où elle s'esquiverait par la fenêtre ; elle se souciait peu, crasseuse d'émotion, de retraverser la salle commune. À califourchon déjà sur l'appui, elle repassa une jambe en dedans, reposa le pied pour baiser les lèvres si fraîches – jamais et jamais un bébé n'est sale – la poitrine et le petit ventre confusément imprégnés d'enfance, put encore faire volter ce bébé et plaqua deux baisers de plus sur deux jolies joues de plus ! Puis, malgré tout, elle était dehors, courait, comme si elle eût dû rattraper à la course sa propre enfance, et l'imitation ou le jeu lui apportaient du chaud au cœur, pour traverser le jardin.

Alternant, elle marcha, courut, marcha encore, non par hâte à la vérité, par plaisir pur. Sans hâte non plus s'échangeaient dans sa tête, ainsi les cartes qu'on bat, des images de l'enfant Stéphanie, de Danièle. La reine barbare écrasait les souvenirs et les images. Sa stature pleine, dense, vigoureuse, l'odeur puissante de son sexe, la vigoureuse fessée infligée à Françoise. Stéphanie incarnait l'héritière du royaume, inconsciente de l'être, jeune jet d'eau qui s'élance à travers le rayonnement accablant du sombre soleil maternel.

Chez Françoise, Jenny l'autre enfant, l'autre femme en inquiet devenir, attendait on ne peut plus sagement, vêtue d'un maillot noir à manches courtes et d'une courte jupe de toile, et assise sur le bord du lit. L'imbécile fou rire reprit Françoise – cela devenait une maladie vraiment – quand elle se rendit compte que Jennifer lisait un bouquin de poche non pas même trouvé là, dans la chambre, mais emporté ! Et le titre n'était nullement : Ce que toute jeune fille doit savoir avant son mariage !

– Grosse Jenny, dit Françoise, fondant soudain de tendresse.

Jennifer entreprit à l'instant de rougir, posa sagement le livre, se leva, vint à Françoise, posa, comme elle avait posé le livre, sagement les bras sur les épaules de son amie, pressa la joue contre sa joue :

– Cela te fait plaisir, non, que je sois un gros bébé ?

– Oui.

Ne pouvant se retenir, ne le désirant pas d'ailleurs, elle glissa une main dans le dos de la jeune fille, remonta de biais la jupe, glissa encore la main sous la culotte et empoigna à pleine paume une des fesses laiteuses. Oui, un énorme bébé. Avec amour, car la tendresse traverse tout le cœur, elle caressa le derrière arrondi et frais, de plus en plus tiède quand le tranchant de la main rejoignait l'anus, la fente mal boutonnée du sexe. Pourquoi aimait-elle tant caresser un bébé qui était une fille comme elle ? Peut-être, précisément, parce qu'aucun garçon, aucun homme n'arrachait d'elle ce jaillissement de tendresse. Il en était de même, après tout, pour les sexes proprement dits. Une vulve et un vagin, une bite. Misère, quels mots de merde ! Elle avait vu se dénuder, dénudé elle-même parfois, des messieurs. Ouais ! commenterait Stéphanie. Le foudroiement était autre. Plus immédiat, et aussi plus brutal et plus impérieux. Une sommation, une injonction. Tout de suite, vite, il fallait accaparer et utiliser, utiliser surtout, ce surgissement, éteindre son insolent orgueil dans l'orgueil pénombreux, dérobé, humide du vagin, au demeurant son étui naturel, ou encore dans la bouche, dans le rectum le cas échéant. Là n'était pas la lente magie, lentement inexorable, d'un corps, d'un sexe de femme. À plus forte raison, tout à fait nu, exposé, livré, ainsi qu'étaient maintenant celui de Françoise elle-même, celui de Danièle, celui, mais alors la nature seule en décidait, de l'autre grand bébé blond, Stéphanie. À quoi diable peut ressembler un sexe d'homme, réduit à la nudité intégrale ? L'ami de Stéphanie et de Danièle, par exemple ? Je rêve, pensa Françoise, sentant son ventre frémir. En était-elle à oublier ses propres amies ?

– Ma Jennifer, dit-elle alors. La mauvaise nouvelle pour commencer. Serre-moi fort dans tes bras. Tu vas devoir conserver ton petit capital de bébé un jour de plus ! Je suis navrée, tu sais, moins que toi mais quand même. Impossible de te livrer ce soir, toi et tes chauds secrets, à ton amant.

Les bras l'enlaçaient en effet très fort, la joue de Jenny brûla contre la sienne, et les bonnes fesses, soyeuses comme des pétales, parurent brûler en même temps.

– Françoise ?

– Oui, ma Jenny.

– Ça m'est égal, tu sais, d'être vierge. Enfin, presque. Enfin non, ça ne m'est pas du tout égal puisque j'y pense sans arrêt, mais je ne suis pas si pressée. Outre que tout ça m'intimide à la fin. La philosophie ne m'apprend rien là-dessus. Mais je veux quelque chose, si tu as vraiment envie de me faire plaisir.

– Eh bien, mon gros bébé ?

– S'il te plaît, je t'en prie, je t'en supplie même, ne me donne pas de lavement !

Françoise, contenant un regain de fou rire, ôta la main de là où elle était si bien, retendit la petite culotte, rajusta la jupe :

– Penses-tu que tu me connaisses ?

Jenny, sans répondre, lui enlaça plus étroitement le cou et haussa les épaules.

– Si tu me connaissais, tu saurais que je ne reviens jamais, même si je le souhaitais, sur ce que j'ai dit, décidé, choisi quand je peux choisir. J'ai décidé que tu aurais un lavement et tu en auras un, même si je dois en crever ! Et pourquoi ? Parce que ton choix à toi est une espèce de grosse paresse, abritée bien à l'aise derrière ta petite maman. Soit dit en passant, je donnerais cher pour qu'elle m'aime un peu moi aussi, me fesse quand j'en ai besoin, et me garde de tout mal comme elle te garde toi. Et toi, tu es ma Jenny, et je veux te réveiller de tes sommeils de bébé au bois dormant. Pour cela, t'offenser et te contrarier le plus possible. Ta mère te le dirait très bien : tu nous remercieras après.

Jennifer s'efforçait elle-même de ne pas rire, tout en étouffant presque Françoise :

– Je ne vous remercierai pas du tout, au contraire, je me mettrai à pleurer ! C'est vilain et sale, un lavement, c'est même horriblement vexant. Où vas-tu chercher ces inventions cochonnes ?

– Dans Freud ! répliqua à l'instant Françoise, et le sot bébé rit tant qu'il faillit en mouiller la susdite culotte. Il ne s'en apprêtait pas moins à reprendre ses geignements quand, par la porte-fenêtre communiquant avec le jardin, parut Sandrine, en pantalon de toile ajusté, couleur sable, et tee-shirt à peu près comme Jennifer, mais bleu turquoise, Elle attaqua comiquement :

– Vous pourriez m'attendre, non ? Que se passe-t-il ? Notre Jenny a du chagrin ? Je détesterais que qui que ce soit lui cause du chagrin.

– Justement, c'est Françoise, pleura Jennifer, coupée aussitôt par cette dernière :

– Pas du tout. Elle se lamente depuis que je suis là parce qu'elle va avoir un lavement. Un vrai bébé, incapable de comprendre que je lui en donne, comme sa maman la fesse, précisément parce qu'elle est un gros bébé.

Sandrine baisait au coin des lèvres d'abord Françoise, puis Jenny, restée dans les bras de son amie. Elle se mit à rire, enchantée :

– Je reconnaîtrais ta logique les yeux fermés ! Mais toi, ma Jenny, mon gros bébé, c'est vrai que tu boudes ?

– Ah, écoute, ne t'en mêle pas. Cela te plairait, toi, des cuvettes et des cuvettes d'eau tiède entonnée dans ton derrière ?

– Mais si ce sont de petites cuvettes ? affecta de plaider Sandrine.

Elle s'assit sur le lit, essuya des larmes de rire :

– Tu sais, en venant, je pensais surtout à moi, et à mon postérieur à moi ! Françoise a dit que je devais avoir une fessée parce que je parle mal. Je crois plutôt qu'elle a raison, mais jamais je n'en ai reçu, même de mes parents. Jamais non plus, je suppose, on ne m'a vue le derrière nu en public. Alors j'ai assez affaire de rêver à ma propre frousse, sans me soucier de celle des autres. Sauf que tu es Jenny, la mienne, la nôtre, le bébé si facile et si gentil. Pourquoi pleurnicher, ma Jenny ? En fait je t'adore quand tu boudes, tu es trop mignonne ! Un lavement te fait peur ? Et moi d'avoir une fessée ! Mais c'est quoi ? Tout le monde découvre votre petite culotte, tout le monde voit vos petites fesses, tout le monde peut voir vos petits trous. L'horreur, quoi. Malheureusement pour moi, pour toi je ne sais pas, ce qui m'épouvante a tendance à m'exciter comme une mouche. J'en rêve ! Ma copine va me déshabiller et me fesser, et en public encore. Au secours ! C'est tellement épouvantable que c'en est délicieux, non ?

On frappa, plutôt doucement, à la porte du côté de la route. Sophie, plus semblable que jamais à un caniche frisé que la pluie et le vent décoiffent. Par association ou non d'idées et d'images, elle et son escorte, vaurien d'une bonne stature et d'une bonne carrure, l'air embarrassé, portaient des tenues qui rappelaient la Bretagne, pulls bleu marine et jeans sombres. À la vérité cela seyait tant à Sophie, dont la silhouette un peu fruste se trouvait amincie, qu'à son dégingandé camarade.

– Vous présente Olivier. Bonjour, les filles.

Nommant celles-ci, elle s'approcha de Françoise, la baisa vite à la joue, marmonna avec la même fausse désinvolture :

– Nous ne nous sommes pas vues sur la plage depuis des jours. Je me demandais si une fessée te manquait ?

Olivier, le vaurien, apparemment vingt-cinq ou vingt-six ans, s'attardait près de la porte, dandinant un torse trop long. Françoise, qui rougissait peu, jamais même, eut le sentiment qu'elle pâlissait. Pourquoi maintenant ? pensa-t-elle. Elle pensa aussi à Danièle, à l'enfant Stéphanie, et un frisson électrique lui zébra les fesses et le vagin. Jennifer, puis Sandrine avec plus de réserve, embrassaient Sophie, parlaient poliment au garçon, avançaient et déplaçaient des sièges. Françoise, les pores on eût dit contractés, se refusa elle-même à baisser la voix. Cependant, la Françoise qu'à longueur de vie elle refoulait tout au fond d'elle, qu'en un sens elle déniait et reniait, suait d'appréhension et de honte :

– La présence de ton ami était indispensable ? demanda-t-elle.

Sophie soutint son regard avec l'assurance, craintive elle aussi en secret, de qui n'ignore pas qu'il usurpe une autorité :

– Bien sûr que non. Nous ne nous trouvons ensemble que parce qu'il m'a invitée pour ce soir. Peut-être même pour cette nuit, ajouta-t-elle, et le rire sonna plus faux encore. Olivier, j'ai une toute petite affaire, c'est-à-dire Françoise et moi, à régler ici. Cela t'ennuie de m'attendre près de la voiture ?

Son ami, muet, secoua les épaules plus que la tête, produisit un sourire assez gentil, assez comme s'il s'excusait, de quoi, on l'ignorait, ressortit. Sophie affectait une grande indifférence vis-à-vis de l'embarras partagé maintenant par Jenny et Sandrine. Elle se dirigea vers le lit, dont Sandrine s'éloigna aussitôt, prit place, affecta encore de tapoter ses genoux :

– Allons, ma Françoise préférée, vite. Ou bien tu n'es pas d'accord ?

La honte est un plat qui se mange chaud, pensa Françoise, sur le point de rire malgré qu'elle en eût. Et je n'ai même pas eu le temps de changer de slip, pensa-t-elle ensuite, moins amusée que gênée et vexée. Elle s'approcha tout contre les genoux de Sophie et s'y coucha. Son court flottant n'était maintenu que par un froncement de l'étoffe. Sophie le lui baissa jusqu'au milieu des cuisses en même temps que le slip, et précisément, sans doute, parce que Sandrine et Jenny étaient là, et qu'elle subodorait leur désapprobation, elle fessa Françoise de toute sa vigueur de jeune fille et de nageuse. Françoise, pour la raison, suffisante ou non, qu'il en avait été ainsi, et donc admis ainsi, dès la première fois, se soumit aussitôt, reçut sa fessée comme si en toute liberté, en toute volonté elle se fût ouverte âme et corps. L'orgueil, quoi. Son derrière n'était pas seulement incendié, mais, à ce qu'il semblait à Françoise, éruptif, et la brûlure emportait les pensées. Le jeté de lit râpait la joue, irritait le lobe de l'oreille, déjà congestionné comme quand la sève mijote dans le ventre et entre les cuisses. Sophie en termina, appuya une paume au creux des lombes :

– Ne bouge pas un instant. Je veux te regarder de tous mes yeux pour une fois. J'ai toujours été jalouse de tes fesses. Elles ont une netteté scandaleuse, vues par une pataude comme moi. D'ailleurs elles doivent avoir besoin de respirer.

L'assurance se lézarda tant soit peu :

– Écoute, tu m'en veux ?

Françoise se releva, remontant à peu près dans le même mouvement slip et short, se courba à nouveau pour baiser Sophie sur les lèvres :

– Dis-nous plutôt, tu ne regrettes pas de ne pas rester avec nous.

Sophie, on ne sait trop pourquoi, s'empourpra :

– Bien sûr, mais Olivier m'attend. Je déjeunais à la crêperie et il m'a draguée sans problème.

Si possible elle eût rougi plus :

– Je l'attends moi aussi ! Tu te rappelles bien, on en a parlé l'autre jour. Alors lui sera peut-être mon premier, enfin tu sais !

– Défends vaillamment non ton honneur, tout au contraire, mais le nôtre, dit Françoise, souriant de bon cœur.

Sophie balbutiait :

– Tu es certaine que tu ne m'en veux pas ?

Françoise l'embrassa encore, et Sophie, désarçonnée, alla se pencher sur les deux autres, enfoncées dans leurs fauteuils, pour les baiser sur la joue, quitta enfin la pièce, caniche paraissait-il plus fouetté que fouetteur. Françoise résistait à l'envie de se frotter le derrière. Pour une fessée, misère de misère, c'en était une ! Il n'existerait pas une petite histoire, à propos de pyromanes Jeanne d'Arquisés par leurs perpétrations mêmes ?

– Elle m'a outrée, cette impertinente fille de pute, je crois que je ne l'aime pas, dit Sandrine, sans s'adresser vraiment aux deux autres.

Les autres en question, succombèrent à un fou rire nerveux, d'autant plus inextinguible. Françoise, consciente de l'injustice à l'égard de Sophie, voulait présenter une rectification sinon une défense, quand Sandrine, tout d'un coup, sauta sur ses pieds, alla se placer, comme Françoise devant Sophie un instant plus tôt, devant Jennifer tassée dans le meilleur fauteuil, le corps, la contenance cependant moins indolents qu'à l'accoutumée, plus en alerte :

– Gros bébé, ma Jenny, tu veux me donner ma fessée tout de suite ? Je la mérite bel et bien, je parle de plus en plus mal. Et encore, si ça doit te décider, je bous moi-même d'impatience de te voir prendre ton lavement. Un merveilleux bébé comme toi, quel rêve ! Tout le monde admire les jolies fesses de Françoise et moi aussi. Mais des fesses de gros bébé blond, avec une toute petite canule insérée dans un tout petit trou, je t'assure que ça me fait bouillir ! Allez, déculotte-moi la première et fesse-moi. Fesse-moi bien. Si je dois courir l'aventure, autant en profiter !

– Mais moi je ne veux pas de lavement, tout ce que tu dis est horrible, protesta Jennifer, une fois de plus prête à pleurer.

– La question n'est nullement là, on rincera à l'intérieur ton ventre de gros bébé et c'est tout, Françoise a raison. Il s'agit de moi pour l'instant. Regarde, je t'aide, moi-même et toute seule.

Elle tirait vers le bas une fermeture à glissière, descendait sur les cuisses le pantalon clair, révélant une impertinente petite culotte noire, du coton très fin à ce qu'il semblait, qui épousait chaleureusement les formes. Elle révélait aussi, de sorte que Françoise se demanda comment elle n'en avait rien vu sur la plage, elle devait penser trop égoïstement à elle-même, une cambrure des reins, et des fesses par voie de conséquence, digne de bamboulas caraïbes. Vite, vite, que Jennifer la déshabille, et qu'on voie enfin, yeux protubérants et salive tarie, ce derrière d'enfer ! Sandrine couchée et pliée sur les cuisses de Jenny, reins et fesses scélérats demeuraient en effet busqués, paraissant témoigner d'une étrange ardeur. Jenny, aussi étonnée ou émue que Françoise, considérait la trop séduisante petite croupe, dont l'immobilité même avait l'air de cacher on ne savait quel ressort. Elle tourna vers Françoise un regard presque suppliant, appliqua deux ou trois tapes comme si elle se forçait.

– Gros bébé, ne me regarde pas, ce n'est pas moi que tu déçois, c'est Sandrine. Tu ne l'as pas écoutée ? dit Françoise.

Les lèvres toujours un peu gonflées, boudeuses et chagrines, et si tendrement invitantes, frémirent :

– Oui.

Elle se résolut à fesser la brune Sandrine, et ayant commencé, s'acquitta de ce qui était pour elle une corvée selon la conscience puritaine héritée sans doute de sa mère. Elle se serait bien volontiers contentée d'admirer son amie, de la caresser et de l'embrasser, en jouant délicieusement dans sa tête à comparer ce qui est incomparable, la petite Mme Montheil et Sandrine, un derrière juvénile, dans son délié et un adorable soupçon de relâchement, de vieille mère de famille, et la croupe pulpeuse et nerveuse, toute tendue par le défi sexuel, de la bondissante Sandrine. Aussitôt qu'elle le put sans démériter, Jennifer s'arrêta, remonta petite culotte et pantalon, releva l'autre jeune fille. Sandrine, le feu aux joues, celles qui étaient visibles s'entend, médita une seconde, le dos d'une de ses mains effleurant l'emplacement meurtri :

– Fichtre ! Si ce n'était pas une vraie fessée, c'était bien imité. Ça me cuit. Je ne sais pas. J'ai l'impression idiote que j'aurais voulu que tu me fesses plus longtemps et encore plus fort. Je dois être masochiste. Ou plutôt je crois que c'est une façon de faire l'amour, alors évidemment on attend la suite.

Voyant Jenny toute troublée, elle se courba pour l'embrasser, se redressa :

– Aimes-tu ma petite culotte ?

Le regard bleu et clair, les lèvres boudeuses, sourirent lumineusement :

– Beaucoup.

– Je crois qu'il est là, le piège des fessées : elles n'échauffent pas seulement la surface du derrière. Aimes-tu mon petit derrière ?

– Beaucoup, sourit Jennifer.

– As-tu envie de rebaisser ce pantalon et mon attractive petite culotte noire, choisie avec soin, tout ça pour m'embrasser très fort là où j'ai très chaud ?

– Beaucoup, répéta Jennifer dont la rougeur rattrapait vite celle de son amie. Elle sursauta : Mais Françoise ? Elle nous a laissées ?

– Je ne voudrais pas te faire peur, et surtout je ne veux pas que tu te mettes à pleurer, ça me brise le cœur quand tu pleures, mais je crains que ce soit dans ton intérêt qu'elle est partie, il y a une pharmacie à l'autre coin, tu sais bien. J'adorerais voir la tronche du potard quand il demandera : C'est pour vous ?

– Oh, non ! supplia Jennifer.

– Tu ne devais pas te soucier de moi, plutôt que de gémir sur ton sort et rien que sur ton sort ? Après tout c'est moi qui ai eu une fessée.

– Oui. Le grand et laiteux bébé blond sourit dans ses larmes : Nous sommes drôles, toutes ces filles ici, non ?

Elle redescendit le pantalon et la culotte de Sandrine, sourit encore, avec toute la compréhensive tendresse d'un corps pour un autre, à la menue fourrure brune en boule entre les aines de Sandrine, ne la caressa que pour la partager, mettre à nu les lèvres d'un rose très foncé et brun, fourra au milieu d'elles ses propres lèvres, enchantée de la jeune odeur fauve. Elle leva le visage :

– Ça tourne la tête, une fille, ce minuscule animal chaud, et cette odeur de folie ! Tu imagines un garçon ?

– Hum ! fit Sandrine.

Elle revoyait, bien sûr, le sexe, le grand sexe de son petit frère, et Jennifer devinait ce que voyait, revoyait son amie, alors leurs rires s'élancèrent à la rencontre l'un de l'autre. Sandrine posa une main sur la nuque de Jenny pour l'attirer vers son ventre :

– Encore.

Jennifer l'embrassa passionnément.

– Encore.

Jennifer l'empoigna par les fesses, donna un coup de menton en oblique pour que Sandrine écartât tant soit peu les cuisses, et se mit à laper, de furieux coups de langue au milieu de la vulve, et jusque dans ce qu'elle pouvait atteindre du vagin, comme un chien lape l'eau d'une écuelle. À chaque lapement, Sandrine, non plus son amie, gémissait maintenant :

– Jenny, Jenny, Jenny.

Aussi impulsivement que celle-ci lui avait emboîté les fesses, elle lui saisit la tête, la repoussa, toute haletante :

– Écoute, pardon ! Tu veux vraiment me sucer jusqu'à ce que je jouisse ? C'est vrai ? Tu en as envie ? Si c'est vrai, couche-moi, assieds-moi, je ne peux pas comme ça. Pardon si je te choque, ça monte jusqu'au bord, mais ensuite je m'arrête parce que je suis debout. Excuse-moi. Comment veux-tu que je sois ?

– Le plus ouverte possible, rétorqua Jennifer, hors d'elle et essoufflée elle-même : Tu parlais de petits trous et c'était très vilain. Je veux que tes petits trous soient à l'air et tout ouverts et tout écarquillés et béants !

Qu'était devenue sa paresse ? Elle jaillit de son siège, y assit l'autre fille, se jeta à genoux entre ses jambes, et passant les bras sous les genoux de Sandrine, les remonta et les écarta. Quand les pieds de la jeune fille, assise sur les reins plutôt que sur les fesses, posèrent sur le siège même, elle se trouva en effet comme fendue du nombril à l'anus, exposée pour le plus cru des viols. Maintenant sa prise sur les cuisses, afin qu'elles demeurassent dans leur plus grand écart, Jennifer, assise à son tour sur les talons, plongea de tout le visage sur les ouvertures sauvagement nues, fouilla de la langue, sauvagement elle aussi, l'anus autant qu'elle le pouvait, puis à fond, le vagin tumultueux, comme froissé et trempé déjà d'une sève ardente. Jenny, Jenny. Sandrine, Sandrine. Ah, tout allait si vite, trop vite, les instants d'éternité sont si courts ! Déjà oui, hélas, mais non, c'était affolant et prodigieux, Sandrine criait, elle ne criait pas, elle se plaignait doucement d'un excès de douce souffrance, tandis qu'encore, encore, encore, la liqueur légère de cette souffrance pulsait de son vagin dans la bouche de Jennifer. Un instant de plus, ce même éphémère instant sans fin et qui persiste en se dissolvant dans l'éternité, les deux jeunes filles demeurèrent ainsi, Sandrine respirant doucement comme si elle dormait, Jennifer, les lèvres au cœur du sexe de Sandrine. Puis celle-ci dit :

– Je peux redevenir convenable, poser les pieds par terre maintenant ?

– Non, pas du tout, je ne tiens pas à ce que tu sois convenable.

– Mais c'est laid, dit Sandrine, enfonçant le menton dans la poitrine pour considérer ses cuisses, sa vulve même écarquillées.

– Je ne sais pas, tenta d'expliquer Jenny. Tu parlais de choquer. Rien n'est plus choquant que de te voir comme ça, tout ouverte, tout offerte. Pourtant c'est comme si c'était beau puisque ça fait battre le cœur et bruire les tempes.

– Mais j'ai un peu honte, dit Sandrine.

– Pas moi.

Exprès, Jennifer appliqua plusieurs grands coups de langue de l'anus jusqu'au tendre capuchon :

– Maintenant tu peux, je crois que tu es propre, décida-t-elle.

Sandrine, assise décemment, si décence il y a, se pencha et baisa les lèvres de Jenny, y reconnaissant peut-être sa propre saveur, sa propre senteur :

– Jenny ? Merci.

– Idiote, dit Jenny, dont le cœur se débattait toujours comme un oiseau prisonnier.

Sandrine, non oiseau pris mais poulain échappé, embrassa encore son amie, et caracola jusqu'à la salle de bains, d'où parvint un fracas de torrent parce qu'elle avait omis de refermer les portes. Jenny, assise sur les talons, rêvait à cette vitalité, quand Sandrine, quelques minutes plus tôt, était engloutie dans le puits du plaisir. Puis Sandrine, propulsée par la même fougue, fut là à nouveau, embrassa à nouveau Jennifer. Elle venait de sauter, eût-on pu dire, dans l'irritante petite culotte, quand Françoise réapparut, porteuse d'un paquet assez gros qui d'instinct, fit s'empourprer Jennifer : les bêtises, ou plutôt les ignominies, recommençaient. Cependant les narines d'or rose et pâle de Françoise semblèrent palpiter une seconde tandis qu'elle regardait au visage les deux autres filles, pressentait le climat de la spacieuse chambre ; c'était le côté animal de l'impeccable et supposée vertueuse Françoise. Elle remarqua, plagiant Sandrine :

– Vous auriez quand même pu m'attendre !

– Si seulement nous avions pu ! rétorqua Sandrine, mourant de rire.

– Très bien. Quand on n'est pas invité à une fête, on affirme qu'il ne s'y est rien passé.

Tout aussi admirative que Jenny, elle observa la longue Sandrine, les longues cuisses, les fesses hautes qui tendaient agressivement et souplement la petite culotte, sourit à son amie, puis, avec peut-être un surcroît de tendresse, au grand bébé clair :

– Pourquoi lui as-tu laissé ou remis sa culotte ? Tu exagères, quand même. Moi aussi c'est ma copine, et moi aussi je veux la voir. Où en trouve-t-on des derrières pareils, à part le tien qui est un adorable chou blond ?

Négligeant l'empourprement de Jenny obsédée par ses visions moliéresques de clystères, elle abandonna au hasard l'inquiétant paquet, s'assit exactement là où Sandrine venait de connaître l'angoissante et voluptueuse sensation de perte, quand le ventre se déchire pour libérer la sève, attira la jeune fille, parut bel et bien la flairer, lui baisa la vulve à travers le mince coton. Sandrine, intimidée pour une fois, la regardait de son haut, son regard de lagon ombreux tout troublé. Françoise acheva de la désordonner en demandant :

– Tu as d'autres culottes comme celles-ci ?

– Quoi, celle-ci ? Noire ? Non, je n'en ai pas d'autres. Pourquoi ?

– Parce qu'elle te va. Ou toi tu lui vas. Tu devrais en avoir des douzaines.

Pour souligner l'assertion, elle débarrassa vivement Sandrine du très petit vêtement, la fit tourner, resta un instant éblouie par la très insolente cambrure des reins et de la croupe, donna une petite tape vers le milieu du dos pour que Sandrine se courbât, baisa alors vivement l'anus et l'entrée du vagin, dit avec sévérité :

– Jenny t'a permis de prendre une douche ? Quelle sottise !

– Mais écoute, commencèrent en même temps les deux autres.

N'écoutant pas, elle refit tourner Sandrine, baisa, lécha une seconde le nombril profond et pur, peigna ensuite du plat de la main la petite fourrure bouclée, à la fois riche, brillante et peu étendue, la repoussa de chaque côté pour exposer les lèvres, qu'elle baisa elles aussi très vite. Le sexe de Sandrine était comme tiré vers la jonction des cuisses, et ainsi un peu aplati, mais non pas décevant, il réservait et promettait la sournoise incandescence vaginale.

– Tu n'aimerais pas que ton ventre, ton sexe soient vraiment nus ? questionna Françoise.

La longue Sandrine, pour cacher de la confusion, redressa tout le buste, ce qui prononçait l'intolérable cambrure des reins :

– Je n'ignore pas que c'est la mode. Oui, j'ai assez envie d'essayer. Mais d'abord, je crois, je consulterai. Jenny en premier, puisqu'elle m'a donné une fessée, alors que personne ne m'en avait jamais donné. Toi, parce que je t'aime comme Jenny, et ton ventre nu, à toi, est beau à hurler ou même à se taire. Et peut-être mes amants, c'est à voir.

Jenny, dont le corps laiteux, la laiteuse indolence enveloppaient un besoin éperdu de tendresse, celle qu'on éprouve pour autrui et celle qu'on vous montre, rit joyeusement des amants de Sandrine :

– Tu en as beaucoup ?

– J'en aurai ! répliqua vertement Sandrine. Puis à Françoise, comme précédemment à Jenny : J'ai le droit de remettre mon enviable petite culotte maintenant ?

Et Françoise, comme précédemment Jennifer :

– Mais non, pourquoi en aurais-tu le droit ? Jenny, tu es fatiguée, toi, de voir son gracieux minou, et ses merveilles de petites fesses ?

– Je les envie, bien plus que sa petite culotte, avoua Jennifer en rêvant.

L'harmonieux poulain nu caracola derechef pour embrasser Jenny, revint se pencher sur la bouche de Françoise, affecta enfin de se tenir toute droite et sage devant celle-ci :

– Mais tu aimes tellement les filles, tu trouves ça si joli, alors qu'elles enragent parce que toi, elles n'arrivent pas à te trouver un défaut ?

– Je n'en raffole pas, en général, reconnut à son tour Françoise. Je te remercie pour les compliments, je me suis toujours trouvée, moi, je ne sais pas, plutôt fade, plutôt froide, de sorte que la plupart des filles m'ennuient encore plus. Trop occupées d'elles-mêmes, et non pas plus bêtes que les hommes, la stupidité n'a pas de sexe, mais moins attentives et moins curieuses, l'intelligence mal posée ou mal placée, inapte à établir un raisonnement, à graduer un système de valeurs, parce qu'elle est incapable de construire une structure. Puis cet été, ici, il y a eu vous. Sophie. Je ne devais pas me moquer d'elle, tout à l'heure, parce que c'est avec elle que tout a commencé. Il y a vous deux, mes deux amies, mes deux amours. La petite Stéphanie, autre bébé bien-aimé, et sa maman Danièle. Ta maman, Sandrine, et celle de Jenny, que je ne connais pas, mais que, sans la connaître, je voudrais qui m'aime. Est-ce si joli une fille, une femme ? Vous, oui, je m'en suis aperçue cet été, en même temps que je m'apercevais que vous étiez mes amies. Cela a été une grande découverte, un changement. Et les jeunes filles doivent-elles être nues ? Regarde-toi. Si élégante et si saine, si séduisante, que tu as toujours l'air de sortir d'une piscine ou de revenir d'une piste de ski. Regarde Jenny. Elle a, je crois, dix-sept ans, il me semble qu'aucun garçon ne peut l'imaginer nue sans rêver de lui faire subir d'épouvantables sévices, et en même temps elle aussi, elle réussit à être un merveilleux bébé, tout rose, tout doré, tout crémeux. Fournis-moi l'ombre d'une raison, pour laquelle cet amour de Jenny, toi, la plus sexy des sportives, même si tu te fous bien des sports, devriez être ficelées dans des vêtements ?

– Je plaisantais, tu sais, rit Sandrine. Elle posa une main sur sa petite brosse brillante, la considéra avec amusement, puis cessa de rire, et ses yeux redevinrent des saphirs sombres : Une des choses que je te dois, c'est comment je me sens avec moi maintenant, et du même coup avec les autres. Mais c'est vrai que la chienne de Sophie a commencé ! Quand cette imbécile t'a baissé ton maillot sur la plage. L'important n'était pas que tu sois une fille, ça n'a presque rien à voir. C'est que tes fesses nues bouleversaient tout le monde. Trop beau, trop simple. Sans le caprice de Sophie, je n'aurais peut-être pas des amies comme vous ; pour moi aussi, tu sais, il s'agit d'un cadeau de Noël en plein été. Je n'aurais sûrement pas pris des libertés coupables avec mon vrai sportif de frère. Je ne serais pas occupée, en ce moment même et devant vous, à examiner, toute satisfaite ou presque, mon ventre, mon minou puisque c'est son nom, que tu as la bonté de juger gracieux. Je ne me permettrais pas, ou alors sans l'avouer, de mourir d'envie de voir notre bébé Jenny quand il est tout nu, sa poitrine, sa petite fente rose, surtout ses fesses rondes de bébé, si tendres, et, le gogol de l'autre jour ne s'y est pas trompé, si furieusement comestibles.

Alors qu'elle parlait de Jennifer, et en termes qui empourpraient celle-ci de vergogne et de ravissement, un délire personnel la saisit de telle façon qu'au lieu d'embrasser le bébé, elle se pencha à nouveau pour baiser les lèvres de Françoise. Elle avait oublié sa nudité, quoique, sans doute, elle fût bien la seule. À peine Françoise eut-elle répondu, Sandrine lui prit le visage entre ses paumes et l'embrassa une fois de plus, puis encore et encore, s'assit sur ses genoux, lui enlaça le col et continua à lui baiser cent fois les yeux, le nez, les lèvres, allant, ce qu'elle eût estimé auparavant attentatoire, jusqu'à froisser les longs cheveux souples.

– Et moi ? se plaignit Jennifer.

De désir et de dépit, elle déroula, plutôt qu'elle ne déplia, son agile corps de grand bébé paresseux et laiteux, émergea vite du fauteuil où elle s'était rencognée, et vint fourrer ses lèvres parmi celles de ses amies.

– On a de la chance, dit-elle drôlement.

– Tu as cru que nous ne pensions plus à toi ? demanda Françoise.

– Oui, un peu.

– Erreur absolue, dit Françoise. Je serais incapable de t'oublier, à supposer que je le veuille, tu es notre Jenny et tu es mon amour.

– Le mien aussi, intervint Sandrine.

– Et j'avais bien l'intention de m'occuper de toi tout de suite.

Jennifer, soudain Cléopâtre tandis que Françoise était l'aspic, accusa un brusque recul. Selon la même soudaineté de bébé, propre à elle et qui réellement poignait le cœur, de grosses larmes se formèrent dans ses yeux de ciel :

– Oh non !

– Si, et tais-toi maintenant. Ici au moins, chez moi et quand Sandrine est là, tu es un bébé, rien d'autre. Les bébés sont sages et se taisent, quoi qu'on fasse et qu'on leur fasse, parce que leurs aînées sont plus sages qu'eux.

Françoise fit relever Sandrine à peu près comme on chasse une mouche, pour compenser planta un baiser juste au centre de la petite fourrure, l'expédia enfin d'une claque sur le derrière :

– S'il te plaît, emporte mon beau paquet dans la salle de bains. Il y a une bouteille, un flacon quoi, de l'huile spéciale. Tu en mets une cuiller, à dessert soyons précis, dans le récipient de verre, tu remplis avec de l'eau plutôt tiède que chaude. Compris, infirmière, ou aide-nourrice, je ne sais pas comment on dit ?

Sandrine disparut, riant et bondissant. Jenny pleurait, sans pouvoir s'empêcher de rire de la joie de Sandrine.

– Françoise ! supplia-t-elle, dès Sandrine dans la pièce de bain.

C'était bien un de ces moments où il ne faut ni soutenir ni même entamer une argumentation. Françoise, toujours assise, redressa le torse et allongea les bras pour éplucher le bébé de son tee-shirt. Au moins ce bébé-là était nu en dessous. On décrirait peut-être ses seins, en disant qu'ils ressemblaient à des pyramides qui s'efforceraient d'être rondes. C'étaient, en fait, comparés aux fesses bien pleines, et à la riche toison pubienne, des seins de très jeune adolescente, eux-mêmes, eût-on dit, à la recherche de leur plénitude. Françoise ouvrit sur le côté la courte jupe, souleva l'un après l'autre les pieds de Jennifer, jeta le vêtement sur le fauteuil voisin. Jenny, en fine culotte blanche, légèrement plus haute de taille que celle de Sandrine, baissa sur son propre ventre des yeux tout troublés par les larmes :

– Ma Françoise, tu ne vas quand même pas être méchante avec moi ! Regarde, j'ai déjà un gros ventre rond de bébé !

Sans répondre, Françoise la déculotta, admira avec étonnement la luxuriante fourrure. Aussitôt Jennifer tenta de s'agenouiller pour mieux la supplier. Françoise, envahie par un intempestif accès de rire, pressa la joue contre la toison tout en retenant le bébé. C'était trop, ce succulent bébé de dix-sept ans qui pleurait à chaudes larmes et elle qui riait ! Elle tourna un peu plus la tête pour étouffer son rire, et baisa la vulve enfiévrée.

– Mais écoute, implorait Jennifer.

Sérieuse enfin, Françoise empoigna les cuisses rebondies :

– Bébé, je ne veux plus écouter. Tu sais très bien que tu auras ton lavement, alors pourquoi les grimaces ? Je t'assure que si je pouvais donner des fessées, tu en recevrais une à l'instant, dont tu te souviendrais pendant des jours et des jours. Ton ventre est rond. D'abord c'est parce qu'il l'est qu'il te faut beaucoup de lavements et beaucoup de fessées, et aussi un joli amant. Ensuite il n'est pas rond, il est arrondi. Je ne veux pas me répéter sans cesse, ça m'assomme et ça assommerait tout le monde, mais je te dis, une dernière fois, que ton corps de bébé est sans doute le plus sexuellement attirant qu'un garçon puisse rêver. Parce que tu es un gros et sot bébé, et en même temps une jeune fille prodigieusement charnelle et prodigieusement féminine, Tu aurais dû voir les étoiles dans les yeux du petit Renaud quand je lui ai parlé de toi ! À côté de toi, Sandrine n'est qu'une agréable athlète, moi un régulier hareng saur, nous n'éveillons pas tout de suite l'idée de la pénétration, et toi si. Pourquoi, à la fin, crois-tu que ça me tente tellement de te fourrer de l'eau dans le ventre ? Si j'étais un garçon ce serait une autre eau, et une autre canule ! Maintenant, suffit. Couche-toi sur mes genoux, comme ça, non, rampe un peu plus par là, pour couder le corps, et ouvre bien tes cuisses de bébé. Misère, ce que tu fais envie ! Si j'étais un homme, tu n'aurais même pas de fessées, je passerais trop de temps à me fourrer dans ta petite fente et dans ton derrière.

Elle voulut appeler Sandrine et celle-ci arrivait, chargée de l'attirail pseudo-médical :

– Je pose ça où ?

– Va savoir. J'aurais dû me mettre sur le lit. Il faut que tu le tiennes toi-même, le plus haut possible. Attends, déroule cette espèce de tube d'abord.

Sandrine s'approcha, telle une porteuse d'amphore, le cristallisoir prêt à déborder juché sur une épaule. Ainsi que Françoise, elle tomba en arrêt devant les rondes fesses écarquillées de Jenny, et ainsi que Françoise, dit :

– Comme elle est belle, cette grosse fille ! Je voudrais l'embrasser, embrasser ses petites boutonnières.

Françoise faillit se remettre à rire :

– Après, après. Ne gesticule pas, bon sang, c'est un lavement, pas un shampoing, interne, non externe. Passe-moi ce chose, l'injecteur.

Le bébé, résigné sans doute, ne pleurait plus, soupirait à peine, entre deux reniflements. Du bout de l'index et du pouce, Françoise lui entrouvrit l'anus et y inséra l'extrémité renflée comme une pine miniature de la longue canule, puis d'un mouvement lent et sûr, continu, plongea celle-ci jusqu'au fond du rectum. Les cuisses du bébé frémirent au moment de l'insertion, et on eût dit que l'étroit vagin lui-même palpitait, devenait moite. De sa main libre, Françoise tapota les tendres fesses distendues assurément plus par la position que par la canule :

– C'est presque fini, gros bébé, le pire en tout cas, maintenant ça va être délicieux. Ne te contracte pas, fais le contraire, ouvre l'intérieur de ton ventre le plus possible. Je ne me moque pas de toi, je pense que c'est vraiment agréable de se sentir toute remplie et toute lavée à l'intérieur.

Elle pressa le petit interrupteur, et le corps de Jenny accusa un sursaut, un violent tressaillement, à l'instant où le flot d'eau tiède jaillissait dans son rectum, forçait le premier étranglement ou la première complication du système intestinal. Mais presque aussitôt, elle se détendit, s'affaissa de manière insensible sur les genoux de Françoise, tout son derrière parut se déclore et elle subit le lavement sans plus murmurer. Sandrine détachait à regret les yeux de la cruelle opération, pour interroger le niveau du liquide, dans le récipient posé sur son épaule.

– Tu ne crois pas que ça suffit ? demanda-t-elle.

– Mais notre Jenny est un très gros bébé.

Au même moment le bébé se cabra, se détendit à nouveau, mais Françoise coupait déjà le circuit d'eau :

– Tu as été très sage, très courageuse et très obéissante. Si tu le peux, je voudrais bien que tu gardes ton lavement deux minutes. Essaie de ne pas trop y penser.

Jennifer, sans doute, n'eut pas le temps de penser ou de ne pas penser. Une seconde crampe lui creusa les reins, elle enjoignit d'une petite voix pitoyable :

– Françoise ! Vite !

Sans perdre un instant, et toujours pourtant avec la même tranquille sûreté, Françoise lui retira la canule du derrière. Anus à peine refermé, le gros bébé, gémissant d'angoisse, se précipita maladroitement vers la salle de bains, en proie aux besoins contradictoires de libérer cuisses et jambes pour courir, et de resserrer les fesses, afin de surseoir aux spasmes qui prétendaient lui libérer les entrailles.

– Tu sais, j'aime ce gros bébé à la folie, dit Sandrine. Et au fait, on ne devrait pas s'arrêter de parler de sa grosseur ? Jenny est un bébé, pas de doute, elle n'a jamais été grosse.

– Elle croit l'être, et dans mon idée, plus je répète que c'est bien vrai, que c'est même au-dessous de la vérité, mieux elle comprend que sa prétendue grosseur est une fable. Mais tu peux bien avoir raison et moi tort, si elle comprend consciemment, et inconsciemment enregistre, mes bêtises comme une confirmation de ce qu'elle pense ou redoute.

D'immenses bruits d'eau provenaient de la pièce voisine. Françoise rêvait à leur amie :

– Je suis bel et bien perverse. Je la martyrise, et si qui que ce soit s'avisait de lui faire du mal, du chagrin, je ramasserais une pierre, une planche, une brique et je le tuerais ! Je ne connais pas de créature plus droite, plus douce, plus aimable, plus adorablement tendre et gentille que notre Jenny. Toi, et un autre bébé, la petite Stéphanie, vous avez au fond une défense mieux construite, une résistance. Jenny, souvent j'ai l'impression que non. Je ne veux pas que la vie lui fasse du mal. Alors je la persécute, avec l'idée peut-être stupide que je l'arme, lui apprends en la contrariant, en la contraignant, à se protéger. Je te le disais, il est très possible que j'aie tort.

– Et moi, tu m'aimes un peu ? coupa Sandrine.

– Un peu. Nettement plus quand tu es nue.

Sandrine se dressa d'un bond, arrondit les bras au-dessus de la tête, tendit une jambe sur le côté et esquissa quelques souvenirs plutôt heureux du Lac des Singes. Comme elle était nue en effet, les écarts ne manquaient pas de charme, ils étaient même proprement scandaleux. Elle laissa retomber bras et jambe :

– Moi je t'aime fort, tu sais. Explique-moi, des filles que tu as vues toutes nues, qui a le plus joli minou, je n'entends pas seulement la fourrure, mais le sexe ? Le sexe d'une fille ! Jamais je n'y aurais pensé avant, ça sert à faire pipi, à essuyer de petits ennuis tous les mois, et par hasard, le moins souvent possible bien sûr, à piéger un type. Maintenant que j'y pense, j'adore me sentir nue, et je me demande fichtrement pourquoi toi tu restes habillée. Mais dis-moi, qui a le plus joli ?

– Tu tiens à le savoir ? La petite Stéphanie ! Un bébé réel, cette fois, et elle a le sexe, la vulve que toute femme selon moi devrait avoir. Comme si le bombement léger et le déploiement du ventre n'étaient contenus que par les plis des aines. Contenu, il se gonfle un peu, et le gonflement est marqué, souligné par la petite fente verticale. À mes yeux, un rêve ; j'ai pris en grippe mon propre ventre à cause de Stéphanie. Elle me rend malade.

– Et sa mère, tu l'as vue de près ?

– Infâme curieuse ! Le sexe de Danièle est comme elle, barbare. Plus ou moins comme le mien, mais bien plus saillant, placé encore plus haut et bien plus joufflu, je dirais. Il fait peur, et on ne peut se tenir de le croquer comme une pêche juteuse. Excuse-moi, ça t'apprendra à poser des questions. Mais écoute, à quoi s'amuse notre autre bébé ?

– J'espère que ce n'est pas à se concéder des libertés et à toucher à son corps ! répliqua hardiment Sandrine, dont les yeux n'avaient pas laissé de se pailleter et de s'enfiévrer aux indiscrétions de Françoise. Bondissant et virevoltant, elle entreprit de crier :

– Jenny ! Jenny ! On veut notre Jenny préférée !

Leur amie revint nue, se hâta avec paresse et dignité vers sa petite culotte demeurée à la traîne, l'enfila, détournée, de façon à ne montrer qu'une hanche, s'approcha enfin de Françoise toujours assise et de Sandrine. Quelles que fussent les résolutions prises à son sujet par les deux jeunes filles, jamais peut-être elle n'avait ressemblé autant à un bébé potelé ; l'air fier et comique, réservé aussi. Certes, elle avait pleuré un tout petit peu au début, mais ensuite, elle avait accepté sagement son lavement, avait fait preuve d'endurance et d'obéissance. Ensuite encore, elle avait couru sagement jusqu'à son petit pot, vidé avec scrupule ses intestins de bébé, s'était douchée. Pour lors elle présentait à ses copines un bébé tout neuf et tout propre, rose ou rosé, caressé d'un hâle clair et imprégné subtilement de miel. Françoise la redéculotta à l'instant, ce qui prononça la roseur, la mit de dos pour admirer son derrière et ses cuisses, puis de côté, afin de contrôler la convexité du ventre, et décidément de face. Elle plaqua un baiser au milieu de la toison comme vaporisée et blondie encore par la douche :

– Confesse, maintenant. Était-ce si affreux ?

Jenny, toute rose, pencha la tête :

– Tu es ravie, je suis sûre, que je ne puisse pas dire oui ! Je trouve toujours assez affreux quand tu me mets la canule dans le derrière, et après, d'avoir à galoper, tu sais bien, pour rejeter le lavement. Mais tout le temps que tu me le donnes, d'accord, j'avoue, c'est agréable, presque délicieux comme tu le disais. Cette eau chaude qui vous envahit.

Sandrine ouvrit la bouche, et un regard sévère de Françoise, qui pressentait le fin rapprochement ou la fine allusion, la lui referma. Françoise essayait de dégager la vulve du bébé, posa un nouveau baiser éclatant, brossa et peigna encore, puis baiser moins bruyant et plus appuyé :

– Confesse derechef. Tiens-tu beaucoup à cette équatoriale fourrure ?

Jenny passa d'un pied sur l'autre à plusieurs reprises, bébé qui trépignerait volontiers mais redoute la fatigue :

– Écoute, ne me gronde pas sans arrêt. Je ne vous l'ai pas dit, ou c'est à maman ? J'ai décidé de rester comme ça, avec la fourrure en question, aussi longtemps que je suis vierge. Vous me trouvez idiote ? Je trouve, moi, que le premier garçon qui me déshabillera, qui me verra toute nue, quoi, a le droit de me voir telle que je suis vraiment, telle que mon corps a poussé. Après, je ferai ce que je veux.

– Tu sais ce qu'on racontait de toi, quand tu te douchais ? questionna Sandrine. Et comme Jennifer, vaguement alarmée, secouait la tête : On disait que tu es une fille merveilleuse et qu'on t'aimait.

La déclaration troublait Jennifer, bien plus en fait, que les diverses cruautés de Françoise. Elle rougit jusqu'aux oreilles :

– Oh, écoute, pourquoi parler de ces choses-là ? Vous croyez que moi je ne vous aime pas ? Tu vas me refaire pleurer à la fin. Je n'ai rien de merveilleux, je suis une fille comme vous, c'est tout, moins belle même que vous deux. Je vous ai pour amies, c'est ça le merveilleux, jamais je ne l'aurais espéré. Tu es contente, maintenant que je l'ai dit ? Ça me donne l'air idiot ? Françoise, tu veux bien que je me rhabille ?

– Non, pas du tout. Sandrine, viens, mets-toi près d'elle, et tenez-vous par les épaules ou par la taille.

Les deux autres obéirent, et en Françoise le sentiment de la grâce humaine, de la grâce tout court, s'éblouit :

– Misère ! Pareil, mais de dos maintenant.

Elles obéirent encore, une jeune fille brune, souple et nerveuse, une jeune fille claire, comblée de l'infinie paresse de la chair. Sandrine tourna avec vivacité sa tête rieuse :

– On est jolies ?

– Je préfère ne rien dire, dit Françoise.

– On fait quoi maintenant ? demanda Jenny.

Françoise réfléchit à peine :

– Vous vous prenez vraiment dans les bras l'une de l'autre et vous échangez un baiser, mais un vrai lui aussi, un baiser d'amoureux.

Maladroites tout d'abord, elles s'enlacèrent, et dès que leurs lèvres se furent touchées, Jennifer rougissante, Sandrine amusée et surexcitée, elles abordèrent, reconnurent le grand pays de la paix. Nature et civilisation laissent espérer à tous les êtres des paradis et ainsi ils sont habilités à les découvrir. Françoise, les tempes bruissantes, croyait éprouver la langue de Sandrine dans la bouche de l'enfant Jenny, celle de Jenny, dans la bouche de l'éphémère et évidente amante. Sandrine, plus audacieuse, tout en se fondant dans le baiser, caressait maintenant le derrière ferme et pulpeux de Jennifer. Elle finit par s'éloigner d'elle, les mains posées sur ses épaules :

– Jenny, gros bébé.

Les lèvres gonflées de Jennifer, sa grande bouche généreuse tremblaient :

– Sandrine. On est folles, non ?

– Non.

Jennifer hocha la tête exactement comme son amie :

– Non.

Son bras à elle, attardé autour du cou de Sandrine, elle regarda Françoise, l'air quasi implorant :

– Alors on fait quoi, toutes les trois, maintenant ?

Françoise tenta de remettre l'ensemble du monde en marche :

– Il est tard, je pense, voyez dehors. Il faut dîner, et les chères familles doivent attendre. Pour moi, je ne veux plus ni vous voir, ni vous écouter, ni même vous entendre. Vous me détruisez. Demain nous recommencerons à nous soucier de vos amours, celui de Jenny surtout, elle est si jeune pour un bébé. En ce qui me concerne, depuis des heures je rêve de me décrasser; sans en être plus fière pour ça, je me sens sale à dégoûter un bison!

– Mais écoute, on ne va pas te laisser, protesta Jennifer, dont les grosses lèvres attendrissantes frémissaient à nouveau: Les familles, on s'en tape, comme disent les mômes. Tu vas faire quoi, toute seule?

– Me laver, ça ne peut plus attendre. Ensuite dîner. Ensuite encore, puisque personne ne m'aime, gagner ma couchette solitaire et me masturber comme une grande!

Sandrine sursauta:

– Je rêve! On me fesse parce que je parle mal. Et en plus, personne ne l'aime! Elle tourna sa vive tête vers Jennifer: Nous pouvons supporter ça?

Jenny, après un bref coup d'œil à Françoise, se reprit à rougir, mais secoua sa propre tête:

– Non.

Comme si elles s'étaient concertées, elles se jetèrent sur Françoise, la tirèrent du fauteuil, en trois secondes lui eurent arraché débardeur, flottant et culotte, la mettant aussi nue qu'elles-mêmes. Françoise voulut parler, et Sandrine toujours vivement lui pressa une paume sur la bouche:

– Plus un mot, et ne la regardons même pas, si on commence à la trouver belle on est fichues. Cette fille est une fourbe. Tu as remarqué, avec sa prétendue docilité, comme elle régente tout le monde? Fais ci, ne fais pas ça, lève-toi, couche-toi, embrasse celle-ci, corrige celle-là. Et elle ment comme une vilaine : C'est la faute de Sophie, Sophie a commencé ! Je me suis laissé dire que Sophie n'a rien commencé du tout. Elle Françoise, personne d'autre, a vu la mère de Stéphanie recevoir une fessée, s'est aperçue par la même occasion que cette dame était épilée. Voilà le vrai début, Sophie la chienne n'y est pour rien, tout vient de Françoise.

– Qu'est-ce qu'on va lui faire? demanda Jenny, sans pouvoir se retenir d'ôter de la bouche bâillonnée la main de Sandrine.

– La punir! Elle t'a infligé un lavement, tu en avais un besoin absolu, paraît-il. Galope à la salle de bains, on va lui en enfiler un qui lui ressortira par les oreilles. En attendant, moi, je me charge de la sucer jusqu'à la rendre aussi pâle, aussi inoffensive qu'un chiffon ! Viens, toi, enjoignit-elle à Françoise, tandis que Jenny, mi-excitée, mi-effrayée, disparaissait dans la pièce d'eau. Allonge-toi vite, et écarte le plus que tu peux tes cuisses prétendument sages.

Françoise obéit avec un regret visible, tendant à refermer les cuisses plutôt qu'à les ouvrir. Une fois encore elle voulut parler, invoquer sans doute la réelle nécessité où elle se trouvait, de prendre ne fût-ce que la moitié d'une douche. Sandrine refusait de l'écouter. Assise de biais sur le lit, elle reposa distraitement la paume sur la bouche de son amie ; fascinée, elle observait les seins, le ventre, la claire olive du sexe surtout :

– Tais-toi, ne m'embête pas, tu auras ta douche dans le derrière et pas ailleurs. À ton tour d'être le bébé, tu as assez embêté les autres. Dis-moi, bébé, tu lui reproches quoi, à ta vulve ?

Françoise tenta de se rasseoir et Sandrine, toujours distraitement, la maintint allongée :

– Tu dois bien le voir, qu'elle se détache, qu'elle fasse saillie. Elle béerait pour un peu. Si tu voyais nue la petite Stéphanie, tu comprendrais. Et à ce propos j'ai calomnié Danièle, sa mère, par omission en tout cas. C'est vrai que sa vulve fait peur, tellement massive, en revanche l'entrée du vagin est fabuleuse, très courte et toute serrée, à crever de ne pas être un homme pour pouvoir s'y frayer un passage ! Écoute, Sandrine, aie pitié, j'ai l'impression de sentir mon odeur d'ici. Ma dernière douche, c'était chez elle justement, tu imagines, on dirait qu'il y a un siècle.

– Bizarre. Tu es plus intelligente que moi, tu sais mille fois plus de choses, et tu parles comme une idiote. Je t'aime toi, j'aime ta vulve, je vais te sucer, et tu me parles de l'odeur de ton sexe ? Tu crois qu'il me fait envie lui, et pas son odeur ? Tu crois qu'elle ne me fait pas chavirer ? Pourquoi, je l'ignore, c'est comme ça, c'est tout. Alors tu te décides à te taire comme je te l'ai dit, et tu écartes bien les cuisses.

Françoise une ultime fois s'efforça de protester, obtint une claque énergique sur le côté d'une fesse, se résigna alors au grand écart. La sympathique Sandrine, denses et courts cheveux noirs, yeux de saphir fulgurants, était un rapace, un oiseau de proie. La fine tête naguère rieuse fondit sur le sexe offert et désarmé, l'ouvrit d'un non moins furieux coup de langue, le lapa et le râpa, oublieuse de tout ménagement, de toute douceur. Instantanément, eût-on dit, la frénésie sourdement électrique de l'orgasme, tapie au sein des lombes, se réveilla comme si elle se cabrait, étendit ses nappes sourdement fulgurantes, comme le regard de Sandrine, à travers les reins, le ventre, l'utérus, le vagin, Françoise se plaignit, la plainte enchantée à travers les âges du temps et elle expulsa son sperme, comme par indicibles vagues, dans la bouche de Sandrine. Étourdie, vannée de la plus heureuse fatigue, une fatigue qui par couches successives elle aussi, s'était amassée en Françoise et sur elle, tout son corps, tous ses désirs et ses rêves, depuis le matin, elle voulut alors, quasi instinctivement, entourer au moins d'un bras le cou de son amie, et celle-ci se recula :

– Tu ne m'embrasses pas, tu es punie. Tu as le droit de te retourner sur le ventre, je veux revoir tes fesses, comme ce jour de la plage. Mais une minute, pas plus.

À plat ventre, Françoise, un peu confuse au sein, maintenant, de la magique fatigue, rapprocha discrètement les cuisses, et y gagna une nouvelle claque, plus furieuse que la première, sur le derrière.

– Quoi, encore ? Mademoiselle a sa petite fente toute mouillée et ne veut pas que ça se voie ? C'est le contraire, ça prouve que la punition commence ! Tu as de la chance, on t'a déjà bien fessée aujourd'hui, sinon tu le serais tout de suite de manière à t'en souvenir. Rouvre immédiatement les cuisses.

Contrainte d'obéir, Françoise les écarta aussi peu qu'elle l'osa, et cette modestie était vaine ; les cuisses entrouvertes, Sandrine se repencha sur elles, en quelques rapides coups de langue remit à neuf le vagin de son amie.

– Encore sur le dos, maintenant.

– Ma Sandrine, je t'obéis, tu vois, dit Françoise en se retournant. Mais tu es une fille, tu sais bien que je ne peux pas aussi vite…

– Rouvre-moi ça. Allons ! Et en fait, je ne tiens même pas à ce que tu parles. Je crois que tu n'as pas compris. En ce moment, c'est toi le bébé. Les bébés font ce qu'on leur dit, se taisent, écoutent et profitent. Rouvre vite les cuisses.

La voix calme de Françoise était changée, pour une fois :

– Sandrine, je t'en prie.

Sandrine brandit une main très menaçante et Françoise se fendit, mais instinctivement encore, à coup sûr pas de son plein gré. La tête cruelle s'abattit, et comme toute la vulve, l'entrée du vagin elle-même se trouvait aspirée, avalée dans la bouche de Sandrine, les reins de Françoise s'arquèrent à se rompre et elle eut du mal à ne pas crier. Sandrine ne la léchait plus, on ne pouvait dire qu'elle la suçait, par bouchées énormes elle l'aspirait réellement et l'engloutissait. À chaque aspiration, Françoise sentait que l'autre lui vidait le vagin, lui tordait le ventre pour en extraire la plus infime trace de liqueur, de substance. Ses cuisses se raidissaient et tremblaient, à la vérité le corps entier frissonnait de façon spasmodique et les reins tressautaient selon le rythme des intolérables succions. Je n'y arriverai jamais, je ne vais jamais pouvoir ! pensa Françoise, avec une sorte d'épouvante et une sorte de désespoir. Sur le point de hurler, il lui sembla entendre quelqu'un, percevoir une présence nouvelle, oui, Jenny, et sans qu'elle sût pourquoi, la distraction lui tordit, lui fouilla plus sauvagement l'intérieur du ventre, un plaisir plus cruel que la tortionnaire elle-même la balaya telle une vague déferlante, à la fois doucereuse et crêtée d'aiguilles et son vagin cracha, il n'y a pas d'autre mot, un reste de sperme, de cyprine, au fond de la bouche monstrueusement goulue de l'autre fille. Françoise entendit son propre cri, angoissé et plaintif. Sandrine, ne tenant nul compte de son désarroi, la retournait déjà sur le ventre. Tandis qu'elle la maniait comme elle aurait retourné une omelette ou une crêpe, elle découvrit Jennifer. De grosses larmes débordant des paupières, et qui troublaient son regard redevenu enfantin, elle était là tout près, nue comme les deux autres, debout, les bras absurdement chargés :

– Mais qu'est-ce que tu lui fais ?

Sandrine éclata :

– Jenny ! Je ne te l'ai jamais dit, je souhaite de tout cœur ne jamais le redire et je te le dis maintenant : Fiche-nous la paix. Tais-toi. Si tu ne peux pas supporter ce que je fais, disparais, file, va dans la cuisine ou la salle de bains. Et pose cette quincaillerie, bon sang, tu as l'air d'une vendeuse d'aquariums en chômage !

Désintéressée aussitôt de Jennifer, elle revint à sa victime :

– Allons, sur le dos, la minute de grâce est passée. Vite.

Françoise, sans se risquer, par rapport à elle-même, non aux menaces de Sandrine, à se redresser, ou ne fût-ce qu'à lever la tête, la secoua en signe de refus :

– Sandrine, dit-elle tout bas. Je ne peux pas, je ne veux pas non plus. Ne me demande pas ça. Tu m'as bien punie. Maintenant, je te le demande moi, je t'en prie même, aie un peu pitié. C'est idiot à avouer et abject, mais je ne peux pas en endurer plus.

– Jenny, vraiment, va-t-en, tu reviendras tout à l'heure, il vaut mieux que tu ne voies pas ça, dit Sandrine. Et à Françoise : Tu es lente à comprendre, toi aussi, quand tu t'y mets ! Quel chien de métier ! Bon, viens sur mes genoux.

Françoise, essayant de cacher son visage, mais on voyait bien, elle qui ne rougissait à peu près jamais, qu'elle avait les joues colorées par la fièvre, obéit une fois de plus, et Sandrine la fessa aussi fort qu'elle en fut capable.

– Allons, à plat dos maintenant, comme je te le disais. Et, s'il te plaît, les cuisses au grand large, ne m'oblige pas à répéter comme une conne.

Derechef Françoise obéit, on eût dit machinalement. Mais dès qu'elle eut écarté les cuisses, elle colla un avant-bras sur ses yeux et se mit non pas même à pleurer, à sangloter. Sandrine ne s'assura pas que l'autre bébé pleurait de son côté, elle le savait. Elle se courba, reprit dans sa bouche la vulve et le vagin défaits, détrempés, et de façon à peine plus douce, recommença à les sucer avec gloutonnerie. Tout le temps qu'elle mâchait et buvait ainsi, engouffrant la chair la plus intime de son amie, celle-ci sanglotait. À l'évidence, elle ne possédait même plus le ressort pour se cabrer ou se débattre. Au bout seulement de longues minutes, des minutes, si c'en étaient, qui paraissaient n'en plus finir, une plainte, et une faible convulsion, un frissonnement douloureux de tout le corps plutôt que du bassin, dénoncèrent la caricature d'orgasme. Il était très inutile de lui toiletter le vagin cette fois. Sandrine, qui aurait eu honte de reconnaître qu'elle était elle-même épuisée, au-delà de toute haleine et presque de toute conscience, se décida à regarder Jennifer :

– Bon, tu peux la prendre dans tes bras maintenant, mais pas longtemps, on n'a aucun besoin que tu t'attendrisses. Aime-la juste un peu, elle m'éprouve, à la fin, à sangloter comme ça. Après elle aura son lavement.

Jennifer, qui s'était débarrassée des engins de torture, et qui luttait, de son côté, pour ne pas pleurer à chaudes larmes, se coucha vite près de Françoise et, bouleversée, lui referma les cuisses, restées béantes, la tourna vers elle et pressa, avec une infinie tendresse malgré Sandrine, la tête de la jeune fille sanglotante contre ses seins nus. Elle lui prit un bras et le passa autour de son cou, reprochant, comme malgré elle-même alors, à Sandrine :

– Écoute, tu lui as fait du mal !

– Tu ne comprends rien. Rien à rien, dit Sandrine.

Jennifer caressait, plus désespérée que Françoise sans doute, le longs et souples cheveux, d'un blond doré, un peu châtains. La voix brouillée, comme les yeux, par les larmes, elle dit encore :

– Si elle allait ne plus nous aimer.

Sandrine se laissa tomber dans le premier fauteuil venu :

– Tu ne comprends pas. Vraiment. Tu es un bébé. Cette Françoise, depuis que nous la connaissons, joue son petit jeu de la sujétion. Vous voulez me fesser ? Ah, bien sûr, regardez, je me déshabille toute seule pour vous faciliter la tâche ! Ma Jenny, elle finirait par s'empoisonner comme ça, si nous la laissions faire. Commandant toujours le petit jeu, elle ne sortirait jamais d'elle-même. Je l'ai forcée, moi, la sympathique et banale Sandrine, à en sortir. Elle prétend aller jusqu'au bout de tout, je l'ai forcée à aller plus loin, là où enfin elle perd le contrôle, ce qu'elle s'était toujours bien gardée de faire. Tu t'imagines, avec tes attendrissements de bébé, qu'elle pleure parce que je lui ai fait du mal. Tu ne comprends rien. Elle pleure parce qu'une fois dans sa vie, enfin, quelqu'un qui lui échappe, qui est hors de son contrôle, l'a totalement soumise. C'est cela, à l'intérieur de son cœur de jeune fille, celui de notre Françoise très chère, qui a brisé son propre cœur de bébé. Son tendre et fragile orgueil. Tu t'imagines qu'elle m'aimera moins maintenant ? Je crois qu'elle m'aimera encore plus, que dans dix ans, vingt ans, elle se rappellera en ayant tout chaud cette banale Sandrine qui l'a fait sangloter. Elle pensera que quelqu'un, une fois au moins, elle, l'a un peu comprise. L'aura ouverte comme une noix. Comme t'ouvrira toi, autre copine très chère, demain si c'est demain, ton petit amant en s'invitant, pour la toute première fois dans ta vie de bébé, entre tes cuisses. Tu veux que je te dise, parce que je t'aime ? Quand cela arrivera, demain ou un autre jour, le petit Renaud ou un autre, je m'en fous, je voudrais très fort qu'au lieu de prendre ça en riant, tu pleures comme a pleuré Françoise. Très fort aussi. Alors, déclare la banale et discoureuse Sandrine, tu seras une vraie fille, une vraie femme, une vraie personne.

Chien de métier ! Elle dut déployer un réel effort pour se relever, alla s'asseoir au bord du lit. Elle interdisait les attendrissements, et fondit en regardant le derrière nu de Jenny, tout occupée, quoique ses petites oreilles écarlates montrassent qu'elle avait très bien entendu Sandrine, à bercer Françoise. Dérogeant à sa propre volonté, Sandrine entrouvrit les belles fesses pleines, posa un baiser sur l'anus, ne put se tenir de baiser aussi l'anus de l'autre bébé, dit enfin :

– Laisse-la maintenant, c'est bien assez. Toi, le bébé puni, reviens te coucher sur mes genoux. Jenny, s'il te plaît, tu veux rapprocher l'appareil, et porter le verre comme moi tout à l'heure ?

Jennifer se leva à son tour. Françoise prenait déjà, toute docile, la place et la posture indiquées ; d'elle-même elle avança en travers des cuisses de Sandrine, pencha un peu le torse hors du lit, pour hausser le bassin, se fendit pour livrer ses ouvertures. Jennifer, qui avait hissé le cristallisoir sur une épaule, fronça ses blonds sourcils :

– Je l'ai rempli, mais tu ne vas pas lui mettre tout ?

– Jenny, pour la dernière fois, ta sollicitude m'assomme ! Non seulement elle aura tout, mais si les crampes le permettent, elle aura une seconde dose. Et quand elle ira la rejeter, elle n'ira pas seule, j'irai avec elle, figure-toi. Je frotterai son petit ventre, dans le sens des aiguilles d'une montre, même. Et plus elle produira de geysers et de cataractes, plus je serai heureuse, parce que ça prouvera que mon bébé fait bien son devoir, enfin, au lieu de jouer des comédies. Passe-moi ce machin, s'il te plaît.

L'autre bébé jeta un coup d'œil apeuré au récipient, où en effet le contenu affleurait le bord, tendit une main. Alors Sandrine, sans excès, elle, de précaution, inséra la longue canule dans le rectum de Françoise. Celle-ci ne pleurait plus, elle frémit à peine au moment de l'insertion. Sandrine ne voyait que les cheveux et une joue, bien empourprée, mais cela pouvait dépendre de la posture, qui maintenait la tête basse. Le niveau commença à descendre, mais très lentement, dans le récipient de verre. Jennifer s'inquiéta :

– Écoute, ça ne dure pas plus que pour moi ?

– Tu es fatiguée ?

– Non, pas du tout, c'est pour elle, il me semble que ça n'en finit pas.

– Je le fais exprès, j'ai réglé le débit à moitié, en fait je voudrais que ça dure des heures. J'adore la tenir comme ça sur mes genoux, la canule bien fourrée entre les fesses. Dis-moi, tu as déjà vu des fesses aussi parfaites et aussi douces ? Et elle, tu te fais du souci, regarde comme elle est sage, toute tranquille, tout apaisée. Je ne veux pas la bouger, pourtant je voudrais énormément sentir son ventre dans ma main pendant qu'il se remplit. Quel rêve ! Le sentir se gonfler, s'arrondir. C'est clair que je lui fais l'amour en ce moment, à mon bébé.

– Oh, écoute, dit Jenny.

– Autre bébé, gros et sot, dit Sandrine.

Jennifer pouffa, surveilla le cristallisoir. Malgré tout, le niveau baissait. Sandrine, prolixe ce soir-là, sans doute parce qu'on se désemprisonne en désemprisonnant, reprit :

– Tu sais ce que je voudrais, aussi ? Qu'entre nous ça ne finisse pas, jamais. On sera mariées, on aura des enfants, des voitures, bien sûr, pour amuser le mari, l'une ou l'autre de nous appelle et les deux autres viennent en courant, on se déshabille mutuellement et notre été continue, toujours. On a peut-être trente ans, quarante ans, qu'est-ce que ça fout ? Je regarde ton petit buisson blond si tu l'as encore et ton derrière de bébé, lui je suis certaine que tu le garderas toute ta vie, et heureusement ! Je regarde l'adorable olive rose et claire de Françoise, ses fesses d'image. Tu as aussitôt, toi, une fessée, Françoise un lavement, et toutes les deux vous me couvrez de baisers.

Jenny pouffa derechef, son tendre regard cependant embrumé de mélancolie. Elle désirait que Sandrine lui assure, lui jure qu'il en serait réellement ainsi, toujours, qu'elles ne se délaisseraient ni ne s'oublieraient, jamais. Le corps de Françoise, sur les genoux de Sandrine, se raidit brusquement, se détendit, se contracta à nouveau. Sandrine posa une main apaisante sur les fesses un instant crispées :

– Oui, bébé, mais si tu peux, retiens-toi. C'est presque la fin, et je voudrais vraiment que tu aies tout le lavement. Retiens-toi encore une seconde.

Elle surveillait le liquide dans la verrerie tenue par Jenny. Françoise, résolue plus que peut-être jamais dans sa vie à obéir, contint, la sueur au front, une nouvel élancement, un nouvel assaut interne. Puis, enfin, l'odieux récipient fut vide, et tandis que Françoise laissait échapper un petit gémissement angoissé, se retenait aussi, on eût dit de trépigner dans le vide, Sandrine lui retira la canule du derrière. L'impeccable naïade, habillée comme d'un unique vêtement de chair sans coutures, courut vers la salle de bains, suivie de tout près par Sandrine. Parvenue au non moins odieux siège, Françoise, à titre vraiment exceptionnel les joues en feu, se retourna, pour supplier l'autre fille de la laisser seule. Mais elle gémit et fut contrainte de prendre place, les crampes lui tordaient les entrailles. Sandrine contemplait avec émerveillement le petit bedon incongru, prononcé par la position assise et le penchement du buste :

– Ce que je l'aime ! Si tu étais à moi, je crois que je voudrais qu'il soit tout le temps comme ça. Si pur et tendre, si adorable. À le regarder je suis en train de me sentir toute moite !

Elle s'agenouilla et, comme elle l'avait promis, entreprit de caresser, de masser plutôt le ventre gonflé selon un mouvement circulaire, tendre lui-même et insistant. Pour Françoise, l'humiliation entravait, dans l'immédiat, le processus naturel, quelle que fût d'autre part son urgence. Sandrine rit, lui baisa la joue, reprit aussitôt un air de gravité attentive :

– Allons, bébé, continue à être gentille. Ne te retiens surtout pas, maintenant, ouvre au contraire le plus que tu peux tes entrailles de bébé et ton petit trou. Je ne plaisante pas, va, pousse, pousse fort.

Françoise, ulcérée de honte, aurait bien voulu protester, et trahie par la nature justement, si la nature trahissait, la rétention céda, et un premier jet puissant cribla l'eau de la cuvette. Puis un autre, un autre encore, plus durable et de pression moindre, qui parut lui brûler l'anus. Sandrine la baisa à nouveau sur la joue :

– Oui, mon bébé, oui. Je suis très fière de toi, tu sais. Tu es un très bon bébé et très beau. Mais n'arrête pas, je pense que ça va par intermittences. Tu te reposes un peu, et dès le signal d'une contraction tu pousses bien fort comme tout à l'heure. Regarde, je masse ton joli bedon. Non ? Tu as honte ? Alors ne regarde pas, ferme les yeux, mais pousse bien, va, va, mon bébé.

Françoise n'eut certes pas à se forcer pour fermer les yeux, elle mourait en effet de honte. De le penser, de le sentir, on ne sait pourquoi rouvrit les vannes, un nouveau jet fusa avec une violence terrifiante, un fracas, et elle se vida, lui sembla-t-il, jusqu'à l'ultime trace de ce qui pouvait demeurer en elle non pas même de liquide, mais d'humide. Sandrine l'embrassa encore sur la joue, tout en actionnant discrètement la chasse d'eau :

– Bravo, mon bébé, tu as été très obéissante, très mignonne. Enfin je te laisse tranquille, pour que tu puisses te doucher. Et à partir de tout de suite, si tu veux, tu n'es plus un bébé, tu es ma Françoise, comme avant, et je suis ta Sandrine.

Dans la chambre, ou pièce de séjour selon les cas, les yeux innocents de Jennifer, l'ombre approchant, paraissaient immenses :

– Qu'est-ce qu'elle a dit ?

– Enfin, Jenny ! Qu'est-ce qu'elle a dit ? Elle n'a rien dit, elle a purgé son petit ventre et voilà. Tu veux aller te doucher avec elle ?

Jennifer se regarda de haut en bas :

– En fait, non. Maintenant que tu as fini de la tourmenter, on est toutes les trois des bébés. Je veux fleurer le bébé heureux, tant pis pour ceux à qui ça déplaira. Et toi ?

– Pareil.

Elles se rhabillèrent, flairant les vêtements à la dérobée, fronçant le nez et riant. Françoise revint nue, comme le doivent les petites icônes et les naïades, alla tout droit se mettre dans les bras de Sandrine et lui enlacer le cou, mais sans fièvre, sans se presser contre elle. De même, Sandrine l'entoura, juste pour la garder. Elles restèrent un instant à peu près immobiles, joue tiède contre joue tiède. Jenny le bébé trop sensible en avait de nouveau les larmes aux yeux.

– Je t'aimerai toujours, tu sais, dit très bas Françoise, à l'oreille de Sandrine.

Sandrine haussa les épaules :

– Et moi toi, Jenny a raison, pourquoi le répéter ? Tu es mon amie et ma chérie.

Détachée d'elle, Françoise considéra leur tenue, s'adressa encore à Sandrine :

– Comment je m'habille ?

– Tu as une jupe droite, courte, dans les pervenche ? Mets ça. Un tee-shirt blanc ou crème. Des mocassins bruns ou acajou si tu en as.

– Et comme culotte ?

– Tu en as bien des petites, blanches, comme celle de tout à l'heure ? Voilà ce que je veux.

Françoise tira un tiroir, se pencha sur des réserves sans doute modestes.

– Une seconde, viens, dit Sandrine en se rasseyant. Avec toutes ces bêtises. Couche-toi sur mes genoux et ouvre bien ton petit derrière. Jenny, allume, s'il te plaît.

Sous la lampe, elle entrebâilla elle-même de son mieux l'anus rosé, l'inspecta, sérieuse comme un proctologue :

– Je craignais que ça t'ait irritée, mais tout va bien, je crois, ton petit trou est tout frais. Habille-toi vite, je pense qu'on commence à avoir la dent ici ! Jenny, on ne devrait pas parler un peu à nos mamans ?

– Oui !

Elles appelèrent, parlèrent un peu, très peu, le temps que Françoise s'habille. Elle se présenta à Sandrine :

– Je te plais ?

– Tu redeviens fourbe, déjà ? dit Sandrine. Tu ne sais pas ce qu'il arrive aux bébés convaincus de fourberie ?

Françoise hocha gravement sa tête blonde et châtaine :

– Oui, je le sais. Mes fesses et mon ventre le savent. Je désire seulement plaire à Jenny et à toi.

– Suffit, enjoignit Sandrine, Jenny, tiens-lui une main, moi l'autre. Alors nous ne nous perdrons pas. Jamais.

Elles sortirent sans se soucier de bien fermer fenêtres ou portes. Il n'y a rien à voler chez les bébés. Sauf eux-mêmes.

Il était réellement tendre et rieur, fou aussi, cet été-là. Le soleil illuminait la mer, la plage, les cœurs et la nuit. Les jeunes filles, main dans la main, parlaient toujours, avec beaucoup d'animation, de ce qui les intéressait le plus à ce moment. Elles ne remarquaient pas le sourire des gens, les regards approbateurs, gentiment envieux. À peine distinguaient-elles l'attention, ou offres d'attentions, de l'élément masculin. Françoise déplorait le vide de son ventre, Jenny la réplétion de son derrière de bébé, et Sandrine riait.

– Ta mère ne t'a pas grondée ? demanda Françoise.

– Elle gronde peu, tu sais. Et moi je voudrais savoir ce que vous vous êtes dit, ce que vous avez fait elle et toi l'autre jour. Quand j'ai cité Jennifer, elle a dit, toute contente : Ah oui, Jenny, je vois qui elle est. Et quand je t'ai citée toi : Mon autre petite fille ! Voilà les termes exacts. Après, je sentais qu'elle souriait, elle a dit qu'elle était amoureuse de toi. Tout ça excite beaucoup ma curiosité et m'inquiète, il va être temps que je prévienne papa. Et toi, Jenny, qu'a dit ta maman ?

– Pareil ou presque. Elle s'imagine qu'elle vous connaît. Si elle savait ! En fait, elle se soucie de moi jalousement, et n'est pas du tout une mère-poule. Si elle juge, quand je rentrerai, que j'en prends bien à mon aise, j'aurai une fessée, ça, c'est sûr. Mais jamais elle ne me demandera d'où je viens, avec qui, pourquoi, comment et la suite, elle croirait nous insulter toutes les deux.

– Et toi, tu trouves bien qu'elle te fesse ? interrogea Sandrine. Jenny, rougissant un peu, balança leurs mains unies, haussa les épaules :

– On a dit tout ça aussi. C'est ma maman et je l'aime. Elle fait ce qu'elle veut. D'autre part, j'ai dix-sept ans. Vous dites que je suis un bébé et j'adore quand vous dites ça. Mais quand je suis avec vous, je suis adulte, pense et réagis en adulte. Rentrer pour être déculottée et fessée, comme si j'avais trois ans, par elle surtout, par maman, j'en crève de honte. En même temps, oui, je trouve que c'est bien, elle a raison, et je souhaite qu'elle le fasse quand elle estime que j'en ai besoin. C'est ma maman, quoi.

– Ne serait-ce qu'à travers vous, j'ai l'impression que les mamans en question, à Sandrine et à toi, sont admirables, dit Françoise.

Dans l'équivalent de grand-rue, celle qui est parallèle au front de mer, où les dîneurs passés ou futurs et les promeneurs se coudoient, même tard, au beau milieu de la chaussée, elles aperçurent Sophie. L'hirsute caniche n'était plus en possession de son dégingandé, comment déjà, Olivier, mais d'un autre garçon à la fois plus petit et plus âgé qu'elle, brun et trapu. Elle l'abandonna sans vergogne pour venir se jeter au cou de Sandrine :

– Bonsoir les filles. Sandrine ! Tu étais fâchée, cet après-midi, non, parce que je donnais des ordres à Françoise ?

– Oui, et je vois que tu sais très bien pourquoi. Une petite reine reste une petite reine, alors même qu'elle accepte n'importe quoi. Ce n'est pas vrai ?

– Si. Tu me permets de t'embrasser ?

– Conne, dit Sandrine.

Elles s'embrassèrent. Jenny et Françoise imitèrent Sandrine, parce que l'été demeurait fou et rieur et tendre.

– Viens donc avec nous, proposa Jenny.

Sophie, que le plaisir rendait étincelante, secoua ses boucles desserrées de caniche :

– J'aimerais beaucoup, mais pas ce soir. Je fais des expériences !

Elles rirent toutes, puis Sophie rejoignit l'expérience en cours.

Au long de la rue, plutôt une route bordée de trottoirs, la moindre gargote pétaradait sous les néons. Aiguillonnées par la faim, les jeunes filles se satisfirent d'un semblant de terrasse, inévitablement éclairée aux bougies, dont la lumière douce, là, périssait sans gloire. On bâfra, pourtant les propos, l'échange persistaient à être le plus important. On parla de Sophie, puis à nouveau des mamans. Du frère de Sandrine, le fort et beau Loïc. À la suite d'un propos de Françoise très antérieur au dîner, on parla de masturbation. On revint à la petite Stéphanie et à sa mère, et en passant à leur ami, leur Jacques, seul et vrai responsable, à y bien regarder, de l'épidémie qui avait gagné, il vaudrait mieux dire atteint, bien des reins sinon bien des cœurs. Par accès, Jennifer s'empourprait. Un détour de la conversation, une image qu'elle se gardait de révéler, et qui, surgie, resurgie tout d'un coup, vagabondait justement de ses reins à son cœur et vice-versa, faisaient qu'elle pensait à des lendemains, un entre autres ; à un petit garçon très joli, qui se trouvait détenir en même temps tous les moyens oppressifs, coercitifs et même pénétrants d'un homme. Ah, l'horreur. Bref, elle pensait à des choses. La vérité est que ce jour, ce soir-là ne voulait pas mourir. Il en est ainsi l'été parfois. Bien sûr ce sont les êtres, des jeunes filles ici, qui ne le veulent pas. À un moment pourtant il fut tard. La grand-rue elle-même s'éteignait, se vidait.

– Quelles bêtises faisons-nous maintenant ? questionna Sandrine.

– Moi, aucune, dit Françoise, Je n'ai même plus assez de sagesse, de courage encore moins, pour penser à des bêtises. Et toi, petite Jenny ?

– Si Jenny, qui est petite, est toujours votre gros bébé, elle va rentrer, sa maman lui manque.

Françoise régla l'addition, arguant qu'il lui restait une masse d'argent, elle avait prévu de dépenser plus. Les jeunes filles se reprirent par la main pour raccompagner Jennifer. Françoise et Sandrine décidaient de ne pas se quitter, de dormir ensemble chez Françoise.

– Ce que je voudrais être là quand ta mère te fesse ! dit inopinément Sandrine.

La grande bouche, les lèvres gonflées se firent tout à fait boudeuses :

– Ne serait-ce qu'aujourd'hui, tu ne m'as pas vue assez ?

– Quel rapport ? Ce qu'il se passe entre nous, c'est notre jeu, notre monde, nous inventons nos propres règles et les appliquons. Mais une Jenny de dix-sept ans, couchée bien malgré elle sur les genoux de sa maman, culotte baissée, et pleurant toutes les larmes de son petit cœur tandis que ladite maman fesse, avec une résolution terrifiante, son derrière potelé, je ne peux pas te dire, je mourrais pour voir ça ! Je me cacherais derrière un meuble, un rideau, moi qui ne me cache jamais. À imaginer seulement la scène, à la voir dans ma tête, je te jure que ma propre petite culotte se mouille !

Jennifer usa de la nuit claire, dispensatrice d'ombre cependant, pour rougir à toute outrance, Elle était furieuse de se sentir humiliée, plus petite qu'un bébé. En même temps elle luttait contre un début de fou rire :

– Je ne te parlerai plus jamais, je te déteste, déclara-t-elle.

Dégageant sa main, elle baisa très vite la joue de Françoise, lança plutôt qu'elle ne donna un autre baiser à Sandrine, prit sa course. Comment s'était-elle acoquinée avec des folles pareilles ? Elle pouffa de rire toute seule. La voix de Sandrine perçait les ombres claires :

– Jenny, reviens-nous ! Reviens, tout est pardonné ! Ou alors, demain au moins pense à nous. C'est Françoise et moi, pas toi, qui détenons la clé du bonheur !

La voix de Françoise, porteuse de rire, tançait Sandrine qui allait réveiller les honnêtes gens. Jennifer, courant, succombait à son propre fou rire. Après, elle ne rit plus, elle ralentissait. Elle contractait les cuisses parce qu'elle repensait à des choses. Cet autre bébé, mais un garçon, Renaud. À quoi cela ressemble-t-il, réellement, un garçon, quand il est très ému, quand le désir le dresse, quoi ? On le sait bien à quoi ça ressemble, mais réellement, ça ressemble à quoi ? Par quarts de seconde, elle en avait très chaud. Puis elle ne percevait que la stupide contraction. Demain ? pensait-elle. Des choses.

La villa, non, la maison, là où est maman. Jennifer ne riait plus du tout, car une des fenêtres, quand elle eut contourné le patio, était éclairée. Elle gagna en hâte l'intérieur, la porte de la chambre, heurta telle la plus modeste des souris. Mme Montheil lisait, adossée à l'oreiller, Jennifer courut l'embrasser :

– Maman, je t'ai appelée, quand même, pourquoi ne dors-tu pas ?

– Allons, Jenny, ne commençons pas, avec les prétendues culpabilités. J'avais envie de lire, voilà tout. Va vite te coucher, toi, brosse-toi les dents et dors.

Jennifer, consciente qu'elle rougissait, se leva du bord du lit, se repencha pour baiser la joue de sa mère, le coin d'une paupière, le coin des lèvres, ébaucha un mouvement vers la porte, revint presque malgré elle, le visage en feu :

– Ma petite maman ?

– Oui, ma Jenny.

– Je crois que ce que tu penses vraiment, c'est que je ne suis pas une Jennifer très gentille, et que, tu sais bien, ce qu'on fait aux bébés, ne serait pas du luxe.

Les chers yeux sombres la dévisageaient :

– Et toi, ma Jenny, qu'en penses-tu ?

Les oreilles de Jennifer étaient en train de frire. Incapable de répondre, de prononcer un mot, elle entreprit de remonter sa jupe sur ses cuisses rondes. Les larmes venaient, bon sang. Quelle honte ! Dix-sept ans ! Mme Montheil avait juste pivoté dans le lit, posé les pieds au sol. Jennifer se courba et se coucha en travers de ses genoux. Mme Montheil acheva de remonter la jupe, tassa la petite culotte sous le derrière et, absolument comme l'avait dit Sandrine, fessa son bébé de dix-sept ans avec tout le soin, toute l'énergie dont elle était susceptible. Jennifer ne pouvait s'empêcher de pleurer, entre autres parce que non seulement ses joues et ses oreilles, mais son derrière maintenant, étaient en feu. Mme Montheil la recouvrit aussitôt, la redressa d'une main.

– Allons, embrasse-moi vite et file te coucher. Jenny ?

– Oui, maman, dit Jennifer, la voix tremblante.

– Ta culotte n'est pas nette. Je te demande pardon, mais je ne veux pas de ça. Quand tu vois que tu vas t'attarder, repasse ici d'abord, ou achètes-en une, empruntes-en si ça se fait entre filles, fais n'importe quoi, mais ne reste pas comme ça, c'est inadmissible.

– Oui, maman.

– Bon, va vite dormir.

– Oui, maman.

Elle se sauva, les yeux pleins de larmes. De grosses larmes, comme les bébés. Dix-sept ans. En plus, sa maman la grondait. Et à juste titre.

De la lingerie même pas propre, et on me prend sur le fait ! La lingerie malencontreuse au panier, elle saisissait, pleurant toujours, sa brosse à dents, on frappa, plus discrètement peut-être qu'elle-même. Mme Montheil.

– Pas encore couchée ? Rentre vite dans le lit.

– Maman, je n'ai pas eu le temps de me brosser les dents.

– Tant pis. Mets-toi vite sous le drap. Je devrais te parler en face, mais je suis lâche cette nuit. Comme ça, je ne m'assieds pas, je m'agenouille juste, que nos visages se touchent. Ma Jenny, je me suis montrée dure, voilà, et rien d'autre, c'est ça qui est inadmissible. Pas pour t'avoir fessée. On en a parlé et mon avis ne change pas. Aussi longtemps que tu seras heureuse chez ton père et moi, même si tu ne voulais jamais te marier ni nous quitter, chaque fois que je jugerai que c'est bien, tu auras une fessée. Mais je t'ai parlé durement et cela me rend malade, il suffisait de te voir, au moment où tu ouvrais la porte, dans ma chambre, on comprenait que tu t'étais amusée, avais vécu ta vie de Jenny, étais contente. Et je te reçois avec dureté, t'adresse des reproches imbéciles. Tu es mon seul bébé au monde. Laisse-moi parler tout près de ton oreille. Alors voilà. Demain, aussitôt que tu seras réveillée, tu viens me trouver, n'importe où je suis, à quoi je m'occupe et tu fais exactement comme moi cette nuit. Ferme les yeux pour que je dise ça. Tu me places sur tes genoux, tu me déshabilles et à moi aussi tu me donnes une fessée. Veux-tu ne pas pleurer, grosse bête ! Là, je t'embrasse, et dors maintenant.

Un baiser rapide, trop, trop rapide sur les lèvres de Jennifer et celle-ci était seule. Elle éteignit, se retourna sur le ventre, ouvrit en grand les quatre membres, resserra instinctivement les jambes parce qu'intervenait, tout imprévue et brusque, une image du garçon, Renaud, les rouvrit quand elle se rendit compte qu'elle les fermait.

– Maman. Ma maman, pensa-t-elle, entre le rire et l'émotion, son derrière nu non plus cuisant, mais très chaud encore.

Puis elle dormait.

VIII

J'avoue ne croire guère, moi qui écris maintenant et ici, à la fourberie non plus qu'au despotisme de Françoise. Je crois, s'il faut en parler ici et maintenant, au despotisme de ce qui est beau. Il aura écrasé mon existence, la transformant tant bien que mal en une vie.

Françoise, dès les yeux ouverts, fit ses comptes. Le sang circulait on ne peut mieux à l'endroit – l'envers ! – qui sert à s'asseoir, en raison des fessées reçues la veille. Le ventre se trouvait un peu fatigué, mais libre et alerte, en raison cette fois des mauvais traitements, certain lavement entre autres, essuyés non, comme ils l'eussent dû, de la main vengeresse de Jennifer, mais de celle de Sandrine. Le clitoris légèrement froissé, et non vexé pourtant. Le vagin fondant, parce qu'il cuit à feu très doux la nuit, et parce qu'il gardait le souvenir, c'est la notoire reconnaissance du bas-ventre, d'une langue râpeuse et buveuse de rosée. Donc, ainsi que Jennifer s'endormant, Françoise au réveil ouvrit tout grands bras et jambes et sourit au soleil. La chambre-salle de séjour fleurait de manière demeurée active le sperme de bébé et la grisante sueur de jeune fille, non, au pluriel : jeunes filles. Et moi, pensa Françoise, je suis sale à faire peur, ces enragées, de façon et d'autre, ont si bien aspiré ma substance que j'ai éludé une ultime douche. Elle fut prise d'un fou rire incoercible, contrainte à la fin de se retourner sur le ventre, cramponnée au drap et s'évertuant à étouffer ses cascades dans l'oreiller.

Plus tard, lavée enfin, et rembourrée là où il le fallait, d'un petit-déjeuner plus copieux que d'ordinaire, elle rêvait beaucoup, tantôt à l'enfant Stéphanie et tantôt à Jenny. C'étaient elles, sans doute, les vrais bébés. Elle aimait, fort maintenant, Sandrine, son amitié facile et simple, ses diverses cruautés mêmes. Mais Stéphanie, et, d'une autre part – les deux bébés réunis cependant par un lien invisible – Jennifer et sa tendresse éperdue, lui marchaient sur le cœur.

Elle en avait assez d'être nue, ce matin-là. Avant d'expédier une sommaire vaisselle, elle enfila une des très petites culottes autorisées, voire exigées par Sandrine. Rétablie ainsi dans sa propre estime, en premier lieu elle appela chez Sandrine, eut Loïc. Courtois à la fois et direct, Loïc donna clairement à entendre qu'un revenez-y de Françoise ne serait pas tout à fait pour lui déplaire. Le ton, hélas, c'est-à-dire hélas pour Loïc, vira au geignard, lorsque la jeune fille tenta d'expliquer qu'elle n'était pas disponible. Le vaillant sportif geignit, s'embrouilla, mélangea coup de foudre, amour-propre et soif de baise, de sorte que Françoise, pour en terminer, aggrava son refus en le confirmant. Et Sandrine ? Elle dormait ! Alors Françoise appela chez Jennifer, et Mme Montheil répondit : Jennifer dormait !

– Je suis Françoise, dit la jeune fille.

– Je vous connais puisque Jenny est ma nourrissonne. Elle dit qu'elle est une de plus à être amoureuse de vous.

– À moi, elle dit que c'est de vous qu'elle l'est, rétorqua hardiment Françoise.

Silence et silence. On ne pouvait établir s'il s'agissait d'un silence consterné.

– Madame ? Si je le demande avec une extrême gentillesse, me permettrez-vous de venir vous voir ?

– Me voir moi, ou ma Jennifer ?

– Les deux.

Silence accru, ou en tout cas prolongé. Enfin une voix peut-être plus grave et, en secret, chaleureuse :

– Êtes-vous sotte parfois comme ma Jenny ? Bien sûr vous venez, quand et aussi souvent que cela vous fait plaisir.

Françoise, afin de produire une bonne impression, choisit un chemisier plutôt habillé, quasi empesé à l'ancienne, et une jupe pas trop courte, tenues par de larges bretelles qui changeaient la jeune fille en Tyrolienne pernicieuse ou en vieille scoute. Sur quoi, elle réfléchit que les impressions sur autrui la laissaient froide, envoya la tenue au diable et passa, comme la veille, un abrégé de flottant et un débardeur blanc, uni et lisse. Quand nagerait-elle ? Sans doute encore, quand elle renoncerait aux eaux troubles !

Mme Montheil l'accueillit dans le jardin. Que ses réflexions vestimentaires eussent suivi ou non le cheminement de celles de Françoise, elle portait son très habituel polo à manches courtes et sa culotte de cycliste arrêtée au-dessus du genou, le tout en fin et très adhérent jersey noir. La tête ciselée, brune et mate, aux cheveux coupés presque ras, semblait détachée d'un camée. Les yeux sombres, attentifs, étudièrent la visiteuse. Le regard, cependant, comme la voix, recelait dans sa gravité une chaleur comme sensible, comme tangible.

– Bien des fois, Jennifer m'a dit à quel point vous êtes jolie.

– Madame, pourquoi ne me laissez-vous jamais parler ? Si peu et mal qu'on connaisse Jenny, on n'ignore pas que nulle femme au monde, pour elle, n'est aussi admirable que sa petite maman.

– Suis-je si petite ? dit aussitôt Mme Montheil, illustrant sa propre forme d'humour.

Françoise éclata de rire :

– Le gros bébé continue à dormir ?

Un sourire répondit au rire. Mme Montheil appréciait que la jeune fille estimât, comme elle, que sa Jenny infiniment chère, infiniment unique, était un gros bébé :

– Que feraient d'autre les gros bébés, à tout juste onze heures du matin ?

Traversant les fleurs, et leur dure lutte contre le soleil et la poussière, elles remontèrent pour gagner le patio.

– Madame, pria Françoise. Vous voulez bien que je vous tienne la main ?

Elle cédait à la même impulsion, au même élan – et impulsion et élan ne peuvent qu'exprimer un besoin – qui, ces jours, ces temps-là surtout, gouvernaient sa vie, déjouant après tout ses plus scrupuleuses analyses. Mme Montheil rougit un peu, une rougeur sombre comme la maman de Stéphanie, prit néanmoins la main de la jeune fille.

– Madame, vous savez, je ne suis pas une perverse, dit Françoise à l'improviste.

La main très brune, étroite, bien dessinée, pressa avec nervosité la sienne, tandis que sur le petit visage impérial, la rougeur s'accentuait :

– Pourquoi dire de telles stupidités ? S'il y avait la moindre perversion en vous, Jennifer ne vous aimerait pas. Elle vous a raconté, sûrement, que je lui donne des fessées ; je lui en donnerais aussi bien si elle avait vingt-cinq ans. Mais je lui crois un sens droit, la justesse innée des bébés. Elle vous aime, il est clair que vous et vos autres amies lui apportez une joie, une excitation à vivre, et un dynamisme, qu'elle n'avait pas. Alors je peux vous aimer aussi, et il me serait impossible de penser des âneries à votre sujet.

– Madame, insista Françoise. Si moi, je pensais, commettais bel et bien des âneries, pas des âneries graves, je l'espère, mais des âneries, vous me fesseriez ?

Le serrement de main trahit, plus nettement qu'auparavant, une émotion brusque. Mme Montheil affectait de regarder le jardin, les fleurs. Elle et la jeune fille étaient arrivées au milieu du patio. Enfin elle soutint le regard de Françoise :

– Mon prénom est Monique, et je vais te tutoyer. Je crois que je viens de le dire, je comprends l'attachement à toi de Jenny, il doit être difficile et même ingrat de ne pas t'aimer. Parce que, je crois, chez toi comme chez ma Jenny, l'intelligence échoue à affaiblir la confiance dans le monde. Pour cela seulement le gros bébé devait te respecter et t'aimer et je pense et je sens comme le gros bébé. Cela dit, pour aucun motif, dans aucune situation je ne serais capable de te donner une fessée. Il y a, tout à fait par ma faute, et à vrai dire par moments j'en suis fière, un certain rapport, un type de rapport entre Jenny et moi. Il s'est révélé qu'il nous convient à toutes deux. Mais je ne saurais en sortir, le vivre, en dehors d'elle et de moi. Bizarrement peut-être, je suis pudique et ancienne, rigoriste aussi. Je crois que tu l'es, mais dans un monde différent, plus nouveau. Au dehors, je suis Monique Montheil, mariée, responsable, une dame, et ainsi de suite. Jenny est ma vie privée, presque toute en fait, une réalité et mon rêve. Elle t'aime, alors je désire t'aimer. Mais je ne peux pas plus te déshabiller, sauf par exemple si tu avais chaud ou froid ou je ne sais quoi, que je n'irais en boîte avec vous deux, ou ne me mêlerais de vos amants et de vos amours. Je te déçois, petite Françoise ?

Les impulsions, les réactions se répétant à l'infini, comme les jours, Françoise, plutôt que de répondre, porta à ses lèvres la main sèche et caressante à la fois et la baisa. S'anéantissait, à nouveau et à l'infini, la barrière, illusoire et certaine, entre le permis et le tabou, un âge jeune et un âge adulte. Le visage de la femme, cette dame, Monique Montheil, s'assombrit, et après une infime hésitation, à son tour elle porta à sa bouche la main de la jeune fille, posa sur les doigts un baiser. Françoise reprit alors :

– Monique. Cela me grossit le cœur de dire Monique. Monique, Monique, puisque tu me rassures : je n'aurai jamais de fessées – autant en abuser. Ne me regarde pas si tu as honte de moi et pour moi. Je voudrais à la folie, moi, te déshabiller. Pas par perversité ni par perversion, pour te voir nue. Tu es trop mignonne et j'en meurs d'envie. S'il te plaît, ne me gronde pas, c'est mille fois plus dur qu'une fessée. Et ne me dis pas que c'est sans intérêt, dire ça est pire que me fesser et me gronder en même temps.

– Tu abuses vraiment, dit la femme.

– Non.

– C'est vrai, non. Pourtant il ne faut pas.

– Non, parce que vous avez l'âge d'être ma mère, dit Françoise.

Monique Montheil se mit à rire. À quoi pensait ou rêvait-elle ? À son gros bébé ? À quand on est très jeune ? Ou encore, horreur des horreurs, à cette autre folie, excusable par nulle jeunesse de trente-cinq ou trente-six ans, qui l'avait incitée à épiler, à raser le plus fou des lieux de son corps ? Françoise, fidèle à sa tactique, quand c'en est une de sauter dans l'eau parce qu'on ne sait pas nager, ne dit plus rien, ôta à Mme Montheil le très mince maillot, Mme Montheil levant avec obéissance les bras pour l'aider, La jeune fille s'agenouilla, descendit la culotte de cycliste, puis le slip minuscule. Le cœur, si chaud et lourd déjà, lui battit terriblement en découvrant la tendre olive toute nue, comme la sienne, prononcée et dessinée comme la sienne, mais d'un brun léger, on eût dit que le soleil la brunissait à travers les vêtements. Elle faillit rire de joie, de folie, elle recevait en plein visage la fragrance doucement âpre du sexe de la femme. Détachant de lui, à regret, ses yeux, elle se remplit encore le cœur du nombril peu large mais profond, des tendres seins à la chair économe, ronds par-dessous, vus de haut busqués, un peu allongés et pointus, non sans désinvolture chez une vieille dame. Françoise, qui riait toujours de joie dans son cœur, fit tourner la vieille dame, s'imprégna, comme on s'imprègne de soleil, des épaules de petit coolie chinois, du dos pur, des fesses menues et étrangement parfaites, des cuisses, des jambes minces et elles aussi parfaites. Elle refit pivoter la femme, ne put se tenir de baiser la vulve brûlante. Les battements de son cœur se feutraient et sa gorge était serrée maintenant :

– Vous êtes si mignonne, vous sentez si bon aussi, dit-elle, consciente d'user de mots idiots.

– Allons, Françoise, relève-toi.

– Je vole le gros bébé ?

– Pire que ça, tu me tentes, reconnut sans fard Mme Montheil. Il est mal, je crois que tu le sais comme moi, de courir après ce qui doit être révolu. Oui, il manque de la folie dans le monde, et tu as bien raison de ne pas le supporter. J'ai adopté une autre voie, ou la voie m'a choisie, peut-être contrainte. Je ne trouverais pas honorable de me débattre maintenant. Si je le fais, c'est avec Jenny, plutôt même que pour elle, je l'aime assez pour m'accorder d'être égoïste. En ce sens, je profite de la folie que tu lui apportes. Bon, je parle trop. Tu veux bien que je me rhabille maintenant ?

– Non, je ne le veux pas, malheureusement je n'ai pas le droit de vous en empêcher. Vous a-t-on dit que vous avez le petit derrière le mieux dessiné et le plus poignant du monde ?

– Écoute, quand même, tu es trop folle.

– Oui, sans doute, trop.

Avant d'obéir, ce que pourtant elle voulait faire, elle remit un genou au sol, baisa une fois encore la vulve tendre, désespérément close sur sa fièvre, refit pivoter Monique Montheil et vite, pour que cela ne lui fût pas interdit, ouvrit de la paume les fesses de très jeune adolescente qui serait une femme, appuya les lèvres sur l'anus chaud comme le sexe. Mme Montheil était trop entêtée de propreté pour détenir une odeur spécifiquement anale ; la faille profonde entre les fesses sentait la chair crue et intime, et cette odeur éblouissait Françoise. Pourquoi, passa-t-il encore dans sa tête folle, n'ai-je jamais eu envie d'embrasser de cette façon un homme ? Elle laissa ses lèvres appuyées, pressées, aussi longtemps qu'elle l'osa. Il semblait que Mme Montheil, de son côté, n'osât ni bouger ni parler. Ainsi ce qu'on appelle le temps s'arrête. On dit avec une assez exactitude suffisante qu'il est suspendu – l'éternel temps de Damoclès. Enfin Monique Montheil frissonna comme à l'intérieur du ventre, joignant étroitement les cuisses. Alors Françoise se détacha, se redressa. Elle s'imposa de regarder le jardin, de le contempler sans le voir tandis que la petite Monique Montheil, tout entière précise tel un bijou vivant, réintégrait la protection de ses vêtements. D'elle-même elle reprit la main de Françoise, enfant à la lettre incorrigible, pour accéder à la maison. La rougeur persistait sous les joues mates. Devinant que la jeune fille l'observait, elle appliqua un preste baiser de petit faucon sur les lèvres à la ligne juvénilement sévères.

– Folle, dit-elle.

– Vous reprenez sur ma bouche le goût et l'odeur de votre corps, dit Françoise.

– Tellement folle ! Allons, tais-toi maintenant. Viens.

La chambre n'était obscurcie qu'à demi par les jalousies ; plutôt une alternance d'ombre tiède et de tiède lumière. Jennifer, qui avait rejeté le drap, dormait couchée à plat ventre, bras plié sur l'oreiller au-dessus de la tête. La brassière courte, la culotte fermée aux genoux, bleu pâle, les cheveux blonds foncés par l'évaporation, massés d'un côté de la nuque, accentuaient l'enfance du corps élargi dans le sommeil. Mme Montheil s'assit au bord du lit, tournée vers le chevet et Françoise s'agenouilla près d'elle, étant plus proche ainsi de la nuque tout humide de Jennifer. La femme et la jeune fille se sourirent parce qu'elles chuchotaient : on épiait l'innocence endormie.

– Vous ne pouvez pas lui enlever le bas sans l'éveiller, je veux voir son derrière de gros bébé ? chuchotait Françoise.

– Tu t'y intéresses tant, aux derrières de gros bébés ?

– À qui la faute ? rétorqua Françoise, de sorte que Monique Montheil, rougissant de bon cœur, étouffa un nouveau rire.

Non sans regret semblait-il, elle baissa le léger tissu tendu par la chair ronde, sourit aux fesses mises à nu, avec comme une pitié attendrie, comme de l'émerveillement aussi. Elle se contenta d'effleurer, des cuisses aux reins, le derrière potelé, ainsi que le décrivait très bien Sandrine. La brève caresse suffit à tirer la belle du bois où elle achevait de dormir. Pour ne rien cacher, la belle grogna, renifla, puis se retourna sur le dos, bâillant bruyamment tout en s'étirant. Une et même deux paupières soulevées, elle tressaillit, s'assit tout d'un coup :

– Françoise ! Et ma maman préférée ! Voilà un réveil ! Vous vous connaissez donc, maintenant ? Vous avez été sages ? Je parie que toi, oui, et maman pas du tout. Tu sais ? Déshabille-toi vite et viens avec moi dans le lit, toi aussi, maman. Je voudrais être réveillée comme ça toute ma vie !

– Pas de lit pour moi en tout cas, protesta vertueusement Mme Montheil. Des parties fines, à onze heures du matin !

– Partouzes, maman. Des parties fines ! On n'est plus au Moyen Âge.

Elle se rendit compte à ce moment que la culotte, descendue sur ses cuisses, mettait en très généreuse évidence sa toison et son ventre, ce qui la troubla pour rire. Tandis qu'elle remontait le vêtement, elle implorait Mme Montheil :

– Ma petite maman, tu veux me faire plaisir ?

– S'il s'agit d'horreurs, la réponse est non ! dit aussitôt Mme Montheil.

– Ma petite maman, s'il te plaît. Regarde, je plie les jambes, comme si je me mettais à genoux pour te supplier. Françoise, donne du jour, la petite tringle à gauche de la fenêtre. Maman, tu ne peux absolument pas me refuser une chose dont j'ai une extrême envie. Pour te montrer que ce ne sont pas des horreurs, moi je garde mon pyjama. Toi, tu te couches comme j'étais, sur le ventre, près de moi, et Françoise près de toi. Tu sais pourquoi je demande ça ?

– Parce que tu es une dingo ! répliqua vertement Mme Montheil.

Jenny éclata de rire. Dans la bouche de sa mère, le terme était un argot crapuleux.

– Nullement. Parce que côte à côte, vous êtes sorties d'un même moule, divin s'entend ! Une petite reine toute brune, et une petite reine blonde. Tu ne le vois pas, peut-être Françoise non plus, et c'est évident. Non que vous vous ressembliez. Mais vous avez le même type de tête, de corps, de membres, gravés et très souples, très déliés, très alertes, de petites médailles qui bougent, et qui ne comportent aucun défaut. Maman, s'il te plaît, ne fronce pas les sourcils, les médailles ne le font jamais. Rends très heureuse ta Jenny, pour une fois, au lieu de lui donner tout le temps des fessées. Écoute, je promets, si tu dis oui, d'être sage pendant au moins trois jours. Mais alors, sage, à appeler le médecin ! S'il te plaît, fais plaisir à ton bébé, ma petite maman.

– Espèce de poison, marmonna Mme Montheil. Et quand vas-tu déjeuner, avec ces sottises ?

Bien sûr, marmonnant, elle cédait à son gros bébé, l'enjambait plus ou moins pour aller se coucher de l'autre côté de lui, vers le mur. Jennifer se déplaça elle-même vers le bord, afin que Françoise pût s'allonger entre Mme Montheil et elle. Satisfaite, elle mit la jeune fille nue en un tour de main, se pencha pour dénuder de même sa mère, inattentive, exprès, à divers murmures indignés. Mais encore, l'étaient-ils ? L'indignation peut se passer sur la gêne comme une chemise, après tout. Jennifer, bébé étonné et enchanté de son étonnement, jeune fille qui découvre la complexité et la si simple nécessité du monde, regardait le corps brun et le corps clair. Deux êtres qu'elle aimait, Monique Montheil, sa maman, depuis toujours, Françoise, lui semblait-il alors, depuis tout le temps. Il faut bien répéter que ce qui est très beau, est intempestif et éternel.

Mme Montheil aurait bien détourné le visage vers le mur : si je ne vois rien, personne ne me voit. Mais elle ne désirait pas offenser Françoise. Elle se résolut donc, elle, à la regarder et, lentement, elles se sourirent.

– Écoute, embrasse-la, dit Jenny.

Elle ne prononçait pas de nom, pourtant dans le même instant sa maman, qui avait fermé les yeux, avançait les lèvres vers celles de Françoise, qui les tendait vers celles de Mme Montheil.

– Je me trompais, vous vous ressemblez vraiment, dit Jenny.

Et de son côté elle répéta, en toute ignorance, un jeu qui doit être très ancien, qui avait été joué là-même, dans une des villas de la plage, quelques jours ou quelques semaines plus tôt. Elle prit une main de sa mère, la posa sur les fesses d'or rose de Françoise, puis la main de celle-ci, sur le petit derrière mat, doucement hâlé.

– Je voudrais vous laisser tout le temps comme ça, dit Jenny. Oui, longtemps. C'est trop joli et on dirait que vous vous complétez. Mais je crains d'être punie et grondée et privée de dessert comme je le suis sans cesse. Le bébé vous autorise à vous caresser un petit peu, vos derrières sont irrésistibles, ensuite vous vous installerez face à face pour vous admirer, mais pas des heures non plus, et ensuite il faudra s'occuper de nourrir le bébé, il a faim et il est jaloux. Il donnerait bien cher, pour être aussi beau que vous deux !

– Sottise sur sottise, et elles ne s'annulent pas, dit Mme Montheil, ce qui fit beaucoup rire Françoise et Jenny.

Françoise la première, pour que la mère de son amie ne pût se relever, caressa les fesses denses au velouté insidieux, se retenant elle-même avec peine de glisser la main entre elles afin de retrouver l'adorable anus tout serré, la faille indicible, chaude et moite, entre les cuisses. Monique Montheil, gênée non pas plus, mais autant qu'avec sa propre fille, comme avec celle-ci s'en tint à effleurer les blondes fesses soyeuses, plus tendues, plus comblées, bien sûr, dans leur exactitude, par la sève sourde de la jeunesse.

– Je n'avais pas assez d'un bébé, un gros comme le mien surtout ? murmura-t-elle à la cantonade.

– Jenny nous accorde toute licence, à condition que ce soit un petit peu. Adoptez-moi un petit peu, dit Françoise.

Jennifer applaudissait, sa mère, défiant le sort et même les conventions, baisa vite, mais de manière franche et ouverte, les lèvres de Françoise. Tournées sur le flanc, face à face, elles s'examinèrent quelques secondes. Le torse, le ventre, le sexe. Françoise à nouveau rit de joie, reconnaissant la petite olive si timide, et Mme Montheil secouait la tête tandis qu'elle effleurait du regard, comme elle effleurait de la paume, le coquillage vulnérable, la vulve, elle-même tendre et parfaite, de la jeune fille.

– Quand Jennifer se décidera-t-elle à nous imiter ? pensa Françoise à haute voix.

– Si tu sais tout sur mon bébé, tu sais ce qu'il en est de son ventre ; la fourrure a pour mission de protéger sa virginité.

– De la cacher seulement, rectifia Jennifer, et Mme Montheil elle aussi rit de bon cœur. Françoise, qui à ton avis, mine de rien, jouit d'une intuition terrible ?

Françoise ressentit dans ses entrailles la pression du lavement, ressentit ses sanglots, parce qu'une bouche avide extirpait d'elle son sperme et pour un peu son orgueil.

– Sandrine, avoua-t-elle.

– Oui !

– Pourquoi ne vient-elle pas ici avec vous ? demanda Mme Montheil

– Parce que Jenny et moi voulons vous garder pour nous toutes seules, répliqua Françoise.

Riant, Mme Montheil et elle durent se lever, et la grande chambre, où à l'ombre hachée de lumière avait succédé comme un bain d'ensoleillement, lui-même intimement tramé d'ombre, eut l'air d'un spacieux dortoir d'odalisques. Mme Montheil et Françoise enfilaient chacune, libres et pudiques, slip ou culotte, puis le superflu d'autres vêtements tandis que Jennifer, gentille à croquer en espèce de pyjama court, gonflé par le corps pulpeux, juvénilement rebondi, piaffait, réclamant des petits déjeuners hors-concours.

Sur la plage, Françoise quitta assez vite le bébé. L'autre. Préalablement pourtant, elle pressa sur les lèvres boudeuses et rieuses, la lèvre supérieure découvrant souvent un liseré de dents nacrées, un baiser qui fit hurler en silence les garçons tout autour, le Loïc de Sandrine – et de quelques autres d'ailleurs qui lui étaient moins parentes – hurlant plus fort, mais aussi plus muettement que ses acolytes. Mme Montheil n'était jamais attirée avec fougue par la natation ou le bain de mer, ni même par la plage, elle préférait son jardin. Françoise et sa propre acolyte avaient effectué un détour par le logis de la première, où celle-ci avait pu passer un maillot, le même ou un des mêmes plutôt, brassière jusqu'en dessous des seins, à bretelles courtes, boxer-short collant, le tout blanc cassé bordé de bleu marine, en lainage imitant le lin ou le contraire.

Elle s'éloignait du petit groupe, plus dispersé que groupé au demeurant, recommençait à rêver, à s'enfiévrer peut-être, et nulle autre que la main de Sandrine lui saisit une cheville au passage :

– Parle-moi ! Où vas-tu ? Je suis trop fatiguée pour me lever, vous embrasser toi et le gros bébé. Mais j'ai encore chaud au cœur, partout même, quand je me rappelle ce que tu as dit. Que tu m'aimerais toujours. Moi aussi, je crois, je t'aimerai toujours. Tourne-toi un peu, bouge un peu. Tu es belle, tu sais. Et tu me parais très bien remise des mauvais traitements d'hier ; j'avais tellement peur que tu m'en veuilles. Viens plus près.

Françoise, souriant à la gentille amie, s'approcha encore, et Sandrine, la retenant maintenant, sans gêne, par le derrière, posa la joue sur son sexe, s'étonna aussitôt :

– Tu brûles, dis-moi. Qu'y a-t-il, ma Françoise ? C'est normal que tu aies chaud comme ça ?

– Normal si j'ai de la fièvre. Mais je n'en ai pas parce que je suis malade, pour le contraire plutôt. Parce que l'envie d'être heureuse, d'être moi, d'aimer des amies comme toi, quand même elles me torturent lâchement, me donne l'impression d'être en retard, de manquer de je ne sais quoi, de vie, de générosité, de temps.

– Ma belle amie, un peu étrange. Je ne sais pas non plus pourquoi, mais cela me fait pitié, sentir ton ventre, ton sexe, comme s'ils brûlaient. Comme si tu mourais de faim et de soif. Tu veux un garçon ? J'ai peur que tu me prennes pour Sophie, ou je te déculotterais un instant, il faut que je voie ça.

– Je ne te prendrai jamais pour Sophie, dit Françoise, marquant un très net reproche.

– Mais les gens ?

– Quelles gens ?

Françoise impavide, Sandrine ne pouvait faire moins que l'être elle aussi. Elle baissa tout d'un coup le boxer-short, dénudant, pour l'essentiel peut-être, son amie. Il fut perceptible cette fois, autour d'elles, des exclamations, une rumeur, des mâchoires béèrent et des yeux saillirent. Puis Sandrine, après un examen attentif, et maintenant toujours Françoise par ses fesses duvetées, posa un gros baiser sur l'objet de l'examen, non moins nu ou, devrait-on dire, plus nu encore. Alors la rumeur se tut, les regards se détournèrent, fût-ce à regret. Une jeune fille, sur la plage, en déshabille une autre, il y a scandale. L'ayant déshabillée, à pleine bouche elle lui embrasse le sexe, c'est que de telles choses sont possibles. Si elles le sont, c'est donc qu'elles sont admissibles. Tout ce qui est admissible est à demi reçu !

– C'est moi le docteur, décidément, dit Sandrine, remontant le maillot. Je ne sais pas, tout m'a l'air d'aller bien. Pourtant ça me dérange que tu brûles à ce point. Tu es sûre qu'un joli petit homme ne te ferait pas du bien, je ne parle pas de Loïc ?

Françoise l'embrassa, non sur le sexe, d'ailleurs Sandrine était restée assise :

– Toute seule tu me soignes très bien. Et il me faut un joli minet en effet, mais pas pour moi. Pour notre bébé.

– Ah, je l'aime aussi, celle-là, s'exclama Sandrine.

Des deux bras, elle adressa de grands signaux à Jenny, mêlée là-bas parmi ses copains et copines, et le bébé, mystérieusement averti, répondit de même. Sandrine reprit tout à trac :

– On est toutes très étranges, cet été, non ? Mais si on l'est toutes, qui ne l'est pas ? J'ai adoré te sucer, même si tu n'es qu'une fille et même pas étrange. Chaque fois que je pourrai te coincer, pas ici sur la plage, mais quelque part, chez toi, chez moi, je te redéculotterai et je te sucerai. J'adore ton goût, ton odeur, ils sont comme toi, sobres en apparence et ravageurs.

Son intérêt se déplaça tout aussi vite, ses yeux, qui avaient l'eau et la profondeur des saphirs, devinrent sérieux ;

– Françoise, pour notre bébé, est-ce qu'on ne va pas, comment dire, dépoétiser une chose qui peut et doit être importante, à la fois très charmante et très magique ?

Françoise leva une épaule. Elle aimait Sandrine, entre autres, pour ce souci :

– Je crois le contraire, mais je ne sais pas tout, je sais même très peu. Jenny a fait une question de la virginité en soi. Une dent de sagesse. Pour moi ça s'enlève. Alors la réalité, tout ce qui est charmant et magique, est libre de passer dans le corps, sa vraie place, au lieu de rester enfermée dans la tête. Je peux me tromper. Tu dis dépoétiser, moi plutôt dédramatiser. Qui a raison ? Jenny, personne d'autre. Tu devrais l'appeler, ou aller la chercher et l'emmener un peu à part, tu extrairas peut-être une confidence de sa bouche débordante de lait.

– Ah, comme c'est elle ! s'exclama encore Sandrine, mourant de rire. Et toi, mon amour d'été, ma chérie de tout le temps, où vas-tu, pourquoi as-tu déjà l'air de partir ? Je suis prête à me damner, quoi que ça signifie, pour que notre gros bébé soit heureux, mais toi tu es ma Françoise, tu m'appartiens même si tu es mon aînée, je veux te donner des fessées et des lavements et embrasser ton ventre. Si je croyais que tu as du chagrin, je serais détruite, comme tu disais hier.

Le maillot de bain une-pièce, noir, mettait en valeur les yeux de saphir, aux profondes étoiles :

– Tu sais, tu devrais aller voir maman, elle est sûrement là où elle et moi nous nous mettons toujours. Son cœur de maman et même de belle dame va sauter si tu viens pour elle. Elle t'aime presque comme je t'aime, elle me l'a dit, et pardonne-moi de la vanter, c'est une maman très bonne, très juste et réconfortante. Si tu t'ennuies, quitte-la, elle ne sera pas offensée, mais va lui parler, l'embrasser. Je peux me tromper, comme tu dis aussi, je crois que vous vous apportez quelque chose de joli l'une à l'autre.

– Est-ce qu'elle me fessera ?

Sandrine rit, rêva :

– Je ne la connais pas si bien, c'est ma maman. Il me semble qu'elle est très discrète vis-à-vis des autres, vis-à-vis d'elle-même aussi. Il me semble que papa et elle s'aiment solidement et sans folie. Je ne sais pas ce qu'elle fera, je paierais cher pour être là en tout cas !

– Eh bien, viens, rétorqua Françoise, souriant au sourire de son amie.

– Non, débrouillez-vous. Je crois que vous êtes assez grandes, assez inexpérimentées je veux dire. Comme moi avec les garçons, alors je me cache derrière Loïc, et après j'ai honte, plus ou moins, parce que je me sers de lui. Mais suffit. Pour l'instant, le gros bébé à la crème, ma Jennifer, mon autre amour. (Elle se mit enfin debout et cria, comme du sommet d'une montagne à un autre) : Jenny ! Jenny ! Arrive tout de suite. C'est pour ton mariage ! Elle va arriver rouge comme une cerise et se tortillant paresseusement, ajouta-t-elle *sotto voce*. Françoise décampa, porteuse de son fou rire et de sa fièvre. Quête de l'été, quête des vacances, quête d'on ne sait exactement quoi, qui est ainsi d'autant plus exaltant ou troublant, et qui n'est peut-être, après tout, que l'image même de la jeunesse. Elle allait, pensa-t-elle, devenir hystérique si elle ne se surveillait pas. Voila que resurgissait le souvenir, très présent, de la bite vibrante de Loïc, ce matin où il faisait irruption chez elle. Au saut du lit : quelle belle image encore !

La maman de Sandrine, en revanche, ne paraissait pas avoir bougé de la grande serviette. Définition des mamans, maintenant : elles ne bougent pas et ne doivent pas bouger, jamais. Même maillot classique, noir, que Sandrine. Adossée très sagement au petit chevet pliant, elle se colora d'un rose léger, sous le sain bronzage, dès qu'elle aperçut la jeune fille, fut debout d'un élan souple et fort, très féminin pourtant. Elle n'était pas réellement une jeune femme, elle avait entre trente-cinq et quarante ans. Une femme, liée au sport ou plutôt à la santé, à peine jolie, mais adorablement plaisante, tentante à aborder comme le croisement d'un fruit et d'une fleur. La chaude tendresse de son sourire, teintée de curiosité, enveloppa Françoise.

– Martine.

– Oui, petite fille.

– Je ne vous dérange pas ?

– Toi aussi tu vas parler pour ne rien dire, quand je t'aime parce que tu ne mens pas ? Veux-tu bien m'embrasser tout de suite !

Françoise lui passa vite les bras autour du cou, posa la joue contre la sienne. Les bras de la femme l'entouraient, et très loin au fond d'elle-même, très loin, très profond, Françoise défaillait. Était-ce donc cela dont elle était toujours en quête ? La chaleur, un abri ? Elle ne s'écarta, que le temps de presser un baiser sur la joue fraîche, caressée par l'ardeur du soleil, par l'émotion aussi sans doute, reprit plus vite sa première place, joue contre joue.

– Tu es bien là comme ça ? Oui, je sens que tu es bien, cela me rend heureuse. Ma petite fille me manquait. Je pense à toi souvent, tu sais. Je t'ai vue parler à Sandrine, et avant, tu arrivais en compagnie de votre amie commune, Jennifer je crois.

– J'aimerais pouvoir vous faire un cadeau somptueux, rien que parce que vous m'appelez : ma petite fille.

– Ah, que tu es sotte. J'ai une fille que j'aime comme on aime sa fille, c'est ma Sandrine. Un beau et bon garçon, ou bon je le crois. Sûrement je peux avoir une fille de plus. Il y aura toujours une place pour toi dans mes bras. Allons, assieds-toi, sois un peu sage et tranquille.

Comme une autre fois, la femme s'allongea à demi, s'assit à demi, dos au chevet de bois, Françoise assise elle-même sur les talons, presque face à elle. Un quart de seconde elle avait eu froid, en pleine touffeur d'été, à peine éclaircie par l'eau proche, parce qu'elle perdait son refuge :

– Malgré ça vous avez mis ce maillot exprès, que je ne voie pas vos seins de femme très jeune.

La roseur légère se prononça, s'étendit, adorablement uniforme :

– Est-ce très important, la poitrine d'une maman ?

– L'autre fois, que vous dites n'avoir pas oubliée, je me suis tenue mal, j'ai pris votre sein dans ma paume, et il me brûlait plus fort qu'un baiser, beaucoup plus fort. Il me faisait fondre. C'est important ?

Le regard de saphir, n'avait plus l'étincellement ni le timbre de celui de Sandrine. Il avait gagné, semblait-il, en gravité méditative et en chaleur, en chaleur surtout, qui baignait ce que la femme regardait :

– Tu ne sais pas mentir, alors moi non plus je ne mentirai pas. Que tu désires voir mes seins, que toi, ma petite fille, mon enfant toute nouvelle, en gardes un dans ta main, a été un des moments les plus violents que j'aie connus, à travers toute ma vie. Pourquoi ? Je ne le sais pas, pas vraiment. J'avais l'impression d'être une femme très belle, choisie parmi toutes et très aimée. Pas vraiment dans le sens du désir, aimée pour elle-même, parce qu'elle brille, qu'elle est douce et que son corps est tout chaud sous les airs sérieux. Je te permets de te moquer un peu de moi maintenant. Il me semble n'en avoir jamais raconté autant à personne

– Vous le regrettez ?

– Tu aimes me faire parler, non, précisément parce que tu vois que ça ne m'est pas habituel ? Je pense que je ne regretterai jamais rien à cause de toi. Tu es ma petite fille, tu l'as été dès le premier jour, et sans doute, en secret, tu es ma très chérie aussi.

– Martine, vous faites l'amour, vous et votre mari ?

Le visage aux yeux très écartés, un visage tout ouvert, fonça sous la pression du sang, demeurant pourtant lumineux :

– La réponse est oui. Oui, bien sûr. Il est avec nous en ce moment, tu sais.

– Je suis trop brusque, je vous demande pardon. Je voulais dire surtout, est-ce heureux quand vous faites l'amour ?

La tête brune s'inclina :

– Oui, petite fille. Tu vas me trouver banale, plate, mais ce dont tu parles, est ce qui nous rapproche, mon mari et moi. Sinon nous restons un peu étrangers. Il a son métier, ses affaires, il les aime peut-être trop. En fait, je crois que nous nous sommes accoutumés trop vite à penser, à décider, à rêver séparément, peut-être n'y a-t-il pas d'autre tromperie dans un couple. Mais écoute, petite fille que j'aime, ne parlons plus de mon mari et de moi. Explique-moi ce que je peux t'apporter aujourd'hui ?

– J'ai le droit de le dire ? Alors, exactement comme l'autre fois. Je voudrais beaucoup vous voir nue, mais je comprends que vous êtes quand même trop mariée. Je respecte l'amour des gens entre eux. Et je voudrais beaucoup que vous vous résigniez à fesser votre petite fille. Pourquoi ? Mais pourquoi pourquoi ? Est-ce que je le sais seulement ? Je ne commets pas tant de folies, à mon avis. Plutôt c'est mon esprit qui est fou. Il court à tort et à travers, s'obstinant à nier qu'il existe des frontières, des barbelés par-ci par-là, des limites, quoi. Mais autre chose, que je veux dire tout de suite : depuis le premier instant où je vous ai vue, vous m'avez apporté beaucoup, et jamais je n'en serai quitte. Quand vous avez accepté de vous déshabiller, quand votre sein était au creux de ma paume, m'inondait de chaleur et de bonheur, et que vous ne m'avez pas grondée. Ou quand je vous ai embrassée, tout à l'heure. Et simplement quand vous me parlez, avec votre générosité, votre confiance. Enfin je reste un peu en place, je suis sage, j'en ai fini un moment de chercher. Vous ne pouvez pas vous sentir si loin de votre petite fille.

Les yeux d'eau bleue et sombre, méditatifs, chatoyants, en vérité étonnamment généreux, semblaient accueillir ceux de la jeune fille :

– Pourquoi loin ? Maintenant tu sais que je t'aime, crois-tu que cela m'arrive si souvent ? Je n'ai pas ta folie, c'est tout. Je suppose bien que j'en ai d'autres. Écoute, imagine qu'ici même, tout de suite, je te couche sur mes genoux et me mette à te fesser. Tu te vois ? Tu vois la tête des gens, ce qu'ils diraient, ce qu'ils penseraient ?

– Ah, encore les gens, protesta amèrement Françoise. Vous n'avez jamais eu l'idée que nous sommes nous-mêmes les gens ? Alors ils ont une vie et nous aussi. Je me vois, ils me voient, et moi je les vois eux, ce qui me permet de m'en foutre on ne peut plus ! Ils penseraient vous savez quoi ? Que vous avez en effet deux petites filles, deux grandes, une brune, une plutôt blonde, qui sont en même temps des bébés. Vous êtes, vous, une de ces mamans justes qui, si le bébé blond passe les bornes, n'hésitent pas à le déculotter et à lui donner une fessée. Ils seront plus ou moins surpris, mais vous admireront et jugeront que tout est bien. Les bébés, parfois, souvent même, se montrent déraisonnables et on les fesse. Alors le monde continue et les gens sont contents.

– Certains, je n'en doute pas ! dit la femme, laissant percer la pointe d'humour qu'on retrouvait chez Sandrine. Mais comprends aussi, toi. C'est le bébé de dix-neuf ans qui change tout, qui désorganise, si tu préfères, ma vie de maman bien rangée. Au demeurant, peu importe, je m'inquiète à ton sujet, non au mien. Que tu tiennes tant à recevoir des fessées n'est pas très bizarre, au fond. Quand je pense à toi, et c'est souvent maintenant, je me dis que moi aussi, parfois, je suis à ce point énervée que je paierais pour que quelqu'un, n'importe qui ou presque si mon mari se trouve absent, me déshabille et me fesse Pour toi, c'est de ton intelligence que j'ai peur. Comment dire ? J'ai peur que vous vivions dans un monde où elle, l'intelligence, n'est pas un atout, bien plutôt un handicap.

– Martine, et si c'était cette maturité, vraie ou fausse, de ce que vous appelez mon intelligence, qui me faisait peur à moi ?

La tête de la femme, Martine, s'inclina un peu sur le côté, le rose s'était réfugié sous ses joues, et son regard, tout en souriant, paraissait réfléchir intensément, Elle décida enfin :

– Tu n'es pas si folle, tout à coup je crois utile que tu aies une fessée, et même, te l'administrer me fait plaisir. Mais où, petite fille, pas ici au milieu des fameuses gens ?

Remise debout, Françoise balaya des yeux la plage tout autour, effleurant, survolant les corps allongés ou en mouvement. Elle était consciente que s'écoulaient à travers le réseau de ses artères et des veines toute la lenteur et toute l'impatience du monde, c'est-à-dire sa propre vie alors :

– Les rochers, là-bas ? On dénichera bien un recoin, et si on ne trouve pas on s'en fout.

– Chut ! dit la femme. Les petites filles ne parlent pas comme ça. Tiens-moi la main et viens.

Main dans la main, sauf qu'à ce moment celle de la femme, souple et ferme, exprimait une possession et une protection, celle de la jeune fille une obéissance qui accélérait le battement de son cœur, par pulsations de bonheur et d'une sorte d'allégresse, elles traversaient, un peu comme si elles rêvaient, les gens, les groupes, toutes les variantes de familles, les corps mouillés et brunis. La rougeur, au visage de la femme, s'accentuait tandis qu'elles approchaient du bref hérissement de roches. Elles franchirent sans broncher, en dépit des pieds nus, les premiers obstacles. Juste derrière, étaient ménagées entre les rochers de minuscules oasis de sable. Au bord de l'une d'elles, une pierre, un éclat grossièrement tabulaire pouvait, à la rigueur, être considéré comme un siège.

– Vous n'éraillerez pas votre maillot ? dit Françoise, parlant pour ne pas entendre cogner son cœur.

La maman de Sandrine ne répondit pas, s'assit. Il était perceptible que ses oreilles, ses yeux guettaient dans l'angoisse une illusion de foule au murmure aboyeur, parmi la plage, quelques mètres seulement derrière elles ; comptaient, par-devant, la poignée de nageurs qui piquetaient la mer. Pourtant elle n'hésita ni n'atermoya. Elle avait gardé dans la sienne la main de la jeune fille, alors elle attira celle-ci sur ses cuisses, la déculotta aussitôt et la fessa avec autant d'énergie, autant de constance, eût-on pu croire, qu'elle aurait tapé sur un matelas ou un coussin. Ce que Françoise ne sut jamais, c'est qu'à l'instant où ses reins, ses fesses à la forme exquise, se trouvaient dénudés, un jaillissement si violent, si viscéral, sensuel et charnel sans doute, mais non sexuel, de ce qu'on entend par instinct maternel, surgit dans les entrailles de la femme, qu'elle crut que ses seins gonflaient, son cœur éclatait muet et sourd, son vagin lui-même se déchirait, comme se déchire une couture, pour pleurer du sang, du lait et du sperme. Oui, cette jeune fille d'une beauté à navrer, n'était qu'un bébé, le sien, miraculeusement jumeau de l'autre, robuste et sain, si élégant et beau lui aussi, sa Sandrine. Alors elle fessait de toute sa force ou presque le bébé qui était sur ses genoux. Elle ne s'arrêta que lorsque la pondération du jugement maternel lui eut indiqué que, maintenant, c'était bien. Françoise, tout au début, et au sein de la honte d'être déculottée par une femme, à peu près publiquement surtout, avait été sur le point de jouir, et la correction si consciencieuse s'était interposée, repoussant bien vite le processus jusqu'à son point de départ. La fessée dûment reçue, elle sauta sans aucune allégresse sur ses pieds. Pour quelques secondes, elle pleura tout à fait comme un bébé, et au mépris de son impassibilité bien connue, elle se frottait le derrière, s'exclamait plaintivement :

– Ouille ! Ouille !

Elle se retenait de trépigner. La femme, Martine, dit :

– Au moins une fois, tu auras eu une bonne fessée, j'estime que c'est ce qu'il fallait.

– Oui, accepta Françoise, pleurant à chaudes larmes.

– Et remonte cette culotte, quand même, tu ne vas pas rester le derrière nu. Déjà deux ou trois imbéciles sont venus loucher, pendant que je te fessais.

– Ça m'est bien égal, dit Françoise, pleurant de plus belle.

– Mais pas à moi. Je n'aime pas qu'on regarde ma petite fille. Allons, assez pleuré.

Françoise sentit qu'elle, la femme, s'interrompait net. Elle s'essuya les yeux tant bien que mal, et le regard de la femme, interloqué si un regard peut l'être, semblait attaché, fixé au sexe de la jeune fille, à la petite vulve comme désarmée et innocente, plus nue que les fesses mêmes. La voix s'était altérée :

– Viens ici.

Françoise s'approcha, Il n'est pas très gracieux de bouger, culotte descendue à mi-cuisses. Mais la femme, de toute évidence, ne se souciait plus de rien de semblable, elle en était très loin :

– Mon Dieu, tu es tellement belle, tellement femme. Bien sûr, tu as rendu fou mon fils ! Je vais avoir quarante ans, et j'ignorais que le ventre d'une femme, d'une petite fille, pût être si joli. Même pas joli, insupportable plutôt. Ma merveilleuse petite fille. Pourquoi est-ce que je fais toujours des choses stupides ? Te donner une fessée ! Tu crois que ça s'embrasse ? Je veux dire, une femme peut embrasser le ventre d'une autre ?

Françoise rit dans ses dernières larmes. À nouveau, et plus fougueusement, la joie lui faisait bondir le cœur :

– Une femme une autre, ça se discute. Une femme son bébé, sa petite fille ?

Les yeux de saphir en fusion ne méditaient plus, baignés intérieurement de lumière ils souriaient à Françoise :

– Oui.

Penchant un visage empourpré, elle posa un rapide baiser, releva la tête :

– Comme ça ?

– Non, dit la jeune fille, secouant sa propre tête. Avec beaucoup plus d'amour, beaucoup plus de tendresse, et beaucoup plus longtemps.

Au tour de la femme, d'obéir. Elle embrassa si bien Françoise, que celle-ci, une seconde, revit, ressentit l'avidité délibérément cruelle de Sandrine, propre fille de cette femme, et la fente profonde de son sexe fut moite.

– S'il te plaît, reste, reste, pria-t-elle, oubliant le vouvoiement.

Un instant encore, dans la magie et la lumière, le baiser s'enfonça, s'incrusta en elle, chaleur qui s'enfouit dans la chaleur et ne fait plus qu'un avec elle. Un instant encore, la main de Françoise pressa une nuque hâlée, fine, ferme sous la tendreté, pour que la femme tout entière entrât en elle, et cependant, heureusement cachés, comme eux-mêmes tout internes, son sexe et son ventre palpitaient, le sperme sourdait entre ses cuisses.

– Mon amour, je ne le désire pas, mais il faut malgré tout que tu rhabilles ta petite fille, maintenant. Moi, je vais recommencer à te dire vous.

– Tu sais que la moitié de la plage a vu ton exquis petit derrière ? dit la femme, la voix encore mal remise, et s'efforçant, avec peu de succès d'ailleurs, de plaisanter.

– Tu sais, répliqua Françoise, qui oubliait une fois encore le vouvoiement, que les mains de quelqu'un, ou je me trompe, le couvrent en ce moment ? Qu'une femme et une seule, par toute la plage, et par n'importent quelles plages du monde, a donné un baiser merveilleux à ça, mon ventre, mon sexe, et que cette femme est mon cher amour ?

– Chut ! Oui, je le sais, mais tais-toi et laisse-moi te rhabiller.

Elle remonta l'espèce de court short ajusté, eut comme un regret, et à travers l'imitation de lainage appliqua un ultime baiser, tout juste au même endroit. Françoise, debout tandis que la femme demeurait assise, se sentait presque miraculeusement rassurée et heureuse entre ses paumes, Les paumes de Martine, oui, Martine, Martine. Elles se dévisageaient, amantes en partie irréalisées, et cependant concrètes et certaines.

– Martine, un jour j'aurai le droit de te voir nue ?

Ce qu'elle voyait, dans l'instant, c'était l'arrondi de cheveux noirs et brillants, l'esquisse fuyante d'une nuque brune, mate et moite à la fois, l'ourlet de petites oreilles virées à l'écarlate :

– Oui.

Le regard de pierre précieuse et de mer chaude au-delà du lagon, s'unit de nouveau au sien :

– Ma petite fille, ne me fais plus parler. Et ne pleure plus jamais à cause de moi. Je peux deviner ce que sont, parfois, les larmes d'un bébé, malgré tout je ne les supporte pas. Pas les tiennes. J'aime tellement mieux t'embrasser que te donner ne serait-ce qu'un coup, tu sais. Pour moi, c'est très étrange d'embrasser le corps, le ventre même d'une femme, d'une fille. Ma Sandrine, jamais je n'ai eu l'idée de l'embrasser comme ça, et toi, on dirait que c'est normal, naturel, tout en me bousculant le cœur. Comment, ensuite, te refuser quoi que ce soit ? Sans doute, et je crois depuis la première fois, l'autre jour, tu es mon amour, mon petit amour, comme tu dis que je suis le tien.

Françoise n'osait bouger, elle mourait de peur que la femme ne la retînt plus entre ses paumes. Elle dit, assez maladroitement :

– Ta petite fille croit, elle, qu'il n'y a pas, pour chacun, seulement un premier amour. Par chance, parfois, il peut y en avoir plusieurs.

Et la femme, comme un écho indirect, réfléchi par un âge, une expérience autres, disait :

– Si claire d'intelligence, et si prête à aimer, cette petite fille. Devrais-je avoir pitié de toi ?

– Non, vous le disiez à l'instant, vous devez m'aimer, c'est tout.

– Alors j'ai dit ce que je pense. Chut, maintenant ! Tu auras toujours une place chez moi, et en moi, aussi. Ne l'oublie pas, c'est une prière que je te fais. Ne l'oublie à aucun moment, jamais. Continue à être l'amie de Sandrine. Toutes les trois, nous saurons que, quoi qu'il arrive dans nos vies, nous sommes ensemble.

D'elle-même elle reprit la main de la jeune fille, et à nouveau elles parcouraient la plage, proches des gens parce qu'elles étaient heureuses, très loin d'eux parce qu'elles s'aimaient.

– Explique-moi, tu as reçu ta fessée, je t'ai parlé de moi, avec plus d'abandon et plus de folie, peut-être, que je ne le devrais ; quelles autres sottises prépares-tu ?

– Les plus graves, j'espère. J'ai promis de m'occuper de Jenny.

– Le gros bébé tout rose et blond ?

– Celui-là même.

– Tu as l'air de l'aimer.

– Tout le monde aime Jenny parce qu'elle est sans défense, et ceux qui ne l'aimeraient pas devraient crever ! Elle est mon bébé, comme je suis votre petite fille, et mon amie. C'est vous que j'aime.

– Tu me déranges vraiment le cœur, tu sais. Et ma bonne vie. Petite fille, il faut que je remonte. Si Norbert est là, il doit se demander pour où je suis partie, à quoi je m'amuse.

– Voilà dont je me contrefous activement, par hasard, dit Françoise.

La femme lui lâcha la main, le temps de lui claquer avec une force redoutable le derrière.

– Ouille ! se plaignit Françoise.

À travers les gens, beaucoup plus souvent allongés ou assis que debout maintenant, Sandrine vint, c'est-à-dire gambada pour rejoindre sa mère et Françoise. Elle embrassa Martine, pas le moins du monde Françoise, dit à celle-ci :

– J'ai vu que maman te fesse, jusqu'ici, parmi le bon peuple. Ça n'a pas marché la première fois ?

Françoise se frottait toujours le croupion :

– Un conseil t'intéresse ? Lorsque tu mérites une fessée, débrouille-toi pour avoir affaire à un champion de karaté, de boxe, à ton père peut-être. Jamais à ta maman. Je dis jamais ! Tu apprendrais ce qu'est une main de fer quand il n'y a plus de gant de velours !

Sandrine éclata de rire, enchantée :

– S'il te plaît, je peux regarder ton derrière, je voudrais voir s'il est tout rouge ?

Sans barguigner, Françoise lui présenta le dos, et un afflux de sang sauta aux joues de la femme. Impulsivement elle prit la jeune fille par les épaules et la serra contre elle, afin de la protéger, mais surtout de mettre à l'abri des regards le pire, ou même le meilleur :

– Vous êtes aussi enragées l'une que l'autre ou quoi ?

Sandrine ne tenait aucun compte de cette agitation. Elle blâmait bien Sophie pourtant, et ici et maintenant, en toute tranquillité elle baissait la culotte de maillot sur les cuisses de Françoise. Elle parut déçue :

– Il est mignon à croquer, je le savais déjà, mais écoute, il n'est même pas un peu rose.

– Il fait semblant, répliqua Françoise.

Sandrine, folle de joie, se pencha, appliqua un baiser on ne peut plus bruyant sur les fesses blondes, remit le vêtement en place.

– Vous me déshonorez, protesta la femme.

– Maman, éclata Sandrine. Ça te semble juste que moi, tu ne m'aies jamais fessée ?

– Tu le voudrais tant ?

Sandrine hésita à peine :

– Une fois au moins, oui ! Sentir que je suis redevenue ta petite fille, que je le reste plutôt, Toute la vie, les garçons, grandir et le reste, est oublié. Je suis sur tes genoux, toute docile, toute petite avec mes dix-huit ans. Tu me déculottes, tu vois mon derrière nu, tu me donne ma fessée. Alors je pleure, et j'ai chaud partout dans moi, même si c'est l'hiver, surtout si c'est l'hiver, parce que j'ai une maman, et que je suis Sandrine, la petite Sandrine, la grande Sandrine.

Par-dessus l'épaule ou la tête de Françoise, qu'elle maintenait contre elle, la femme et l'autre jeune fille se regardaient. Elles étaient l'incarnation de la maman et de l'enfant, toutes deux rougissantes, toutes deux perdues et retrouvées.

– Il faut que je remonte, balbutia la mère.

Elle baisa vite, légèrement les lèvres de Françoise, regarda une seconde, comme si c'était pour la dernière fois de sa vie, Sandrine troublée parmi le pêle-mêle des longues et lumineuses journées de gambades, s'éloigna. Sans doute il y a le feuillage d'ombre d'une nostalgie dans toutes les amours, amour maternel, amour filial, amour des amants, qu'importe ? Peut-on parler d'une nuque, d'un dos pensifs ? La maman de Sandrine s'éloignait, et les jeunes filles, on eût dit pour se consoler, se prirent par la main tandis qu'elles allaient retrouver les autres.

– Nous ne la déshonorons pas, bien sûr elle est fière de nous, mais nous lui compliquons l'existence, nous introduisons du désordre partout, dit Sandrine.

– C'est le rôle des enfants, expliqua Françoise.

– Oui.

Elles contournèrent une cohorte tumultueuse de frappeurs de ballon.

– Je t'aime fort, tu sais, dit Sandrine. Et elle est une maman très bonne, très sage aussi, je crois. Tu voudras bien être notre amie, toujours, à elle et à moi ?

– Je vais me remettre à pleurer, dit Françoise.

À peine plus tard, ce n'était pas encore la fin de l'après-midi, se posa la question : comment s'habille une entremetteuse ou une marieuse ? Françoise choisit une robe droite, simple, sans manches, d'un tissu bleu clair sec et souple, et d'élégants mocassins vernis noirs. Elle peigna et brossa avec soin ses longs cheveux, souples eux aussi. Ensuite seulement, elle appela Jennifer :

– Mon gros bébé, où veux-tu être mariée ? Chez toi, chez moi, ailleurs ?

Le considérable silence la fit rire malgré elle ; il s'en fallait que ce fût le moment de rire ! Puis le bébé :

– Tu dis n'importe quoi. Mais viens, tu sais qu'on sera contentes de te voir. On rentre juste de la plage. Comme je ne t'y ai pas vue, je pensais que tu appellerais.

– Gros bébé, tu sais bien toi-même que la question n'est pas là. J'ai tout le temps envie de voir ta maman, mais si je déboule accompagné de Renaud, elle comprendra qu'il y a de la fiançaille et même du sexe dans l'air, et alors nous ferons quoi ?

Silence énorme, fou rire comprimé de Françoise, puis enfin.

– Tu es vraiment trop bête.

– Oui, mais encore ?

– Ah, tu m'ennuies, tu es trop bête. Viens, quoi. Maman, quand elle ne veut pas être seule, a plein d'amis ici, depuis vingt ans qu'elle loue la villa. Si elle voit qu'elle nous gêne, elle ira jouer au bridge, ou prendre le thé ou le diable sait quoi. Elle est bien plus intelligente que moi, en définitive. Tu viens tout de suite ?

– Comment veux-tu, gros bébé ? Il me faut bien d'abord aller quérir le prétendant.

Silence et silence, forte recrudescence de fou rire chez Françoise :

– Jenny ?

– Oui ?

– Tu penses, de toute façon, à mettre une culotte propre ?

Jenny, furieuse pour une fois, lui raccrocha au nez, et Françoise, tout en se maudissant pour ce qui était en effet de la bêtise, dut s'asseoir sur le lit, pliée en deux, tant elle riait. Au téléphone une fois de plus, le petit Renaud, comme sa fiancée arbitraire, répondit tout de suite ; peut-être ne s'était-il pas éloigné de l'appareil depuis la veille ou l'avant-veille ? Je dois absolument cesser de rire, s'intima Françoise. Elle se dit aussi, tandis que Renaud répondait, qu'il y avait quelque chose de très gentil, de courtois et touchant, chez le petit chevalier.

Bref, décidée à ne reculer devant aucun sacrifice pour le bonheur de ses copines, elle gagna, à travers la somnolence estivale, la demeure de l'autre bébé, un garçon pour changer. Les parents étaient là. Le monde entier s'ingéniait à rendre plus ardue une tâche, osons dire une mission, scabreuse déjà. Le père, fidèle à sa bêtise personnelle, prétendait être badin :

– Vous me contraignez, mademoiselle, à vous prier de préciser vos intentions. Mon fils Renaud est pur, sans en tirer gloire d'ailleurs. Mais moi oui, sa mère également. Êtes-vous amoureuse de lui ?

Ladite mère, à la dérobée, poussait la hanche de son mari, pour endiguer ses folâtreries.

– Toute la plage l'est, dit Françoise. Et je ne céderais mon tour à personne, si par bonheur j'étais libre.

– Mon épouse et moi-même ne nous opposons pas, en ce cas, à ce que vous poursuiviez notre fils jusque, et y compris, dans ses appartements privés.

Renaud, qui écoutait peut-être, parut à ce moment, en jeans et tee-shirt, ne dit pas un mot, regarda Françoise, cacha sa rougeur entre ses longs cheveux noirs et fit demi-tour, montrant le chemin de sa chambre :

– Mon père est un con, commenta-t-il amèrement.

Françoise ébaucha une grimace :

– Ne parle pas comme ça, la grossièreté, les insultes, même à l'endroit de son géniteur, sonnent mal dans la bouche d'un petit chevalier.

– Ouais, ouais, d'accord.

Dans la chambre, il ne songeait pas à faire asseoir Françoise. Ses joues étaient plaquées de pourpre sous le hâle foncé, il haussait les sourcils à leur faire toucher les cheveux en désordre. Il s'assit lui-même sur le lit, se releva aussitôt :

– Françoise ? Ta copine, Jennifer, commença-t-il.

Et lui, et la jeune fille se rendirent compte qu'il ne pourrait aller plus loin. Elle luttait toujours contre son envie de rire :

– Petit Renaud, tu sais que tu es un garçon très joli, et qu'en plus, tu as l'air parfaitement adorable ? Je ne plaisantais pas avec ton père. Si j'étais un tout petit peu plus jeune, et que je sois, quoi, disponible, je voudrais beaucoup que tu me fasses l'amour.

– Oh, bon sang.

– Et Jenny, je l'ai appelée tout à l'heure. On va la voir maintenant si tu veux. Je lui ai dit qu'on lui rendrait sans doute visite.

– Oh, bon sang.

L'infortuné chéri des dames s'empourpra plus, conscient de l'absurdité de l'exclamation, et de la répéter surtout. Un moment, il médita au sein de la plus opaque noirceur.

– Écoute Françoise. Cela ne t'ennuie pas que je dise Françoise ? Comment dois-je m'habiller ?

Ne ris pas ! s'enjoignit avec force Françoise :

– Petit joli, elle parle de quoi ta question ? Comment tu dois t'habiller, et te déshabiller aussi ! Tu ne dois rien du tout, tu viens comme tu le sens, point à la ligne. Tu es lavé de pied en cap, je suppose, le derrière, le zigouigoui ? Portes-tu un slip séduisant ?

Le jeune Renaud éclata de rire, quoique à contrecœur :

– Tu te plais bien, à te foutre de moi, non ?

Françoise vint tout près de lui, le saisit avec tendresse par les oreilles, lui baisa vite les lèvres, des lèvres plus fermes que celles d'une fille, dépourvues de dureté pourtant, le petit était si jeune :

– Non, mon tout beau. J'aime rire, c'est sûr, mais je ne me moque pas, surtout pas de toi, et surtout pas à propos de faire l'amour. Je crois que j'essaie de dire que c'est beau ça aussi, faire l'amour, et facile. Il suffit d'un garçon qui trouve une fille bandante, et que la fille pense pareil de lui. Je te choque ?

– Non. Je t'aime bien, ajouta-t-il, toujours comme à contrecœur.

– Et moi toi. On part en visite maintenant ?

– Écoute, pas tout de suite.

– On s'assied alors. Non, attends. As-tu déjà remonté la robe, le vêtement d'une fille, pour la joie de la voir en petite culotte ?

Il était embarrassé, et confiant en même temps soudain :

– Pas vraiment.

– Fais-le.

Viril parce que la confiance lui était rendue, il se pencha, il était tout juste plus grand que Françoise, remonta la robe, ne dit pas : bon sang, demeura en arrêt devant les cuisses blondes, la culotte minuscule, gonflée par la vulve nue, dont Françoise n'ignorait pas qu'on devinait la fente :

– C'est bien, asseyons-nous vite parce que tu me troubles.

Au bord du lit, en s'asseyant, elle replia les jambes sous elle, cela lui permettait d'être plus proche du garçon. Elle posa les mains sur le côté des cuisses de celui-ci :

– Je peux ?

Incapable de répondre, il hocha la tête. Françoise défit l'unique bouton, descendit la glissière, sourit intérieurement de tendresse à cause du slip très blanc et fermé, l'idéal à ses yeux, baissa le slip. L'émotion du garçon n'était pas discutable, alors elle dit :

– Ta bite est très jolie, comme toi, racée et forte. En passant, si tu ne le sais pas encore, et sans vouloir faire l'article, je t'apprends que

Jennifer est un merveilleux bébé, tout blond, tout rose, tu vois sa petite fourrure et son sexe de bébé et tu meurs. Ferme les yeux, maintenant.

Le garçon n'avait plus peur de Françoise, peut-être de rien au monde n'avait-il plus peur. Il obéit, et la jeune fille prit dans sa bouche la longue bite fine et nerveuse, ne la garda que le temps de la sentir frémir, commencer à vibrer de la douleur du désir. Bien sûr celle du garçon appelle celle de la fille ; il n'était pas si aisé d'abandonner le trop joli sexe, de le recacher sous le stupide coton, le stupide coutil.

– Je suis jalouse ! Allez, on se lève.

Ils se levèrent ensemble, vacillèrent une seconde ensemble, et le petit dit :

– Si tu veux, embrasse-moi comme tout à l'heure.

– Mieux que tout à l'heure, mon gentil Renaud. Mets tes bras autour de mon cou.

Maladroitement, adorablement il lui enlaça le cou, et cette fois elle croisa ses lèvres sur celles du bébé, ne laissa pas leurs langues pénétrer chacune dans la bouche de l'autre, mais embrassa, tout comme lui l'embrassait, avec une confiance et une tendresse un peu folles. La jeune fille faillit s'égarer, elle percevait contre son ventre, l'érection entêtée, aveugle du petit.

– Une demi-douche, plutôt froide, ne serait-elle pas d'usage, mon joli et mon gentil ? Il faut que tu conserves tes moyens, tu comprends ?

– Mais tu viens avec moi ?

– J'ai l'air de vouloir t'abandonner ?

Dans la salle de bains, une main redéboutonnant le haut du jean, le regard allant du lavabo à la douche :

– Qu'est-ce que je fais ? J'en ai assez de me défringuer.

D'autorité, puisqu'il l'attendait d'elle, et en vérité elle, non lui, avait imposé les rôles, elle le mena vers le lavabo, le redéculotta à peu près :

– Tu vas crier si l'eau est très froide ?

Il rit. Pour décomposer l'effet de surprise, elle prenait l'eau dans sa paume avant d'en inonder l'érection juvénile. Celle-ci y mettait de la mauvaise volonté. Enfin, mauvaise ? Le bébé bandait comme un petit cerf et Françoise eut honte :

– Je déteste faire ça, t'endormir à l'eau froide. Mais je t'ai expliqué pourquoi. (La vieille scie lui revint) : Tu me remercieras plus tard.

Le bébé rit encore, et, comme de juste, il demeurait troublé et inquiet :

– C'est drôle, que tu t'occupes de moi. Je t'aime bien. Tu sais ce qui était terrible ? Quand j'ai remonté ta robe. Quand je t'ai vue.

Le vraiment terrible est que le seul souvenir, la culotte d'une fille de dix-neuf ans – Renaud en avait quinze tout au plus – annulait en une seconde les vertus de l'hydrothérapie préconisée par Françoise. Comme Renaud, car l'âge ne joue guère dans l'instinct, dans le pulsionnel si l'on veut, la jeune fille était partagée entre le rire et l'émotion :

– J'ai plu à M. Renaud ? Attends de voir Jennifer ! Je ne devrais pas le dire, je la trahis, mais elle est ma copine, je l'ai vu s'habiller et se déshabiller, je te dis qu'elle est plus belle et plus excitante que moi. Un bébé tout rose qui serait une femme. Même moi qui suis une fille, elle me donne chaud quand elle est nue. Mais suffit, je constate que je choisis mal les sujets de conversation ! Rentre-moi ce stylo. Si tu tiens à écrire, tu écriras dans ton slip !

Troublés, rieurs, le garçon séché et rajusté sinon calmé, ils se reprirent par la main, c'est-à-dire que plus que jamais, Renaud paraissait se confier à la protection de Françoise. Ah ! Ah !

– Je devrais prendre congé de tes parents.

– La barbe avec mes parents.

Il se trouva que la pièce intermédiaire et le vestibule étaient déserts. Sauvés ! Alors ils marchaient, la jeune fille et l'adolescent, par les petites routes et les venelles. Jouer non plus n'a pas d'âge, par instants ils balançaient leurs bras, leurs mains unis ; on dirait que les êtres jeunes, ou simplement heureux, ont fait ça de tout temps et partout. À d'autres moments, Françoise percevait un regard de côté sur son profil, sa joue. Alors elle baisa, vite de nouveau, celle du petit :

– Tu as compris que nous n'allons pas à une exécution ? J'ai une amie que j'aime, je crois qu'elle rêve un peu de toi. Je crois que toi, tu ne la trouves pas déplaisante, tous les garçons ont envie de Jenny. Mais il n'est pas question de sauter telle fille à telle heure. On va voir ma Jenny parce que tu es un gentil Renaud, sans plus. À vous de décider ce que vous souhaitez l'un de l'autre.

– Et si elle me prend pour un foutu môme ?

– Et si tu la prends pour une foutue buse ? dit Françoise.

Par nervosité, il rit aux larmes, reprit tout à coup :

– Je ne suis pas idiot, tu sais. Je sais très bien pourquoi tu m'embrasses, pourquoi tu m'as laissé te voir. Tu l'as fait pour que je n'aie pas peur. D'une fille, je veux dire.

Le poste d'entremetteuse est usant. Il serait si simple, comme dans La Fontaine, de garder les protagonistes pour une consommation personnelle :

– Je rectifie, s'il te plaît. Je l'ai fait, oui, pour que tu n'aies peur d'aucune fille. Et je l'ai fait, parce qu'étant moi-même une fille, j'en avais envie, repoint à la religne ! J'aime tes yeux, ton sourire, tes cheveux, tu as un très élégant corps de garçon, musclé mais pas trop, et j'ai adoré prendre une seconde ton sexe de bébé dans ma bouche. D'accord ?

Il la regardait de côté :

– Françoise ? Les filles font souvent ça ?

– Portent-elles souvent un soutien-gorge noir ? Font-elles souvent l'amour ? Tous les garçons ont-ils une jolie bite ? Que te dire, mon gentil Renaud ? Certaines filles oui, d'autres non. La bonne façon d'aimer, pour moi, c'est de faire tout ce qu'on a envie de faire, sans offenser l'autre bien sûr, et rien de ce qu'on n'a pas envie de faire.

– Toi, tu es gentille avec moi.

– Répète que tu m'aimes bien et tu as une fessée, avertit Françoise.

– Non, pas de fessée !

– Je suis au courant, tu bandes assez comme ça, broda-t-elle.

De nouveau il rit aux larmes :

– Oh, écoute. Elle est où, la maison de ta copine ?

– Dis : la maison de Jenny.

Il obéit, riant et confus.

– On y est, mais c'est chez moi. Je m'imagine qu'elle aura préféré venir. Sinon, je vais appeler sa mère.

La ligue contre les entremetteuses ourdissait plus que jamais sa trame. Pour la première fois de l'été, semblait-il, les tenants en titre de la villa s'ébattaient à proximité de l'entrée normale. Ils agitèrent la main et sourirent :

– Une de vos amies vous attend.

– Je m'en réjouis. Merci, dit Françoise, et Renaud rit en sourdine.

Ils pénétrèrent donc dans la chambre ou studio par la porte-fenêtre. Jenny, l'autre bébé, en robe droite légère, d'un bleu plus soutenu que celle de Françoise, serrée un peu à la taille par une mince ceinture et blousant un peu sur les seins, faisait joujou comme les bébés, tournant sur elle-même pour gonfler la bas de la robe. Elle ne manqua pas de s'empourprer, sauta fiévreusement au cou de Françoise qui la baisa vite sur les lèvres avant de la repousser :

– Ma Jenny, voici Renaud. Renaud, mon tout beau, voici Jennifer.

Jennifer, très indécise, posa une main sur l'épaule du garçon, l'embrassa de façon sotte sur les deux joues tandis qu'il hésitait lui-même, dos redressé avec raideur. Consciente de l'absurdité, Jenny se résolut à presser sa grande bouche généreuse, adorable, sur la bouche plus réservée, puis se retourna vers Françoise, dans l'attente de félicitations, ou encore, d'un supplément de consignes. Misère ! Mais pourquoi ne pas en profiter, après tout ?

– Tu as fait ce que je t'ai dit ? demanda Françoise. Tu t'es rappelé de mettre une culotte propre ?

– Oh, écoute, vraiment.

Le visage de la pauvre Jenny s'incendiait. Renaud, enfiévré lui-même, céda à un bref accès de rire.

– Mais non, pourquoi ? C'est très important, persista Françoise.

Ce qui a marché une fois doit marcher deux ; ou alors, essayez dans l'autre sens. Elle se pencha, prit la petite robe par l'ourlet et la remonta prestement sur les hanches, révélant, le temps d'une seconde, des cuisses rondes belles comme le pain et comme le soleil, et une culotte blanche très convenable, qui couvrait bien le ventre et sans doute aussi les fesses. La douce Jenny songeait à peine à se défendre, que le rideau retombait. Françoise n'en crut pas moins sentir sur sa propre peau, la chaleur et l'émotion tant de son amie, que de l'autre apprenti amant. Vrai chevalier, celui-ci blâma Françoise :

– Tu es plus méchante avec elle qu'avec moi, je trouve.

Ce qui a marché plusieurs fois doit marcher mieux encore.

– Vous me remercierez plus tard, bientôt peut-être, dit donc Françoise. Jenny, mon bébé, ma perle rose, je suis méchante ?

Jennifer, plutôt cramoisie que rose, secoua une tête blonde alourdie d'appréhension, d'embarras, d'attente, d'impatience qui sait, et de rêve :

– Tu es bête. Toi, maman, vous êtes mes deux meilleures amies, alors, quelle méchanceté ? Mais plus dingue que toi, je dois dire, ça n'existe pas.

– Enfin on me comprend, dit Françoise. Si on s'asseyait ?

S'aidant d'un genou, elle rapprocha les fauteuils. Assis, Jennifer se releva, vint se courber pour baiser encore les lèvres de Françoise, elle pensait qu'elle l'avait peut-être blessée.

– Ma Jenny, si belle, si adorable, dit son amie.

Jenny se trouvant interposée entre Renaud et Françoise, celle-ci le désigna du menton, et Jenny alla aussitôt se courber sur lui, l'embrasser de même. Demeurée debout devant lui, ils se regardaient, rougissants, à la fin se sourirent. Françoise vit que les yeux du garçon ne pouvaient se tenir d'effleurer les cuisses de l'autre bébé, là où s'arrêtait la robe, le ventre. Son propre cœur battit comme si c'eût été elle, que le petit homme regardait :

– Soyons très simples, dit-elle, maîtrisant un confus retour de fou rire. Nous sommes ici pour faire connaissance, mais vous deux surtout. Première question, ne seriez-vous pas plus à l'aise si j'allais un peu me promener ? Il reste des tas de jours pour se voir.

– Tu avais dit que tu resterais, protesta tout de suite Renaud.

– Mais écoute, pourquoi ? Reste, dit Jenny, la honte au front, celle du péché sans doute.

– Jusqu'au bout ?

À son grand soulagement, Jenny éclata de rire :

– Tu es tellement dingue qu'il n'y a pas à te répondre. Jamais je n'ai connu quelqu'un d'aussi dingue que toi.

– D'accord. Je pense que c'est plus facile comme ça. Pour faire connaissance, en particulier quand ceux qui le veulent sont, enfin, manquent d'expérience, je vois deux façons. On compte sur le hasard, les rencontres, les approches, cela prend des jours ou des mois et peu importe, parce que la progression elle-même est en soi une magie. Ou on fait pareil à l'envers. On commence par la fin, on est amants disons, et ensuite, peu à peu, on apprend à se connaître. J'aime, je l'avoue, cette manière parce qu'elle dégage la voie pour le plus beau. On se sent libre, libre d'aimer ou de ne pas aimer. Faire l'amour cesse d'être une conclusion, comme on le croit quand on est vierge ; cela met seulement les cartes sur la table.

– Tu as toujours choisi comme ça ? questionna Renaud.

– Presque toujours. Je suis dingue, le bébé blond l'a dit. Je choisis presque toujours les actes parce que pour moi, ce sont les pensées qui sont sales. Elles rancissent vite, tu comprends. Alors ? Qui je déshabille en premier ?

Derechef son cœur battit fort. Tout d'un coup, la jeune fille et l'adolescent, les deux bébés, ne s'adressaient plus à elle, mais, riant à demi, hésitant, rougissant, souriant encore de leurs propres émois, se consultaient entre eux.

– J'aime bien Françoise, dit inopinément Renaud.

– Moi, je la déteste, elle a permis à un garçon de voir ma culotte ! Écoute, Françoise aura été le plus beau cadeau de mes vacances, pourtant j'en ai eu plusieurs. Renaud, tu as envie d'être mon amant ?

Françoise devina que le petit avait peur, surtout parce qu'il admirait Jennifer.

– Je n'ai jamais été l'amant de personne, tu sais.

– Tu es gentil, très gentil de dire ça. Moi non plus je n'ai été l'amante de personne. Tu sais de quoi j'ai peur ? Pas de faire l'amour, je crois que c'est très bon dès que le garçon et la fille sont gentils. J'ai peur à cause de ton âge et du mien. Je vais avoir dix-sept ans. Pour toi, ce n'est pas comme si j'étais vieille ?

L'adolescent lui sourit, tout effervescent au milieu de son trouble, et en même temps rassuré, comme se rassurent les jeunes êtres, on ignore pourquoi et comment :

– J'ai déjà une petite amie, tu la connais un peu, c'est Stéphanie, Je crois qu'elle a treize ans. Elle, j'aurais très peur si elle voulait que je sois son amant. Elle est trop vieille.

Le scélérat a même de l'humour, excellent moment pour le montrer ! pensa Françoise. De toute évidence, les deux bébés s'enchantaient l'un l'autre. Jennifer flamba, cela se voyait dans ses yeux, surtout le visage, et se devinait à l'intérieur, se leva conservant pourtant sa souple grâce paresseuse, vint, tout émue et toute tranquille, ses grands yeux bleus irradiant une chaude lumière, devant Françoise :

– Moi, je veux bien que tu me déshabilles. Je veux bien que Renaud me voie. J'en ai envie. J'espère que je lui plairai. (Elle tourna la tête sur l'épaule, avec en vérité une grâce bouleversante, pour sourire au petit) : Tu es le premier garçon qui me voie vraiment.

Lui, rendu muet, secoua ou hocha sa propre tête. Les longs cheveux noirs, des cheveux de fille en fait, lui balayèrent le cou et les épaules. Ceux de Jennifer, moins longs, mais très épais, auraient pu lui servir de rideau ou de masque, mais elle ne voulait pas se cacher ; peut-être, de toute sa vie, ne le voudrait-elle jamais. Françoise, son amie, éprouvait dans son corps à elle la résolution et l'impatience de la jeune fille. Quant au désir, sans doute s'apprend-il comme le reste. Elle défit rapidement la mince ceinture, symbole ou non de la virginité, dépouilla rapidement Jenny de sa robe. Ce faisant, elle servait toujours d'écran entre les deux bébés. Elle s'adressa à Renaud :

– Je crois que tu pourrais te lever, il ne s'agit pas d'une présentation de mode. Regarde Jennifer, la tienne, la jeune fille qui veut être à toi.

– Jennifer, excuse-moi, dit adorablement le garçon, sautant sur ses pieds.

La jeune fille, qui avait dû penser bien des fois à son petit fiancé, avait gardé les seins nus sous sa robe. Des seins imparfaits, inachevés, gauches si cela peut se dire de seins. Tels quels, Renaud, qui forcément avait vu mille poitrines sur la plage, les buvait des yeux, ou alors les dévorait, parce que, maintenant, tout d'un coup, ils étaient à lui, et nus pour lui, lui seul. Son regard passa sans s'y arrêter sur le nombril, pourtant profond, fascinant aux yeux de Françoise, s'attacha, bien sûr, à l'emplacement du pubis et du sexe, mais peu longtemps par timidité, ou plutôt peur de la peur.

– Renaud, tu veux lui ôter toi-même sa culotte ?

Le même flux de sang jaillit au visage des deux nouveaux-nés puisque, comme il y a plusieurs morts pour chacun, et, hélas peut-être, plusieurs premier amour, il y a plusieurs naissances. Le petit secoua la tête, répéta, de plus en plus adorable et gentil :

– Jennifer, excuse-moi, je n'ose pas.

Françoise mit le bébé blond et rose tout à fait nu, et son futur amant, son amant immédiat contempla avec une stupéfaction émerveillée le menu buisson, vaporeux et frisé, exubérant qui enveloppait, et indiquait en la dissimulant, la vulve de Jennifer. Celle-ci porta les mains à ses joues surchauffées et, quand Renaud se décida à relever les yeux, rit à son sourire.

– Je ne devrais plus me fourrer entre vous, dit Françoise au garçon. Mais je suis obligée de te confier que ma Jenny, qui va être aussi à toi, a le plus affolant et le plus tendre derrière de bébé qui ait jamais existé. Il faut que tu le voies, avant qu'autre chose te distraie. Tourne-toi, gros bébé.

– Oh, écoute, dit Jenny.

C'était plutôt comme une réminiscence. En dépit de sa confusion, elle riait, on eût dit que son corps riait de son propre chef. Mains sur ses joues brûlantes, elle pivota, blottit le visage dans le cou et l'épaule de Françoise, qui demanda presque de suite :

– Désires-tu te trémousser un instant ?

– Oh, écoute.

Françoise, tout à fait exprès, affecta de claquer plutôt fort les fesses notoirement potelées :

– Assez pour l'instant, je crois. Retourne-toi. Jenny, veux-tu déshabiller toi-même Renaud ?

Jenny, toute rouge et riant, secoua elle aussi la tête :

– Je n'ose pas. Excuse-moi, Renaud. J'ai très envie de te voir, j'ai un tout petit peu peur, et je trouve que tu es plus joli que moi.

Leurs yeux, à tous les deux, étaient embrumés et chatoyants. Ils se souriaient, tout interdits, tout confiants. Françoise abandonna donc Jennifer, traversa d'un pas le précipice entre les sexes et mit nu l'adolescent, Elle avait reconnu la pointe délicieuse de la jalousie, pourquoi ne suis-je pas Renaud, quand elle tapait les fesses pleines de Jennifer ; elle la retrouvait, pourquoi ne suis-je pas Jennifer, devant la fière et fougueuse pine du garçon, tendue et vibrante tel un flexible acier.

– Jenny, autant que tu le voudras, Renaud va être ton petit maître. Je pense que tu dois venir ici à ma place, te mettre à genoux et, tu sais, l'embrasser.

Sans hésiter, la jeune fille vint et quasiment se jeta à genoux aux pieds de l'adolescent. Elle le regardait, regardait son sexe, comme aux premiers jours du temps. Françoise perçut encore les ondes violentes de curiosité, de ce qu'on appelait jadis l'épouvante sacrée, de désir inconnu à lui-même, qui déferlaient et cognaient à l'intérieur de Jennifer. Pour tout dire, la petite culotte de Françoise elle-même en était moite, serait bientôt à tordre si les bêtises continuaient.

Plus hésitante alors, parce que ce n'était pas voir le sexe déconcertant du garçon, mais savoir qu'il pénétrerait en elle, ouvrirait une porte, un accès infiniment intime, qui l'ébranlait, Jennifer prit d'abord dans sa paume la hampe toute frémissante, close elle-même sur son déconcertant secret. Ensuite, baissant la tête, elle l'appuya contre sa joue. Tournant à peine la tête, bougeant à peine la main, elle fit glisser le gland jusqu'à ses lèvres, la commissure, puis le plein des lèvres. Maintenant elle posait un baiser retenu, précautionneux. Enfin elle ouvrit la bouche, bien sûr comme le vagin lui-même, un jour, se livre au prestigieux envahisseur, absorba d'un coup gland et hampe, ainsi que depuis les premiers jours du temps, le sexe de la femme absorbe celui de l'homme.

D'elle-même, Jennifer retira le garçon de la chaude prison qui libère à jamais, regarda, les yeux perdus, non lui, mais Françoise qui demanda, incapable de son côté, de calculer ses mots :

– Que désires-tu maintenant, mon cher amour ?

– Que Renaud me prenne, s'il veut de moi. Mais vite.

– Mon cher amour, je devrais quand même vous laisser.

– Non, s'il te plaît.

– Renaud ?

– Comme Jenny.

– Jenny, mon bébé très cher, garde un peu dans ta petite main ce que tu tiens si bien, mais lève-toi, et dis-moi comment tu veux être, tu sais, comment tu veux qu'il te prenne, ton joli Renaud ?

Jenny, tenant en effet toujours la fine hampe de soie ocre, si ardemment vivante, fut debout et, sans que ce fût bien visible, elle tremblait :

– Je ne sais pas.

– Mais si.

– Oui. (Comme déjà, et cela perçait et éblouissait, par le mystère des sympathies, le cœur de son amie, elle s'adressa à Renaud) : Ne sois pas vexé ni fâché. Je veux vraiment que tu me prennes vite, et je ne veux pas que tu sois sur moi, qu'on se voie, il me semble qu'on aura peur, qu'on se gênera. Ne sois pas fâché, je ne veux pas voir. Juste sentir ce que tu fais, ce que tu me fais, je crois que je fermerai même les yeux, pour mieux sentir. Si je te vois, si je te regarde, je penserai trop à toi, peut-être aussi à mon idiot de corps, quand c'est à lui de penser. Tu comprends ? Tu n'es pas fâché ?

Renaud, qui avait bel et bien des gestes chevaliers, ne répondit pas, mais déprit de sa verge surtendue la main inconsciemment possessive et la haussa, tandis qu'il inclinait la tête, pour en baiser la paume. Un instant encore, ils se dévisagèrent, tout frémissants. Puis Jennifer, dont les rondes cuisses tremblaient, s'écarta soudain, et comme elle était accourue pour s'agenouiller devant le garçon, alla jusqu'au bord du lit et se remit à genoux, torse couché sur les draps, tête dans son bras replié, croupe offerte sinon ouverte. Le sexe du garçon accusa un sursaut fougueux, galvanique.

– Eh bien ? dit Françoise.

Était-ce à elle, maintenant, de le prendre par la main, ou même, pour achever la tâche, dans sa main ? Elle se rappela avoir vu, des années plus tôt, dans un haras, l'éleveur procéder ainsi, guider lui-même la flèche de l'étalon vers la jument et l'y introduire. Misère ! Renaud était peut-être un petit étalon doué. Un peu somnambule, il n'en rejoignit pas moins comme un grand l'adorable cavale Jenny.

– Excuse le conseil, dit Françoise plus bas. Je sais que tu ne seras pas brutal. Mais entre en elle d'un mouvement continu. Lent et tendre, mais continu, ne t'interromps pas pour te demander ou lui demander quoi que ce soit. Elle t'attend, alors tu la pénètres et c'est tout.

Puis à Jenny :

– Excuse-moi toi aussi, écarte bien tes genoux et tes pieds maintenant, mon bébé, que Renaud trouve une place.

Le bébé blond et rose obéit, livrant en tout consentement le rose plus intense du gracieux anus, d'une fente vaginale généreusement ourlée. Misère ! L'instinct devait bien saisir le relais, quand même !

Le lit par bonheur était plutôt haut, et lorsque Renaud se fut avancé entre les jambes de Jennifer, il ne pouvait rester d'équivoque sur les destinations des deux sexes. Françoise se pencha et posa un baiser sur les fesses de l'adolescent, affecta de gifler, comme avec Jenny, le derrière élégant qu'elle venait d'embrasser. Renaud, verge dans la paume, écartelait doucement Jennifer. Françoise eut le temps de distinguer le frissonnement comme angoissé, comme douloureux, qui accompagnait chez Jenny cette toute première intrusion, définitive en un sens, puis la victime on ne peut plus volontaire s'abandonna, tout entière cela se voyait, au gentil bourreau qu'elle avait choisi. Chair rose, finement hâlée, ici et là de menus copeaux d'or, déprimée et laiteuse dans l'épaisseur du lit, elle recevait son amant. Lui, suivant l'instinct, enfin, plus que les paroles de Françoise, s'enfonçait, prudent et sûr, comme au cœur du ventre de la jeune fille. Tout de suite, sembla-t-il, elle émit un petit gémissement, un petit feulement qui ne s'arrêtait pas, rythmé par les impulsions mêmes du garçon, et en écho, imitation ou sympathie, il se mit lui aussi à se plaindre. En vérité, oui, la plus ancienne plainte du monde, source peut-être de toutes les légendes sur les tourments, sur les tourmentes de l'amour.

Françoise ne partit pas, elle prit la fuite. Le soleil, dehors, lui frappa la face telle une agression, une lumière que commençait tout juste à jaunir le déclin de l'après-midi. Françoise s'était sauvée mains plaquées sur les oreilles et cela la fit rire. Il y avait des gens, elle les croisait ou les dépassait, les regardait sans les voir. Arrive-t-il aux garçons, mis à la porte de leur propre chambre, de se masturber au coin d'une ruelle pas trop passante, quand vient le complaisant crépuscule ? Ah ! Ah ! Les garçons ont bien de la chance. Souvent, même.

IX

Pour ma part, mais il va de soi que déjà alors j'étais un très vieux garçon, entre Danièle la brune et l'enfant Stéphanie, ce n'était pas seulement une journée, c'étaient les vacances, celles-là, par bonheur encore il y en a d'autres, qui tiraient à leur fin. Non des affaires, je n'en ai jamais eu, plutôt des amis, hommes et femmes, et cet espace de solitude et de silence dont le besoin commande ma vie, me rappelaient vers la capitale.

La chronique de la petite plage, cependant, venait jusqu'à moi par l'intermédiaire de Danièle, devenue entre-temps très amie avec la mère de Jennifer, la non moins brune Mme Montheil. De Stéphanie et, par elle, de son assez infidèle soupirant, le gentil Renaud, et des jeunes filles que tous deux, au fil des jours et des stupres, avaient connues. De mes propres rencontres. La mer et le soleil, en ce temps-là, le train-train secrètement et sourdement ardent d'une plage, avaient encore le pouvoir de surexciter à la fois mon animalité, mes rêves, et les moyens de satisfaire l'une et les autres. Je ne vois pas de raisons de cacher que je ne me gênais nullement pour tantôt accueillir, et tantôt entreprendre, des jeunes femmes et même des jeunes filles, en dehors de Stéphanie et de Danièle. Je ne croyais pas du tout, je ne crois toujours pas, que ce fût là tromper. L'été est fait pour les heureux, manière sans doute un peu dure d'exprimer qu'il est fait, en vérité, pour être heureux.

Par la chronique miniature de la cité en réduction, je savais donc, par exemple, qu'une créature vive et bouclée, du nom de Sophie, se repaissait d'un considérable amour provisoire à l'aide d'un Marco de trente ans, Libanais selon les uns, Égyptien d'Alexandrie selon les autres. Je savais qu'un gros et très appétissant bébé blond baptisé, plutôt que nommé, Jenny, n'était plus vierge. Ouf! soupirait, comme Jenny, le monde entier. Je savais que l'artisan effectif de cette déprédation, accompagnée en l'espèce, et quoi qu'un vain peuple parfois pense, d'un notable progrès moral, n'était autre que ce même Renaud, désigné de son côté comme le petit chevalier, et lequel osait bien, par ailleurs, se risquer à circonvenir sous mon nez, un autre bébé, le plus miraculeux en définitive, ma Stéphanie aux longues boucles châtain doré, rieuse et claire infante de treize ans. J'apprenais bien d'autres choses. Stéphanie, lorsqu'elle venait la nuit, soi-disant en cachette de Danièle, me rejoindre dans ma chambre, quand ce n'était pas dans mon lit, pépiait telle une pie à s'en donner la pépie. Par chance, j'en oubliais, et tout m'intéressait pourtant. Je savais que Jennifer encore, Jenny pour ceux qui l'aimaient, mais il est très vrai que Stéphanie et elle, tout le monde les aimait, Jenny donc, avait réalisé son projet de perdre, en concurrence avec son innocence, ou ce qui en tient lieu chez les jeunes filles bien élevées, une très jolie toison, très fournie, qui depuis la puberté décorait son appétissant ventre condenseur de lait. Je reconnais, plus que jamais sans gêne, que je mourais d'envie de la voir nue. Cette autre merveille de bébé blond, rose, souple, potelé et gracieux. Je rêvais de voir sa vulve elle-même seulement rose maintenant et de la croquer ainsi qu'enfant, je me retenais à peine de croquer et de mâcher les savonnettes dodues, d'une exacerbée et outrageante couleur charnelle. Je savais, tant bien que mal, c'est-à-dire de façon incomplète et suffisante, quels nouveaux ravages, quelles nouvelles victimes, plus que jamais elles aussi sans géhenne, sinon cela ne vaut rien, avait suscités ma propagande pour un usage raisonné, déraisonnable certes pas, de la fessée. Non, pas déraisonnable. Colomb a inventé, dit-on, ne serait-ce que par suggestion, l'Amérique et le coquetier. Freud une sorte d'analyse de la psychanalyse. Einstein, une façon de tirer la langue et, indirectement, involontairement on doit le croire, de la faire tirer aux autres : Hiroshima, mon à mort! Je puis, peut-être, me considérer comme un grand homme pour avoir, dans l'ingrate seconde moitié du XXe siècle, défini et déposé cet axiome, qu'il est imbécile et lâche de fesser les vrais enfants, utile et louable, bandant même le cas échéant, de fesser les faux, jeunes filles, jeunes femmes, un garçon élégant par-ci par-là, femmes moins jeunes au besoin.

Je persistais à fesser, selon la plus exacte régularité possible, ma superbe Danièle au corps obscurément lumineux de reine sauvage, et non moins, Stéphanie la petite bien-aimée, devenue, le temps fluide d'un été, de bébé mal dégrossi et gourd, une adolescente élancée, qui gambade et cavalcade. Sa maman et elle, je les aimais bien plus fort que je ne les fessais, et je les fessais bien cependant. Je les aime encore. Stéphanie a un mari, et deux authentiques bébés blonds, des petites filles. Danièle, non remariée, un amant, et selon moi cela revient au même, plus fidèle si ce n'est plus constant que moi. Par intervalles l'une ou l'autre m'appelle : Vieil ours, je ne fais que des sottises en ce moment, devine ce qu'il me manque ? Je me garde, moi, de demander pourquoi il n'appartient pas au mari, à l'amant de résoudre la transparente énigme. À quelle fin le demanderais-je ? J'ai souhaité, dès l'âge de conscience, être conséquent avec ce que je dis, ce que j'écris, ce que je fais ; avec moi. Sinon, cela ne vaut rien !

Danièle et moi tînmes notre promesse vis-à-vis de Stéphanie. Être mariés tous les trois, dormir ensemble. Il est vertueux de respecter les promesses faites à autrui, à un être jeune surtout, presque autant que celles qu'on se fait à soi. Je me rappelle ce soir-là et la nuit. J'avais aimé, de mon mieux, Danièle, puis étais reparti dormir seul dans ma tanière, à l'autre bout de la villa. Qui aime qui ? Dit autrement, quand l'amant vieillit, ou l'amante aussi bien, qui est baisé ? Bref, le temps de prendre une douche, parce qu'on a tendance à croire que le vieillissement est une salissure, heurt léger, rapide à la porte, comme de juste non suivi mais accompagné de l'irruption de Stéphanie. Misère, comme je la revois ! Haut de pyjama court et sans manches, il me semble que l'étoffe est de la percale, on pressent le jeune corps à travers, pantalon ou culotte assorti, tendu sur les rondeurs notoirement jumelles et notoirement notoires, arrêté et serré juste sous le genou, par conséquent chou et bijoux. Le faux bébé bondissait, de sorte que je dis :

– Je suis nu, Mademoiselle, au cas où cela ne se verrait pas.

Comme de juste encore, elle bondit de plus belle, se retrouva accrochée à mon cou. Ma vertu, dans l'instant, était que Danièle d'abord, une douche plus fraîche que chaude ensuite, tempéraient jusqu'au souvenir de mes ardeurs.

– Oh, écoute, tu sais très bien que j'adore ça quand tu es tout nu ! S'il te plaît, ne me donne pas de fessée et ne me gronde pas, laisse-moi te regarder.

Je la laissais. Elle m'avait déjà vu deux ou trois fois. Son trouble, sa curiosité ne me troublaient pas ; à mes yeux, en dépit de tout elle était une enfant ; mais ils me touchaient le cœur. La manière dont elle regardait, cette attention extrême, intense, son adorable tête claire penchée un peu sur le côté, ses joues enluminées tout d'un coup, l'écarquillement de ses yeux noisette.

– Jacques, je peux l'embrasser ?

– Il vaudrait mieux pas, dis-je.

Ce n'était pas tout à fait une défense, alors, bien sûr, elle prit pénis et testicules au creux de sa paume, respira soudain plus vite comme en raison de leur poids, se courba, tournant sur les hanches, pour baiser en hâte le gland, découvert quand je me savonnais sous la douche ou m'étrillais après. Et bien sûr encore, la chaleur des lèvres, même furtive, me troubla cette fois physiquement. La main du bébé, longue pour une jeune fille ou une femme, m'enserra un instant :

– J'adore quand il fait ça, quand il bouge.

Sans que j'eusse rien dit, elle me libéra, à nouveau m'étreignit le cou, pressée contre moi tout entière, adolescente exaspérée par l'imminence de la femme :

– Jacques ?

– Oui, ma Stéphanie.

– Tu vas vraiment me gronder parce que je le demande tout le temps : pourquoi on ne fait pas l'amour tous les deux ?

De mon côté, je la serrai dans mes bras :

– Parce que je t'aime trop, peut-être ? Non, mon bébé, ce n'est pas ça. Mais tu connais la réponse puisque tu nous connais tous les deux. Il est trop tôt, voilà et c'est tout. Pas de mystère, pas de je ne sais quelle horreur, il est trop tôt simplement. Si tu veux, comme pour un garçon, à un moment, de boire des alcools forts ou de fumer de gros cigares ; il n'en crèvera pas, mais s'en esquintera. Ton corps de Stéphanie, si mignon, si excitant aussi, est trop jeune.

Si nous étions amants maintenant, je te ferais mal, au lieu que tu aies du plaisir et une joie, un bonheur. Je crois par ailleurs, que sans même t'en rendre compte tu mélangerais, quelque part dans ta tête, ton père, Jacques que tu aimes beaucoup, Renaud qui est ton ami, un ou des frères que tu pourrais avoir, un mari ou des amants que tu auras plus tard. Une vache n'y retrouverait pas ses chatons, et toi, tu n'arriverais plus à comprendre de qui tu es la fille ou la femme. D'accord, mon bébé bien-aimé ? Reste que pour moi, tu es la nymphette la plus adorable et la plus sexy qui puisse exister. Si tu attends avec impatience que toi et moi fassions l'amour, je te dis, moi, que ça me rend furieux à en aboyer d'être obligé d'être patient !

Autre merveille de bébé, comme un miracle, jeunes arbres qui poussent hors de l'incurable boue du monde. Je ne la bernais pas, mais la berçais de paroles plus ou moins pourvues de sens, plus ou moins compréhensibles, je lui donnais des fessées, je la grondais, et elle m'aimait. Les cœurs des bébés sont plus vastes que leurs sexes, semble-t-il.

– Tu es si gentil, dit-elle, à ma honte.

– Je ne trouve pas.

Elle pencha la tête, mais sur l'épaule droite, pour m'embrasser sur la bouche, de toutes ses forces de bébé.

– Jacques ?

– Oui, ma Stéphanie.

– Tu veux bien qu'on aille voir maman ? Toi et elle, vous avez promis qu'on dormirait tous les trois ensemble.

– Je n'y vais pas nu, par hasard, elle croirait qu'on vient de faire l'amour !

Le rire cristallin jaillit, les yeux d'un tendre brun clair, parmi le brouillard de l'émoi et de l'émotion, se pailletèrent :

– Ce que j'aimerais ça ! Tu crois qu'elle serait en colère ?

– Contre moi, je pense. Elle dirait que je suis un profiteur.

Stéphanie rit tellement qu'elle en avait au sens propre les larmes aux yeux :

– Ah, que j'aimerais ça ! Jacques, s'il te plaît, viens comme tu es, viens tout nu.

– Bon.

Nous gagnâmes la porte de Danièle, Stéphanie ralentissant aussi souvent qu'elle l'osait pour m'observer non pas sous le nez, mais sous le nombril. Quand elle se courbait, je ne manquais pas de réagir moi-même aux longues cuisses rondes, au derrière pommé maintenant, qui menaçait de déchirer l'étoffe légère du pyjama. Il me vint aussi, je me le rappelle, un violent désir de voir ses seins, on eût dit que les voir me manquait depuis des années. En un été, la petite s'était bel et bien transmuée en cette créature parfaitement mythique et parfaitement enrageante : une jeune fille.

La voix de Danièle, empreinte de mécontentement, grognonne en tout cas, nous autorisa à entrer. Stéphanie s'exclama, toute joyeuse au contraire parce que sa mère, qui lisait couchée en chien de fusil, la joue sur la main, portait le même pyjama qu'elle ou à peu près. J'aurais bien voulu qu'il soit bleu, parsemé de petits ours roses, et il était crème à étroit liséré tête-de-nègre. Stéphanie bondit sur le lit et sur Danièle :

– On est pareilles, on est pareilles ! Tu es belle ! Tu sais ce que j'adore ? Quand tu as les mêmes affaires que moi ! Maman, on va dormir tous les trois, ensemble, dans ton lit !

Danièle, renversée sous le choc, en perdait la page et le livre :

– Mais enfin, tu m'écrases, grosse fillasse !

La petite rit d'être une fillasse, cependant elle se cramponnait à Danièle avec une sorte de frénésie :

– Maman. Maman. Maman. Maman.

Un instant, ma gorge se serra. Danièle, je connaissais bien cette attitude, fronça sombrement les sourcils, prête en effet à se fâcher, puis fondit tout d'un coup. C'était son bébé. Un bon moment, ayant pris Stéphanie dans ses bras, elle la garda et la protégea. Puis les sourcils dénoués se haussèrent, tandis qu'elle considérait ma nudité. Je haussai moi-même sourcils et épaules. Danièle fit rouler vers le mur le corps à la fois arrondi et svelte, et lorsque Stéphanie se retrouva à plat ventre, dit :

– Je vois que je dois m'en mêler moi-même, plutôt que de compter sur Jacques.

Elle baissa la culotte du pyjama, fessa sans vraie conviction le gracieux derrière bombé, rassemblé pour ainsi dire en quelques semaines. Le bébé soupirait d'aise.

– Encore, demanda-t-il, quand Danièle s'arrêta. Plus fort.

J'eus droit à un noir coup d'œil :

– Encore et plus fort ! Tu ne parlais pas toujours, cet hiver, de perversion totale ?

– Perversion totale, dis-je.

Le dialogue semblait enchanter Stéphanie. Danièle se remit à la fesser, puis, en veine d'innovation, c'est-à-dire de dérogation à ses propres coutumes, appliqua de bruyants baisers sur le coccyx, sur chaque fesse, et, à la seconde où j'allais dire : Encore et plus fort, remonta le pyjama :

– Vous ne me laisserez donc jamais en paix ? Et si, moi, j'ai envie de lire ?

– Alors je jette le livre dans les toilettes, et c'est ton tour d'avoir une fessée, dis-je.

– Oh, oui, soutint Stéphanie, enthousiasmée.

Danièle ne put se tenir de rire, comme le bébé et moi. Je m'assis sur le lit parce qu'un matériel spécifiquement masculin devenait gênant. Danièle céda, repoussa encore le bébé, se recula elle-même :

– Allons, viens, ce serait triste si on t'abandonnait, debout et tout seul. Et j'avais dit à Stéphanie, elle a raison, qu'elle dormirait avec nous. Elle ne serait pas mieux entre nous deux ?

– Oui, oui ! exulta Stéphanie.

Elle cabriola par-dessus sa mère et, parvenue entre elle et moi, se tassa sur les talons et entreprit, tout heureuse, fièvre aux joues et dans ses grands yeux rieurs, de la dévêtir. Danièle parut consternée et s'insurgea, lui saisit un poignet pour l'immobiliser :

– Voyons, Stéphanie.

– Maman, balbutia seulement la petite.

Dominée par la folle passion des enfants, soudain elle allait pleurer. Danièle relâcha le poignet :

– Allons, grosse fille. Mais en quoi est-ce drôle, une maman toute nue ?

– Ce n'est pas drôle, protesta le bébé, et je sentais que l'impuissance même à s'exprimer, l'oppressait. Tu es belle, tu comprends ? J'adore te voir, je trouve que je ne te vois pas assez souvent. Quand tu es toute nue, c'est comme si tu voulais bien de moi, comme si tu m'aimais, tu ne comprends pas ?

Danièle, qui au contraire de sa fille déférait peu à la passion, sauf vis-à-vis de moi je crois, y succomba cette fois :

– Ma grosse fille, ma sotte Stéphanie, mon bébé chéri. Tu ne sais pas encore que je te veux plus que n'importe qui, n'importe quoi ? Tu es née parce que je le voulais, maintenant tu es là et je te veux toujours, tu es mon énorme et sotte fille que j'aime.

J'étais de trop. Dans les bras l'une de l'autre, mais non l'une contre l'autre, elles se regardaient comme on se découvre, prises dans l'étau qui lie indissolublement parents et enfants, et de la même proximité, du même resserrement les broie parce qu'ils sont dissemblables, passé et avenir des uns comme des autres ne recelant, peut-être, aucune mesure commune. Et Danièle et son bébé, sa fille si comiquement prétendue grosse, et même sotte, s'aimaient sans mesure à ce moment. Mon sexe dormait, un afflux d'émotion subit et violent l'a toujours frappé d'interdit. Il se réveilla quand Stéphanie, assise de nouveau sur les talons, se pencha sur sa mère et lui ôta d'abord la mince brassière, puis le bas de pyjama. Comme de juste, elle prêtait peu d'attention aux seins, dont en ce qui me concerne la puissante opulence m'étourdissait, et, tout comme le jour où nous nous étions douchés ensemble, demeura stupéfiée, une sorte de frayeur et une sorte d'extase, devant le mont de Vénus et la vulve nus et massifs. Et tout comme s'il s'agissait encore de mon propre corps, elle se tourna vers moi, non vers Danièle, pour demander, la voix changée :

– Je peux l'embrasser ?

Danièle, bras détendus, un peu écartés du torse, cuisses mal jointes, était en vérité d'une beauté fabuleuse. Je me tordis pour avancer le visage entre ces deux parties dissemblables et peut-être irréconciliables d'un même être, la maman, l'enfant, et, le premier, baisai la vulve et sa douce et profonde brûlure. C'était l'été, la fragrance sexuelle m'emplit la bouche, les narines, les oreilles avec un bruit de cloches, les yeux, de façon que je battis en retraite, bandant tout d'un coup tel un enragé. La petite, pliée sur elle-même ainsi que le permet le jeune âge, répéta mon baiser. Peut-être suffoqua-t-elle. Elle coucha la joue sur la vulve gonflée, s'y frotta un long moment comme contre un sein, la baisa à nouveau, enfin se redressa, fesses sur les talons, l'air fier. Elle était très fière, je crois, d'une aussi puissante maman.

– Tu sens comme un animal, lui dit-elle.

Au lieu de répondre ou de commenter, Danièle lui tendit les bras, dès qu'elle l'eut embrassée au sens propre la fit basculer une fois de plus vers le mur et la mit nue. Elle aussi regarda avec attention, presque de l'application son bébé, la poitrine, le ventre, les cuisses, baisa au vol le sexe blond, à peine écartelé de rose, et enveloppa Stéphanie tout entière dans ses bras, dans ses jambes pour un peu :

– Nous ne devrions pas dormir maintenant ?

Je n'entendis pas si le bébé répondait. La posture de Danièle, couchée sur le flanc et recourbée comme pour contenir tout le bébé, faisait saillir sa croupe. Selon tel ou tel canon esthétique, je peux imaginer qu'elle n'était pas parfaite : un derrière de sauvagesse et de Cannibale, prononcé et compact. À mes yeux, les fesses les plus implacablement belles, irritantes et comblantes à la fois, que j'eusse connues, rêvées même. Il me vint un désir quasi irrépressible de les ouvrir avec ma bite et de m'y plonger. Bien sûr, je ne le pouvais pas. Mon mépris ou mon ignorance plutôt de la plupart des tabous est absolue. Un corps n'est qu'un corps, et les êtres, selon qu'ils nous aiment ou non, nous font cadeau ou non de l'âme que ce corps signifie. Mais je n'en arriverai jamais à baiser une femme en présence de sa petite. Je me contentai, ou me mécontentai donc de loger, assez hypocritement il me semble, mon sexe en longueur au milieu des chauds et denses hémisphères. Danièle, sensible à l'hypocrisie, avouée si clairement, dégagea un bras, une main, pour caresser un instant mes propres fesses, ce qui, je le reconnais, ne satisfaisait, ne fût-ce que par provision, aucun de mes besoins.

– Qu'est-ce que maman te fait ? interrogea une voix limpide, qui trahissait aussi un début d'ensommeillement.

– Dors, ou tu es fouettée jusqu'à l'os ! répliquai-je.

Même voix d'enfant à mi-chemin du dodo :

– Je préfère que tu me fouettes, et que tu me dises ce que vous fabriquez tous les deux.

Je cédai à un furieux accès de rire, qui se communiqua à Danièle. Aussitôt qu'elle put parler, elle enjoignit au bébé :

– Ça va être fini, oui ?

Je voyais maintenant les bras déliés, encore fragiles mais d'un joli et pur dessin, entourer le cou brun, les épaules brunes, larges pour une femme. Je m'efforçai de glisser un de mes propres bras sous Danièle, l'autre en travers de sa poitrine, pour étreindre en même temps elle et Stéphanie. Mon obtuse bite, pointée à vide, réclamait de toute sa muette ardeur, proche de l'incandescence, elle savait très bien quoi, couchée, tendue à se rompre, entre les tièdes coussins vivants.

Mais ce pour quoi je me rends, en réalité, sur une plage, est nager, une de mes plus anciennes passions. Je suis très peu fait pour stagner, écrasé de soleil, sur une serviette. Je marche, vagabonde, regarde les gens, m'imprègne sans même regarder parce que je rêve, des diaprures infinies de l'eau et de la lumière. Danièle courait, je crois, les boutiques en compagnie de Mme Montheil, acquisition amicale de cet été-là. Je venais d'abattre, par la mer d'huile bleue, mes kilomètres coutumiers, et ne retournai au coin-serviette que pour des cigarettes et un briquet. Après quoi, au hasard à travers le sable. Je vis d'assez loin Stéphanie, reconnus le petit Renaud, leur bande. Stéphanie, semblait-il, entraînait ou tentait de pousser un garçon et une autre fille jusqu'aux premières vagues, si les quelques ondulations méritaient ce nom. Renaud, prêt à suivre, changea visiblement d'opinion en m'apercevant lui-même et trotta, fin et souple, pour me rattraper.

Qu'ont à débattre, par hasard, et réserve faite d'une occasionnelle fessée, les garçons de quinze ou seize ans, et un ours menacé par le demi-siècle ? L'élégant bébé aux cheveux de fille me tendit la main et proféra :

– Salut.

Poignée de main et salutation me firent rire :

– Si on s'embrassait ? dis-je.

Par sympathie, il rit, et nous nous embrassâmes à la manière des hommes, joue touchant une joue d'un côté, puis de l'autre, tandis que les mains tiennent les épaules de celui qu'on embrasse.

– Tout va bien pour toi ? demandai-je.

– Oui.

– Tu désirerais une fessée ?

Il secoua la tête, rougissant et riant, les très beaux cheveux d'Indien des villes balayant les épaules nues :

– Non.

– D'après les nouvelles récentes, Stéphanie va bien.

Il rit :

– Ça en a l'air.

– Je vais être indiscret. Revois-tu parfois un gros bébé blond, qui n'est pas ou n'est plus un bébé d'ailleurs ?

Les yeux noirs se firent plus noirs, Renaud s'en tint à acquiescer d'un coup de menton, cependant il était flatté, et je n'avais questionné qu'à cette fin.

– Je trouve très gentil que tu te sois déplacé pour dire bonjour.

Haussement d'épaules exempt de vulgarité.

– On se connaît maintenant et Stéphanie parle tout le temps de vous.

– De toi.

Il rit :

– Oui, de toi.

– Tu es certain que tu n'as pas envie d'une fessée ?

– Ça, sûr !

– Alors je ne peux rien pour toi, conclus-je, riant moi-même, content de sa gentillesse et de son élégante quasi-nudité. Plaisanterie à part, petit homme, si tu as besoin de quoi que ce soit, une voiture et un chauffeur, de l'argent pour les slips en vison de Stéphanie ou d'une autre, pense à moi.

– Oui.

– Bonne plage, Renaud.

– Oui.

Vers le milieu de ladite plage, copieusement meublée quoiqu'on se trouvât dans la seconde quinzaine d'août, je croisai des baladeurs comme moi, garçons et filles, plus ou moins, par rapport à mon âge, des adolescents. J'identifiai la perfection de petite icône de la jeune Françoise. Je souris sans adresser mon sourire en les croisant, les dépassai. La jeune fille, Françoise, parce que nous nous étions aperçus chez Danièle et Stéphanie, se détacha de la bande ou du groupe pour à son tour me rattraper. Elle portait le même maillot, ou un semblable, que je lui avais vu, brassière courte et boxer-short collant et court, tissage intermédiaire entre le coutil et le tricot, couleur ocre clair ou crème. Je pensai reconnaître aussi, sans les connaître, deux jeunes filles. Françoise me sourit quand elle se trouva à ma hauteur, et c'était plutôt comme une femme que comme une adolescente. Pourtant l'expression du visage me parut plus joyeuse, ou moins grave, que je me la rappelais.

– Bonjour.

– Bonjour, jeune fille. Ou Françoise, puisque nous avons une Stéphanie commune.

Les autres repassaient près de nous, je jouai à dire :

– Bonjour, Jennifer, bonjour, Sophie. Pourquoi me cache-t-on toujours Sandrine ?

Les jeunes filles rirent :

– Vous savez qui on est ?

– Quel est mon prénom ? demandai-je.

Avec ensemble :

– Jacques !

– Vous savez donc qui je suis ?

Elles présentèrent les garçons, ou ils se présentèrent, et j'oubliai noms et prénoms aussitôt. Nous dîmes un certain nombre de bêtises à propos d'amants vrais ou supposés et de fiancées, à propos de l'absence de Sandrine, et je repartis. La première rencontrée, Françoise, me suivit. À la fois son regard, et la silhouette trop parfaite, trop purement féminine pour être honnête, et malhonnête aussi bien me dérangeaient comme le faisait parfois, dans ce temps, le grand bébé Stéphanie. Celle-ci, parce qu'elle rassemblait de façon inquiétante une enfant et une jeune fille ; Françoise, une jeune fille et une femme, l'image et l'idée même d'une femme. Elle pouvait hésiter telle une adolescente, conservait des traces évidentes, manifestes, de l'impudence enfantine, et regardait, soutenait les regards, selon l'assurance aisée d'une jeune femme.

– Je crois que vous nagez plus loin que tout le monde. Si, maintenant, vous marchez juste entre deux bains, je peux marcher avec vous ?

– Tenez-moi la main, alors.

Pour cela elle n'hésita pas. La main était bien celle d'une femme, douce, ferme sans sécheresse, très confiante et sûre. En dépit de l'âge, ou du sien et du mien, le cœur me battit.

– Jennifer et Sandrine se sont-elles décidées ? questionnai-je tout à trac.

Les méplats des joues, rigoureux et tendres, se colorèrent. Je devinai que pour la jeune fille, je faisais allusion à son rôle propre dans la défloration de Jennifer. Alors elle biaisa, ce qui en général devait lui être aussi étranger qu'à moi :

– Décidées ?

– À imiter Danièle, expliquai-je.

Elle se remit à rire, quand elle riait elle avait dix-neuf ans, elle était une représentante de l'espèce classée des jeunes filles :

– Vous en savez des choses ! La réponse est oui. L'état naturel de Jenny était lié, c'est très logique, à la virginité, et Sandrine, devant notre mauvais exemple, n'a pu résister. Nous cultivons la contradiction, voilà la mode en ce moment, la nôtre. Pour être plus mûres, on joue aux bébés.

– Je donnerais bien un tracteur pour voir votre Jenny maintenant, laissai-je échapper. Elle ressemble à un pot de miel.

La jeune fille rougit plus et rit beaucoup. Une de ses qualités, je le découvris vite, était un manque total de jalousie. Elle s'immobilisa, cherchant du regard, là-bas derrière nous, ses amis :

– Venez, on va le lui demander. (Avec son impayable air froid elle ajouta) : Je suis certaine qu'elle rêve d'un tracteur.

Comme elle n'hésitait pas, je balançai. Imaginer seulement de mettre nu, tout de suite, ce bébé de miel blond aux secrets reflets roses, exaltait mes facultés, et rétrécissait en proportion mon maillot. Cependant la civilité élémentaire, pour les ours de ma génération, implique et édicte qu'il faut toujours danser avec la femme qu'on a emmenée au bal. Donc je repris notre marche. Nous avions les pieds dans l'eau, une claire écume autour des chevilles, et nous nous éclaboussions l'un l'autre en marchant.

– Une seule jeune fille c'est beaucoup déjà, dis-je. Trop peut-être. Et à propos, depuis quand les bébés sourient-ils aux vieux ours ?

La main bien dessinée, je percevais sa forme dans mes doigts et ma paume, pressa, discrètement plutôt que timidement, la mienne :

– Depuis toujours, non ?

– Je ne sais pas. Si, je crois. Mais alors je ne sais pas pourquoi.

– Mais alors pourquoi le savoir, du moment que ça existe ?

– Oui.

Je repensai, très inutilement, à mon âge. Je pensai à Danièle et à Stéphanie. Je regardais la jeune fille de haut en bas, rencontrant parfois un regard azuré, à l'électricité tapie ou latente ; j'étais furieusement tenté de m'arrêter sur la vulve, elle-même furieusement indiquée et sculptée par le short. Je pensai à l'intelligence de Françoise, qu'elle ne cachait pas, mais taisait. Les imbéciles, souvent, appellent cela du cynisme. Pour moi, je raffole des gens intelligents et les recherche.

Suivant l'eau, côte à côte, la main étroite, ferme, s'échauffait dans la mienne, sûre et lente et confiante. La jeune fille dit tout à coup, comme moi, et presque toujours ce sont les rêveurs, ceux qui vivent dans leurs rêves et tentent d'infléchir le monde et la vie pour vivre leurs rêves, qui parlent ainsi :

– Jacques, ou Monsieur si vous voulez, pourquoi, vraiment, penser aux hommes d'âge mûr et aux jeunes filles, puisqu'on est ici ? Comme je haussais les épaules, elle reprit sans se décourager : Je sais bien que j'exagère, les autres croient que j'exagère toujours, mais vous accepteriez de me donner une fessée ?

Mon cœur et mon sexe sautèrent en même temps, pourtant je dis, ainsi qu'à un enfant :

– Mais non, mais non.

La main de prétendue enfant, doucement insistante, pressait la mienne :

– Parce qu'on ne se connaît pas, qu'on ne vit pas ensemble, que nous n'avons pas encore fait l'amour ?

J'admirai à nouveau la prestesse et la pertinence de son esprit :

– Voilà, pas encore, dis-je.

Elle rit, et moi, troublés tous les deux. Nous poursuivîmes notre errance rectiligne sous le soleil, dans les vagues basses et côtoyant la rumeur de la plage, tous deux distraits parce que chacun, à sa manière personnelle, pensait à l'autre. La jeune fille s'arrêta, me retint doucement :

– Jacques ? Je te demande pardon. J'ai chaud.

La précision était-elle délibérée ? Je ne le sus pas. Mais je crus que m'envahissait la senteur chavirante d'un corps de femme qui a chaud, que chaleur et fièvre ouvrent tel un vêtement dont les tendres coutures éclatent.

– Et si je voulais te fesser ? dis-je. Ou te sucer seins et sexe jusqu'au sang et te fouiller le ventre, où irions-nous ? Pas chez Danièle, précisément parce que c'est chez Danièle. Chez toi dans ta virginière comme il y a des garçonnières ? D'autre part si on quitte la plage, il faut reprendre des vêtements, du diable si je promène ma filandreuse carcasse au hasard des rues et des chemins !

Nous nous dévisagions, entre le rire et cette fièvre ; c'est tout l'amour, n'est-ce pas ?

– Sandrine m'a sucée jusqu'au sang, et ne m'a pas fouillé le ventre, il lui manquait je ne sais quoi.

– Ah ! Ah ! dis-je.

La jeune fille, sous le hâle léger, était plutôt un peu pâle que colorée, maintenant :

– Tu vas vraiment me donner une fessée ?

Je répondis à côté, mais pas trop :

– Je ne cours pas après les bébés, après personne, à vrai dire. Mais j'ai toujours cru que si je devais, parmi tous les bébés d'ici, en agresser un, ce serait toi.

– Je te plais, en d'autres termes ?

– Tu n'as pas à me plaire ! dis-je. Tu n'es pas un objet de commerce et je ne suis pas un chaland. Il se trouve que je te vois assez souvent, dans ma tête je veux dire, depuis que je t'ai croisée chez Danièle. Tu as troublé aussi Stéphanie, elle parle de toi et, en un sens, te désire comme peut te désirer un homme. Je vais expliquer comment je t'imagine. Il n'y a pas de bébé, en fait, c'est juste ma mauvaise façon de parler. D'abord il y a une très jeune femme, si belle qu'elle paraît froide. En dessous, il y a une jeune fille très jolie, elle a dix-neuf ans, elle est intelligente et même rieuse, elle est follement séduisante. En dessous, il y a sa petite culotte. Et en dessous encore, il y a, je crois, ce que je suis moi-même, l'animalité charnelle et beaucoup de rêve, une passion quoi, et une indifférence absolue à ce qui n'est pas cette passion. C'est elle, rien d'autre, qui arrache notre vie et la porte d'un jour jusqu'à l'autre, tout le temps, toujours.

Dans l'excès de lumière, le visage de la jeune fille semblait vraiment d'une pâleur étrange, le bleu même de ses yeux en était platiné. Sans raison discernable, elle porta nos deux mains à ses lèvres et sur le dos de la mienne posa un baiser :

– Stéphanie parle de moi ? Elle parle de toi comme de son seigneur. Tu es très gentil avec les filles, même si tu les fesses ou surtout. J'ai envie que tu me voies nue, j'adore me demander si je te décevrai. Envie de te voir toi, ce qui ne me préoccupe guère, souvent, vis-à-vis d'un type, je souhaite ou non qu'il me baise et c'est tout. Tu as une sorte de prestige, ici, parce qu'avec Danièle vous avez à la fin inquiété ou dérangé beaucoup de monde, fabriqué d'autres vacances. Je tiens ta main, je peux, comme Stéphanie, t'appeler Jacques, tu parles de moi, de ce que je suis, et hier tu étais cet homme plus vieux que nous, tellement plus vieux, qui passait comme un voyageur. Jacques, pourquoi as-tu deviné que nous serions amants, toi et moi ?

Je connaissais la réponse, mais sans le savoir. Parce que, toujours comme Françoise elle-même à ce que je crois, je suis peu doué pour l'introspection. Parce qu'elle et moi sommes, si l'on veut, esclaves de nous-mêmes, ce qui nous donne notre grande liberté à l'intérieur du corps social. Et parce que j'analyse plus volontiers les idées que les êtres.

– Pourquoi ? répétai-je. De tous les gens que nous connaissons sur la plage, avec qui nous avons un rapport quelconque, toi et moi sommes de loin les plus orgueilleux. Voilà la raison, et pourquoi je vais à toi, et toi à moi.

– Je pense que Sandrine elle aussi, ce bébé, a deviné, dit la jeune fille.

– Je vois qui est Sandrine, et ne lui ai jamais parlé. Je veux te dire une chose, pour que tu puisses te sauver. C'est lié, selon moi, à ce que nous venons de dire. Si nous faisons l'amour, je décide que je ne m'adresserai pas à toi, à ta déconcertante enveloppe de sirène, de la manière, disons, classique.

Pour qu'il n'y ait nulle équivoque, je dégageai ma main, effleurai un instant les fesses jeunes et parfaites.

– En raison de ton orgueil. À toi, bien sûr, de décider ce qui est assorti au mien.

Nous nous arrêtâmes et nous fîmes face. Inventais-je vraiment l'extrême pâleur de Françoise ? Je la pris par les épaules et la tins tout contre moi, nos ventres ne laissant pas d'en profiter, sans doute, pour s'exaspérer l'un l'autre. Nous parlions tout bas, ce qui était absurde.

– Mais si tu me faisais l'amour cinquante fois ?

– Ce serait toujours dans ton petit derrière, voilà ma décision.

– Bien sûr, quand tu as décidé, tu n'y reviens pas ?

– Jamais, dis-je. Sauf cas de force majeure.

– Par exemple ?

– Par exemple si tu as envie de changer, dis-je encore.

Nous rîmes tout à fait comme des fous, enfiévrés, haletants. Elle reprit fiévreusement ma main :

– Il y a ma chambre. On ne peut pas y aller, vite ? Comment on est habillé on s'en moque. Je me moque de tout pour l'instant. On court, ou tu es trop vieux pour courir ?

Il n'était plus temps, vieux ou non, de la fesser pour cause d'impertinence. Nous courûmes, de plus en plus tels des aliénés, aspergeant de sable baigneurs et bronzeurs. Par la route et les chemins, où la couche de sable est superficielle, nous accélérâmes. Puis ce fut un jardin, touffu pour une plage et pour un été du sud. Une pièce plutôt large que longue, plutôt spacieuse, au plafond mi-haut. Le soleil, comme il frappait les arbustes et les buissons à feuilles persistantes, répercutait une lumière verte et j'ai toujours aimé cette lumière. Nous étions hors d'haleine, ainsi que quand on est heureux.

– On se lave ? demanda Françoise, et sa poitrine se soulevait entre chaque mot.

Je ne daignai pas répondre, obsédé de l'image de ses ouvertures intimes, brûlantes et fondantes. Je la mis nue en un tour de main, interdit ou si l'on veut foudroyé à peine, je l'étais déjà, par la rondeur des seins pourtant peu volumineux, le nombril plein d'ombre, la vulve détachée comme un abricot rose.

– Allons, vite, dis-je, honteux de ma précipitation, mais aussi avec la peur de m'affaiblir précocement.

– Tu as dit que je peux décider comme toi. Je suis sûre que tu détestes qu'une fille te déshabille ?

– Je déteste qu'une fille ou une femme me déshabille, dis-je.

Elle me déshabilla. La rumeur publique ne circulait pas, semblait-il, dans tous les sens, et j'avais moi-même presque oublié, dans la chaude hâte du moment, la sauvage nudité de mon ventre, épilé à ras depuis Paris, en dépit de divers discours explicatifs au bénéfice de mes rencontres de plage. La jeune fille resta en arrêt, et moi, me considérant en même temps, j'avoue que je fus scandalisé. C'était affreux et épouvantable. Comment Stéphanie, pour ne dire qu'elle, supportait-elle, aimait-elle cela ? Par bonheur, de haut en bas, comme je me voyais, un effet de perspective raccourcissait le vilain engin. Ce canon trapu, néanmoins, dressé sur ses propres boulets, me rendait malade. Françoise, pour une carnation aussi claire, avait soudain les joues d'une riche couleur. Elle ne m'examina pas longtemps, m'enserra, sans répugnance elle, toujours ferme, toujours douce, dans sa paume, ses doigts de dessinatrice ou de chirurgienne, demanda, entre deux inspirations oppressées :

– Quelle position veux-tu que je prenne ?

Je dus froncer les sourcils, et elle reprit, sa hâte la pressant comme la mienne :

– Oui, je sais, et je t'obéis, bon sang, je meurs d'envie de t'obéir, mais comment, vite, dis-moi ?

– Comment seras-tu le plus offensée ?

– Ah, offensée ! Sur moi. Tu me plies les genoux comme un poulet pour la broche. Alors je te vois venir, toi l'offenseur. Je te vois infliger un grand affront, au petit trou de la pauvre Françoise.

– Misère, marmonnai-je.

Je voulais parler de Byzance, ou de Sade ou le diable sait de quoi, mais, cela aussi, l'avais oublié en chemin. La jeune fille se laissa tomber en arrière sur le lit, presque dans le même mouvement remontant et écarquillant les genoux. Je crus que sa vulve et son anus flambaient. Je m'abattis, lourdement il me semble, mais j'étais égaré, sur ses seins, son ventre. Nos odeurs mêlées étaient à faire peur, et réellement elles nous faisaient envie. Je me déplaçai sur le flanc, libérai un bras, ma main pour la passer sous la cuisse de Françoise afin de reconnaître ma cible, et déjà sa main à elle reprenait ma bite raidie, comme étirée par le désir et l'introduisait, je devrais dire la plongeait au cœur du pertuis secret, ou censé l'être. Je fus surpris, parmi mon total égarement, parce qu'aussitôt abordé, aussitôt investi par le gland, l'anus s'arrondit autour de lui avec une facilité étrange, aspira, engloutit pointe et hampe jusqu'au fond du rectum avec une douceur huilée, à la fois vorace et tendre, équivalentes à celles du vagin le plus ardemment amoureux. Je faillis en râler d'enthousiasme, faillis aussi, dans cet enthousiasme, céder à une explosion prématurée tandis que la jeune fille, après un premier et bref gémissement, une bruyante suspension du souffle plutôt, respirait maintenant par profonds à-coups, selon le rythme de mes enfouissements et de mes reculs. Cependant elle me ceignait le torse de ses bras, la taille de ses jambes, crispée, en vérité, comme avec amour, comme pour me clouer plus avant encore en elle, se clouer elle-même au lit, au monde, en m'utilisant comme marteau et comme clou. Tout raidi, tout roide, je nageais dans son rectum ainsi que dans un pêle-mêle d'eau marine et de méduses en fusion, tissus d'écarlate et d'or parmi les grands fonds glauques, et percevant tout juste l'étranglement, au bas de mon sexe, du moite collier de l'anus.

– J'attends ? murmurai-je.

– Non ! Non ! Dépêche-toi !

Me dépêcher, misère ! J'avais un tel besoin de décharger qu'il me manquait la force d'aller et venir. Il fallut me contenter de me pousser comme un désespéré entre les fesses toutes ouvertes. Je crois que c'est pure illusion, que prétendre éprouver physiquement, si long qu'on soit taillé, le fond d'un rectum. Mais celui de Françoise paraissait m'aspirer comme avait fait son anus. Je croyais que c'était non une friction des parois, ou du muscle en anneau, plutôt un total et fulgurant appel interne qui, tout d'un coup, tout à la fois, suçait, arrachait et avalait la liqueur de mes couilles. Dans ma tête, où s'enrageait l'échange des sensations et des images, être plus ou moins conscient que j'expulsais mon sperme, non encore dans un vagin, mais dans un ventre, rejoint à travers l'anus et le rectum, accroissait l'embrasement. Françoise gémit, mais très peu et très bas à ce moment, juste de façon plus continue, parmi le frémissement de tout le corps, que lorsque, au premier abord, comme un abordage, je la trouais entre les fesses. Nous étions abattus et pantelants, il me semblait distinguer un minuscule clapotis de sueur, juste sous mon ventre et dans le creux de son nombril. Je souhaitais qu'elle allongeât les jambes, et pouvoir rouler sur le côté, mais l'insistant petit anneau, timide et obstiné, retenait mon gland, et j'avais peur, au moindre effort, de déclencher quelque désastre.

– Je te ferai mal si je bouge ? murmurai-je à la fin.

– Tu m'as fait tout le mal que tu pouvais, répondit le souvenir d'une voix rieuse.

Nous tentâmes de basculer ensemble, et comme elle dépliait les genoux, se couchait face à moi, le mouvement me fit sortir d'elle, de sorte que, jamais content, je me plaignis, j'étais seul et j'avais froid dehors. Je me mis à rire. Pour un peu, le visage de la jeune fille avait gardé sa régularité sereine. Elle me sourit, fabuleusement semblable à une icône de vitrail, si de telles représentations existent.

– Nous les orgueilleux, dit-elle.

– J'étais si bien, si heureux dans ton petit derrière, dis-je moi-même.

– Et si tu me revois demain, dans huit jours, dans huit mois, tu recommenceras ?

– Pourquoi le répéter ? dis-je. Toujours entre tes jolies fesses, toujours dans ton petit rectum. Cela te déplaît ?

– Décide toi-même, puisque tu décides tout. Presque tout.

Je la tenais dans mes bras. À ce moment seulement, elle m'entoura le cou des siens, lente et tranquille. À ce moment seulement nous échangeâmes un baiser d'amants, qui confond lèvres, langues, salive, souffle et ce que l'on peut donner de son âme et de sa vie. Pris d'une sorte de regret, devant ce corps adorable, dont j'avais si hâtivement et si arbitrairement spécialisé l'emploi, je caressai, et avec un plaisir infini, sa nuque et son dos, ses fesses qui, comme ses seins, étaient très rondes, sans pourtant être très proéminentes, ses seins enfin, à la juvénile pointe rose. Je les pris tout entiers dans ma bouche pour les presser et les boire. La jeune fille mit sa propre bouche contre mon oreille, pour dire très bas :

– C'était la première fois, je suis contente que ce soit avec toi. Je ne te trouve pas très égoïste, tu l'es moins que moi, parce que moi, je force les gens à me forcer, c'est très bien que parfois ils me prennent au piège. Je suis contente de savoir qu'après, là-bas à Paris, j'irai chez toi, je serai un bébé perdu, et tout de suite, peut-être, tu me déshabilleras, tu me plieras ou me courberas parce que je t'appartiendrai, et tu me contraindras à accepter ton sexe d'homme comme aujourd'hui. C'est affreusement humiliant, tu sais, affreusement choquant, et le pire est de sentir le corps se prêter, s'ouvrir, un endroit aussi caché et privé, et qui s'ouvre comme un vagin. En même temps l'intrusion secoue affreusement ; je n'avais pas mal, physiquement j'étais ébranlée et froissée, mais surtout j'étais indignée, j'avais honte, peur un peu aussi. Un instant, j'ai failli me mettre à pleurer, pour ça tu as le droit de te moquer de moi, Françoise la perverse. Toi et Sandrine, vous m'avez obligée à choisir si je le suis ou non.

– Tu ne l'es pas du tout, dis-je à mon tour, dans sa chaude petite oreille, ses longs cheveux lisses et chauds. Qui est cette jeune fille hyper-active, cette Sandrine qui t'arrache ton venin ?

Elle m'embrassa dans l'oreille, je n'osai pas lui dire que je déteste ça. Elle riait et son visage était brûlant :

– Elle n'est pas hyper-active, elle est une merveille d'équilibre et de netteté, simplement elle m'a forcée à aller trop loin, puisque je disais que je m'en foutais, et même que c'était ce que je voulais. Alors je l'aime et je la respecte maintenant, comme j'ai envie de t'aimer toi. J'en ai pleuré à chaudes larmes quand, excuse-moi, elle me suçait. Tu crois qu'elle m'aurait plainte ? Elle m'a donné une fessée, s'est remise à me sucer comme si de rien n'était. On n'imagine pas une vilaine pareille. Et j'ai encore eu un lavement ensuite, pour compenser ce que je perdais dans sa bouche et en pleurant.

Elle pressa sa vulve, son ventre soyeux contre le mien :

– Je te mets dans un bel état, non ?

– Tu me mets dans un bel état, oui, approuvai-je. Et comme je ne doute pas que ce soit voulu, je songe à appeler Sandrine.

Elle rit, bébé de dix-neuf ans, femme d'aujourd'hui et de toujours.

Nous prîmes une douche ensemble. J'embrassai mille fois Françoise, tandis qu'elle retenait mes mains, affectait de les garder prisonnières derrière mon dos, pour étudier avec plus de soin mon redoutable instrument de torture. De sa main libre elle le soupesait, le calibrait ; il me semble que jadis, on mirait les œufs :

– Comme c'est laid, et intéressant aussi pour une fille ! Tout inquiet, tout perdu, comme moi. Tout orgueilleux, comme moi. Tout poignant.

– Tout poignardant, dis-je. Je crois que tu me cherches.

– Je ne te chercherais pas, si tu ne m'avais déjà trouvée, répliqua-t-elle.

Le souvenir grotesque de Pascal m'enchanta ; on s'instruit en sodomisant des étudiantes. La gentille paume assura sa prise :

– Tu es de plus en plus prêt en tout cas.

– Et toi ? dis-je.

– Pas tout à fait, je rayonne encore par-ci par-là. Aveu affreux, rien, jamais, ne m'a donné l'impression d'être prise, possédée, comme quand tu es dans mon petit derrière, pourtant s'il te plaît, ne recommence pas tout de suite, j'aurais vraiment peur. Mais je ne suis pas avec toi pour décider, dis, toi. Tu veux que je reprenne cette affreuse posture ? Excuse-moi, je crois que je pleurerai, pas longtemps, juste au moment où tu me pénètres, c'est encore tout sensible.

– Françoise la soumise, dis-je.

Elle m'entoura de ses bras, se cacha dans mon aisselle :

– S'il te plaît, ne te moque pas de moi, pas maintenant.

J'eus tellement peur, moi, qu'elle se mît en effet à pleurer, que j'en fus malade et en débandai. Je l'étreignis à lui rompre le dos, puis de la paume l'aidai à se cacher contre moi :

– Tu es princière, tu sais, je trouve.

– Jacques, pourquoi ?

– Comme ça. Le sentiment que moi, je prends, et toi, pour te venger, tu donnes. Tu me deviens très chère, les êtres généreux m'éblouissent. Et tout ton corps de fille est un autre éblouissement, pas aveuglant, mais enveloppant, tout chaud et charmant. Je ne veux pas te pénétrer, je veux sucer ton petit sexe, qui m'agace comme un fer rouge. Cette belle image ne rappelle rien, à certain petit anus ?

Rassurée, elle se colorait, pas du tout comme un fer rouge. Je l'écartelai en travers du lit. Sa tiède amande, elle non plus ne ressemblait pas, quoi que je disse, à un métal porté au rouge. La douche, peut-être aussi trop de propos qui sautent ici et là, et, encore, la violence inaccoutumée de l'assaut rectal, l'avaient privée abusivement de senteur et de saveur, sinon de chaleur. Je la suçai plutôt longtemps, rêvant, car parfois je rêve même là, à cette autre jeune fille, Sandrine. Serait-il vrai que je ne suis jamais content ? Je rêvai à une troisième fille, entrevue sur la plage. Elle portait un jean, vêtement qui en principe ne révèle que la ligne, et était assise, dos appuyé à celui d'un ami ou d'une amie. Dans cette position, à demi assise, à demi étendue, genoux même pas remontés, l'épais coutil dessinait, le diable sait pourquoi, le sexe recourbé du pubis à l'anus, et une furieuse toison implantée en longueur, avec une telle précision, une si hallucinante densité, que dans l'instant, j'en avais étouffé, et que maintenant, bouche remplie de la vulve de Françoise, dont la rose nudité commençait à fondre, je désirais avec rage retrouver une fourrure de femme, haute, longue, infléchie, et richement fournie comme celle, à ce que je croyais, de la jeune fille inconnue sur la plage. Cependant Françoise, sous mes lèvres, ne jouissait pas, alors, en dépit de ce que j'avais voulu tout d'abord, tout en lui maintenant les cuisses très écartées, je lui repliai les genoux, repoussai ceux-ci vers le haut. Ainsi je pus lécher son joli anus, ému encore de mon intrusion. Comme toujours, je mourais d'envie d'y plonger tout à fait la langue, et, comme toujours, m'y efforçai en vain. Mais la tentative même troublait évidemment Françoise, ses cuisses qui lui touchaient les flancs et presque les seins frémirent, sa respiration s'approfondit et se précipita, et elle émit une faible plainte. Ma langue repassa donc de l'anus au vagin, dont la tendre muqueuse ressemblait de plus en plus à une épaisse soie chiffonnée et chaudement humide ; du vagin à la vulve, au minuscule clitoris, dressé et gonflé tout à fait comme une pine en extrême réduction, et le léchant, le suçant, affectant de le mordiller, le circonvenant avec toute mon application, le corps entier de la jeune fille accusa un frisson presque pénible, se mit à trembler, elle détendit, sans le vouloir je crois, cuisses et jambes, le temps d'une seconde ses reins se soulevèrent et la sève sourde de son plaisir ne jaillit pas comme chez un homme, mais s'épancha dans ma bouche. Maintenant la jeune fille, le trop gracieux faux bébé, fleurait le libre maquis, fleurait la femme. Je songeai, décidément je rêve dans le rêve et il n'y a peut-être pas d'autre vie, de vie plus simple je veux dire, si ce n'est celle des animaux, et encore je crois qu'eux aussi rêvent, je songeai à l'anus de Danièle, ma négresse, ma Cannibale. Misère, j'étais déjà si vieux ? J'embrasse une femme et songe à une autre, à plusieurs même ?

Comblés de paresse, nous nous réinstallâmes dans le sens du lit, Françoise remit ses bras autour de mon cou, d'une main j'épousais son derrière velouté. Nous jouions. Peut-être faire l'amour est-il, a-t-il été, sera-t-il, le dernier grand jeu. La jeune fille disait :

– Je vois, ou je sens plutôt, que Monsieur est à nouveau en état de fonctionnement. Monsieur désire-t-il que je l'accueille à nouveau entre mes fesses de bébé, si bébé il y a ?

– Mais non, assurai-je, quoique j'en eusse d'autant plus envie, que l'orgasme, par proximité, par sympathie, par la dissolution heureuse de tout le corps, desserre à peu près absolument l'anus.

– Monsieur accepterait-il que je le prenne dans ma bouche ?

– Ce n'est pas un grand besoin maintenant, dis-je. Monsieur tient dans ses bras une jeune fille au bon cœur et à la beauté souveraine et il est tranquille.

– Mais je n'aime pas quand tu bandes comme ça et que je ne fais rien, ça fatigue mon ventre à moi et ce cœur que tu crois bon.

– À mon âge, dis-je encore, on commence à être si fier de bander, qu'on est prêt à en supporter toutes les fatigues.

Françoise rit beaucoup, l'amour, ainsi que la plupart des gens, à la fois la rendait plus grave et la rajeunissait. Misère, plus jeune, à dix-neuf ans ! Mais il y a tant de défraîchis précoces.

– Jacques ?

– Oui, ma Françoise.

– Répète : ma Françoise.

Je répétai, elle me baisa sur les lèvres, quelques instants inchiffrables nous nous embrassâmes avec passion.

– Je voulais seulement dire, ou redire, tu es très gentil à l'égard des filles.

– Quelles filles ? Est-ce que j'en connais ? Je souhaite de tout mon cœur, bon ou mauvais, être gentil avec toi, parce que maintenant et ici en tout cas, tu es ma Françoise, tu as une générosité de bébé fou, même dans l'égoïsme et l'orgueil, ce qui est le miracle enviable ; il faut toujours abandonner les contradictions aux imbéciles, pour qu'ils s'y amusent. Et parce que tu as tout très joli, depuis tes yeux bleus, attentifs, respectueux du monde et des êtres, même quand ils rient, ou quand ils jugent, jusqu'à ta fondante petite olive et à ton fondant trou du cul.

Elle rit en effet, et beaucoup, de mes compliments. Dans mon souvenir, nous étions vraiment heureux ensemble. Je pense aujourd'hui, que peut-être, toute ma vie, j'ai été moins doué, je parle de sentiments, pour l'amour que pour la tendresse. Je suis trop distrait pour les obsessions de l'amour ; la tendresse me perce le cœur.

– Jacques ?

– Oui, jeune fille.

– Tu crois que tu voudras me revoir ? Je disais ça à la légère tout à l'heure. J'irai te trouver, tu m'enlèveras ma culotte, tu me fesseras, tu logeras ton sexe dans mon rectum que ça me plaise ou non. Mais toi, Jacques ? Mais toi, Monsieur ?

Je l'enlaçai plus fort, plus étroit, elle se blottissait contre moi, fille intelligente et belle, assez courageuse, assez exigeante pour unir sa vie, cette intelligence et ses rêves, et vraiment cela me perçait le cœur :

– Petite Françoise, ici non, sans doute, je pars bientôt. Mais là-bas, dans la cité de perdition, comment t'extirperais-je de moi ? Comment peux-tu supposer, même une seconde, même par jeu, que je n'aie pas, tout le temps et toujours, une place pour toi, puisque j'aurai, aussi loin que ma vue de Jacques et de Monsieur puisse porter, un besoin de toi ?

De son côté, elle tâchait de se blottir plus étroitement contre moi.

– Les vacances, dit-elle.

– Oui.

– Les plus belles que j'ai eues, c'est sûr. (Comme je ne répondais pas) : Et toi ?

– Non, j'en ai eu d'autres. D'ailleurs si elles ne sont pas belles, ce ne sont pas des vacances, Mais tu es la plus belle Françoise que j'aie jamais eue. Que j'aurai jamais, à mon avis.

– Cela me flatte, tu sais, d'être aimée, baisée même entre les fesses, par un si vieil homme.

– Ah ! Ah ! dis-je.

Mon ah ! ah ! sinistre la fit rire aux larmes, et je riais de son rire :

– Écoute, tu ne devrais pas rire, ça te fait débander. Qu'aurais-tu fait, tout à l'heure, avec tous tes serments, si je t'avais empoigné, quand tu bandais, et fourré d'autorité dans ma vraie petite fente de fille ?

– J'aurais fait avec, dis-je.

Et de rire. Quels bébés que les jeunes filles. Quels bébés que les êtres humains. Pourquoi l'ignorent-ils ? Pourquoi font-ils semblant ?

– S'il te plaît, dans la ville de perdition, ne perds pas ta Françoise, ne l'oublie pas, elle compte sur toi maintenant parce que tu comptes pour elle. Jacques ? Là-bas, à Paris, c'est vrai que tu ne me prendras que comme aujourd'hui, jamais comme des amants sages ?

Je fus presque choqué et le dissimulai :

– Je me sentirais trop pédéraste, à la fin, dis-je. (Je lui appliquai une claque plutôt violente sur les fesses) : Je ne venais pas juste de répondre à cette sotte question ? Il est clair, pour moi, que dès que nous nous revoyons, dès que nous souhaitons nous revoir, nous sommes, oui, des amants sages, des amants tout court, une jeune fille et un homme qui s'aiment, apprennent ou commencent à s'aimer. Qu'est-ce que cela signifie, alors, faire l'amour comme ci ou comme ça ? Tu peux imaginer un instant, que je ne désire pas être au chaud entre tes cuisses, parce qu'une autre fois, j'ai eu un plaisir sauvage à éjaculer dans ton rectum ? Petite fille, je ne suis pas sujet aux programmes, je croyais que tu le savais.

– Redis : petite fille. La maman de Sandrine m'appelle comme ça.

– Ma petite fille. Ma Françoise plaisante et chère.

Nous nous attardâmes, lèvres contre lèvres, ne nous embrassant pas vraiment, nos mains reconnaissant nos corps plutôt qu'elles ne les caressaient. Puis je dus me déprendre, pliai, redépliai ma longue carcasse. En été se rhabiller va vite. Françoise, pour me regarder partir, avait adopté la plus gracieuse et la plus féminine position qui puisse être ; couchée sur le côté, le visage dans ses souples cheveux un peu déployés, et les mains jointes à plat entre les cuisses. Ah, misère. Je m'imaginais tout savoir de la magie propre aux jeunes filles.

– Tu vas dire quoi à Danièle et à Stéphanie ? demanda Françoise.

– Rien.

– Et si elles devinent ?

– C'est qu'elles seront toutes les deux adultes. Les vacances servent à cela entre autres, les grandes personnes se changent en bébés et vice-versa. Les enfants ont mal parfois, les adultes souvent.

– Tu aimes terriblement Stéphanie, non ?

– Par moments, je pense qu'elle est mon cœur, dis-je. L'autre, celui des anatomistes, je l'ai trop traîné.

– Elle ressemble à ce qu'on espère, approuva Françoise. Être toujours heureux, toujours joyeux. Être tout propre.

– J'estime que tu es toute propre, dis-je. Françoise ?

– Oui ?

– Merci.

– Idiot.

Je m'en allai. Le jardin dégageait moins d'éclat, tandis que l'odeur confuse, complexe des plantes, de la terre, des buissons et arbustes resurgissait avec le soir.

Je dînai dans le premier restaurant venu. Je rêvai à cette folie, sodomiser par entêtement la fille en toute objectivité la plus belle de la plage. Maintenant, bien sûr, me manquait avec le même entêtement, de savoir ce qu'étaient le contact, la chaleur, la moiteur, le glissement, l'étroitesse ou non de son vagin. Ah, te reverrai-je et quand, jeune fille ?

Il était assez tard et à la villa, on dormait. Je me récurai telle une antique casserole, m'allongeai muni à tout hasard d'un livre. On frappa, la porte fut poussée en silence et vivement, refermée de même. Encore des jeunes filles, toujours des jeunes filles pour la vieille casserole ; Stéphanie en petite culotte. Le bébé aux brefs seins renflés d'une semaine sur l'autre, aux longues cuisses, aux longues jambes exquises, ne bondissait plus, il volait maintenant. Il atterrit à peu près sur moi, les bras déjà noués autour de mon cou :

– Où étais-tu ? Je voulais que tu sois là !

Je profitai du récent épuisement de mes munitions pour la mettre toute nue, en vérité l'été ça va vite. Sans avoir observé le petit réveil acheté sur place, je pense qu'en trois minutes, quatre au plus, je parvins à l'embrasser sur le nez, sur ses boucles soyeuses, sur les paupières, sur les lèvres, à sucer courtement la pointe de ses seins, à lui lécher le nombril et la vulve, comme dessert enfin, l'ayant retournée à la manière d'une crêpe, d'une paume sous les reins, à lui mordre le derrière, et à embrasser et lécher, non moins courtement, son anus et sa mince fente dépourvus d'ombre.

– Je suis là maintenant, affirmai-je.

Elle, toujours impétueuse, décoiffée à peine par la tornade ursine, me reprenait par le cou, se pressait, enfiévrée malgré tout, dans mes bras et mes jambes. Ma bite vibra mais, si je puis dire, plutôt à l'intérieur, elle se tendait, mais sonnait creux.

– Pourquoi ne dors-tu pas ? demandai-je, question oiseuse comme tant d'autres.

– Je t'attendais. Je suis sûre que tu te roulais dans des lits avec des cochonnes. Je sens ton ventre, tu sais. Enfin, pas ton ventre. J'aime toujours quand il est comme ça, tout nu et tout dur. Ça m'impressionne, ça me chatouille même, si tu veux savoir.

J'affectais, cela tournait à l'habitude, de fesser le derrière nouveau-né comme les seins, d'une élasticité à faire crier. Stéphanie se tortillait, tentait de se presser, de se pousser un peu plus :

– Ça m'est égal, les sales filles, puisque tu ne veux pas faire l'amour avec moi.

– Pour l'instant, dis-je.

– Ah, c'est pareil, dit le bébé, révélant son savoir de femme. Jacques ?

– Oui, ma Stéphanie chérie.

– Je ne suis pas contente que tu t'en ailles avant nous.

– C'était entendu comme ça, ma Stéphanie. Je dois rendre la voiture. Peut-être aussi travailler, pour changer, et pour devenir très riche, afin de t'acheter de très petits slips en joue de loutre et en ventre de chat. C'est plus agréable à ôter, quand vient l'heure de la fessée.

Elle pouffa, mais réellement refusait de rire. Elle rampa sur moi ou m'escalada, manœuvrant jusqu'à être certaine que le champignon de sa vulve se trouvait avec précision à cheval sur ma bite. Après quoi elle s'accouda de chaque côté de mon cou, pour bien me voir. L'attitude et cette volonté, plus que la façon dont la jeune vulve me chevauchait au bon endroit, étaient, à propos d'adultes et de bébés, si féminines, que j'en oubliais ou presque sa nudité, et mon cœur, plus que mon ventre, frémit ainsi que devant l'inéluctable :

– Jacques, j'ai envie d'être tout à fait sûre. Même si tu me l'as déjà dit, dis-moi encore que c'est vrai que je suis ta Stéphanie, ton bébé. J'ai envie de pleurer, tu sais, quand tu m'appelles ta Stéphanie, ou des fois, tu dis que je suis ton bébé bien-aimé. Personne ne m'aime comme toi, et moi, jamais je n'aimerai personne autant que toi. Jacques, dis-moi encore qu'à Paris, tu continueras à venir nous voir, à me donner des fessées pour que je sois un bon bébé très gentil et très sage, qui a de bonnes notes en classe. Jacques ! Tu te rappelles, quand tu disais qu'on serait mariés tous les trois, toi et moi et maman ?

– Eh bien, nous ne le sommes pas ? demandai-je.

– Si, c'est vrai, je trouve qu'on l'est depuis qu'on est ici. Tu sais, je trouve que jamais on n'a eu des vacances plus belles.

S'étant bien assurée, dans mes yeux, que depuis le premier jour où nous nous étions rencontrés, je ne m'étais pas transformé en menteur, elle consentit à se laisser glisser sur mon flanc, mais aussitôt l'étreinte de ses bras se resserra, possessive, frénétique.

– Jacques, Jacques, je t'aime tellement, tu sais, chuchotait-elle près de mon oreille.

– Tout le temps et toujours, tu seras ma Stéphanie très chérie, mon bébé bien-aimé. Jamais je ne t'abandonnerai, jamais, disais-je moi-même.

Je crois avoir expliqué, qu'alors même que le corps élégant du bébé devenait celui d'une jeune fille, c'est-à-dire celui d'une femme, je savais et sentais d'autant mieux qu'elle était une enfant. Je déplaçai et tournai la tête jusqu'à ce que nos lèvres se touchent. Proches ainsi, je m'abstins de disjoindre ses lèvres de bébé, afin que le baiser ne fût pas, pour Stéphanie, une sorte d'effraction. D'elle-même, elle entrouvrit la bouche, et je l'imitai, avança une petite langue timide et curieuse, effleura mes dents, la pointe de ma propre langue. Quand je retirai celle-ci, la sienne se risqua à occuper la place. Je la pressai, avec précaution moi aussi, contre mon palais. Une main se crispa doucement sur ma nuque, tandis que l'instinct, plus vieux que le bébé et moi, échauffait, faisait bourgeonner les jeunes seins, tiédissait le ventre, incitait à s'ouvrir les cuisses tout comme les lèvres. Le jeu était clair maintenant pour l'enfant femme. À son tour elle retira la langue, pour qu'à mon tour je pusse occuper la place libérée. Et maintenant nous nous embrassions comme les amants. Cela dura ce que dure le baiser des amants, non un temps, mais une suspension, une suppression du temps. Je n'ai pas, je m'en suis également expliqué, affaire sexuellement aux enfants. Cependant les corps obéissent à leur vie et l'inventent dans une ignorance peut-être partielle et partiale, mais certaine, des grilles d'interprétation et des calendriers de l'esprit. Mon corps d'homme réagissait, tacitement plus qu'aveuglément, à un appel plus tacite qu'aveugle. Alors, veillant à déguiser toute apparence d'effort, je me reculai, m'écartai tant bien que mal du bébé. Le même instinct très féminin hors de tout âge, fit que Stéphanie posa à ce moment la main sur ma joue et elle me sourit, heureuse au sein de l'incompréhension même :

– J'adore quand tu m'embrasses comme ça.

– Mais c'est toi qui m'embrassais, dis-je pour la taquiner.

Le bébé, troublé et tout chaud, rougit un peu, rit, la main quitta ma joue et il fourra le museau entre mon cou et mon épaule, son sûr refuge :

– Qu'est-ce que c'est bien qu'on soit mariés.

– Allons voir Danièle maintenant, dis-je. Nous ne pouvons pas commencer à la tromper, puisqu'elle est le troisième membre du couple.

Stéphanie, avec la brusquerie ou plutôt la soudaineté des enfants, se remit d'aplomb sur son séant, et alors que je me relevais, ses grands yeux, tout rayonnants se fixèrent sur mon sexe :

– Jacques ? Et lui, je peux l'embrasser ?

– Ne réveillons pas le chaste qui dort, rétorquai-je.

Elle rit un peu, mais les calembours n'étaient pas sa forme d'humour préférée. Curieuse et timide, elle enserra non sans tendresse l'objet du délit dans ses doigts et sa paume, et, autre geste sans doute éternel, le pressa contre sa joue avant de l'embrasser. Puis elle l'éloigna pour mieux le voir, le regard, et comme tout le visage, intensément concentrés :

– Il fait ça parce qu'il me trouve jolie ?

– Mon bébé, cela se comprend tout seul. Comme il te trouve jolie il a envie de toi, et être comme ça, est ce qui lui permet de se mêler à ton corps. Je suis sûr que tu comprends.

– Oui.

– Viens, maintenant, mon bébé très cher.

La moue de déception et de reproche, d'une amertume elle-même aussi antique que le monde, traversa en l'attristant l'innocent visage, s'effaça. L'enfant blonde me libéra, mais bien sûr la délivrance m'attachait, se redressa :

– Je remets ma culotte ?

– Pourquoi ? On est mariés, non ? En ce qui me concerne, je reste comme je suis. Si Danièle désapprouve, elle désapprouvera en silence et c'est tout.

– Mais si elle, maman, a une chemise de nuit ? demanda Stéphanie en pouffant.

– On la lui arrache aussitôt, et on la fesse et on l'embrasse jusqu'à ce qu'elle en pleure. Mince, ça serait super ! dis-je.

La petite rit tant qu'elle dut se rasseoir sur le lit, se coucha de côté, repliée en chien de fusil, haletante, de grosses larmes roulant sur ses joues de bébé :

– Jacques, tu es drôle, drôle ! Quand tu crois que tu parles comme moi ! Tu ne sais pas comme tu es drôle !

– Ce n'est pas fini ? intimai-je. Allons, viens.

Je l'empoignai, et elle trottina près de moi, les dalles de la grande pièce fraîches sous les pieds nus. Je heurtai à la porte de la chambre.

– Oh, on entre, dit Stéphanie.

Danièle, en longue chemise de nuit, était assise tout au bord du lit, afin d'être mieux éclairée, et s'occupait, miracle et merveille, chez une sauvagesse s'entend, à recoudre on ne sait quel bouton à on ne sait quel vêtement. Elle fronça ses épais et fiers sourcils, d'une manière épouvantable.

– Quand tu es avec elle, je ne te vois jamais très pressé de saluer la maîtresse de maison. (Considérant notre égale nudité elle ajouta) : Vous n'avez pas trop chaud ?

Le fou rire de Stéphanie la secoua derechef, alors je dis :

– Ôte-lui son ouvrage de dame et jette-le.

Stéphanie n'ôta pas à proprement parler ni ne jeta, elle subtilisa avec grâce, puis cavalcada par-dessus Danièle, me gratifiant d'un aperçu criminel sur une petite fente rose où je rêvai tout enragé de plonger la langue. Mon sexe, plus enragé encore, sauta. Je me hâtai de ramasser les jambes de Danièle, les repoussai et les allongeai sur le lit, m'allongeai moi-même, de façon à cacher les élans de mon cœur. En quelques secondes, la petite et moi mîmes Danièle aussi nue que nous. La petite, assise maintenant sur les talons, considérait avec l'épouvante dont je parlais et avec adoration le corps de sa mère, le bouclier de satin brun du ventre, légèrement bombé, le mont de Vénus et la vulve saillants :

– Maman, tu es tellement belle.

– À quoi rime cette prise d'assaut ? grognonnait Danièle.

– Tais-toi, s'il te plaît, lui dis-je. Moi seul parle ici, je suis ton seigneur et celui de tous les bébés. Tu prononces un mot, ce bébé du nom de Stéphanie et moi te retournons sur le ventre, et t'administrons la plus surprenante fessée que tu aies jamais reçue. Ce serait la peine, vraiment, d'avoir un derrière merveilleux, si on ne le fessait pas au moindre prétexte ! Je n'ai pas raison ? demandai-je au bébé.

– Si, alors !

Ma sotte bite plus ou moins calmée, j'élargis ma place, refoulant vers le mur l'excès de viande féminine :

– Je pars demain ou après-demain, comme tu le sais.

– J'exècre ce mot partir, dit Danièle.

– Ma Danièle, ma négresse chérie, entre toi, le bébé non moins chéri et moi, il ne peut plus y avoir de vrai départ. Ne sommes-nous pas mariés ? Stéphanie et moi, on était en train de se le redire, comme si c'était utile ! Cette nuit, je fais juste semblant de prendre congé. Après, Paris, ta maison, la nôtre, où nous ne nous quitterons jamais, ne cesserons jamais de nous aimer. Tout cela démontre une chose, qui est que cette nuit, tu es obligée de nous garder dans ton lit, le bébé et moi. Nous nous sommes promis de te battre assez peu, et en revanche de t'embrasser tant de fois partout que tu en oublierais ta frustration quelque part. Dis-nous ton sentiment ?

Danièle attira Stéphanie et la coucha à plat sur elle. Elles me rendaient jaloux, mille millions de sottises de Capitaine Haddock ! Je tirai vengeance, en pressant un baiser sur l'anus candidement exposé, parvins à baiser la tendre petite fente. Stéphanie, en proie à un trouble électrique, se contorsionna jusqu'à pouvoir téter le sein le plus proche, sur quoi, toujours par jalousie pure, je faufilai une main entre deux ventres et m'appropriai certaine vulve proéminente et toute chaude.

– Je vais réfléchir, balbutia Danièle.

– Elle va réfléchir, dis-je au bébé.

– Nous aussi, nous allons bien réfléchir, dit ce dernier, abandonnant un instant sa nutrition.

À mon tour encore, le fou rire me tordit le ventre. C'est si facile d'être heureux, pourquoi l'ignorer ? Je ne crois pas que j'exècre les départs, pensai-je.

Titres parus aux Éditions Blanche (Sélection)

Dolorosa soror, de Florence Dugas.
L'Évangile d'Éros, de Florence Dugas.
Blue Movie, de Françoise Rey et Patrick Raynal.
Métamorphoses, de Françoise Rey.
Sociologie du dragueur, d'Alain Soral.
Vers la féminisation ?, d'Alain Soral.
La Vie d'un vaurien, d'Alain Soral.
Jusqu'où va-t-on descendre ? d'Alain Soral.
Socrate à Saint-Tropez, d'Alain Soral.
Misères du désir, d'Alain Soral.
Chute !, d'Alain Soral.
Passions de femmes, collectif.
Plaisirs de femmes, collectif.
Désirs de femmes, collectif.
2 000 ans d'amour, collectif.
Fantasmes de femmes, collectif.
Folies d'amour, collectif.
Écrits de femmes, collectif.
Femmes amoureuses, collectif.
Pulsions de femmes, collectif.
Lettres du désir, de Claire Yeniden.
Les Vestiaires de Longchamp, de Gwaendaëline Pauvert.
L'Orage, de Régine Deforges.
Deux filles et leur mère, de Gilles de Saint-Avit.
Carnets intimes, de Gilles de Saint-Avit.
Dictionnaire des fantasmes et perversions.
Les Secrets de Florence Nightingale, de A. W. Payne.
Enjeux d'amour, de Yo et Gaël.
De l'aube à la nuit, de Valérie Boisgel.
Captive, de Valérie Boisgel.
Délit du corps, de Jacques Serguine.
De la coupe aux lèvres, de Jacques Serguine.
Impulsions, de Marie Boman.
La Première Gorgée de sperme, de Fellacia Dessert.
Ma vie chez les femmes, de Maxim Jakubowski.
Montana, de Maxim Jakubowski.
Éloge de la séduction, de V. Jullien et X. Deleu.
La Nuit Caroline, de Caroline Grimm.
Le Divan, de Sophie Cadalen.
Étienne, de John-Flaherty Cox.
Paul, de John-Flaherty Cox.
La Ruche, de Clarisse Nicoïdski.
La Vie amoureuse des fées, de Franck Spengler.
S.M., de Joël Hespey.
Le Lien, de Vanessa Duriès.
Mes hiérodules, d'Élizabeth Herrgott.
Scènes de péripatéticiennes, de Pierre Louÿs.
L'Amour est une fête, de Sylvia Bourdon.
Couple, de Claude Sannois.
Des désirs et des hommes, de Françoise Simpère.
Les Latitudes amoureuses, de Françoise Simpère.
Ce qui trouble Lola, de Françoise Simpère.
Scénarios sensuels pour stimuler votre désir, de Françoise Simpère.
La Bête, de Pierre Béarn.
Le Dernier Tableau, de José Pierre.
Diabolique Frida, Anonyme.
La Guerre du lit, de Una Chi.
Le Meilleur de la photo érotique
La Nonne, du Comte d'Irancy.
Histoire d'I, de Gaëtane.
Vie d'une prostituée, de Thérèse.

LE CATÉCHISME LIBERTIN, Anonyme.
ODE À TROIS, d'Éric MOUZAT.
UNE JEUNE FILLE À LA PAGE, de Héléna VARLAY.
SÉDUCTION, de Paul FOSSET.
L'ARRIÈRE-BOUTIQUE, de Nicolas MARSSAC.
FAUSTINE, de Marie LINCOURT.
SOUMISE, de SALOMÉ.
LE DICTIONNAIRE ÉROTIQUE, de Richard RAMSAY.
BANQUETTE, PLACARD, COMPTOIR ET AUTRES LIEUX, de W. SAINT-HILAIRE.
SERIAL-FUCKER, d'Érik RÉMÈS.
GUIDE DU SEXE GAY, d'Érik RÉMÈS.
SEXE GUIDE, d'Érik RÉMÈS.
JE BANDE DONC JE SUIS, d'Érik RÉMÈS.
HILDA, Anonyme.
ARDENTES, de LAURENCE.
PANACHE, Anonyme.
BRÛLURE, de Cléa CARMIN.
LES PATIENTES, d'Hugo TRAUER.
LA LAISSE, de Jane DELYNN.
JOURNAL SENTIMENTAL D'UNE FEMME INFIDÈLE, de Philippe NOLLET.
PATTAYA BEACH de Franck POUPART.
EXERCICES SEXUELS DE STYLE, de Maïna LECHERBONNIER.
EXERCICES SEXUELS DE STYLE 2, de Maïna LECHERBONNIER.
MADO DONDEDIEU, d'Henriette d'ÉPERNAY.
11 NOUVELLES À LIRE SEULE LES SOIRS DE MATCH DE FOOT, d'Emmanuelle POINGER
LE BANDEAU, de Jean-François MOPIN.
FRAPPE-MOI !, de Mélanie MULLER.
À TOUT PRIX, de Mélanie MULLER.
LE GRAND LIVRE DES PHOTOGRAPHIES DE NU, Collectif.
TOUS LES CHEMINS MÈNENT AU CIEL, de Denis Charlemagne LAVOISIER.
ÉGALITÉ ZÉRO !, d'Olivier MUKUNA.
PROPOSITION PERVERSE, de Guillaume PERROTTE.
JE NE M'ENNUIE JAMAIS TOUTE SEULE..., de Lucie Lux.
L'AMOUR À TOUT ÂGE, de Jacques LABESCAT.
LE PENSIONNAT, de Jérôme KOB.
MASSAGES, CARESSES ET AUTRES CÂLINS, de SYOLANN.
PROFESSION FOUETTEUSE, de Nina GARNIER ET Corine ALLOUCH.
LES DESSOUS DU LIBERTINAGE, de Frédérique SENS

En coédition avec les Éditions Joëlle Losfeld

LE DÉSIR DES VICTIMES, de Cyril BEDEL.
LA SALIVE DE L'ÉLÉPHANT, de Charles DUITS.
LE GUIDE DE L'AMOUR CASHER, de Shmuley BOTEACH.

En coédition avec les Éditions Robert Laffont

ENTRE FEMMES, de Jeanne BOURIN et Régine DEFORGES.

En coédition avec les Éditions Mango

LA CUISINE AMOUREUSE DES GRANDS CHEFS, de Bernard PLANCHE.

En coédition avec les Éditions Michel Lafon

IMPUISSANTE, de Marie-Paule CASANOVA.
101 POSITIONS POUR ÉPICER VOTRE VIE SEXUELLE.
MINEURE, de Yann QUÉFFELEC.

Édition exclusivement réservée aux adhérents du Club
Le Grand Livre du Mois
15, rue des Sablons
75116 Paris
Avec l'aimable autorisation des Éditions Blanche

Impression réalisée sur CAMERON par

BRODARD & TAUPIN
GROUPE CPI

La Flèche
en août 2006

Imprimé en France
N° d'impression : 36935
Dépôt légal : août 2006